La última canción

La última canción

Nicholas Sparks

Traducción de Iolanda Rabascall

rocabolsillo

Título original inglés: *The Last Song*
© 2009, Nicholas Sparks

Primera edición: enero de 2011

© de la traducción: Iolanda Rabascall
© de esta edición: Roca Editorial de Libros, S.L.
Marquès de l'Argentera, 17, Pral.
08003 Barcelona.
info@rocabolsillo.com
www.rocabolsillo.com

Impreso por Litografía Roses, S.A.
Energía 11-27
08850 Gavá (Barcelona)

ISBN: 978-84-92833-26-9
Depósito legal: B. 41.819-2010

El papel utilizado para la impresión de este libro ha sido fabricado a partir de madera
procedente de bosques y plantaciones gestionados con los más altos estándares ambientales,
garantizando una explotación de los recursos sostenible con el medio ambiente y beneficiosa
para las personas. Por este motivo, Greenpeace acredita que este libro cumple los requisitos
ambientales y sociales necesarios para ser considerado un libro «amigo de los bosques».
El proyecto «Libros amigos de los bosques» promueve la conservación y el uso sostenible
de los bosques, en especial de los Bosques Primarios, los últimos bosques vírgenes del planeta.

Para Theresa Park y Greg Irikura,
mis amigos

Prólogo

Ronnie

Con la vista fija en la ventana de la habitación, Ronnie se preguntó si el reverendo Harris ya habría llegado a la iglesia. Seguramente sí. Y mientras seguía contemplando las olas estrellarse a lo largo de la playa, se preguntó si él todavía sería capaz de apreciar los reflejos de la luz que se filtraba a través del vitral, por encima de su cabeza. Quizá no; después de todo, hacía más de un mes que habían colocado el vitral, y probablemente estaba demasiado ocupado en otros quehaceres para seguir apreciando aquel matiz. Sin embargo, anheló que alguna persona nueva en la localidad entrara por casualidad en la iglesia aquella mañana y tuviera la misma sensación maravillosa que ella experimentó la primera vez que vio cómo la luz inundaba toda la iglesia en aquel frío día de diciembre. Y también deseó que el visitante dedicara unos minutos a considerar de dónde había salido aquel vitral y a admirar su belleza.

Llevaba una hora despierta, pero aún no se sentía lista para enfrentarse al nuevo día. Aquel año, las vacaciones se le antojaban distintas. El día previo, había salido a pasear un rato por la playa con Jonah, su hermano pequeño. En muchas terrazas de las casas por las que habían pasado, había árboles de Navidad. En aquella época del año, prácticamente disponían de la playa para ellos solos, pero Jonah no había mostrado ningún interés ni en las olas ni en las gaviotas que tanto lo habían fascinado apenas unos meses antes. En lugar de eso, le había pedido ir al taller; ella lo acompañó, aunque el chico apenas permaneció unos minutos antes de salir sin decir ni una sola palabra.

A su lado, sobre la repisa de la cabecera de la cama, sobresalía el rimero de fotografías que habían estado enmarcadas en la salita, junto con otros objetos que había recogido aquella mañana. En el silencio reinante, estudió los objetos detenidamente hasta que unos golpes en la puerta la sacaron de su ensimismamiento. Su madre asomó la cabeza.

—¿Te apetece desayunar? He encontrado una caja de cereales en el armario.

—No tengo hambre, mamá.

—Tienes que comer, cielo.

Ronnie continuó con la vista fija y perdida en la pila de fotos.

—Me equivoqué, mamá. Y ahora no sé qué hacer.

—¿Te refieres a papá?

—A todo en general.

—¿Quieres que hablemos de ello?

Al ver que Ronnie no contestaba, su madre atravesó el umbral y se sentó en la cama, a su lado.

—A veces es bueno desahogarse. Has estado muy callada durante los últimos dos días.

Por un instante, Ronnie se sintió abordada por un cúmulo de recuerdos: el incendio y la posterior reconstrucción de la iglesia, el vitral, la canción que finalmente había conseguido terminar. Pensó en Blaze, en Scott y en Marcus. Pensó en Will. Recordaba aquel verano en que había cumplido dieciocho años, el verano en que la habían traicionado, el verano en que la habían arrestado, el verano en que se había enamorado. No había pasado tanto tiempo; sin embargo, a veces tenía la impresión de que en aquella época ella era una persona completamente distinta.

Ronnie suspiró.

—¿Y Jonah?

—Brian se lo ha llevado a la zapatería. Es como un cachorrillo, ¿sabes? Sus pies crecen más deprisa que el resto de su cuerpo.

Ronnie sonrió, pero su sonrisa se desvaneció con la misma celeridad con que se había formado. En el silencio que la envolvió a continuación, notó que su madre le sujetaba suavemente la larga melena y se la recogía en una holgada cola de caballo. Hacía eso desde que ella era pequeña; sin saber por qué, el gesto le seguía pareciendo reconfortante, aunque nunca lo admitiría, por supuesto.

—Mira, ¿qué te parece si hablamos mientras preparamos el equipaje? —sugirió su madre. Se dirigió al ropero y puso la maleta sobre la cama.

—Ni siquiera sé por dónde empezar.

—¿Qué tal si empiezas por el principio? Jonah mencionó algo sobre unas tortugas marinas.

Ronnie cruzó los brazos encima del pecho, completamente segura de que su historia no empezaba en aquel punto.

—No exactamente —repuso—. A pesar de que no estaba allí cuando sucedió, creo que el verano realmente empezó con el incendio.

—¿Qué incendio?

Ronnie asió la pila de fotografías que reposaban sobre la cabecera de la cama y, con mucho cuidado, cogió un deteriorado artículo de un periódico prensado entre dos fotos enmarcadas. Alargó la amarillenta hoja impresa a su madre y dijo:

—Este incendio. El de la iglesia.

Un petardo ilegal, posible causa
del incendio que arrasó la iglesia.
Párroco hospitalizado

Wrightsville Beach, Carolina del Norte. Un incendio arrasó la histórica primera iglesia bautista de la localidad en Nochevieja; las investigaciones apuntan a un petardo ilegal como posible causa.

Los bomberos recibieron una llamada anónima justo después de la medianoche y rápidamente se trasladaron a la iglesia, situada en primera línea de la playa. Según Tim Ryan, el jefe de la Brigada Contra Incendios de Wrightsville Beach: «Cuando llegamos vimos llamas y una espesa humareda en la parte posterior de la estructura». En el punto donde se originó el incendio, hallaron restos de un petardo de los denominados cohetes de botella.

El reverendo Charlie Harris se hallaba dentro de la iglesia cuando se propagó el incendio y sufrió quemaduras de segundo grado en los brazos y las manos. Inmediatamente fue trasladado al Centro Médico Provincial New Hanover, donde permanece ingresado en la Unidad de Cuidados Intensivos.

Éste ha sido el segundo incendio en una iglesia en el condado de New Hanover en los últimos meses. En noviembre, otra iglesia evangélica en Wilmington también fue pasto de las llamas. «La investigación sigue abierta, pues se sospecha que se trata de una cadena de incendios provocados», explica Ryan.

Según varios testigos, unos veinte minutos antes del incendio alguien estaba lanzando cohetes de botella en la playa justo detrás de la iglesia para celebrar la llegada del Año Nuevo. «En Carolina del Norte estos petardos son ilegales, y son especialmente peligrosos ahora, a causa de la fuerte sequía que eleva el riesgo de incendios —advierte Ryan—. Este incendio es la prueba. Un hombre está hospitalizado, y la iglesia ha quedado absolutamente destruida.»

Cuando su madre acabó de leer el artículo, alzó la vista y topó con los ojos de Ronnie. La chica pareció titubear unos instantes; entonces suspiró y empezó a narrar una historia que todavía se le antojaba carente de sentido, incluso en aquellos momentos, con la perspectiva que le otorgaba el paso de los meses.

1

Ronnie

Seis meses antes

*R*onnie se recostó en el asiento delantero del coche, preguntándose cómo era posible que su madre y su padre la odiaran hasta tal punto.

Ésa era la única explicación que encontraba para entender por qué tenía que ir a visitar a su padre a aquel recóndito lugar al sur del país —un sitio dejado de la mano de Dios—, en lugar de pasar las vacaciones con sus amigos en Manhattan.

Peor todavía; no, no iba simplemente a visitar a su padre. Una «visita» implicaba un fin de semana o dos, como máximo una semana. Pensó que sería capaz de sobrellevar una «visita». Pero ¿quedarse hasta finales de agosto? ¿Prácticamente todo el verano? Eso era un ultraje, y durante la mayor parte de las nueve horas que duró el trayecto en coche, se sintió como una presidiaria a la que estuvieran trasladando a un centro penitenciario rural. No podía creer que su madre la obligara a pasar por aquel mal trago.

Ronnie se sentía tan desgraciada que necesitó un segundo para reconocer la *Sonata número 16 en do mayor* de Mozart. Era una de las piezas que ella había tocado cuatro años antes en el Carnegie Hall, la ilustre sala de conciertos de Nueva York, y sabía que su madre la había puesto a propósito, mientras dormía. No podía soportarlo. Se inclinó hacia delante para apagar la radio.

—¿Por qué has hecho eso? —le increpó su madre, frunciendo el ceño—. Me gusta oírte tocar.

—Pues a mí no.

—¿Y si la pongo bajito?

—Vale ya, mamá. No estoy de humor.

Ronnie clavó la vista en la ventana, con la indiscutible certeza de que los labios de su madre se habían trocado en una línea fina y tensa, como si ambos estuvieran imantados. Últimamente ese gesto se había convertido en una mueca recurrente en ella.

—Me ha parecido ver un pelícano cuando atravesábamos el puente en dirección a Wrightsville Beach —dijo su madre, en un intento de mantener la calma.

—¡No me digas! Quizá deberías llamar al Cazador de Cocodrilos.

—Está muerto —terció una vocecita desde el asiento trasero. Era Jonah. Sus palabras se mezclaron con el ruido de la Game Boy. Su muy-pero-que-muy-pesado hermanito de diez años era un adicto a ese cacharro—. ¿No lo recuerdas? —continuó—. Fue muy triste.

—Claro que lo recuerdo.

—Pues no lo parece.

—Te digo que sí.

—Entonces, ¿por qué has dicho esa tontería?

Ronnie ni se molestó en replicar por tercera vez. Su hermano nunca estaba contento si no decía la última palabra. La sacaba de quicio.

—¿Has conseguido dormir, cielo? —le preguntó su madre.

—Hasta que has pasado por ese bache. Podrías haber frenado un poco, ¿no? Casi me empotro contra la ventana.

Su madre continuaba con la mirada fija en la carretera.

—Celebro que la siesta te haya sentado bien y que te hayas despertado de mejor humor.

Ronnie reventó el globo que acababa de hacer con el chicle. Su madre detestaba ese hábito, y precisamente por eso no había dejado de hacerlo desde que habían tomado la I-95. En su humilde opinión, la interestatal era el tramo más tedioso de carretera jamás concebido. A menos que alguien se desviviera por la comida rápida grasienta, las nauseabundas casetas de lavabos portátiles y los trillones de pinos, la fea monotonía del paisaje podía sumir a una persona en un hipnótico estado de sopor.

Ronnie ya había soltado el mismo comentario a su paso por los estados de Delaware, Maryland y Virginia, pero su madre había ignorado las críticas en cada una de esas ocasiones. Aparte de intentar ser agradable durante el largo trayecto en coche, dado que era la última vez que la vería durante bastante tiempo, su madre no era la clase de persona a la que le entusiasmara hablar mientras conducía. De entrada, no le gustaba conducir, y por eso solían desplazarse en metro o en taxi en Nueva York. Pero en casa… la cosa era distinta. En casa no tenía ningún reparo en ponerse a chillar, y en los dos últimos meses el presidente de la comunidad había bajado un par de veces a su piso para pedirle que por favor bajara la voz. Probablemente creía que cuanto más la regañara a grito pelado por sus pésimas notas, por los amigos que frecuentaba o por el hecho de que nunca respetara la hora de llegada por la noche, o por el «incidente» —especialmente por el «incidente»—, Ronnie más caso le haría.

Tampoco se podía decir que fuera la peor madre del mundo, ni mucho menos. Incluso podía admitir que cuando estaba de buen humor era bastante enrollada —en cuanto a madres se refería, claro—. Lo que le pasaba era que estaba atrapada en esa mala época de su vida en la que los niños no acaban de hacerse mayores. Ronnie deseó por enésima vez haber nacido en mayo en vez de en agosto, cuando cumpliría dieciocho años y su madre ya no podría obligarla a hacer nada. Legalmente, sería mayor de edad y podría tomar sus propias decisiones libremente.

De momento, sin embargo, aunque Ronnie no deseara realizar ese dichoso viaje al sur, no le quedaba otra elección. Porque todavía tenía «diecisiete» años. Y todo por culpa de una jugarreta del calendario. Porque su madre la había concebido tres meses después de lo que en realidad debería haberlo hecho. Pero ¿por qué la obligaba a acatar ese odioso plan para el verano? De nada había servido la tremenda pataleta que había pillado, ni tampoco sus súplicas ni sus quejas ni la infinidad de lágrimas derramadas; no, no había servido de nada. Ronnie y Jonah iban a pasar el verano con su padre, y no había nada más que hablar. «No hay peros que valgan, ni tampoco se aceptan sugerencias», había sentenciado su madre. ¡Oh! ¡Cómo detestaba aquella actitud tan intransigente!

A la salida del puente, el tráfico se intensificó y su madre aminoró considerablemente la marcha. A un lado, entre las casas, Ronnie divisó el océano. Genial. Como si eso le importara.

—¿Por qué nos obligas a hacerlo? —refunfuñó Ronnie.

—Ya hemos hablado de eso —le contestó su madre—. Necesitáis pasar una temporada con vuestro padre. Os echa mucho de menos.

—Pero ¿todo el verano? ¿No podrían ser sólo un par de semanas?

—Necesitáis pasar más tiempo juntos. Hace tres años que no lo ves.

—Ya, pero la culpa no es mía. Fue él quien se marchó.

—Sí, pero tú no quieres hablar con él cada vez que llama por teléfono. Y cuando viene a Nueva York para veros a ti y a Jonah, prefieres pasarte todo el día por ahí con tus amigos.

Ronnie volvió a reventar el globo de chicle y miró de soslayo a su madre un par de veces.

—No quiero verlo, ni tampoco quiero hablar con él —protestó.

—Mira, ¿por qué no intentas ver el lado positivo? Tu padre es una buena persona, y te quiere mucho.

—¿Por eso nos abandonó?

En lugar de contestar, su madre echó un vistazo por el espejo retrovisor.

—Tú sí que tienes ganas de estar con él, ¿no es cierto, Jonah?

—¡Pues claro! ¡Será alucinante!

—Celebro que tengas esa actitud. Quizá deberías darle un par de lecciones a tu hermana.

Jonah resopló con cara de fastidio.

—¡Ja! Ni lo sueñes.

—¡Es que no comprendo por qué no puedo pasar el verano con mis amigos! —masculló Ronnie de mala gana.

No pensaba dejar las cosas así. A pesar de que sabía que las probabilidades eran más bien nulas, todavía albergaba la fantasía de convencer a su madre para que diera media vuelta y regresara a Manhattan.

—¿Te refieres a que por qué no puedes pasarte todas las noches de juerga en la discoteca? No soy tan ingenua, Ronnie. Sé lo que se cuece en esos sitios.

—No hago nada malo, mamá.

—¿Y qué me dices de tus notas? ¿Y de que nunca respetes la hora a la que tienes que volver a casa? ¿Y de…?

—¿Podemos cambiar de tema? —la atajó Ronnie—. Como, por ejemplo, ¿por qué es obligatorio que pase una temporada con mi padre?

Su madre no le contestó. De hecho, Ronnie sabía que tenía todos los motivos del mundo para no hacerlo; ya había contestado a esa pregunta un millón de veces, a pesar de que la chica se negaba a aceptar la respuesta.

Al cabo de un rato, el tráfico volvió a ser más fluido, y el coche avanzó media manzana antes de detenerse de nuevo. Su madre bajó la ventanilla y sacó la cabeza para intentar averiguar por qué se detenían los coches.

—Me pregunto qué pasará —murmuró—. La circulación está fatal por aquí.

—Es por la playa —comentó Jonah—. Siempre hay mucha gente en la playa.

—Son las tres de la tarde de un domingo. No tendría que estar tan abarrotada.

Ronnie encogió las piernas. Qué fastidio. Su vida era detestable, absolutamente detestable.

—Oye, mamá, ¿sabe papá que arrestaron a Ronnie? —preguntó Jonah.

—Sí —contestó ella.

—¿Y qué piensa hacer?

Esta vez fue Ronnie la que contestó:

—No hará nada. Lo único que le importa es su maldito piano.

Y

Ronnie «detestaba» el piano y había jurado que nunca más volvería a tocarlo, una decisión que incluso había sorprendido a algunas de sus mejores amigas, puesto que el piano había formado parte de su vida desde que era una niña. Su padre, que había sido profesor de música en la Academia Juilliard de Nueva York, también había sido su profesor particular. A Ronnie no sólo le había encantado tocar el piano, sino que soñaba con llegar a componer algún día una pieza musical con su padre.

Se le daba bien, más que bien, y gracias al vínculo entre su padre y Juilliard, la administración y los profesores del conservatorio no tardaron en fijarse en su talento para la música. Pronto empezó a correr la voz dentro del mundillo de su padre, entre la cerrada comunidad de los que creían que la música clásica era lo más importante en el mundo. Poco después, su nombre apareció en un par de artículos en unas revistas especializadas en música clásica, y el *New York Times* publicó un artículo bastante extenso sobre el vínculo entre padre e hija. Finalmente, hacía cuatro años, Ronnie actuó en la serie *Young Performers* que el Carnegie Hall organizaba para jóvenes promesas. Aquél fue el momento estelar de su carrera. Y realmente fue un momento culminante; no era tan ilusa como para no darse cuenta de lo que había conseguido. Sabía que en la vida había muy pocas oportunidades como aquélla, pero últimamente se preguntaba si sus sacrificios habían valido la pena. Después de todo, aparte de sus padres, a nadie le importaba su actuación, nadie la recordaba. Había aprendido que, a menos que una tuviera un vídeo popular en YouTube o que pudiera tocar delante de miles de personas, la habilidad musical no servía para nada.

A veces deseaba que su padre la hubiera iniciado en la guitarra eléctrica. O, como mínimo, en lecciones de canto. ¿Qué se suponía que podía hacer con su habilidad para tocar el piano? ¿Enseñar música en la escuela local? ¿Tocar en el vestíbulo de algún hotel mientras la gente pasaba por el mostrador de recepción? ¿Llevar la misma vida tan ingrata de su padre? Sólo hacía falta mirar cómo había acabado: un día decidió marcharse de Juilliard para dedicarse a hacer giras como concertista de piano y acabó tocando en locales de poca monta con audiencias que apenas llenaban las dos primeras filas. Viajaba cuarenta semanas al año, lo bastante como para poner en peligro su matrimonio. Ronnie recordaba a su madre gritando todo el tiempo y a su padre encerrándose en sí mismo, como siempre solía hacer, hasta que un día simplemente ya no regresó de una larga gira por los estados del sur. Por lo que sabía, últimamente su padre ya no daba conciertos. Ni tampoco clases particulares.

«¿Qué? ¿Satisfecho con el resultado, papá?»

Ronnie sacudió la cabeza. No quería estar allí. De ninguna manera. No quería tener nada que ver con la historia de aquel perdedor.

—¡Oye, mamá! ¿Qué es eso de ahí? ¿Es una noria? —preguntó Jonah, alborotado, al tiempo que se inclinaba hacia delante.

Su madre alargó el cuello, intentando ver por encima del monovolumen que ocupaba el carril contiguo.

—Creo que sí, cielo —contestó—. Deben de ser las fiestas locales.

—¿Podemos ir? ¿Después de cenar todos juntos?

—Tendrás que preguntárselo a tu padre.

—Sí, y quizá después nos sentemos alrededor de una fogata y nos pongamos a cantar alegremente, como una familia perfecta, unida y feliz —espetó Ronnie.

En esa ocasión, los dos decidieron no hacerle ni caso.

—¿Crees que habrá más atracciones? —preguntó Jonah.

—Seguro que sí. Y si tu padre no quiere montarse contigo, seguro que a tu hermana sí que le apetece.

—¡Genial!

Ronnie se recostó en el asiento. Estaba segura de que su madre iba a sugerir algo parecido. Aquello era demasiado deprimente como para ser verdad.

2

Steve

Steve Miller tocaba el piano con una emoción desmedida, anticipando la llegada de sus hijos en cualquier minuto.

El piano estaba en una salita aledaña al pequeño comedor del tosco bungaló de la playa, un lugar que se había convertido en su hogar. A su espalda había varios objetos que esbozaban su pasado. No era mucho. Aparte del piano, Kim había sido capaz de amontonar todas sus pertenencias en una sola caja, y él había necesitado menos de media hora para colocarlo todo en su sitio. Tenía una instantánea de cuando era joven junto a su padre y su madre, y otra en la que aparecía también muy joven, tocando el piano. Ambas fotos estaban colgadas entre los dos títulos universitarios que poseía, uno expedido por la Universidad de Chapell Hill y el otro por la Universidad de Boston. Debajo había un certificado de reconocimiento de la Academia Juilliard por su labor como profesor durante quince años. Cerca de la ventana destacaban tres carteles enmarcados con propaganda de sus actuaciones durante una gira. Lo más importante, sin embargo, era la media docena de fotografías de Jonah y Ronnie, algunas clavadas con chinchetas en la pared o enmarcadas y otras expuestas sobre el piano. Cada vez que las miraba no podía evitar lamentarse de que, a pesar de sus buenas intenciones, nada hubiera salido como esperaba.

Los últimos rayos del sol de la tarde se filtraban a través de las ventanas y conferían al interior de la vivienda un ambiente sofocante. Podía notar las gotitas de sudor que se le formaban en la frente. Gracias a Dios, los pinchazos en el vientre ya no eran tan intensos como por la mañana, pero llevaba cuatro días con los nervios a flor de piel, y sabía que el dolor volvería. Su punto débil siempre había sido el estómago. Cuando tenía veinte años, tuvo una úlcera y lo hospitalizaron por diverticulitis; a los treinta años lo operaron de apendicitis aguda, cuando Kim estaba embarazada de Jonah. Ingería fármacos antiácidos como si fueran caramelos, llevaba años enganchado al Nexium, y a pesar de que sabía que probablemente podría llevar una dieta más saludable y realizar más ejercicio físico, no albergaba ninguna esperanza de que eso lo ayudara. Sus problemas estomacales eran genéticos.

La muerte de su padre seis años antes le había cambiado la vida. Desde el funeral se había visto abocado a un estado de absoluta inestabilidad, como si esperase a que sucediera algo. En cierta manera, eso era lo que suponía que le pasaba. Cinco años antes, había abandonado su puesto de trabajo en la Academia Juilliard; un año después, había decidido intentar ganarse la vida como concertista de piano. Hacía tres años que él y Kim habían acordado divorciarse; menos de doce meses después, empezaron a cancelar las actuaciones de sus giras hasta que al final se quedó sin trabajo. El año anterior se había instalado nuevamente en aquella localidad, el pueblo que lo había visto crecer, un lugar que pensaba que jamás volvería a pisar. Y ahora estaba a punto de pasar el verano con sus hijos, y aunque intentaba imaginar lo que el otoño le depararía después de que Ronnie y Jonah regresaran a Nueva York, sólo tenía la certeza de que las hojas de los árboles adoptarían un tono amarillento antes de tornarse rojas y que por las mañanas le costaría respirar, como de costumbre, por el cambio de temperatura. Hacía mucho tiempo que ya no intentaba predecir el futuro.

El futuro no le quitaba el sueño. Sabía que las predicciones carecían de sentido; además, si ni siquiera atinaba a comprender el pasado… En aquella época, la única certeza absoluta que tenía era que él era un tipo ordinario en un mundo que adoraba lo extraordinario, y esa aseveración le provocaba una vaga sensación de desencanto por la vida que había llevado. Pero

¿qué podía hacer? A diferencia de Kim, más extrovertida y sociable, él siempre había sido más retraído y uno más del montón. A pesar de que despuntaba por cierto talento como músico y compositor, sabía que le faltaba el carisma y el don para encandilar a la audiencia, o aquello que fuera necesario para que un concertista supiera meterse al público en el bolsillo. A veces incluso admitía que su paso por el mundo era más como observador que como partícipe; en momentos de dolorosa honestidad, asumía que había fracasado en todo lo que era importante. Tenía cuarenta y ocho años. Su matrimonio no había funcionado, su hija no quería verlo y su hijo estaba creciendo lejos de él. Sabía que no podía culpar a nadie más que a sí mismo, y lo que más ansiaba en aquellos momentos era averiguar si todavía era posible que un tipo como él pudiera experimentar la presencia de Dios.

Diez años antes, jamás se habría imaginado cuestionándose tal cosa. Ni siquiera dos años antes. Pero a veces pensaba que la madurez lo había conducido inevitablemente hasta aquel punto más reflexivo. A pesar de que, desde hacía tiempo suponía que la respuesta radicaba de algún modo en la música que componía, últimamente sospechaba que se había equivocado. Cuanto más pensaba en ello, más cuenta se daba de que, para él, la música había sido siempre algo separado de la realidad, y no una forma de experimentarla profundamente. Podía sentir pasión y catarsis con las piezas de Tchaikovsky, o una sensación de plenitud al escribir sus propias sonatas, pero ahora sabía que encerrarse en la música tenía menos que ver con Dios que con un deseo egoísta de hallar una vía de escape.

Ahora creía que la respuesta correcta yacía en algún punto del amor que sentía por sus hijos, en el dolor que experimentaba cuando se despertaba en aquella casa silenciosa y se daba cuenta de que no estaban a su lado. Pero incluso en esos momentos tenía la certeza de que había algo más.

Y en cierta manera, esperaba que sus hijos lo ayudaran a encontrarlo.

Υ

Unos minutos más tarde, Steve vio a través de la ventana que el sol se reflejaba en el parabrisas de un monovolumen. Él y Kim lo habían comprado hacía años para realizar salidas y excursiones familiares los fines de semana. Súbitamente se preguntó si Kim se habría acordado de cambiar el aceite antes de iniciar aquel viaje tan largo, o incluso desde que él se marchó. «Probablemente no», decidió finalmente. Kim nunca se había ocupado de esas cuestiones; siempre era él quien se encargaba de revisar el estado del coche.

Pero, ahora, esa parte de su vida había quedado atrás.

Se levantó del asiento; cuando llegó al porche, Jonah ya había saltado del coche y se dirigía corriendo hacia él. Llevaba el pelo alborotado, las gafas torcidas; sus piernas y sus brazos eran tan delgados como los palos de una escoba. Steve notó un nudo en la garganta, y de nuevo pensó en todo lo que se había perdido durante los últimos tres años.

—¡Papá!

—¡Jonah! —exclamó Steve al tiempo que avanzaba hacia él a grandes zancadas.

Cuando Jonah saltó a sus brazos, le costó mucho no desmoronarse de la emoción.

—¡Cómo has crecido! —se sorprendió.

—¡En cambio tú estás más canijo! ¡Y mucho más delgado! —dijo el niño.

Steve estrechó a su hijo con fuerza entre sus brazos antes de soltarlo.

—Me alegro de que ya hayas llegado.

—Yo también. Mamá y Ronnie se han pasado todo el viaje discutiendo.

—Vaya, pues eso no está bien.

—No pasa nada. No les he hecho ni caso. Excepto cuando me apetecía pincharlas un poco, ya sabes, para provocarlas.

—Ah —respondió Steve.

Jonah se llevó un dedo hasta el puente de las gafas para colocárselas en su sitio.

—¿Por qué mamá no nos ha dejado venir en avión?

—¿Se lo has preguntado?

—No.

—Quizá deberías hacerlo.

—¡Bah! Tampoco importa; sólo es que sentía curiosidad.

Steve sonrió. Había olvidado lo parlanchín que podía ser su hijo cuando se lo proponía.

—¡Anda! ¿Ésta es tu casa?

—Sí.

—¡Es alucinante!

Steve se preguntó si Jonah hablaba en serio. Aquella pequeña construcción rústica y tosca no tenía nada de alucinante; probablemente era la edificación más destartalada de toda la playa. Además, estaba «encerrada» entre dos casas espectaculares que habían erigido en los últimos diez años, con lo cual aún parecía más diminuta. Con la pintura ajada, el tejado desvencijado y la madera del porche medio podrida, a Steve no le sorprendería en absoluto que durante la próxima tormenta de moderada intensidad, el bungaló saliera volando por los aires, cosa que, seguramente, no les haría ni pizca de gracia a sus vecinos. Desde que se había mudado, ningún miembro de las dos familias le había dirigido la palabra.

—¿De verdad lo crees? —se interesó.

—¡Pues claro! ¡Está justo en medio de la playa! ¿Qué más se puede pedir? —Jonah enfiló hacia el océano—. ¿Puedo echar un vistazo?

—Claro. Pero ten cuidado. Y no te alejes demasiado.

—Vale.

Steve observó cómo Jonah se alejaba al trote. Al darse la vuelta vio que Kim se acercaba. Ronnie también se había apeado del coche, aunque no parecía mostrar ninguna predisposición a acercarse.

—Hola, Kim —la saludó.

—¿Qué tal, Steve? —Se inclinó para darle un abrazo fugaz—. ¿Todo bien? Estás más delgado.

—Estoy bien.

Detrás de ella, Steve se fijó en Ronnie, que lentamente se encaminaba hacia ellos. Se sorprendió al ver cómo había cambiado desde la última foto que su ex mujer le había enviado por correo electrónico. Qué lejos quedaba la pequeña princesita que recordaba; en su lugar había ahora una adolescente con un mechón lila que destacaba en su larga melena castaña, las uñas de las manos pintadas de color negro, y vestida con ropa oscura de los pies a la cabeza. A pesar de los signos obvios de rebelión adolescente, pensó de nuevo en lo mucho que se parecía a su madre. Eso era bueno. También pensó que Kim estaba tan guapa como siempre.

Steve carraspeó con cierto nerviosismo antes de hablar.

—Hola, cielo. Me alegro mucho de verte.

Ronnie no contestó; su madre la miró con el ceño fruncido.

—No seas grosera. Tu padre te está hablando. Di algo.

Ronnie se cruzó de brazos.

—Muy bien. ¿Qué te parece esto? No pienso tocar el piano para ti.

—¡Ronnie! —Steve pudo oír la exasperación en el tono de Kim.

—¿Qué? —La chica alzó la cabeza con desfachatez—. Pensé que era mejor dejar las cosas claras desde el principio.

Antes de que Kim pudiera responder, Steve sacudió la cabeza. Lo último que deseaba era una discusión.

—Tranquila, Kim, no pasa nada.

—Sí, mamá, no pasa «nada» —cacareó Ronnie, a la defensiva—. Necesito estirar un poco las piernas. Me voy a dar una vuelta.

Mientras se alejaba con porte insolente, Steve se dio cuenta de que su ex mujer se debatía entre el impulso de llamarla para que regresara o no dejarla marchar. Al final, sin embargo, no dijo nada.

—Un viaje duro, ¿eh? —intervino él, intentando aquietar las aguas.

—Ni te lo imaginas.

Steve sonrió, pensando que por tan sólo un instante era fácil imaginar que todavía seguían casados, formando un equipo, todavía enamorados.

Salvo que, por supuesto, no lo estaban.

Y

Tras descargar las maletas, Steve se dirigió a la cocina, donde dio unos golpecitos a la vieja cubitera para que saltaran unos cubitos dentro de unos vasos que ya estaban en el bungaló cuando él lo ocupó.

A su espalda, oyó que Kim entraba en la cocina. Asió una jarra con té dulce frío, vertió la infusión en dos vasos y le pasó uno a su ex mujer. Fuera, Jonah se dedicaba alternativamente a atrapar y a evitar ser atrapado por las olas mientras las gaviotas sobrevolaban la orilla.

—Parece que Jonah se está divirtiendo.

Ella avanzó un paso hacia la ventana.

—Lleva varias semanas nervioso, soñando con este viaje. —Kim titubeó antes de continuar—. Te echa de menos.

—Yo también a él.

—Lo sé —suspiró ella. Tomó un sorbo de té antes de dar un vistazo a la cocina—. Así que… aquí es donde vives, ¿eh? Tiene… carácter.

—Por carácter entiendo que te has fijado en las goteras del techo y en la falta de aire acondicionado.

Kim esbozó una breve sonrisa, incómoda.

—Sé que no es mucho. Pero es tranquilo y puedo ver cómo sale el sol.

—¿Y la Iglesia te deja estar aquí sin pagar nada?

Steve asintió.

—La casa pertenecía a Carson Johnson, un artista de la localidad; cuando falleció, la donó a la Iglesia. El reverendo Harris deja que me quede hasta que necesiten el terreno.

—¿Y qué tal es eso de vivir de nuevo en tu pueblo natal? Quiero decir, tus padres vivían muy cerca, ¿no? ¿A unas tres manzanas de aquí?

«A siete, para ser más precisos», pensó él, aunque lo único que dijo mientras se encogía de hombros fue:

—No está mal.

—Ahora hay mucha más gente. Ha cambiado mucho desde la última vez que estuve aquí.

—Todo cambia —apuntó él. Se apoyó en la encimera y cruzó una pierna por encima de la otra—. ¿Y cuándo es el gran día? —inquirió, cambiando de tema—. Me refiero a ti y a Brian.

—Steve…

—No pasa nada —la interrumpió, alzando la mano—. Me alegro de que hayas rehecho tu vida.

Kim se lo quedó mirando fijamente, como si se preguntara si era mejor aceptar sus palabras sin más o ahondar en el peligroso territorio sentimental.

—En enero —anunció finalmente—. Y quiero que sepas que con los niños… Brian no pretende ser quien no es. Seguro que te gustaría.

—Sí, seguro —repitió él, tomando un sorbo de té. Después depositó el vaso sobre la mesa—. ¿Y qué piensan los niños de él?

—A Jonah parece que le gusta, pero es que a Jonah le gusta todo el mundo.

—¿Y Ronnie?

—Se porta con él del mismo modo que se porta contigo.

Steve soltó una carcajada sin reparar en la cara de preocupación de Kim.

—¿Cómo está?

—¡Uf! No lo sé —suspiró ella—. Creo que no muy bien. Está atravesando una fase muy… confusa; se debate entre rachas de melancolía y de cólera. No respeta la hora de volver a casa por las noches, y la mitad de las veces sólo consigo sacarle un «Me da igual» cuando intento hablar con ella. Intento aceptar que su actitud es la propia de su edad, porque aún recuerdo lo que yo sentía en la adolescencia, pero… —Sacudió la cabeza con tristeza—. ¿Te has fijado en la forma en que viste? ¿Y su pelo? ¿Y ese pintauñas tan horroroso?

—Sí.

—¿Y?

—Podría ser peor.

Kim abrió la boca para decir algo, pero cuando no se le ocurrió nada, supo que Steve tenía razón. Fuera cual fuese la fase que su hija estaba atravesando, y a pesar de los temores de Kim, Ronnie seguía siendo Ronnie.

—Supongo que sí —cedió ella, antes de volver a sacudir la cabeza—. Ya sé que tienes razón. Pero es que últimamente resulta extremadamente difícil convivir con ella. Algunas veces es la misma niña dulce de siempre. Como con Jonah. A pesar de que se pelean como el perro y el gato, todavía lo lleva al parque cada fin de semana. Y cuando Jonah tuvo problemas con las matemáticas, ella le dio clases cada noche, lo cual no deja de ser curioso, teniendo en cuenta que este curso Ronnie ha suspendido casi todas las asignaturas. Y no te lo había dicho, pero la obligué a presentarse de nuevo a la convocatoria de febrero. No contestó ni una sola pregunta en los exámenes. ¿Sabes lo mal estudiante que hay que ser para no contestar ni una sola pregunta?

Cuando Steve volvió a reír, Kim frunció el ceño.

—No tiene gracia.

—En cierta manera sí.

—Claro, tú no has tenido que lidiar con ella durante estos tres últimos años.

Él dejó de reír y bajó la cabeza.

—Tienes razón. Lo siento. —Cogió nuevamente el vaso—. ¿Qué dijo el juez sobre el pequeño hurto en la tienda?

—Ya te lo conté por teléfono —repuso ella con expresión resignada—: si Ronnie no se mete en ningún lío más, lo borrarán de su expediente. Pero si se vuelve a repetir… —No pudo acabar la frase.

—Estás muy preocupada por eso, ¿verdad? —dedujo él.

Kim le dio la espalda.

—Es que no es la primera vez, y ése es el problema —confesó, angustiada—. Ronnie admitió que había robado la pulsera el año pasado, pero, según ella, esta vez estaba comprando un par de cosas en la tienda y no podía sostenerlas todas en las manos, así que por eso se metió el pintalabios en el bolsillo. Pagó las otras cosas. Si ves el vídeo de seguridad de la tienda, parece como si realmente fuera un descuido sin ninguna mala intención, pero…

—Pero no estás segura.

Cuando Kim no contestó, Steve sacudió la cabeza.

—No te preocupes. No aparecerá en la lista de «Los delincuentes más buscados del país». Cometió un error. Siempre ha tenido buen corazón.

—Eso no significa que ahora nos esté diciendo la verdad.

—Y tampoco significa que esté mintiendo.

—¿La crees? —Su expresión denotaba una mezcla de esperanza y de escepticismo.

Steve se debatió entre sus sentimientos al respecto, como había hecho una docena de veces desde que Kim se lo contó por primera vez.

—Sí —concluyó—. La creo.

—¿Por qué?

—Porque es buena chica.

—¿Cómo lo sabes? —preguntó ella. Por primera vez, parecía enojada—. La última vez que pasaste tiempo con ella, Ronnie tenía quince años. —Volvió a darle la espalda; cruzó los brazos y clavó la vista en la ventana. Cuando volvió a hablar, su voz había adoptado un tono más crispado—: Podrías haber vuelto, lo sabes perfectamente. Podrías haber vuelto a dar clases en Nueva York. No tenías que viajar por todo el país, ni quedarte a vivir aquí… Podrías haber continuado formando parte de sus vidas.

Sus palabras eran punzantes, y Steve sabía que ella tenía razón. Pero no había sido tan sencillo, por razones que ambos comprendían, a pesar de que ninguno de los dos quería reconocerlo.

El incómodo silencio se rompió cuando Steve finalmente carraspeó.

—Lo único que intento decir es que Ronnie sabe distinguir entre lo que está bien y lo que está mal. A pesar de que esté intentando reafirmar su independencia, sigo creyendo que es la misma persona que ha sido siempre. En los aspectos fundamentales, Ronnie no ha cambiado.

Antes de que Kim pudiera pensar en cómo o en si podía rebatir aquel alegato, Jonah entró atolondradamente por la puerta, con las mejillas encendidas.

—¡Papá! ¡He encontrado un taller muy guay! ¡Ven! ¡Quiero que me lo enseñes!

Kim enarcó una ceja.

—Sí. Está en la parte trasera —explicó Steve—. ¿Así que quieres verlo?

—¡Ya verás, mamá, es alucinante!

Kim miró a Steve y luego a Jonah; después, nuevamente a su ex marido.

—No, gracias —respondió—. Me suena a una actividad más propia de padre e hijo. Y además, creo que será mejor que me ponga en camino.

—¿Ya te vas? —preguntó Jonah.

Steve sabía lo doloroso que aquella separación le iba a resultar a su ex mujer, así que contestó por ella.

—A tu madre todavía le quedan muchas horas en la carretera. Y además, esta noche había pensado llevaros a la feria. ¿Te parece bien que dejemos lo del taller para más tarde?

Steve vio que los hombros de su hijo se hundían casi imperceptiblemente.

—Vaaaaaale —convino Jonah.

Después de que el chico se despidiera de su madre —sin Ronnie a la vista y, según Kim, probablemente aún tardaría bastante en regresar—, se metieron en el taller, una especie de cobertizo con el techo de hojalata y que formaba parte de la propiedad.

Durante los últimos tres meses, Steve se había pasado la mayor parte de las tardes allí encerrado, rodeado de un montón de chatarra y de pequeños fragmentos de cristal de distintos colores que ahora Jonah se estaba dedicando a inspeccionar. El centro del taller lo ocupaba una alargada mesa de trabajo con un vitral recién empezado, pero Jonah parecía más interesado en las extrañas muestras de taxidermia que se exhibían en las estanterías, la especialidad del anterior dueño de la casa. Era imposible no inmutarse ante el engendro con medio cuerpo de ardilla y la otra mitad de pez, o ante la cabeza de comadreja empalada en el cuerpo de un gallo.

—¿Qué es todo esto? —preguntó Jonah, desconcertado.

—Supongo que se podría definir como arte.

—Pensé que el arte eran pinturas y cosas parecidas.

—Así es. Pero a veces el arte también puede adoptar otras formas.

Jonah arrugó la nariz, sin apartar la vista del bicho mitad conejo mitad serpiente.

—Pues a mí esto no me parece arte.

Cuando Steve sonrió, Jonah señaló el vitral que reposaba sobre la mesa de trabajo.

—¿Y qué es esto? —quiso saber.

—Es mi obra. Estoy montando una vidriera de colores para la iglesia que hay un poco más abajo, en esta misma calle. El año pasado se quemó, y la vidriera original quedó destruida en el incendio.

—No sabía que supieras hacer vidrieras.

—Lo creas o no, el artista que antes vivía en esta casa me enseñó a hacerlo.

—¿El tipo que disecó todos estos bichos?

—Así es.

—¿Lo conocías?

Steve se acercó a su hijo.

—De pequeño solía venir aquí cuando se suponía que tenía que estar en clase de religión. Él realizaba las vidrieras para la mayoría de las iglesias que hay por aquí cerca. ¿Ves esa foto en la pared? —Steve señaló hacia una pequeña imagen de Jesucristo resucitado clavada con una chincheta en una de las estanterías, que con tantos trastos pasaba fácilmente desapercibida—. Espero que mi vidriera sea igual que la imagen de la foto, cuando esté acabada.

—¡Alucinante! —exclamó Jonah.

Steve sonrió. Por lo visto, era la nueva palabra favorita de su hijo; se preguntó cuántas veces la oiría durante el verano.

—¿Quieres ayudarme?

—¿Puedo?

—Lo daba por sentado. —Steve le propinó un cariñoso golpecito en el hombro—. Necesito un ayudante de confianza.

—¿Es difícil?

—Yo tenía tu edad cuando empecé, así que estoy seguro de que no tendrás ningún problema para aprender.

Visiblemente entusiasmado, Jonah asió un fragmento de vidrio y lo examinó a contraluz, con una expresión solemne.

—Sí, yo también creo que podré hacerlo.

Steve sonrió.

—¿Todavía vas a misa? —le preguntó.

—Sí. Pero no a la misma iglesia que íbamos antes contigo. Ahora vamos a la que le gusta a Brian. Y Ronnie no siempre viene con nosotros. Se encierra en su cuarto y se niega a salir, pero tan pronto como nos vamos, se larga a Starbucks a matar el rato con sus amigos. Mamá se pone muy furiosa.

—Bueno, eso es normal en la adolescencia. Los hijos ponéis a los padres a prueba.

Jonah depositó el fragmento de cristal sobre la mesa.

—Yo no lo haré. Siempre seré bueno. Pero no me gusta mucho la nueva iglesia. Es un palo. Así que puede que no vaya a esa iglesia.

—Muy bien. —Steve hizo una pausa—. Me he enterado de que no piensas jugar al fútbol el próximo otoño.

—No se me da muy bien.

—¿Y qué? Pero te diviertes, ¿no?

—No cuando los otros niños se ríen de mí.

—¿Se ríen de ti?

—No pasa nada. Tampoco me molesta.

—Ah —dijo Steve.

Jonah empezó a balancearse, alternando el peso de su cuerpo de una pierna a la otra, inquieto; era obvio que algo le rondaba por la cabeza.

—Ronnie no ha leído ninguna de las cartas que le has enviado, papá. Y tampoco quiere volver a tocar el piano nunca más.

—Lo sé —respondió Steve.

—Mamá dice que es porque tiene el SPM.

Steve casi se atragantó de la risa, pero intentó recuperar la compostura tan rápido como pudo.

—¿Y sabes exactamente lo que eso significa?

Jonah se llevó el dedo índice al puente de las gafas para colocárselas bien.

—Ya no soy tan pequeño, papá. Significa que tiene el síndrome de perpetuos morros.

Steve se echó a reír al mismo tiempo que con una mano le revolvía el pelo a su hijo en un gesto cariñoso.

—¿Qué te parece si vamos a buscar a tu hermana? Creo que se ha ido hacia la feria.

—¿Nos montaremos en la noria?

—Por supuesto.

—Alucinante.

3

Ronnie

$\mathcal{H}$abía un montón de gente en la feria. O mejor dicho —Ronnie se corrigió a sí misma—, había un montón de gente en el Festival Marinero de Wrightsville Beach. Mientras compraba una limonada en uno de los puestos ambulantes, contempló los numerosos coches aparcados uno detrás de otro y que formaban una fila compacta a ambos lados de las carreteras que conducían al muelle, e incluso se fijó en varios jóvenes con espíritu emprendedor que alquilaban los aparcamientos de sus casas, situadas cerca de la fiesta.

Hasta ese momento, sin embargo, la acción dejaba mucho que desear. Había supuesto que la noria sería una atracción fija de la localidad y que en el muelle habría tiendas y bares como en el paseo marítimo de Atlantic City; en otras palabras, que sería el sitio ideal para matar las horas en verano. Pero se había equivocado. Evidentemente, no era más que una pequeña feria rural montada en la zona de estacionamiento para los coches en la punta del muelle. Las atracciones formaban parte de la feria ambulante, y en el aparcamiento habían dispuesto una fila de puestos donde se podía jugar una partida a diferentes juegos —eso sí, a un precio que era un timo— y unas casetas en las que lo único que servían era bazofia grasienta. Toda la feria era bastante… patética.

Por lo visto, sin embargo, nadie más compartía su opinión. La fiesta estaba «a tope». Viejos y jóvenes, familias enteras, grupitos de colegiales que flirteaban echándose miraditas…

Tomara la dirección que tomase, siempre tenía la sensación de estar luchando contra la marea de individuos que la embestían sin parar. Individuos empapados de sudor. Individuos gordos, que apestaban a sudor. En un momento dado, Ronnie quedó comprimida entre un par de ellos; entonces, inexplicablemente, la multitud se detuvo, de repente. Qué asco. Uno se estaba zampando un perrito caliente y el otro devoraba una barra de chocolate que previamente había visto en uno de esos puestos de comida. Arrugó la nariz. El ambiente era más que patético.

Avistó un espacio despejado, se deslizó como pudo entre el hervidero de gente y los tenderetes ambulantes y enfiló hacia el muelle. Afortunadamente, había menos gente a medida que se alejaba hacia el muelle y dejaba atrás los puestos con productos artesanales. Nada que ansiara comprar, ¿quién diantre iba a querer un gnomo hecho íntegramente con conchas marinas? No obstante, seguro que alguien compraba esa basura; si no, los tenderetes no estarían allí.

Distraída, chocó sin querer con una mesa. Una anciana ocupaba la silla plegable situada detrás de ella. La mujer, que llevaba una camiseta con un logo de una sociedad protectora de animales, tenía el pelo cano y una cara afable y sonriente. «La típica abuela que se pasa el día horneando galletas antes de Nochebuena», se dijo Ronnie. Sobre la mesa, delante de la anciana, vio unos folletos de propaganda y una vasija para donativos junto a una enorme caja de cartón. Dentro de ésta había cuatro cachorros de color gris, y uno de ellos no paraba de dar brincos sobre sus patas traseras para mirar por encima de la pared de cartón.

—Hola, pequeñín —lo saludó Ronnie.

La anciana sonrió.

—¿Quieres sostenerlo? Es el más juguetón. Lo llamo *Seinfeld*.

El cachorro empezó a gimotear sin parar.

—No, gracias. —Era una monada. Realmente una monada, a pesar de que pensara que el nombre no le quedaba nada bien. Y sí que le apetecía cogerlo, pero sabía que, si lo hacía, después no querría volver a dejarlo en la caja. Se le iban los ojos detrás de los animales en general, especialmente de los que habían abandonado, como aquellos cachorrillos—. No les pasará nada, ¿verdad? No irá a sacrificarlos, ¿no?

—No te preocupes —contestó la mujer—. Por eso hemos montado esta parada, para que la gente los adopte. El año pasado encontramos familias para casi treinta animales, y estos cuatro ya están colocados. Sólo estoy esperando a que los nuevos dueños pasen a recogerlos de camino a casa, cuando se marchen de la feria. Pero tengo más en el cobertizo, si te interesa.

—No, gracias, sólo quería verlos —contestó Ronnie, justo en el momento en que oyó una música estridente que procedía de la playa. Alargó el cuello, intentando descubrir de qué se trataba—. ¿Qué pasa? ¿Es un concierto?

La mujer sacudió la cabeza.

—No, es vóley-playa. Hace horas que juegan; organizan un torneo o algo parecido. Deberías ir a verlo. Llevo todo el día oyendo gritos y aplausos, así que supongo que debe de ser interesante.

Ronnie consideró aquella posibilidad por unos instantes. ¿Por qué no? No podía ser peor que la feria. Echó un par de dólares en la vasija para donativos antes de encaminarse hacia los peldaños de madera que conducían a la playa.

El sol empezaba a ponerse y confería al océano una suerte de capa de oro líquido. En la playa, las pocas familias que quedaban se hallaban congregadas en las toallas cerca del agua, al lado de un par de castillos de arena que pronto serían barridos por la marea. Los charranes bajaban en picado para volver a elevarse rápidamente, en busca de cangrejos.

No necesitó mucho rato para llegar hasta el lugar de dónde venía el jaleo. Mientras se aproximaba despacio al borde de la pista, se fijó en que las otras chicas congregadas miraban embobadas a los dos jugadores de la derecha. No le sorprendió en absoluto. Los dos chicos —¿de su edad?, ¿un poco mayores?— eran de esa clase que su amiga Kayla solía describir como «bomboncitos». A pesar de que ninguno de los dos fuera su tipo, pensó que era imposible no admirar sus cuerpos esbeltos

y musculosos, así como la gracia etérea con que se movían sobre la arena.

Especialmente el más alto, con el pelo de color castaño oscuro y la pulsera de macramé en la muñeca. Sin lugar a dudas,
Kayla habría ido a por él —siempre le atraían los más altos—
del mismo modo que la rubia despampanante embutida en un
bikini y situada al otro lado de la pista también iba a por él; era
algo obvio. Ronnie se fijó en ella y en su amiguita desde el
principio. Ambas eran delgadas y atractivas, con unos dientes
increíblemente blancos, y era evidente que estaban acostum-
bradas a ser el centro de atención y a que los chicos revolotea-
ran a su alrededor. Se mantenían alejadas del resto de la concurrencia y animaban a los chicos con una destacada elegancia,
probablemente porque de ese modo podían ondear sus mele-
nas al viento con estilo. Podrían haber sido perfectamente unas
vallas publicitarias que proclamaran que no había nada de
malo en admirarlas a distancia, pero sin acercarse. No las conocía de nada, pero de entrada ya no le gustaron.

Centró su atención nuevamente en el partido en el instante
en que los chicos monos se anotaban otro tanto. Y después
otro. Y otro. No sabía cómo iba la puntuación general, pero obviamente ellos eran el mejor equipo. Y sin embargo, mientras
seguía el juego con atención, empezó a desviar la vista hacia los
otros dos chicos. No fue por su manía en fijarse siempre en
los más desvalidos —lo cual era cierto—, sino más bien por el
hecho de que la pareja ganadora le recordaba a los niños pijos
que a veces conocía en las discotecas, los niñatos del Upper East
Side que estudiaban en el colegio privado Dalton o en el Buc-
kley y que pensaban que eran mejores que los demás simplemente porque sus papás eran agentes de bolsa. Había visto
a suficientes especímenes de la denominada gente bien como para reconocer a uno de ellos a distancia, y se apostaba lo que
fuera a que ese par constituía definitivamente parte de la gente
bien de la localidad. Sus sospechas se vieron confirmadas después de marcar el siguiente punto, cuando el que formaba pareja con el muchacho de pelo castaño le guiñó el ojo a la rubia
de piel bronceada, la muñequita Barbie, cuando le tocó el turno

de sacar. Obviamente, en aquel pueblo, la gente bien se conocía entre sí.

¿Por qué aquello no la sorprendía?

De repente, perdió el interés por el partido, y se dio la vuelta para marcharse justo en el momento en que otro saque pasó por encima de la red. Apenas oyó que alguien gritaba mientras el equipo adversario devolvía el balón. Antes de que hubiera dado un par de pasos, la gente a su alrededor empezó a darse empellones y le hicieron perder el equilibrio por tan sólo un instante.

Un instante que se prolongó demasiado.

Tuvo tiempo de darse la vuelta para ver a uno de los jugadores que corría hacia ella a toda velocidad, con la cabeza bien alzada para no perder de vista la caprichosa pelota. No tuvo tiempo de reaccionar antes de que el chico chocara contra ella. Notó que la agarraba por los hombros en un intento simultáneo de detener la fuerte embestida y evitar que ella cayera al suelo. Notó que su propio brazo se movilizaba para detener el impacto y vio casi con fascinación, como en cámara lenta, que la tapa de plástico del vaso que sostenía salía disparada y que la limonada que contenía formaba un arco en el aire antes de salpicarle la cara y la camiseta.

Y entonces, súbitamente, todo se detuvo. Cerca de su cara, vio al jugador de pelo castaño mirándola con los ojos abiertos como un par de naranjas a causa del susto.

—¿Estás bien? —le preguntó, jadeando.

Ronnie podía notar las gotas de limonada resbalándole por la cara y empapándole la camiseta. A duras penas oyó las carcajadas de alguien entre la multitud. ¿Y por qué no se iban a reír? El día no había tenido desperdicio. No, señor.

—Estoy bien —espetó.

—¿Seguro? —El chico seguía jadeando. A juzgar por las apariencias, parecía genuinamente arrepentido—. Te he embestido con mucha fuerza.

—Suéltame de una vez —ladró ella, apretando los dientes.

Por lo visto, él no se había dado cuenta de que seguía clavándole los dedos crispados como garras en los hombros;

apartó las manos al instante y Ronnie notó la relajación de sus músculos. El chico retrocedió un paso con celeridad y automáticamente se llevó la mano a la pulsera. La hizo rotar casi inconscientemente.

—Lo siento mucho. De veras. Estaba persiguiendo el balón y...

—Ya sé lo que estabas haciendo —lo atajó ella—. Pero he sobrevivido, así que ya está, déjame en paz.

Acto seguido, se dio la vuelta con la intención de alejarse rápidamente de aquel lugar. A su espalda, oyó que alguien gritaba: «¡Vamos, Will! ¡Tenemos que acabar el partido!», y mientras se abría paso entre la multitud, notó que él la continuaba observando hasta que finalmente la perdió de vista.

Su camiseta no estaba como para tirarla, pero eso no hizo que se sintiera mucho mejor. Le gustaba aquella camiseta; se la había comprado el año pasado en el concierto de Fall Out Boy, al que había ido de extranjis con Rick. Aquella vez sí que su madre se había enfadado de verdad, y no sólo porque Rick llevara un tatuaje de una tela de araña en el cuello y más *piercings* en las orejas que Kayla —¡que ya era decir!—, sino porque ella le mintió sobre adónde iba, y no llegó a casa hasta la tarde siguiente, ya que decidieron acabar la juerga en casa del hermano de Rick, en Filadelfia. Su madre le prohibió volver a ver o incluso hablar con Rick, una norma que ella se saltó justo al día siguiente.

No era que estuviera colada por ese chico; con toda franqueza, ni siquiera le gustaba. Pero estaba enfadada con su madre, y en aquel momento le pareció una provocación correcta. Cuando llegó a casa de Rick, se lo encontró de nuevo borracho como una cuba, como en el concierto. Se dio cuenta de que si continuaba saliendo con él, el chico seguiría insistiendo para que probara todo lo que él tomaba, igual que había hecho la noche anterior. Ronnie se quedó sólo unos minutos en su casa antes de enfilar hacia Union Square, donde pasó el resto de la tarde, con la certeza de que lo suyo con Rick había terminado.

No era tan ingenua con las drogas. Algunos de sus amigos fumaban maría, otros preferían tomar cocaína o éxtasis, e incluso uno de ellos tenía la desagradable costumbre de tomar *crystal meth*. Todos excepto ella se ponían de alcohol hasta las cejas cada fin de semana. En cada discoteca y en cada fiesta le ofrecían toda esa basura abiertamente. Sin embargo, Ronnie tenía la impresión de que siempre que sus amigos fumaban, bebían o se atiborraban de píldoras que, según ellos, constituían la esencia de la juerga, se pasaban el resto de la noche articulando mal las palabras o tartamudeando o vomitando o perdiendo completamente el control hasta cometer verdaderas estupideces. Algo que normalmente implicaba acabar liada con un tío.

Ronnie no quería acabar de ese modo. No después de lo que le había sucedido a Kayla el invierno pasado. Alguien —Kayla no llegó a saber quién había sido el gracioso— le echó un poco de GHB en la bebida, y a pesar de que apenas recordaba nada de lo que sucedió a continuación, estaba prácticamente segura de que había acabado en una habitación con tres chicos que acababa de conocer aquella misma noche. Cuando se despertó a la mañana siguiente, toda su ropa estaba esparcida por la habitación. Kayla nunca volvió a hablar de lo ocurrido —prefirió fingir que nunca había pasado, e incluso se arrepintió de habérselo contado a Ronnie—, pero no resultaba difícil atar cabos.

Cuando llegó al muelle, depositó en el suelo su vaso medio vacío y empezó a restregarse la camiseta con una servilleta mojada. El método parecía funcionar, pero de repente la servilleta empezó a desintegrarse hasta formar unas partículas que parecían caspa.

Genial.

¿Por qué ese niñato había tenido que chocar precisamente con ella? Ronnie sólo había estado allí…, ¿cuánto?, ¿diez minutos? ¿Cuántas probabilidades había de girarse en el preciso instante en que el balón llegara volando directamente hacia ella? ¿Y que encima estuviera sosteniendo una limonada en medio de una multitud en un partido de vóley-playa que ni siquiera le interesaba, en un lugar donde no quería estar? Hasta al cabo de un millón de años, probablemente no volvería a producirse la misma casualidad. Con una suerte como aquélla, debería haber comprado un billete de lotería.

Y encima estaba el niño mono, con el pelo castaño y los ojos pardos, que la había arrollado. De cerca, se había fijado en que no era simplemente «mono», sino muy atractivo, especialmente cuando puso aquella cara de... aspaviento. Aunque formara parte de aquella panda de gente superficial, en la milésima parte del segundo en que sus ojos se encontraron, Ronnie tuvo la extraña sensación de que había algo realmente genuino en él.

Sacudió la cabeza varias veces para alejar de la mente aquellos pensamientos tan ridículos. Era evidente que le había dado demasiado el sol en la cabeza. Con la impresión de haber hecho todo lo posible con la servilleta, recogió el vaso de limonada. Su intención era tirar el resto, pero al alargar el brazo notó que su muñeca topaba con algo, o mejor dicho, con alguien. Esta vez, nada pasó en cámara lenta; en un instante, el vaso le cayó encima y la parte de delante de la camiseta quedó totalmente empapada de la dichosa limonada.

Se quedó inmóvil, contemplando su camiseta sin dar crédito a lo que estaba viendo.

«No puede ser», se dijo a sí misma.

Delante de ella había una chica de su misma edad que sostenía un batido y que parecía tan sorprendida como ella. Iba vestida con prendas oscuras, y su pelo negro, recio y con unos rizos indomables le caía por ambos lados y enmarcaba su cara. Al igual que Kayla, llevaba como mínimo media docena de *piercings* en cada oreja. Resaltaban debido a un par de calaveras en miniatura que pendían de los lóbulos de sus orejas; la sombra de ojos oscura junto con la fuerte línea negra que demarcaba sus ojos le confería una apariencia casi felina. Mientras el resto de la limonada traspasaba la tela de la camiseta de Ronnie, la desconocida de aspecto gótico apuntó con su batido hacia la mancha que se extendía.

—Qué chungo —comentó.

—Sí, ¿verdad?

—Bueno, ahora, por lo menos, está igual que la parte de atrás.

—¿Encima intentas ser graciosa?

—No, sólo ingeniosa.

—Entonces deberías haber dicho algo como «¿Por qué no usas un babero?».

La chica se echó a reír, con una risita desconcertantemente infantil.

—No eres de aquí, ¿verdad?

—No. Soy de Nueva York. He venido a ver a mi padre.

—¿Te quedas el fin de semana?

—Qué va. Todo el verano.

—Eso sí que es chungo.

Esta vez, fue Ronnie la que se echó a reír.

—Soy Ronnie, que es una forma abreviada de Veronica.

—Y yo Blaze.

—¿Blaze?

—Mi verdadero nombre es Galadriel. Es de *El señor de los anillos*. ¡Cosas de mi madre!

—Bueno, al menos no te puso Gollum.

—Ni Ronnie. —La muchacha ladeó la cabeza y apuntó con ella por encima de su hombro—. Si quieres cambiarte y ponerte algo seco, en la caseta tengo camisetas de Nemo.

—¿Nemo?

—Sí, Nemo. El pececito de la película; ese de color naranja y blanco que tiene una aleta atrofiada. ¿No has visto la peli? Se queda atrapado en una pecera y su padre va a salvarlo. ¿No te suena?

—Mira, no quiero una camiseta de Nemo.

—¡Pero si Nemo mola!

—Quizá si tienes seis años —replicó Ronnie.

—¡Bah! ¡Haz lo que quieras!

Antes de que Ronnie pudiera responder, vio de soslayo a tres chicos que se abrían paso entre la multitud. Con esos pantalones cortos rotos, los tatuajes y el pecho al descubierto que emergía por debajo de unas voluminosas cazadoras de piel, destacaban entre toda la gente que ocupaba la playa. Uno tenía un *piercing* en la ceja y llevaba uno de esos viejos estéreos portátiles; otro iba con el pelo teñido, peinado con una cresta, y los brazos totalmente cubiertos con tatuajes. El tercero, igual que Blaze, llevaba una mata alborotada de pelo largo y negro que contrastaba con su piel blanca como la leche. Ronnie se giró instintivamente hacia Blaze, y entonces se dio cuenta de que su interlocutora había desaparecido. En su lugar encontró a Jonah.

—¿Qué tienes en la camiseta? ¡Qué asco! Estás toda pegajosa.

Ronnie buscó a Blaze, preguntándose dónde se había metido. Y por qué había desaparecido tan sigilosamente.

—Mira, déjame en paz, ¿vale?

—No puedo. Papá te está buscando. Creo que quiere que vayas a casa.

—¿Dónde está?

—Tenía que ir al baño, pero no tardará en volver.

—Dile que no me has visto.

Jonah consideró la petición.

—Cinco pavos.

—¿Qué?

—Si me das cinco pavos no le diré que te he visto.

—¿Hablas en serio?

—No te queda mucho tiempo. Ahora ya no son cinco, sino diez pavos.

Por encima del hombro de Jonah, Ronnie avistó a su padre. La estaba buscando entre la multitud. Instintivamente bajó la cabeza para esconderla entre los hombros, aunque sabía que no conseguiría escabullirse sin que él la viera. Miró a su hermano con cara de pocos amigos. Maldito chantajista. Seguramente él también se había dado cuenta de que no tenía escapatoria. Jonah era un encanto; lo adoraba y también respetaba su habilidad de chantajista, pero, sin embargo, era su hermano pequeño. En un mundo perfecto, él estaría de su parte. Pero ¿lo estaba? Por supuesto que no.

—Te odio, ¿lo sabías? —gruñó ella.

—Ya, y yo también te odio. Pero todavía te costará diez pavos.

—¿Y si te doy cinco?

—Has perdido la oportunidad. Pero te juro que no ventilaré tu secreto.

Su padre todavía no los había visto, pero cada vez se acercaba más.

—Vale —refunfuñó ella, rebuscando en los bolsillos.

Le entregó un billete arrugado y Jonah se lo guardó. Mirando por encima del hombro de su hermano, Ronnie vio que su padre avanzaba hacia ellos, barriendo la zona con los ojos. Agachada, se deslizó hasta el otro lado de la caseta. Se sorprendió al ver a Blaze, recostada en la pared de la caseta, fumando un cigarrillo.

La gótica le sonrió socarronamente.

—¿Qué? ¿Problemas con tu papá?

—¿Cómo puedo largarme de aquí sin que me vea?

—Eso es cosa tuya. —Blaze se encogió de hombros—. Pero él sabe qué camiseta llevas.

Una hora más tarde, Ronnie estaba sentada al lado de Blaze en uno de los bancos situados al final del muelle, todavía aburrida, aunque no tanto como lo había estado antes. Blaze resultó alguien agradable con quien charlar, con un chocante sentido del humor, y lo mejor de todo: parecía que le gustaba Nueva York tanto como a Ronnie, a pesar de que nunca había estado. La atosigó con las típicas preguntas sobre Times Square, el Empire State y la Estatua de la Libertad —los cebos para turistas que ella intentaba evitar a toda costa—. Así pues, le describió la verdadera Nueva York: las discotecas en Chelsea, el ambiente musical en Brooklyn y los vendedores ambulantes en Chinatown, que vendían desde licor de contrabando hasta bolsos falsos de Prada o cualquier cosa que uno pudiera imaginar, y todo a un precio de risa.

Al hablar de aquellos sitios, Ronnie sintió una repentina nostalgia. Cómo deseaba estar en Nueva York, en lugar de en aquel maldito lugar. En cualquier lugar menos allí.

—A mí tampoco me habría hecho gracia venir aquí —admitió Blaze—. Créeme. Es un sitio muy aburrido.

—¿Cuánto tiempo hace que vives aquí?

—Desde que nací. Pero al menos visto mejor que la mayoría.

Ronnie había comprado la ridícula camiseta de Nemo, consciente de su pinta fachosa. La única talla que quedaba en la caseta era una súper grande, por lo que parecía que llevaba más una túnica que una camiseta. Lo único positivo era que, al ponérsela, Ronnie había podido escapar de su padre sin que éste la viera. Blaze no se había equivocado.

—Alguien me dijo que Nemo molaba.

—Pues te mintió. ¿Y se puede saber qué hacemos aquí todavía? Mi padre ya debe haberse marchado.

Blaze se giró para mirarla.

—¿Por qué? ¿Es que quieres volver a la feria? No me digas que quieres ir a la casa del terror.

—No, pero seguro que hay algo que valga la pena.

—Aún es temprano. Más tarde sí que se animará la cosa. De momento, lo único que podemos hacer es esperar.

—¿A qué?

Blaze no contestó. En lugar de eso, se levantó, le dio la espalda y se puso a contemplar el agua de color azabache. Su pelo se mecía con la brisa. Instantes después, alzó la vista para mirar la luna.

—Te había visto antes, ¿sabes?

—¿Cuándo?

—En el partido de vóley-playa. —Señaló hacia el muelle—. Yo estaba allí de pie.

—¿Y?

—Parecías totalmente fuera de lugar.

—Pues tú tampoco es que encajes en ese ambiente.

—Por eso estaba en el muelle, y no cerca de la pista. —De un saltito, se sentó en la barandilla. Luego miró a Ronnie—. Ya sé que no quieres estar aquí, pero ¿qué es lo que te ha hecho tu padre para que no quieras ni hablar con él?

Ronnie se secó las palmas de las manos en los pantalones.

—Es una larga historia.

—¿Vive con su novia?

—No creo que tenga novia. ¿Por qué?

—Pues entonces tienes mucha suerte.

—¿De qué estás hablando?

—Mi padre vive con su novia. Es la tercera desde que se divorció de mi madre, y ésta es la peor de todas. Sólo tiene unos años más que yo, y se viste como una bailarina de *striptease*. La verdad es que creo que antes trabajaba en un espectáculo de ésos. Se me revuelve el estómago cada vez que tengo que ir a visitarlos. Es como si ella no supiera qué hacer cuando estoy cerca. Primero intenta darme consejos como si fuera mi madre, y a continuación se comporta como si intentara ser mi mejor amiga. La odio.

—¿Y vives con tu madre?

—Sí. Pero ahora ella también tiene novio, y él está en casa todo el tiempo. Y también es un desgraciado. Lleva ese tupé tan ridículo porque se quedó calvo a los veinte años, más o menos, y no para de insistir en que he de ir a estudiar a la universidad. ¡Como si me importara lo que él pueda pensar de mí! ¡Qué asco de vida! ¿No crees?

Antes de que Ronnie pudiera contestar, Blaze volvió a saltar al suelo.

—¡Vamos! Me parece que están a punto de empezar. No puedes perdértelo.

Ronnie la siguió de nuevo hasta el muelle, hacia una multitud que se había congregado alrededor de lo que parecía un espectáculo en plena calle. Sorprendida, descubrió que los que actuaban no eran otros que los tres chicos con pinta de gamberros que había visto antes. Dos de ellos estaban bailando *breakdance*, al ritmo de una música que retumbaba en el estéreo portátil; el tercero —el chico con el pelo negro y largo— estaba de pie en el centro, haciendo juegos malabares con lo que parecían unas pelotas de golf en llamas. De vez en cuando, se detenía y simplemente sostenía una de las pelotas, la hacía rotar entre sus dedos y se la pasaba por encima de la mano o por todo el brazo hasta pasársela al otro brazo. En dos ocasiones cerró el puño sobre la bola de fuego; entonces, prácticamente extinguía la llama, pero entonces abría un poco la mano y dejaba escapar las llamas por la angosta abertura cerca de su dedo pulgar.

—¿Lo conoces? —quiso saber Ronnie.

Blaze asintió con la cabeza.

—Es Marcus.

—¿Lleva alguna capa protectora para no quemarse las manos?

—No.

—¿Y no se hace daño?

—Si sabes coger bien la pelota, no pasa nada. Es increíble, ¿no te parece?

Ronnie no pudo más que mostrarse conforme. Marcus apagó dos de las pelotas y después volvió a encenderlas tocándolas simplemente con la tercera. En el suelo había una chistera de mago boca arriba, y Ronnie vio que la gente empezaba a tirar algunas monedas dentro.

—¿Dónde consigue esas bolas para el espectáculo? No son pelotas de golf normales y corrientes, ¿verdad?

Blaze negó con la cabeza.

—Se las fabrica él mismo. Puedo enseñarte a hacerlo. No es difícil. Lo único que necesitas es una camiseta de algodón, hilo y aguja, y un líquido inflamable.

Mientras la música seguía tronando, Marcus lanzó las tres bolas de fuego al chico que tenía la cresta de pelo teñida y encendió dos más. Ambos se pusieron a hacer juegos malabares, pasándose las pelotas como si fueran dos malabaristas que jugaran con varios bolos en una actuación circense, cada vez más rápido, hasta que cometieron un fallo.

Aunque en realidad no fue un fallo. El chico con el *piercing* en la ceja atrapó la bola al vuelo imitando a un guardameta, y empezó a jugar con ella pasándosela de un pie al otro como si no fuera otra cosa que una pequeña pelota de cuero. Después de apagar tres bolas, los otros dos se pusieron también a imitar a su compañero, dando puntapiés a las bolas y pasándoselas entre ellos con una extraordinaria destreza, sin que cayeran al suelo. La multitud empezó a aplaudir, y una lluvia de monedas fue a parar dentro del sombrero mientras la música alcanzaba su punto culminante. Entonces, de repente, el trío atrapó las danzarinas bolas en llamas y las apagó simultáneamente justo en el instante en que la canción tocaba a su fin.

Ronnie tuvo que admitir que nunca había visto nada similar. Marcus avanzó hacia Blaze, la abrazó y le dio un inacabable beso en la boca que parecía extremadamente inapropiado en público. Abrió los ojos lentamente y miró sin parpadear a Ronnie antes de apartar a Blaze de un empujón.

—¿Quién es? —preguntó, señalando a Ronnie.

—Se llama Ronnie —la presentó Blaze—. Es de Nueva York. Acabo de conocerla.

El de la cresta y el del *piercing* en la ceja se unieron a Marcus y a Blaze en su descarado escrutinio; era una situación de lo más incómoda.

—De Nueva York, ¿eh? —repitió Marcus, al tiempo que sacaba un encendedor del bolsillo y prendía una de las bolas. Sostuvo la bola encendida totalmente inmóvil, entre los dedos pulgar e índice.

Ronnie volvió a preguntarse cómo podía hacer eso sin quemarse.

—¿Te gusta el fuego? —le preguntó él.

Sin esperar su respuesta, le lanzó la bola. Ronnie se apartó dando un brinco, demasiado sobresaltada para responder. La bola fue a caer a su lado, justo en el momento en que, como surgido de la nada, un policía se precipitaba sobre la bola y se ponía a pisotearla frenéticamente.

—¡Vosotros tres! —gritó, apuntándolos con un dedo acusador—. ¡Largo! ¡Ahora mismo! Ya os he dicho que no podéis montar vuestro numerito en el muelle. La próxima vez, os juro que os arrestaré.

Marcus alzó las manos y retrocedió un paso.

—Vale, vale. Ya nos íbamos.

Los chicos agarraron sus cazadoras y empezaron a desfilar por el muelle, hacia las atracciones de la feria. Blaze los siguió, dejando sola a Ronnie, que podía notar la aplastante y severa mirada del policía, pero lo ignoró. Tras vacilar unos instantes, decidió seguirlos.

4

Marcus

*E*staba seguro de que los seguiría. Siempre lo hacían. Especialmente las recién llegadas al pueblo. Así funcionaban las cosas con las chicas: cuanto peor las trataba, más le deseaban. Eran idiotas. Predecibles e idiotas.

Se apoyó en la rocalla del exterior del hotel. Blaze le pasó los brazos por el cuello. Ronnie estaba sentada en uno de los bancos frente a ellos; a su lado, Teddy y Lance se dedicaban a balbucear piropos a las chicas que pasaban, en un intento de captar su atención. Estaban totalmente borrachos, ahítos de cerveza —ya lo estaban antes de empezar el espectáculo—; como de costumbre, las únicas chicas que les prestaban atención eran las feas. La mitad del tiempo, Marcus tampoco prestaba atención a ese par de botarates.

Mientras tanto, Blaze le estaba besuqueando el cuello, pero él tampoco le prestaba atención. Estaba harto de cómo se pegaba a él como una lapa cuando estaban en público. Estaba harto de ella en general. Si no fuera una máquina en la cama, si no supiera hacer todas aquellas cosas que lo volvían loco, ya haría tiempo que la habría plantado por una de las otras tres, cuatro o cinco chicas con las que se acostaba. Pero en ese momento tampoco pensaba en ellas. Observó a Ronnie, y le gustó el mechón lila en su pelo, su pequeño cuerpo enjuto y el efecto brillante de su sombra de ojos. Destilaba cierto estilo, de pequeña furcia —eso sí, de categoría—, a pesar de la camiseta tan ridícula que llevaba. Le atraía esa clase de chicas. Sí, le atraía mucho, muchísimo.

Le dio un empujón en las caderas a Blaze para sacársela de encima. Cómo deseaba que esa pesada lo dejara en paz.

—Anda, ve a buscarme una ración de patatas fritas —le ordenó—. Tengo hambre.

Blaze se apartó.

—Sólo me quedan un par de dólares —dijo en tono quejica.

—¿Y qué? ¡Tienes de sobra! ¡Y no te las comas por el camino! ¿Entendido?

Hablaba en serio. A Blaze se le estaba poniendo cara de pan y le estaba saliendo barriga. No le sorprendía, teniendo en cuenta que últimamente bebía casi tanta cerveza como Teddy y Lance.

Blaze montó un numerito con una serie de muecas y caritas de pena, pero Marcus se la quitó de encima y al final ella se alejó en dirección hacia una de las casetas donde vendían comida. Marcus vio que se ponía a hacer cola; delante de ella debía de haber seis o siete personas y, sin perder ni un segundo, él decidió sentarse al lado de Ronnie. Cerca, aunque no demasiado cerca. Blaze era muy celosa, y no quería que espantara a Ronnie antes de que tuviera la oportunidad de conocerla.

—¿Qué te ha parecido? —le preguntó.

—¿El qué?

—El espectáculo. ¿Habías visto algo parecido en Nueva York?

—No —admitió ella—. Nunca.

—¿Dónde te alojas?

—En la playa. Un poco más abajo.

Por la forma en que había contestado, Marcus dedujo que se sentía incómoda, probablemente porque Blaze no estaba allí.

—Blaze me ha contado que pasas de tu padre.

Como única respuesta, Ronnie se limitó a encogerse de hombros.

—¿Qué? ¿No quieres hablar de eso?

—No hay nada de que hablar.

Él se recostó en el banco.

—O a lo mejor es que no te fías de mí.

—¿Qué dices?

—Se lo has contado a Blaze, pero no a mí.

—Es que no te conozco.

—Ya, pero tampoco conoces a Blaze; os acabáis de conocer.

A Ronnie no le gustaba en absoluto aquella clase de argumentos provocadores, ni tampoco que él intentara meter las narices en sus asuntos. Pero para evitar conflictos, le contestó con la misma respuesta recurrente que utilizaba desde que se enteró de que iba a ir a ver a su padre:

—No me apetecía hablar con él, ¿vale? Y tampoco me apetece pasar el verano aquí.

Él se apartó el mechón que le cubría los ojos.

—Pues vete.

—Ya, como si fuera tan fácil. ¿Y adónde voy a ir?

—A Florida.

Ronnie pestañeó.

—¿Qué?

—Conozco un tipo que tiene un apartamento allí, en las afueras de Tampa. Si quieres, puedo llevarte. Podríamos quedarnos tanto tiempo como quisieras. Tengo el coche ahí aparcado.

Ella abrió la boca, más por la consternación que por el deseo de contestar. No sabía qué decir. La idea en sí era tan absurda…, igual que el hecho de que él se lo acabara de proponer.

—No puedo irme a Florida contigo. Te… acabo de conocer. ¿Y qué pasa con Blaze?

—¿Qué pasa con ella?

—Sales con ella, ¿no?

—¿Y qué? —replicó con el semblante inmutable.

—Estás como una cabra. —Ronnie sacudió la cabeza y se puso de pie—. Voy a hacerle compañía a Blaze.

Marcus buscó en el bolsillo una bola de fuego.

—Vamos, tía, que sólo estaba bromeando.

Aunque la verdad era que no estaba bromeando. Se lo había propuesto por la misma razón por la que le había lanzado la bola de fuego antes. Para ver hasta dónde podía llegar con Blaze.

—Ya, vale, de acuerdo. De todos modos, prefiero ir con ella.

Marcus la observó mientras se alejaba. A pesar de que admiraba aquel cuerpecito de dinamita pura, no sabía por dónde iban los tiros con esa chica. Su apariencia no dejaba lugar a dudas, aunque, a diferencia de Blaze, no fumaba ni mostraba ningún interés en la juerga, y tenía la impresión de que había más de lo que ella le estaba dejando entrever. Se preguntó si sería una niña rica. Tenía sentido, ¿no? Un apartamento en Nueva York, una casita en la playa… Su familia debía de tener pasta gansa para permitirse ese ritmo de vida. Pero, por otro lado, era más que evidente que no encajaba con la gente rica de aquel lugar, por lo menos, la que él conocía. Así que… ¿Cómo era, realmente? ¿Y por qué quería saberlo?

Porque no soportaba a los ricos, no soportaba su ostentación, y tampoco que se creyeran superiores a los demás por el simple hecho de tener dinero. Un día, antes de abandonar los estudios, oyó que un niño pijo en el instituto se jactaba de la nueva barca que le habían regalado para su cumpleaños. No era una tabla flotante, no; era una Boston Whaler de más de seis metros de eslora, con GPS y sónar, y el muy memo no paraba de fanfarronear sobre cómo pensaba salir a navegar cada día de verano y atracar en el club marítimo.

Tres días más tarde, Marcus le prendió fuego a la barca y contempló cómo se quemaba desde detrás del magnolio en el hoyo 16.

Siempre le habían gustado los incendios. Le gustaba el caos que originaban. Le gustaba su implacable poder de destrucción; la forma en que arrasaban y consumían todo lo que se ponía a su paso.

No le había contado a nadie que había sido él, por supuesto. Contárselo a alguien suponía lo mismo que confesárselo a la Policía. Y a Teddy y a Lance aún menos: sólo era necesario encerrarlos en una celda para que se desmoronaran y se pusieran a cantar tan pronto como la puerta se cerrara tras ellos. Por eso precisamente insistía en que últimamente hicieran todo el trabajo sucio. La mejor manera de evitar que hablaran más de la cuenta era asegurándose de que se sentían más culpables que él. Últimamente, eran ellos los que robaban la cerveza, los que le habían dado la paliza a aquel tipo calvo en el aeropuerto hasta dejarlo inconsciente antes de robarle la cartera, los que habían pintado las esvásticas en la sinagoga. No se fiaba de ellos, ni tampoco sentía ningún afecto por esos chicos, pero ese par siempre se mostraba dispuesto a secundarlo en sus planes. De momento, le eran útiles.

Detrás de él, Teddy y Lance continuaban actuando como el par de idiotas que eran; ahora que Ronnie se había marchado, Marcus se empezó a poner nervioso. No tenía ninguna intención de pasarse el resto de la noche allí sentado, sin hacer nada. Cuando Blaze regresara, después de comerse las patatas fritas, se iría a merodear por ahí. A ver qué encontraba. Nunca se sabía con qué se podía topar uno en un lugar como aquél, en una noche como aquélla, entre una multitud como ésa. De una cosa estaba seguro: después del espectáculo, siempre necesitaba un poco de acción, algo… «más».

Dirigió la vista hacia la caseta de comida y vio que Blaze ya estaba pagando las patatas fritas, con la otra chica a su lado. Observó a Ronnie, deseando que se girara y lo mirase; al cabo de un momento, lo hizo. No durante mucho rato, sólo para echarle un rápido vistazo, pero bastó para que él se preguntara de nuevo cómo se comportaría en la cama.

Pensó que probablemente sería una fierecilla. La mayoría lo eran, si se las estimulaba adecuadamente.

5

Will

*H*iciera lo que hiciese, Will no lograba escapar de la opresión de su abominable secreto. En apariencia, todo parecía normal: durante los últimos seis meses había ido a clase en el instituto, había jugado al baloncesto, había asistido al gran baile de fin de curso, y finalmente se había graduado del instituto, listo para ir a la universidad. Todo parecía perfecto, por descontado. Seis semanas antes, había roto con Ashley, pero eso no tenía nada que ver con lo que sucedió aquella noche, la noche que jamás podría olvidar. Durante casi la mayor parte del tiempo, conseguía mantener la mente ocupada y no pensar en ello, pero de vez en cuando, en momentos bajos, las imágenes emergían ante sus ojos con una fuerza descomunal. Las imágenes nunca cambiaban ni se desvanecían, el contorno de aquellas imágenes jamás se tornaba borroso. Como si lo presenciara a través de los ojos de otro individuo, se veía corriendo playa arriba y agarrando a Scott mientras éste contemplaba boquiabierto el impresionante incendio.

Recordaba que había exclamado: «Pero ¿se puede saber qué has hecho?». Scott, a la defensiva, le había contestado: «¡Yo no he hecho nada!».

Fue entonces cuando Will se dio cuenta de que no estaban solos. En la distancia, divisó a Marcus, a Blaze, a Teddy y a Lance, sentados sobre el capó de un coche, observándolos, y de repente supo que ellos habían sido testigos de todo lo que había sucedido.

Ellos lo sabían…

Tan pronto como Will sacó el móvil del bolsillo, Scott lo retuvo y, con voz suplicante, le dijo : «¡No llames a la Policía! ¡Ya te lo he dicho! ¡Ha sido un accidente! ¡Vamos, hombre! ¡Me debes una!».

El suceso apareció en las noticias durante los siguientes dos días. Will vio las imágenes y leyó los artículos en el periódico con el estómago encogido. Una cosa era encubrir a un amigo por un incendio accidental. Sí, eso se veía capaz de hacerlo. Pero alguien había resultado herido aquella noche, y Will sentía una desagradable sensación de culpa cada vez que pasaba por el lugar. No importaba que estuvieran reconstruyendo la iglesia o que al reverendo ya le hubieran dado el alta en el hospital; lo que importaba era que él sabía lo que había pasado y que no había hecho nada al respecto.

«Me debes una…»

Ésas eran las palabras que más lo habían conmocionado. Y no simplemente porque Scott fuera su mejor amigo desde la más tierna infancia, sino por otra razón más importante. Y a veces, en medio de la noche, no conseguía conciliar el sueño al pensar cómo odiaba la verdad que encerraban aquellas palabras, y ardía en deseos de encontrar una forma de remediarlo.

Aunque pareciera extraño, había sido el incidente durante el partido de vóley-playa de aquella misma tarde, lo que esta vez había activado los recuerdos. O, mejor dicho, la chica con la que había chocado. Ella no había mostrado ningún interés en sus disculpas; a diferencia de la mayoría de las chicas de la localidad, no había intentado ocultar su rabia. No se había contenido ni tampoco se había puesto a chillar histérica; había reaccionado con un absoluto control de sí misma, algo que le pareció totalmente diferente.

Después de que se marchara de aquella forma airada, acabaron el partido; falló un par de puntos, cosa que normalmente no le habría pasado. Scott se lo había quedado mirando con el ceño fruncido y —quizá por el juego de luces y sombras del atardecer— le pareció que exhibía el mismo semblante que la noche del incendio, cuando él sacó el móvil para llamar a la Policía. Y eso fue todo lo que necesitó para que los recuerdos emergieran de nuevo libremente.

Fue capaz de continuar bien, sin desmoronarse, hasta que ganaron el partido; sin embargo, cuando acabaron, pensó que necesitaba estar un rato solo. Por eso decidió dar una vuelta por la feria, hasta que se detuvo en uno de los puestos donde se podía jugar a encestar canastas —eso sí, a un precio que era un timo y con muy pocas probabilidades de ganar—. Se estaba preparando para lanzar una pelota de baloncesto demasiado hinchada al aro de una canasta que estaba colocada a una altura un poco más elevada de lo normal cuando oyó una voz a sus espaldas.

—¡Por fin te encuentro! —dijo Ashley—. ¿Me rehúyes?

«Sí, eso es exactamente lo que pretendo: esconderme, evadirme», pensó.

—No —contestó—. No he tocado una pelota de baloncesto desde que se acabó la temporada, y quería constatar lo desentrenado que estoy.

Ashley sonrió. Su top blanco en forma de tubo, sus sandalias y sus pendientes largos resaltaban al máximo sus ojos azules y su melena rubia. Se había cambiado de ropa al final del partido de vóley-playa. Muy propio de ella; era la única chica que conocía que llevaba varias prendas en el bolso por norma, incluso cuando iba a la playa. En el baile de fin de curso del mes de mayo, se había cambiado tres veces: un vestido para la cena, otro para el baile, y el tercero para la fiesta que siguió a continuación. Había aparecido con una maleta, y tras embutirse el corsé y posar para las fotografías, Will había tenido que arrastrar la maleta hasta el coche. A su madre no le había parecido inusual que preparase un equipaje como si se marchara de vacaciones en vez de a un baile. Y quizás ahí radicaba parte del problema. Una vez, Ashley lo había llevado a echar un vistazo al vestidor de su madre; esa mujer debía de tener unos doscientos pares de zapatos distintos y unos mil trajes diferentes. En ese vestidor incluso cabía un Buick.

—Adelante. No te detengas por mí. No me gustaría que echaras a perder un dólar.

Will se dio la vuelta, y después de apuntar hacia la canasta, lanzó el balón; éste rebotó en el tablero y en el borde del aro hasta que se coló por la canasta. Perfecto, ya tenía un punto. Dos más y ganaría el premio.

Mientras el balón rebotaba en el tablero, el encargado de la atracción no paraba de mirar de reojo a Ashley. La chica, por su parte, no parecía haberse dado cuenta de la presencia del empleado.

Cuando el balón se coló por la red y botó de nuevo hasta Will, él la recogió y miró al encargado.

—¿Ha ganado alguien hoy?

—Por supuesto. Cada día hay montones de ganadores.

El hombre continuaba con la vista clavada en Ashley mientras contestaba. No era extraño. Todo el mundo se fijaba en ella. Era como un poste luminoso de neón, capaz de atraer a cualquiera con un gramo de testosterona en el cuerpo.

Ashley avanzó un paso, dio media vuelta, se apoyó en la pared de la caseta y volvió a regalarle una sonrisa a Will. Ashley nunca había destacado por su sutileza. Después de haber sido coronada la reina de la localidad, no se quitaba la tiara ni para dormir.

—Hoy has jugado muy bien —dijo—. Y tu saque ha mejorado muchísimo.

—Gracias —contestó Will.

—Creo que prácticamente ya eres tan bueno como Scott.

—¡Qué aduladora! —exclamó él. Scott llevaba jugando al vóley-playa desde que tenía seis años; Will había empezado a practicar a los dieciséis—. Soy rápido y puedo saltar, pero no tengo la portentosa habilidad de Scott.

—Sólo digo lo que he visto.

Centrándose de nuevo en el aro, Will inhaló y exhaló despacio, intentando relajarse antes de volver a lanzar. Eso era lo que el entrenador de su equipo siempre le decía que hiciera cuando le tocaba lanzar tiros libres, aunque a él no le parecía que eso le ayudara a mejorar el porcentaje de aciertos. Aquella vez, sin embargo, la pelota atravesó limpiamente la red. Bien. Dos de dos.

—¿Qué piensas hacer con el osito de peluche que vas a ganar? —se interesó ella.

—No lo sé. ¿Lo quieres?

—Sólo si a ti te apetece regalármelo.

Sabía que quería que le ofreciera el regalo en lugar de tener que pedirle que se lo regalara. Después de dos años juntos, había pocas cosas que no supiera de ella. Will agarró la pelota, inhaló y exhaló de nuevo, y lanzó el último tiro. En aquella ocasión, sin embargo, su lanzamiento fue demasiado fuerte, y el balón rebotó y cayó fuera del aro.

—¡Casi! —comentó el trabajador—. Vuélvelo a intentar.

—Sé cuando me han derrotado.

—¿Qué te parece si te descuento un dólar? Dos dólares por tres tiros.

—De acuerdo.

—Mejor dicho: dos dólares y os dejaré encestar tres veces a cada uno. —Agarró el balón y se lo ofreció a Ashley—. Me encantaría ver cómo juegas.

Ashley miró fijamente el balón sin inmutarse, dando a entender que no se le había ocurrido contemplar aquella posibilidad, lo cual probablemente era cierto.

—Me parece que no es una buena idea —terció Will—. Pero gracias de todos modos. —Se giró hacia Ashley—. ¿Sabes si Scott está por aquí?

—Sí, en una de las mesas, con Cassie. O por lo menos allí los dejé cuando salí a buscarte. Me parece que a Scott le gusta Cassie.

Will enfiló hacia la dirección que Ashley le había indicado, con ella pegada a su lado.

—Estábamos hablando… —empezó a decir Ashley, con un tono desenfadado— y a Scott y a Cassie se les ha ocurrido que podría ser divertido acabar la fiesta en mi casa. Mis padres están en Raleigh, en una ceremonia con el gobernador, así que tenemos toda la casa para nosotros solos.

Will ya había visto venir la propuesta.

—Será mejor que no —contestó.

—¿Por qué no? Ni que hubiera un plan alternativo más interesante.

—No creo que sea una buena idea.

—¿Es porque ya no salimos juntos? No pienses que quiero volver.

«Ya, y precisamente por eso has venido al partido, te has vestido así esta noche, has salido a buscarme y has sugerido que vayamos a tu casa, ya que tus padres no están», pensó él.

Sin embargo, no dijo nada. No estaba de humor para discutir, ni tampoco quería complicar más las cosas. Ashley no era una mala persona; simplemente no era su tipo.

—Tengo que estar en el trabajo mañana por la mañana, y me he pasado todo el día jugando a vóley-playa bajo el sol —se excusó—. Lo único que quiero es irme a dormir.

Ella lo agarró por el brazo, obligándolo a detenerse.

—¿Por qué ya no contestas al teléfono cuando te llamo?

Will no dijo nada. No tenía nada que alegar.

—Quiero saber en qué he fallado —le exigió ella.

—No has fallado en nada.

—Entonces, ¿qué pasa?

Cuando él no contestó, ella le dedicó una sonrisa suplicante.

—Vamos. Ven a mi casa y hablemos.

Will sabía que Ashley se merecía una respuesta. El problema era que su respuesta no era la que ella querría escuchar.

—Mira, estoy cansado, eso es todo.

—Estás «cansado» —bramó Scott—. ¿Le has dicho que estabas «cansado» y que querías irte a dormir?

—Más o menos.

—¿Estás loco o qué?

Scott lo miró con exasperación desde el otro lado de la mesa. Hacía rato que Cassie y Ashley se habían ido al muelle a hablar, seguramente para analizar detenidamente cada palabra que Will le había dicho a la chica, lo cual añadiría un innecesario toque dramático a la situación; todo aquello probablemente debería de haberse mantenido en privado, entre ellos dos. Con Ashley, sin embargo, todo siempre acababa en un drama. Tuvo la repentina sensación de que aquel verano iba a ser muy largo.

—«Estoy» cansado —dijo Will—. ¿Tú no?

—Quizá no has oído lo que ella te estaba proponiendo. ¿Cassie y yo, tú y Ashley, en la casa de la playa de sus padres?

—Sí, lo mencionó.

—Y, en cambio, todavía estamos aquí porque…

—Ya te lo he dicho.

Scott sacudió la cabeza.

—No, mira, no te entiendo. Recurres a la excusa del «estoy cansado» cuando tus padres quieren que laves el coche, o cuando te piden que te levantes para ir a misa. Pero «no» cuando surge una oportunidad como ésta.

Will no dijo nada. A pesar de que Scott sólo era un año menor que él —el próximo otoño empezaría el último curso en el instituto Laney— a menudo actuaba como si fuera su hermano mayor, con más experiencia que él.

«Excepto aquella noche en la iglesia…»

—¿Ves ese tipo junto al puesto de los tiros de baloncesto? A él sí que lo entiendo. Se pasa el santo día intentando animar a la gente para que juegue, y así poder ganar un poco de dinero para gastárselo en cerveza y cigarrillos al final de la jornada. Simple. Sin complicaciones. No es que lo envidie, pero al menos puedo entenderlo. Pero a ti no te entiendo. Quiero decir… ¿Es que no has visto a Ashley esta noche? Está impresionante. Parece una modelo salida de la revista *Maxim*.

—¿Y?

—Lo que quiero decir es que está buenísima.

—Lo sé. He salido con ella durante dos años, ¿recuerdas?

—Y no digo que vuelvas con ella. Lo único que sugiero es que nos metamos los cuatro en su casa, nos divirtamos un poco, y ya veremos qué pasa.

Scott se recostó en su silla.

—Por cierto, tampoco entiendo por qué rompiste con ella. Es más que obvio que sigue enamorada de ti, y los dos formabais una pareja perfecta.

Will sacudió la cabeza.

—No formábamos una pareja perfecta.

—Sí, eso ya me lo habías dicho antes, pero ¿qué significa? ¿Acaso Ashley se comportaba…? No sé…, ¿se comportaba como una desequilibrada o algo similar cuando estabais solos? ¿Qué hizo? ¿Te la encontraste un día apuntándote con un cuchillo de carnicero, o se puso a aullar a la luna una noche que os fuisteis a la playa?

—No, no pasó nada de eso. Lo nuestro no funcionó y punto.

—No funcionó y punto —repitió Scott—. ¿Te das cuenta de lo que dices?

Will ni se inmutó, y Scott se inclinó hacia delante por encima de la mesa.

—Vamos, hombre. Entonces hazlo por mí. La vida es para vivirla. Vamos, aprovecha el verano. No seas tan egoísta, y piensa en el equipo que formamos.

—Hablas como si estuvieras desesperado.

—¡Es que «estoy» desesperado! A menos que no accedas a irte con Ashley esta noche, Cassie no querrá irse conmigo. Y estamos hablando de una chica que está lista para «una noche romántica». Quiere marcha, ¿lo entiendes?

—Lo siento. Pero no puedo ayudarte.

—¡Perfecto! ¡Echa a perder mi vida! A quién le importa, ¿no?

—Sobrevivirás. —Hizo una pausa—. ¿Tienes hambre?

—Un poco —refunfuñó Scott.

—Pues vamos a buscar una hamburguesa.

Will se puso de pie, pero Scott continuó sentado, con el semblante enfurruñado.

—Necesitas practicar el remate —comentó—. Lanzas el balón con poco tino. Me ha costado mucho evitar que no nos eliminaran.

—Pues Ashley me ha dicho que soy tan bueno como tú.

Scott esbozó una mueca de fastidio y se incorporó de la mesa.

—¡Qué sabrá ella!

Y

Después de unos minutos en la cola de la caseta donde servían comida, Will y Scott enfilaron hacia la zona con mesitas donde estaban los condimentos. Scott embadurnó su hamburguesa con kétchup. La masa líquida roja rebosó por ambos lados cuando cubrió la hamburguesa con el pan.

—Qué asco —dijo Will.

—Para que te enteres, había una vez un chico llamado Ray Kroc al que se le ocurrió la genial idea de montar una compañía a la que llamó McDonald's. ¿Te suena ese nombre? Pues bien, insistió en que su hamburguesa original (en cierto modo, la hamburguesa original norteamericana, para que te enteres) debía llevar kétchup, lo cual debería indicarte la importancia que tiene este condimento en el resultado final de esta comida tan sabrosa.

—No me digas. Tu cuento me ha fascinado. Mira, voy a buscar algo de beber.

—Tráeme una botella de agua, ¿quieres?

Mientras Will se alejaba, un objeto blanco pasó volando por su lado a toda velocidad, en dirección a Scott, que lo vio a tiempo e instintivamente se apartó para que no le cayera encima. Al moverse de forma tan precipitada, no pudo evitar que la hamburguesa se le cayera al suelo.

—Pero ¿se puede saber qué diantre pasa? —gritó Scott, girándose iracundo.

En el suelo había una cajita de patatas fritas vacía. Detrás de él, Teddy y Lance tenían las manos metidas en los bolsillos. Marcus estaba de pie entre ellos, con carita de inocente.

—¡No sé a qué te refieres! —contestó Marcus.

—¡A esto! —espetó Scott, al tiempo que le propinaba una patada a la cajita para enviarla a los pies de los alborotadores.

Un poco más tarde, Will pensó que había sido el tono de su amigo lo que había encendido los ánimos de todos. Sintió que se le erizaba el vello en la nuca ante la palpable —casi física— dislocación de aire y espacio, una vibración que presagiaba violencia.

La violencia que Marcus obviamente buscaba...

Como si les acabara de lanzar el cebo.

Will se fijó en un hombre que se apresuraba a coger en brazos a su hijo pequeño y se apartaba, mientras que Ashley y Cassie, de regreso de su paseo por el muelle, se quedaron paralizadas del susto. A un lado, Will reconoció a Galadriel —por aquellos días se hacía llamar Blaze—, que también se acercaba lentamente al círculo.

Scott los miró con porte desafiante, tensando la mandíbula.

—¿Sabes? Me estoy empezando a cansar de tus estúpidas gilipolleces.

—¿Y qué vas a hacer? —Marcus sonrió maliciosamente—. ¿Lanzarme un cohete de botella?

La provocación bastó para encender la mecha. Mientras Scott avanzaba con porte belicoso, Will se abrió paso frenéticamente entre la concurrencia, intentando llegar hasta su amigo a tiempo.

Marcus no se movió. La cosa no pintaba nada bien. Will sabía que él y sus amigotes eran capaces de cualquier cosa..., y lo peor de todo, sabían lo que Scott había hecho y...

Pero a su amigo, que parecía poseído por la ira, no parecía importarle. Mientras Will se movía a toda prisa, Teddy y Lance se dispersaron, y dejaron a Scott atrapado en medio del círculo. Will intentó acortar la distancia, pero Scott se movía demasiado rápido; de repente, todo pareció suceder muy deprisa. Marcus retrocedió medio paso mientras Teddy le propinaba una patada a un taburete, obligando a Scott a saltar para sortear el objeto. Scott chocó contra una mesa, que volcó a causa del impacto, pero logró mantener el equilibrio y sus manos se crisparon en dos puños amenazadores. Lance se le acercó por un lado. Mientras Will seguía abriéndose paso atropelladamente, ganando terreno, oyó vagamente el llanto de un niño. Zafándose de la multitud, se abalanzó sobre Lance justo en el instante en que una chica se interpuso en su camino.

—¡Vale ya! —gritó la chica, con los brazos alzados—. ¡Dejadlo ya! ¿Vale?

Su voz era sorprendentemente potente y autoritaria, lo

bastante como para que Will frenara en seco. Todo el mundo se quedó inmóvil; en el repentino silencio, el estridente llanto del niño llenó el espacio. La chica no se amedrentó. Miró con exasperación a cada uno de los alborotadores, uno a uno; al ver aquel mechón lila en su pelo, Will cayó en la cuenta de dónde la había visto antes. La única diferencia era que ahora llevaba una camiseta excesivamente grande con un pez en el pecho.

—¡Se acabó la pelea! ¿Habéis oído? ¿Es que no veis que le habéis hecho daño a este niño?

Retándolos a que la contradijeran, se abrió paso entre Scott y Marcus y se detuvo delante del niño que lloraba, y al que habían derribado cuando habían empezado a pincharse entre ellos. Tenía tres o cuatro añitos, y llevaba una camiseta de un intenso color naranja. Cuando la chica empezó a hablar con él, lo hizo con una voz suave y una sonrisa reconfortante.

—¿Estás bien, cielo? ¿Dónde está tu mamá? Vamos a buscarla, ¿vale?

El pequeño centró por un momento toda su atención en la camiseta de la chica.

—Es Nemo —le dijo ella—. Él también se perdió. ¿Te gusta Nemo?

Por uno de los flancos irrumpió una mujer con cara de pánico que sostenía a un bebé en brazos. Intentaba avanzar a empujones, entre la gente que no parecía haberse percatado de la tensión en el aire.

—¿Jason? ¿Dónde estás? ¿Alguien ha visto a mi hijo? ¿Un niño pequeño, con el pelo rubio y una camiseta naranja?

La patente preocupación en su rostro se troncó en una mueca de alivio al ver a su hijo. Encajó el bebé encima de la cadera mientras corría hacia él.

—¡No puedes salir corriendo así, Jason! —gritó—. ¡Me has dado un susto de muerte! ¿Estás bien?

—Nemo —pronunció el pequeño, señalando hacia la chica.

La madre se dio la vuelta, y sus ojos se posaron en la joven por primera vez.

—Gracias. Se ha escapado mientras cambiaba los pañales a mi otro hijo y…

—Tranquila. No se preocupe; no le ha pasado nada —la interrumpió la chica, sacudiendo la cabeza.

Will vio que la madre guiaba a sus dos hijos fuera de la escena, después se giró hacia la chica, y reparó en la forma en que ella sonreía mientras el pequeño se alejaba anadeando, con el paso inseguro propio de los niños a esa temprana edad. Cuando estuvieron bastante lejos, sin embargo, la chica se dio cuenta súbitamente de que todos los congregados la estaban mirando. Se cruzó de brazos, plenamente consciente cuando la multitud empezó a dispersarse ante la inminente llegada de un policía.

Marcus murmuró rápidamente algo a Scott antes de desaparecer entre la multitud. Teddy y Lance hicieron lo mismo. Blaze se giró para seguirlos, y ante la sorpresa de Will, la chica con el mechón lila dio un paso adelante para agarrar a Blaze por el brazo.

—¡Espera! ¿Adónde vais?

Blaze se zafó de su brazo, sin detenerse.

—Al Bower's Point.

—¿Y dónde está eso?

—Un poco más abajo en la playa. No tiene pérdida. —Blaze se dio la vuelta y aceleró el paso para seguir a Marcus.

La chica no parecía estar segura de lo que quería hacer. Por entonces, la tensión, tan perceptible unos momentos antes, se estaba disipando tan rápidamente como se había formado. Scott levantó la mesa, la colocó en su sitio y se dirigió hacia Will en el preciso instante en que un hombre se acercaba a la chica. Will dedujo que debía de ser su padre.

—¡Ah! ¡Estás aquí! —exclamó el desconocido, con una mezcla de alivio y de exasperación—. Hace rato que te buscábamos. ¿Estás lista para irte?

Por lo visto, la chica, que no había apartado la vista de Blaze, no estaba nada contenta de ver a su padre.

—No —dijo simplemente. Y después, se mezcló entre la multitud y se dirigió hacia la playa.

—Supongo que no tiene hambre —intervino un niño que se había colocado al lado del padre de la chica.

El hombre puso la mano sobre el hombro del niño, con la

vista fija en su hija, mientras ella bajaba los peldaños hasta la playa sin darse la vuelta ni una sola vez.

—Supongo que no —dijo.

—¡Qué rabia! —bramó Scott, apartando a Will de la escena que había presenciado con tanta atención. Scott todavía parecía muy alterado, con la adrenalina a punto de estallar—. ¡Estaba a punto de reventarle la cara a ese desgraciado!

—Ah…, sí —respondió Will, aunque acto seguido sacudió la cabeza lentamente—. Bueno, no estoy tan seguro de que Teddy y Lance te hubieran dejado.

—Ésos no habrían hecho nada. ¡Sólo son un par de payasos!

Will no estaba de acuerdo, pero no dijo nada.

Scott contuvo la respiración.

—Vaya. Sólo nos faltaba ese poli.

El agente se les acercó lentamente, con la obvia intención de calibrar la situación.

—¿Qué es lo que pasa aquí? —los interrogó.

—Nada, señor —respondió Scott, con una voz sumisa.

—He oído que había una pelea.

—No, señor.

El policía esperó a obtener más información, con cara de escepticismo. Ni Scott ni Will abrieron la boca. Por entonces, la zona con las mesas de condimentos se estaba llenando nuevamente de gente, que se comportaba con absoluta tranquilidad. El agente contempló la zona para que no se le escapara ningún detalle relevante. Entonces, súbitamente, su rostro se iluminó al reconocer a alguien que estaba detrás de Will.

—¿Eres tú, Steve? —lo llamó, alzando la voz.

Will vio que se dirigía con paso ligero hacia el padre de la chica.

Ashley y Cassie llegaron hasta ellos. Cassie los miró con el semblante angustiado.

—¿Estáis bien? —les preguntó, con un hilito de voz.

—Sí, no te preocupes —contestó Scott.

—Ese chico está loco de atar. ¿Qué ha pasado? No hemos visto cómo empezaba.

—Me tiró algo encima, y yo no estaba dispuesto a tolerar la provocación. Estoy harto y cansado de sus desafíos. Se cree que todo el mundo le tiene miedo y que puede hacer lo que le dé la gana, pero la próxima vez que lo intente, no saldrá tan airoso…

Will no le hizo el menor caso. A Scott le gustaba mucho pavonearse. Se comportaba igual durante los partidos de vóley-playa, y hacía tiempo que él había aprendido a pasar de esa actitud.

Se dio la vuelta y se fijó en el policía, que saludaba animadamente al padre de la chica; se preguntó por qué se había zafado de su padre de ese modo tan insolente. Y también por qué se había ido con la pandilla de Marcus. No era como ellos, y dudaba mucho que ella supiera dónde se estaba metiendo. Mientras Scott continuaba cacareando, asegurándole a Cassie que él sólo podría haber dominado a esos tres, Will alargó el cuello con la intención de escuchar la conversación entre el policía y el padre de la chica.

—Ah, hola, Pete —lo saludó el padre—. ¿Qué tal?

—Lo de siempre —respondió el agente—. Haciendo lo que puedo por mantener el orden por aquí. ¿Y tú? ¿Cómo va el vitral?

—Avanzando poco a poco.

—Eso mismo me dijiste la última vez que te lo pregunté.

—Sí, pero ahora tengo un arma secreta. Te presento a mi hijo, Jonah. Será mi ayudante durante el verano.

—¿De veras? ¡Lo celebro, hombre! Y… ¿no tenía que venir también tu hija?

—Sí, está aquí —asintió el padre.

—Pero se ha vuelto a marchar —añadió el niño—. Está muy enfadada con papá.

—¡Vaya! Lo siento mucho.

Will vio que el padre señalaba hacia la playa.

—¿Sabes adónde se dirigen?

El agente miró con atención hacia la orilla.

—No lo sé. Pero un par de esos chavales son realmente problemáticos. Especialmente Marcus. Te lo digo en serio: si puedes, apártala de él.

Scott seguía jactándose, y Cassie y Ashley lo miraban embelesadas. A pesar de que su amigo le bloqueaba el paso, Will sintió un repentino impulso de llamar al agente. Sabía que no era asunto suyo. No conocía a la chica, ni tampoco sabía por qué se había alejado de su padre haciendo gala de aquellos malos modos. Quizá tenía una buena razón. Pero al ver la cara de preocupación de aquel hombre, se acordó de la actitud tan afable y las muestras de paciencia que ella había mostrado con el niño al que había rescatado: las palabras emergieron de su boca antes de que pudiera hacer nada por detenerlas.

—Ha ido al Bower's Point —anunció.

Scott dejó de hablar al instante, y Ashley se dio la vuelta para mirar a Will con estupefacción. Los otros tres lo escrutaron, desorientados.

—Es su hija, ¿verdad? —Cuando el padre asintió levemente con la cabeza, él repitió—: Ha ido al Bower's Point.

El agente continuaba mirándolo fijamente, luego se giró hacia el padre.

—Cuando acabe la ronda por aquí, iré a hablar con ella, a ver si la convenzo para que vuelva a casa, ¿de acuerdo?

—Oh, no tienes que hacerlo, Pete.

El policía se puso a observar al grupito en la distancia.

—Creo que, en este caso, será mejor que lo haga.

Inexplicablemente, Will notó una sensación de alivio. Sus sentimientos debían de ser visibles, porque cuando se dio la vuelta hacia sus amigos, lo miraban boquiabiertos.

—¿Por qué te has entrometido? —quiso saber Scott.

Will no contestó. Ni siquiera él podía comprender su propia reacción.

6

Ronnie

*E*n circunstancias normales, Ronnie probablemente habría apreciado un atardecer como aquél. En Nueva York, no era posible presenciar tantas estrellas por culpa de las luces de la ciudad, pero allí, en cambio, sucedía todo lo contrario. Incluso con la fina bruma, podía distinguir la Vía Láctea y, directamente hacia el sur, Venus destacaba con su brillo impresionante. Las olas se estrellaban y se retiraban rítmicamente de la orilla, y en el horizonte se veían las tenues luces de media docena de pequeñas embarcaciones de pesca.

Pero las circunstancias no eran normales. De pie, en el porche, miró al policía con aprensión, lívida de rabia.

No, no estaba simplemente lívida de rabia. Estaba que mordía. Lo que había sucedido era tan... descaradamente opresor y protector, por encima de los límites admisibles, que casi no acertaba a procesar la información. Su primera reacción fue hacer autostop hasta la parada de autobús y comprarse un billete para regresar a Nueva York. No se lo diría ni a su padre ni a su madre; llamaría directamente a Kayla. Una vez allí, ya pensaría qué haría después. Decidiera lo que decidiese, no podría ser peor que aquella situación.

Pero su plan resultaba del todo inviable. No podía hacerlo, con ese agente de Policía plantado allí delante. Él permanecía de pie, justo detrás de ella, para asegurarse de que iba a entrar en casa.

Todavía no podía creerlo. ¿Cómo había podido su padre

—¡su propio padre!— hacerle esa trastada? Ya casi era una persona adulta, no había hecho nada malo, y ni tan sólo era medianoche. No lo entendía. ¿Por qué tenía que exagerar las cosas más de lo necesario? Sí, claro, al principio, aquel policía, Pete, había descrito su actuación como si formara parte de una redada rudimentaria, con la intención de limpiar el Bower's Point —algo que a los otros no les había sorprendido en absoluto—, pero entonces el policía se había girado directamente hacia Ronnie, dejando claro que ella era su objetivo.

—Te guste o no, pienso llevarte a tu casa, jovencita —le había dicho, con un tono imperativo, como si ella fuera una niña de ocho años.

—No, gracias —había respondido ella.

—Entonces no me quedará más remedio que arrestarte por desacato a la autoridad, y tu padre tendrá que venir a buscarte.

En aquel instante, Ronnie comprendió que su padre le había pedido a aquel policía que la llevara de vuelta a casa, y por un momento se quedó paralizada de la vergüenza.

Era cierto que había tenido problemas con su madre, y también era cierto que, de vez en cuando, no respetaba la hora de regresar a casa. Pero nunca, ni una sola vez, su madre había recurrido a la Policía para que fueran a buscarla.

En el porche, aquel policía se entrometió en sus pensamientos.

—Vamos, entra —le ordenó, dejando claro que si ella no abría la puerta, lo haría él.

Desde el interior llegaban las suaves notas del piano; reconoció la *Sonata en mi menor* de Edvard Grieg. Aspiró aire lentamente antes de abrir la puerta y, acto seguido, la cerró detrás de ella con un fuerte portazo.

Su padre dejó de tocar y alzó la vista mientras ella lo miraba con inquina.

—¿Has pedido a la Policía que vaya a buscarme?

Su padre no dijo nada, pero en su silencio se podía adivinar la respuesta.

—¿Cómo se te ha ocurrido hacer una cosa así? —le exigió ella—. ¿Cómo has podido hacerme esto?

Él no dijo nada.

—¿Qué pasa? ¿No querías que me divirtiera? ¿No te fías de mí? ¿Acaso no captas que no quiero estar aquí?

Su padre entrelazó las manos sobre el regazo.

—Ya sé que no quieres estar aquí...

Ronnie avanzó un paso. Seguía mirándolo con una visible aversión.

—Así que has decidido que además me fastidiarás la vida, ¿no?

—¿Quién es Marcus?

—¡Y qué más da! —gritó ella—. ¡Ésa no es la cuestión! ¡No permitiré que analices a cada persona con la que salgo! ¿Entendido? ¡Ni se te ocurra intentarlo!

—No intento...

—¡Odio este lugar! ¿No lo entiendes? ¡Y te odio a ti!

Ronnie lo traspasó con la mirada, retándolo a que se atreviera a desafiarla. Deseando que lo hiciera, porque de ese modo podría volver a repetir lo que le acababa de decir.

Pero su padre no dijo nada, como de costumbre. ¡Oh! ¡Cómo detestaba esas muestras de debilidad! Furibunda, cruzó la estancia hacia la salita, agarró la foto de ella tocando el piano —la que estaba junto a su padre, en la playa— y la estampó contra el suelo. A pesar de que él parpadeó varias veces seguidas ante el estruendo del cristal al romperse, permaneció callado.

—¿Qué? ¿No tienes nada que decir?

Su padre carraspeó antes de hablar.

—Tu habitación es la de la primera puerta a la derecha.

Ronnie ni siquiera quería dignificar el comentario de su padre con una respuesta, así que desapareció por el pasillo con paso furioso y la firme determinación de no volver a dirigirle la palabra.

—Buenas noches, cielo —dijo él, alzando la voz—. Te quiero.

Por un momento, sólo por un momento, ella se arrepintió de lo que le había dicho; pero su arrepentimiento se desvaneció tan rápido como se había formado. Era como si él no se hubiera dado cuenta de que estaba enfadada: lo oyó de nuevo tocar el piano; había retomado la sonata en el mismo punto donde lo había dejado.

En la habitación —que no le costó ningún esfuerzo encontrar, dado que sólo había tres puertas en el pasillo, una que daba al cuarto de baño y la otra a la habitación de su padre— Ronnie encendió la luz. Lanzó un suspiro de frustración y se quitó la ridícula camiseta de Nemo que casi había olvidado que llevaba puesta.

Había sido el peor día de su vida.

Bueno, quizás estaba exagerando un poco. Sin embargo, no había sido un gran día. La única cosa positiva había sido conocer a Blaze, y albergaba la esperanza de contar por lo menos con una persona con la que pasar aquel verano.

Eso, por supuesto, si Blaze todavía quería salir con ella. Después de las muestras de coacción por parte de su padre, tenía serias dudas al respecto. A esas horas, Blaze y el resto del grupo debían de estar probablemente comentando la jugada y riéndose a mandíbula batiente. Sin lugar a dudas, era de aquella clase de anécdotas que Kayla sacaría a relucir durante muchos años.

Al recordar lo sucedido, se le removió el estómago. Lanzó la camiseta de Nemo a un rincón —no quería volver a verla nunca más— y empezó a desnudarse.

—Antes de que me dé un ataque de asco, será mejor que sepas que estoy aquí.

Ronnie dio un brinco del susto. Se giró precipitadamente y vio a Jonah, que la miraba sin pestañear.

—¡Largo! —gritó—. ¿Qué haces aquí? ¡Éste es mi cuarto!

—Perdona, «nuestro» cuarto —le rectificó Jonah—. ¿Lo ves? Dos camas.

—¡No pienso compartir una habitación contigo!

Jonah ladeó la cabeza.

—¿Prefieres dormir con papá?

Ella abrió la boca para replicar, al tiempo que consideraba la posibilidad de ir a dormir al comedor antes de decidir que ni loca pensaba volver otra vez allí; cerró la boca sin pronunciar ni una palabra. Avanzó airadamente hacia su maleta, abrió la cremallera y dejó caer la tapa. *Ana Karenina* apareció encima de todo, y Ronnie apartó el libro de mala gana, buscando el pijama.

—He subido en la noria —comentó Jonah con un tono comunicativo—. Me ha impresionado estar allí arriba, tan alto. Así ha sido como papá te ha encontrado.

—Fantástico.

—Ha sido a-lu-ci-nan-te. ¿Y tú? ¿Te has montado?

—No.

—Pues deberías hacerlo. Se ve todo el camino de regreso a Nueva York.

—No me digas.

—De verdad. He visto hasta muy pero que muy lejos. Con las gafas puestas, claro. Papá dice que tengo vista de lince.

—¡No digas tonterías!

Jonah no dijo nada. En lugar de eso, agarró su oso de peluche, que había traído de casa. Siempre se aferraba a él cuando estaba nervioso. Ronnie tragó saliva, arrepintiéndose al instante de sus palabras. A veces Jonah hablaba como si fuera un adulto; mientras se llevaba el oso al pecho, ella se dio cuenta de que no debería haber sido tan dura. A pesar de que su hermano era precoz, a pesar de que se expresaba con una precisión que a veces la sacaba de quicio, era bajito para su edad, con una talla más propia de un niño de seis o siete años que de uno de diez. Siempre había tenido problemas. Había nacido prematuramente, tres meses antes de lo previsto, y tenía asma, miopía y problemas de psicomotricidad fina. Ronnie sabía que los niños a esa edad podían ser muy crueles.

—Lo siento, no quería decir eso. Con tus gafas, definitivamente tienes vista de lince.

—Sí, con estas nuevas veo muy bien —murmuró, pero cuando se dio la vuelta y miró a la pared, ella volvió a tragar saliva.

Jonah era un niño muy dulce. Pesado, a veces, pero no había ni un gramo de malicia en él.

Avanzó hasta la cama de su hermano y se sentó a su lado.

—Oye, lo siento. De verdad. No hablaba en serio. Lo que pasa es que he tenido una mala noche.

—Lo sé —dijo él.

—¿Te has montado en alguna otra atracción?

—Papá me ha dejado subir en casi todas. Él ha acabado medio mareado, pero yo no. Y no he tenido miedo en la casa embrujada. Se veía que los fantasmas eran de mentira.

Ronnie le propinó unas palmaditas en la cadera.

—Siempre has sido muy valiente.

—Sí —contestó él—. Como aquella noche que se apagaron las luces en casa, ¿te acuerdas? Tú tuviste miedo, pero yo no.

—Sí, lo recuerdo.

Jonah pareció satisfecho con la respuesta de su hermana. Pero entonces se quedó callado; cuando volvió a hablar, su voz apenas era audible:

—¿Echas de menos a mamá?

Ronnie agarró el edredón.

—Sí.

—Yo también la echo de menos. Y no me gusta estar aquí solo.

—Pero no estás solo; papá está en el comedor —le dijo ella.

—Ya, pero me alegro de que hayas vuelto.

—Yo también.

Jonah sonrió antes de esbozar nuevamente una mueca de tristeza.

—¿Crees que mamá estará bien?

—Sí —le aseguró ella. Lo cubrió con el edredón—. Pero sé que también te echa de menos.

Por la mañana, con los primeros rayos del sol filtrándose a través de las cortinas, Ronnie necesitó unos segundos para ubicarse. Pestañeó varias veces seguidas mientras intentaba enfocar correctamente la vista en las manecillas del despertador.

«No puede ser», pensó.

¿Las ocho en punto? ¿De la mañana? ¿En pleno verano?

Se derrumbó nuevamente sobre el colchón, con la vista fija en el techo y la desagradable certeza de que ya no iba a poder conciliar el sueño de nuevo, no con aquel sol que le lanzaba dardos de luz a través de las ventanas, no con su padre aporreando el piano en el comedor. Mientras recordaba lo que había sucedido la noche anterior, su sentimiento de rabia por lo que su padre le había hecho volvió a aflorar con fuerza.

«Bienvenida a otro día en el paraíso.»

Al otro lado de la ventana, oyó el ruido lejano de unos motores. Se levantó de la cama y retiró la cortina, sólo para retroceder instintivamente, desconcertada ante la visión de un mapache sentado sobre una bolsa de basura rota. La pila de basura era asquerosa, pero en cambio el mapache era una monada, y decidió dar unos golpecitos en el cristal, intentando captar su atención.

Sólo entonces se fijó en las rejas de la ventana.

Rejas en la ventana. Estaba encerrada.

Apretando los dientes, se giró expeditivamente y se dirigió al comedor. Jonah estaba mirando dibujos animados y comiendo un tazón de cereales; su padre alzó la vista pero continuó tocando.

Ronnie puso los brazos en jarras, esperando a que su padre dejara de tocar. Pero no lo hizo. Se fijó en que la foto que había derribado la noche anterior ocupaba de nuevo su lugar sobre el piano, aunque sin cristal.

—No puedes tenerme encerrada todo el verano —espetó ella—. No lo permitiré.

Su padre alzó la vista, aunque siguió tocando.

—¿De qué estás hablando?

—¡Has puesto rejas en la ventana! ¿Es que se supone que soy tu prisionera?

Jonah continuaba mirando los dibujos animados.

—Ya te dije, papá, que Ronnie se enfadaría —apuntó.

Steve sacudió la cabeza. Sus manos seguían moviéndose por el teclado.

—No las puse yo. Ya estaban cuando me instalé en esta casa.

—No te creo.

—Es verdad —dijo Jonah—. Para proteger el arte.

—¡No estoy hablando contigo, Jonah! —Ronnie se giró hacia su padre—. Dejemos una cosa clara desde el principio, ¿vale? ¡No te pasarás todo el verano tratándome como si fuera una niña pequeña! ¡Tengo dieciocho años!

—No cumplirás los dieciocho hasta el 20 de agosto —le rectificó Jonah, a su espalda.

—¿Quieres hacer el favor de no meterte en esto? —Se giró furiosa para encararse a su hermano—. Esto es un asunto entre papá y yo.

Jonah frunció el ceño.

—Pero aún no tienes dieciocho años.

—¡Ésa no es la cuestión!

—Pensaba que lo habías olvidado.

—¡No lo había olvidado! ¡No soy tan estúpida!

—Pero has dicho…

—¿Te quieres callar de una vez? —estalló ella, incapaz de controlar su exasperación. Desvió de nuevo la mirada hacia su padre, que continuaba tocando, sin saltarse ni una sola nota—. Lo que hiciste anoche fue… —Se detuvo, incapaz de describir con palabras lo que sentía—. Soy bastante mayor como para tomar mis propias decisiones. ¿No lo entiendes? Tú perdiste tu autoridad sobre mí el día que te largaste de casa. ¿Y quieres «hacer el favor» de escucharme?

Su padre dejó de tocar abruptamente.

—No me gusta el papelito que estás interpretando.

—¿Qué papelito? —Steve parecía confuso.

—¡Éste! Tocar el piano cuando estoy yo. No me importa si te mueres de ganas de oírme tocar. ¡No pienso tocar el piano nunca más! ¡Y menos para ti!

—De acuerdo.

Ronnie esperaba algo más, pero su padre no añadió nada.

—¿Ya está? —lo increpó—. ¿Eso es todo lo que tienes que decir?

Su padre pareció debatirse en cómo contestar.

—¿Te apetece desayunar? He preparado panceta frita.

—¿Panceta frita? —repitió ella—. ¿Has dicho «panceta frita»?

—Huy, huy, huuuuuyyyyy… —murmuró Jonah.

Su padre miró a Jonah.

—Ahora es vegetariana, papá —explicó.

—¿De veras?

Jonah contestó por ella.

—Desde hace tres años. Pero ya sabes que a veces es un poco rara, así que no te extrañe.

Ronnie los miró fijamente con cara de asombro, preguntándose cómo era posible que la conversación hubiese virado hacia aquellos derroteros. No estaban hablando de panceta frita, sino de lo que había sucedido la noche anterior.

—Dejemos una cosa clara —espetó ella—, si vuelves a enviar a un poli para que me traiga a casa, no sólo me negaré a tocar el piano, sino que no regresaré. Y nunca más volveré a dirigirte la palabra. Si no me crees, haz la prueba. Ya me he pasado tres años sin hablar contigo, y ha sido la cosa más fácil que he hecho en mi vida.

Tras soltar esa suerte de alegato, abandonó el comedor impetuosamente. Veinte minutos más tarde, después de ducharse y cambiarse, salió a la calle.

Lo primero que pensó mientras deambulaba por la playa fue que debería haberse puesto unos pantalones cortos.

Hacía mucho calor, y el aire era sofocante por la excesiva humedad. Por toda la playa, la gente ya estaba tumbada sobre las toallas o haciendo surf. Cerca del muelle, avistó a media docena de surfistas flotando sobre sus tablas, a la espera de la ola perfecta.

Por encima de ellos, en la punta del muelle, no quedaba ni rastro de la feria. Habían desmontado las atracciones y las casetas, y el suelo había quedado cubierto por una alfombra de basura y de restos de comida. Sin detenerse, se paseó por la pequeña zona comercial de la localidad. Las tiendas todavía estaban cerradas, pero pensó que, de todos modos, eran la clase de tiendas en las que jamás entraría —de *souvenirs* para los turistas, dos tiendas de ropa que parecían especializadas en faldas y blusas que quizá se pondría su madre, y un Burger King y un McDonald's, dos locales a los que se negaba a entrar por principios—. Si sumaba el hotel y la media docena de restaurantes y bares de categoría, se acababa el repertorio. En la punta del muelle, los únicos locales interesantes eran una tienda de surf, una tienda de música, una deslucida cafetería en la que se podía imaginar a sí misma matando las horas con sus amigos..., bueno, eso si contara con algún amigo.

Regresó a la playa y saltó por encima de la duna. Se fijó en el número de gente, que se había multiplicado. Hacía un día magnífico, con una brisa suave; el cielo que se extendía sobre su cabeza era de un azul intenso, sin nubes. Si Kayla estuviera allí, quizás incluso habría considerado la posibilidad de pasar el día tomando el sol, pero Kayla no estaba allí, y Ronnie descartó ir a por el bikini y tumbarse sola en la playa. Pero ¿qué más podía hacer?

Quizá debería intentar buscar un trabajo. Eso le proporcionaría una excusa para permanecer fuera de casa la mayor parte del tiempo. No había visto ningún anuncio de «Se busca dependienta» en los escaparates de la zona comercial, pero seguramente alguien necesitaría un empleado, ¿no?

—¿Llegaste a casa sana y salva? ¿O finalmente ese poli acabó por soltarte?

A su espalda, Ronnie vio a Blaze que, sentada en la duna, la miraba con atención. Absorta en sus pensamientos, ni siquiera la había visto.

—No, no me dejó marchar.

—Ah, pero tú te zafaste de él, ¿no?

Ronnie cruzó los brazos sobre el pecho.

—¿Has acabado con tus bromitas?

Blaze se encogió de hombros, con una expresión socarrona, y Ronnie sonrió.

—¿Qué hicisteis cuando me marché? ¿Algo que valiera la pena?

—No. Los chicos se largaron; no sé adónde fueron. Yo me quedé en el Bower's Point.

—¿No te fuiste a casa?

—No. —Blaze se puso de pie y con las manos se sacudió la arena de los pantalones—. ¿Tienes dinero?

—¿Por qué?

Blaze irguió la espalda.

—No he probado bocado desde ayer por la mañana. Tengo hambre.

7

Will

$\mathcal{W}$ill estaba en el foso, debajo del Ford Explorer, ataviado con su mono de trabajo y con la vista fija en el tapón de desagüe del aceite al mismo tiempo que procuraba ignorar a Scott, algo que resultaba más fácil de decir que de conseguir. Scott no había dejado de agobiarlo sobre la noche anterior desde que habían llegado al taller aquella mañana.

—Mira, es que desde el principio no entendiste la situación —continuó Scott, intentando otra táctica. Cogió tres latas de aceite y las depositó en la estantería detrás de él—. Existe una clara diferencia entre «montárselo con una chica» y «volver a salir con ella».

—Creía que habíamos zanjado el tema.

—Lo habríamos hecho si tú demostraras tener más luces. Pero, por lo visto, es obvio que no entendiste nada. Ashley no quiere volver a salir contigo.

—No es que no entendiera nada —se defendió Will. Se secó las manos en una toalla—. Eso era exactamente lo que ella me estaba pidiendo.

—Pues no es lo que Cassie me dijo.

Will dejó a un lado la toalla y cogió su botella de agua. El taller de su padre estaba especializado en reparaciones de frenos, cambios de aceite, puestas a punto y alineaciones de ruedas. Siempre pretendía que su local estuviera impoluto, con el suelo como recién encerado y todo como si acabaran de abrir las puertas del negocio. Lamentablemente, el aire acondicionado no era un factor relevante para él, así que, en verano, la temperatura subía tanto que aquello parecía el Sáhara. Tomó un gran sorbo y se terminó el contenido de la botella antes de intentar desembarazarse de Scott. Sin lugar a dudas, su amigo era el tipo más testarudo que jamás había conocido, hasta el punto de que era capaz de sacarlo de quicio.

—No conoces a Ashley como yo —suspiró Will—. Y además, nuestra relación está más que acabada. No sé por qué te empeñas en seguir hablando de eso.

—¿Es que no entiendes que Harry no conoció a Sally anoche? ¿No entiendes que soy tu amigo y que me preocupo por ti? Mira, quiero que disfrutes a tope este verano. Y yo también quiero disfrutar a tope. Y quiero disfrutar con Cassie.

—Pues sal con ella.

—No es tan fácil. Anoche se lo sugerí. Pero Ashley estaba tan triste que Cassie no quería dejarla sola.

—Siento mucho que tu plan no saliera como querías.

—¡Ya! ¡No me digas! —Scott lo miró con recelo.

En aquel momento, ya se había vaciado todo el aceite. Will asió las latas y enfiló hacia los escalones mientras Scott permanecía en el foso para cerrar la tapa y tirar el aceite usado en el bidón de reciclaje. Mientras Will abría la lata y colocaba el embudo, miró a Scott de soslayo.

—Oye, por cierto, ¿te fijaste en la chica que puso fin a la pelea? —le preguntó—. ¿La que ayudó a ese niño pequeño a encontrar a su madre?

Scott necesitó unos segundos para procesar la información.

—¿Te refieres a esa vampiresa con la camiseta de dibujos animados?

—No es una vampiresa.

—¡Oye! ¡Que la vi con mis propios ojos! ¿Un poco bajita, con un mechón lila en el pelo y las uñas pintadas de negro? Le tiraste la limonada por encima, ¿no te acuerdas? Te dijo que la dejaras en paz.

—¿Qué?

—Sólo digo —prosiguió Scott, cogiendo una bandeja— que quizá no te fijaste en su expresión cuando la derribaste, pero yo sí. Le faltó tiempo para largarse del lugar. Por consiguiente, era cierto que quería que la dejaras en paz.

—Tuvo que comprarse una camiseta nueva.

—¿Y?

Will añadió una segunda lata.

—No lo sé. Me sorprendió. Y no la había visto antes por aquí.

—Repito: ¿y?

Will no estaba seguro de por qué continuaba pensando en aquella chica. Sobre todo considerando lo poco que sabía de ella. Sí, era guapa —se había fijado desde el primer momento, a pesar del mechón lila y del exceso de rímel que tanto le oscurecía los ojos—, pero la playa estaba llena de chicas guapas. Tampoco era por el modo en que había puesto fin a la pelea. Sin embargo, no podía dejar de pensar en cómo había tratado al niño pequeño que se había caído. Bajo esa fachada rebelde, había dejado entrever una sorprendente ternura que había despertado su curiosidad.

Esa chica no era como Ashley. En absoluto. Y con ello no quería decir que su ex novia fuera mala persona, porque no lo era. Pero había algo superficial en Ashley que le molestaba, a pesar de que Scott no quisiera creerlo. En el mundo de Ashley, todo el mundo y todos los objetos estaban clasificados en cajoncitos: célebres o no, caros o baratos, ricos o pobres, guapos o feos. Y él, al final, se había acabado cansando de sus frívolos juicios de valores y de su falta de habilidad para aceptar o apreciar cualquier cosa en su vida.

Pero la chica con el mechón lila...

Instintivamente, sabía que ella no era así. No podía estar completamente seguro, por supuesto, pero se habría apostado lo que fuera. Ella no encasillaba a la gente en cajoncitos porque simplemente no se clasificaba a sí misma en ninguna categoría, y eso le parecía una actitud refrescante y diferente, especialmente cuando la comparaba con la de las chicas que conocía en Laney. Especialmente con Ashley.

A pesar de que había mucho trabajo en el taller, sus pensamientos continuaron fluyendo libremente, pensando en aquella chica más a menudo de lo que habría esperado.

No todo el tiempo. Pero lo bastante como para darse cuenta de que, por una razón que no acertaba a comprender, deseaba conocerla mejor. No dejaba de preguntarse si volvería a verla.

8

Ronnie

*B*laze la llevó hasta la cafetería que Ronnie había visto mientras se paseaba por la zona comercial, y Ronnie tuvo que admitir que el local destilaba cierto encanto, particularmente para alguien a quien le gustara el estilo de los años cincuenta. Tenía una barra de las antiguas, flanqueada por taburetes, el suelo de baldosas formaba un mosaico de cuadros blancos y negros, y los deteriorados bancos y mesas de escay en color rojo estaban dispuestos como si fueran las cabinas de un tren. Detrás de la barra, el menú estaba escrito en una pizarra de tiza, y por lo que Ronnie dedujo, el único cambio en los últimos treinta años debía de haber sido el incremento de precios.

Blaze pidió una hamburguesa con queso, un batido de chocolate y patatas fritas; Ronnie no se decidía, y al final acabó por pedir únicamente una Coca-Cola light. Tenía hambre, pero no estaba muy segura de qué tipo de aceite utilizaban para freír, ni, por lo visto, tampoco nadie en la cafetería. Ser vegetariana no siempre resultaba fácil, y en ocasiones deseaba abandonar su empeño.

Como cuando su estómago rugía. Justo como en aquellos momentos.

Pero no pensaba comer allí. No podía comer allí, y no porque fuera la clase de persona «vegetariana-por-principios», sino porque era la clase de persona «vegetariana-porque-quería-evitar-problemas-gastrointestinales». Le importaba un pito lo que los otros comían, pero sólo con pensar de dónde provenía aquella carne…, se imaginaba a una vaca paciendo en un prado o al cerdito *Babe*, y rápidamente le daban arcadas.

Blaze, sin embargo, parecía feliz. Después de pedir la comida, se arrellanó en el banco de escay.

—¿Qué te parece este sitio? —le preguntó.

—Está bien. Es diferente.

—Vengo aquí desde que era pequeña. Mi padre solía traerme cada domingo después de misa para tomar un batido de chocolate. Son los mejores. Compran el helado en una pequeña granja de Georgia, y es delicioso. Deberías probarlo.

—No tengo hambre.

—No mientas —la contradijo Blaze—. Tu estómago no para de rugir, pero bueno, haz lo que quieras. De todos modos, gracias por invitarme.

—De nada.

Blaze sonrió.

—Dime, ¿qué pasó anoche? ¿Eres algo así como… una chica famosa?

—¿Cómo se te ha ocurrido tal cosa?

—Por el poli y por cómo te trató. Tenía que haber una razón.

Ronnie esbozó una mueca de fastidio.

—Me parece que mi padre le pidió que fuera a buscarme. Si incluso sabía dónde vivía…

—¡Qué chungo!

Ronnie se echó a reír. Blaze cogió el salero y le propinó unos golpecitos en la tapa con los dedos; empezó a echar sal sobre la mesa al tiempo que con un dedo de la otra mano se ponía a amontonarla en una pila.

—¿Qué te pareció Marcus? —se interesó.

—No hablé mucho con él. ¿Por qué?

Blaze pareció elegir las palabras con sumo cuidado.

—A Marcus nunca le gusté. Cuando éramos niños, me refiero. Y tampoco puedo admitir que a mí me gustara mucho. Era esa clase de niño…, ¿cómo lo diría?, malo, ¿me entiendes? Pero entonces…, no sé, hace un par de años, las cosas cambiaron. Y cuando realmente necesitaba estar con alguien, sabía que podía contar con él.

Ronnie contempló el montoncito de sal.

—¿Y?

—Sólo quería que lo supieras.

—Me da igual.

—Lo mismo digo.

—Pero ¿se puede saber de qué estás hablando?

Blaze empezó a rasparse la laca negra de las uñas.

—Hace tiempo me dedicaba a la gimnasia de competición. Durante unos cuatro o cinco años eso fue lo más importante en mi vida. Acabé por dejarlo por culpa de mi entrenador. Era un verdadero energúmeno, siempre diciéndote lo que hacías mal, nunca te elogiaba. Cierto día, yo estaba ensayando un nuevo salto para salir de la barra y él vino hacia mí gritándome que no sabía cómo plantarme ni quedarme totalmente inmóvil, y me echó el mismo sermón que había oído un millón de veces antes. Estaba harta de oírlo, ¿me entiendes? Así que le contesté: «Me da igual», y él me agarró por el brazo con tanta fuerza que me dejó varios morados y me dijo: «¿Sabes lo que dices cuando dices "me da igual"? Indirectamente estás diciendo "jódete". Así que, a tu edad, no contestes así nunca. ¿Me has oído? Nunca, a nadie». —Blaze se acomodó en el banco—. Por eso, cuando alguien me lo dice a mí, yo simplemente respondo: «Lo mismo digo».

En ese momento, llegó la camarera con la comida y colocó cada cosa delante de ellas con garbo y eficiencia. Cuando se marchó, Ronnie cogió su bebida.

—Gracias por contarme esa historia tan ilustrativa.

—Lo mismo digo.

Ronnie se rio otra vez. Le gustaba el sentido del humor de su nueva amiga.

Blaze se inclinó sobre la mesa.

—¿Y qué es lo peor que has hecho en tu vida?

—¿Qué?

—Hablo en serio. Siempre le hago a la gente la misma pregunta. Lo encuentro interesante.

—Muy bien. —Ronnie contraatacó—. ¿Qué es lo peor que has hecho tú?

—Eso es fácil. Cuando era pequeña, tenía una vecina, la señora Banderson, que no era nada simpática, aunque tampoco es que fuera una verdadera bruja. Quiero decir, no es que nos cerrara las puertas en las narices en Halloween ni nada parecido. Pero siempre estaba metida en su jardín, ¿sabes? Obsesionada con las plantas y el césped. Quiero decir que si por error pisábamos el césped de camino al autocar escolar, ella salía como una bala detrás de nosotros, gritándonos que le estropeábamos el césped. Bueno, pues una primavera, ella había plantado un montón de flores en su jardín. Docenas y docenas. Estaba precioso. Pues bien, había un niño al otro lado de la calle que se llamaba Billy; a él tampoco le caía muy bien la señora Banderson, porque una vez se le coló la pelota de béisbol en su jardín y ella no quiso devolvérsela. Cierto día, mientras curioseábamos en el cobertizo lleno de herramientas que Billy tenía en su jardín, encontramos una enorme botella con difusor llena de herbicida. Sí, herbicida. Pues bien, él y yo nos colamos una noche en el jardín de la señora Banderson y pulverizamos todas las flores recién plantadas, no me preguntes por qué. Supongo que en aquel momento nos pareció algo divertido, y no una grave trastada. Ella sólo tendría que volver a comprar nuevas plantas y ya está. Así de entrada no sabíamos qué sucedería. Tienen que pasar unos días antes de que el herbicida empiece a surtir efecto. Y la señora Banderson estaba cada día en el jardín, regando y arrancando hierbajos, antes de que se diera cuenta de que todas sus nuevas flores se empezaban a marchitar. Al principio, Billy y yo nos reímos con picardía, pero entonces empecé a fijarme en que cada día ella estaba allí fuera, cuando nos íbamos a la escuela, intentando averiguar qué había pasado, y que seguía allí cuando volvíamos de la escuela. Al final de la semana, todas sus plantas se habían muerto.

—¡Qué terrible! ¡Qué terrible! —exclamó Ronnie, sonriendo burlonamente, a pesar de que sabía que no debería hacerlo.

—Lo sé. Y todavía me siento fatal por lo que hicimos. Es una de esas cosas que desearía no haber hecho.

—¿Llegaste a confesárselo? ¿O le propusiste plantar flores nuevas?

—Mis padres me habrían matado. Pero nunca, nunca más volví a pisar su césped.

—¡Vaya!

—Ya te lo he dicho: es lo peor que he hecho en mi vida. Ahora te toca a ti.

Ronnie ponderó la respuesta:

—He estado tres años sin dirigirle la palabra a mi padre.

—Eso ya lo sabía. Y tampoco es tan grave. Yo también te dije que intento no hablar con mi padre. Y mi madre no tiene ni idea de por dónde ando la mayor parte del tiempo.

Ronnie apartó la vista. Encima de la máquina de discos vio una foto de la banda de rock and roll Bill Haley & His Comets.

—Solía robar en las tiendas —confesó, en voz baja—. Mucho. Nada importante. Sólo por el reto de hacer algo prohibido.

—¿Solías hacerlo?

—Ya no. Me pillaron. La verdad es que me pillaron dos veces, pero la segunda vez fue un accidente. Fui a juicio, pero no limpiarán mi expediente hasta que no pase un año. Básicamente significa que si no me meto en líos otra vez, retirarán los cargos.

Blaze bajó la hamburguesa.

—¿Y eso es todo? ¿Eso es lo peor que has hecho en tu vida?

—Nunca he exterminado las flores de nadie, si a eso te refieres. Ni he provocado disturbios callejeros.

—¿No le has metido la cabeza en el retrete a tu hermano? ¿Ni has tenido ningún accidente de coche por tu culpa? ¿Ni has depilado al gato ni nada parecido?

Ronnie sonrió tímidamente.

—No.

—Me parece que eres la adolescente más aburrida habida y por haber sobre la faz de la Tierra.

Ronnie volvió a sonreír modestamente antes de tomar un sorbo de su bebida.

—¿Te puedo hacer una pregunta?

—Adelante.

—¿Por qué no te fuiste a casa, anoche?

Blaze tomó una pizca de sal y la apiló, luego la echó por encima de sus patatas fritas.

—No quiero ir a casa.

—Pero ¿y tu madre? ¿No se enfada?

—Probablemente sí —respondió Blaze.

Cerca de ellas, la puerta de la cafetería se abrió. Ronnie se giró y vio a Marcus, a Teddy y a Lance dirigiéndose hacia su mesa. Marcus lucía una camiseta con la imagen de una calavera, y también llevaba una cadena atada a la hebilla del cinturón de sus pantalones vaqueros.

Blaze dejó espacio para que Marcus se sentara a su lado; sin embargo, fue Teddy el que ocupó ese sitio. Marcus se acomodó al lado de Ronnie. Lance arrastró una silla de la mesa contigua y le dio la vuelta antes de sentarse. Marcus agarró el plato de Blaze. Automáticamente, Teddy y Lance se abalanzaron sobre las patatas fritas.

—¡Eh! ¡Que eso es de Blaze! —gritó Ronnie, intentando detenerlos—. ¡Id a pedir lo vuestro en la barra!

Marcus miró primero a Teddy y a Lance con una mueca maliciosa y después a Ronnie.

—¿Ah, sí? —la provocó, con un tonillo condescendiente.

—No pasa nada —dijo Blaze, empujando el plato hacia él—. De verdad, tampoco me lo habría acabado todo.

Marcus cogió el bote de kétchup con cara de satisfacción, como si hubiera demostrado que tenía razón.

—¿De qué estabais hablando? Desde el otro lado de la ventana parecía una conversación muy profunda.

—De nada —contestó Blaze.

—A ver si lo adivino. Ella te estaba hablando del novio sexy de su mamá, y de los numeritos acrobáticos que montan cada noche, ¿no?

Blaze se removió incómoda en el banco.

—No seas asqueroso.

Marcus miró a Ronnie directamente a los ojos.

—¿Te ha contado lo de esa noche en que uno de los novios de su madre entró en su habitación? Blaze se puso hecha una furia, en plan: «Tienes quince minutos para largarte de aquí».

—¡Cállate! ¿Vale? No tiene gracia. Y no estábamos hablando de él.

—Me da igual —contestó el chico, que sonrió maliciosamente.

Blaze asió el batido mientras Marcus empezaba a comerse la hamburguesa. Teddy y Lance continuaban picoteando más patatas fritas, y durante los siguientes minutos, entre los tres devoraron la mayor parte del contenido del plato. Muy a pesar de Ronnie, Blaze no dijo nada, y Ronnie se preguntó por qué se mostraba tan sumisa.

Lo cierto era que no hacía falta ser un adivino para saber el motivo. Parecía obvio que Blaze no quería que Marcus se enojara con ella, por lo que le dejaba hacer todo lo que quería. Ya había visto una actitud semejante antes: Kayla, a pesar de su imagen agresiva, se comportaba igual con los chicos. Y generalmente, la trataban como si fuera escoria.

Pero no pensaba soltar ese comentario allí delante. Sabía que con ello sólo conseguiría empeorar las cosas.

Blaze continuó dando sorbitos de su batido hasta que finalmente lo depositó de nuevo sobre la mesa.

—¿Qué queréis hacer después?

—Nosotros no podemos salir —refunfuñó Teddy—. Nuestro viejo nos necesita hoy para trabajar.

—Lance y Teddy son hermanos —explicó Blaze.

Ronnie los estudió, pero no vio ningún parecido.

—¿De verdad sois hermanos?

Marcus acabó la hamburguesa y empujó el plato hasta el borde de la mesa.

—Lo sé. Cuesta mucho creer que una madre haya podido parir a dos niños tan feos, ¿verdad? Sus padres tienen un motel de mala muerte, al otro lado del puente. Las cañerías tienen por lo menos cien años, y el trabajo de Teddy es desatascar los retretes cada vez que se atascan.

Ronnie arrugó la nariz, intentando imaginar ese trabajo.

—¿De veras?

Marcus asintió.

—Repugnante, ¿verdad? Pero no te preocupes por Teddy. Lo hace encantado. Es un verdadero prodigio. De hecho, le gusta ese trabajo. Y la labor de Lance es limpiar las sábanas después de que los clientes perezosos, que no se despiertan hasta las doce del mediodía, se larguen.

—Ah —murmuró Ronnie.

—Lo sé. Es asqueroso —añadió Blaze—. Y deberías ver a la chusma que alquila una habitación por horas. Podrías pillar una infección con sólo atravesar esa puerta.

Ronnie no estaba segura de cómo contestar a aquel comentario, así que en lugar de decir algo se giró hacia Marcus.

—Y tú, ¿qué haces? —le preguntó.

—Lo que me da la gana —contestó él.

—¿Y eso qué significa? —lo pinchó Ronnie.

—¿A ti qué te importa?

—No me importa —replicó, manteniendo un tono de voz impasible—. Sólo preguntaba.

Teddy agarró las últimas patatas fritas del plato de Blaze.

—Eso significa que mata las horas en el motel, con nosotros. En su habitación.

—¿Tienes una habitación en el motel?

—Vivo allí —afirmó él.

La pregunta obvia era por qué, y ella esperó más detalles, pero Marcus permaneció callado. Ronnie sospechaba que deseaba que intentara sacarle más información. Quizá le estaba dando demasiadas vueltas al asunto, pero tuvo la súbita sensación de que Marcus quería que se interesara por él. Quería que se sintiera atraída por él. A pesar de que Blaze estaba allí delante.

Sus sospechas se vieron confirmadas cuando él sacó un cigarrillo. Después de encenderlo, le echó el humo a Blaze a la cara, luego se giró hacia Ronnie.

—¿Qué vas a hacer esta noche? —le preguntó.

Ronnie se movió en el asiento, sintiéndose de repente muy incómoda. Parecía que todos, incluso Blaze, estuvieran expectantes ante su respuesta.

—¿Por qué?

—Hemos quedado en el Bower's Point. No sólo nosotros, sino con un puñado de gente. Me gustaría que vinieras. Esta vez sin polis.

Blaze clavó la vista en la superficie de la mesa y empezó a juguetear con la pila de sal. Cuando Ronnie no contestó, Marcus se levantó de la mesa y se dirigió hacia la puerta sin darse la vuelta.

9

Steve

—¡*P*apá! —lo llamó Jonah. Estaba de pie detrás del piano, en la salita, mientras Steve llevaba los platos de espaguetis a la mesa—. En esta foto estás con la abuela y el abuelo, ¿verdad?

—Sí, son mi madre y mi padre.

—No recuerdo esta foto. En casa, quiero decir.

—Durante mucho tiempo, la tuve en mi despacho, en el conservatorio.

—Ah —dijo Jonah. Se inclinó más hacia la foto, para estudiarla mejor—. Te pareces bastante al abuelo.

Steve no estaba seguro de cómo interpretar el comentario.

—Quizás un poco.

—¿Lo echas de menos?

—Era mi padre. ¿Tú qué crees?

—Yo te echaría de menos.

Mientras Jonah se dirigía hacia la mesa, Steve pensó que, aunque no hubiera sucedido nada excepcional, el día había estado bien. Habían pasado la mañana en el taller, donde Steve le había enseñado a Jonah a cortar el cristal; habían almorzado bocadillos en el porche y por la tarde habían recogido conchas marinas. Y Steve había prometido que tan pronto como oscureciera, llevaría a Jonah a pasear por la playa con linternas para ver la gran cantidad de cangrejos araña que salían disparados y volvían a esconderse rápidamente en sus madrigueras en la arena.

Jonah apartó la silla y se dejó caer pesadamente en ella.

Tomó un sorbo del vaso de leche, que le dibujó unos bigotes blancos.

—¿Crees que Ronnie vendrá pronto?

—Eso espero.

Jonah se limpió los labios con la palma de la mano.

—A veces se queda por ahí hasta muy tarde.

—Lo sé.

—¿Ese agente de Policía la traerá de nuevo a casa?

Steve desvió la vista hacia la ventana; estaba anocheciendo, y el agua se estaba volviendo opaca. Se preguntó dónde y qué estaría haciendo Ronnie.

—No —contestó—. Esta noche no.

Después del paseo por la playa, Jonah se duchó antes de arrastrarse hasta la cama. Steve lo cubrió con el edredón y le dio un beso en la mejilla.

—Gracias por este día tan fantástico —susurró Steve.

—Sí, ha sido fantástico.

—Buenas noches, Jonah. Te quiero.

—Yo también te quiero, papá.

Steve se levantó y se dirigió hacia la puerta.

—¿Papá?

Steve se dio la vuelta.

—¿Sí?

—¿Tu padre te llevaba a ver cangrejos araña?

—No —contestó Steve.

—¿Por qué no? Si es alucinante.

—No era esa clase de padre.

—¿Y qué clase era?

Steve ponderó la pregunta.

—Era una persona complicada —sentenció finalmente.

Junto al piano, Steve recordó aquella tarde seis años antes, cuando cogió la mano de su padre por primera vez en su vida. Le dijo a su padre que sabía que había hecho lo mejor que había podido para criarlo, que no lo culpaba de nada, y que, por encima de todo, lo quería.

Su padre se había girado hacia él y lo había mirado a los ojos. A pesar de las grandes dosis de morfina que estaba tomando, tenía la mente clara. Miró fijamente a Steve durante un largo rato antes de retirar la mano.

—¿Sabes? Pareces una mujer cuando hablas de ese modo —dijo.

Estaban en una habitación parcialmente privada en la cuarta planta del hospital. Su padre llevaba tres días hospitalizado, con un tubo serpenteando por el brazo por el que le suministraban suero intravenoso, y hacía más de un mes que no ingería ningún alimento sólido. Tenía las mejillas hundidas y la piel traslúcida. Así de cerca, Steve pensó que el aliento de su padre olía a decadencia, otro signo de que el cáncer estaba ganando la batalla.

Steve se giró hacia la ventana. Fuera, lo único que veía era un brillante cielo azul, como una inflexible burbuja que envolvía la habitación. No había pájaros ni nubes, ni árboles visibles. Detrás de él, podía escuchar el pitido del monitor de corazón. Sonaba fuerte y acompasado, con un ritmo regular, generando la ilusión de que su padre viviría otros veinte años. Pero no era el corazón lo que lo estaba matando.

—¿Cómo está? —le preguntó Kim aquella noche, cuando hablaron por teléfono.

—No muy bien —contestó él—. No sé cuánto tiempo le queda, pero…

No pudo acabar la frase. Se imaginó a Kim al otro lado de la línea, de pie cerca del horno, removiendo la pasta o troceando tomates, con el teléfono atrapado entre el hombro y la oreja. Nunca había sido capaz de permanecer sentada mientras hablaba por teléfono.

—¿Ha venido alguien más a verlo?

—No —contestó él. Lo que no le dijo fue que, según le habían contado las enfermeras, nadie había ido a visitarlo en aquellos tres días.

—¿Has podido hablar con él? —le preguntó.

—Sí, aunque no mucho. Se ha pasado casi todo el día ador-
milado.

—¿Le has dicho lo que te dije que le dijeras?

—Sí.

—¿Y qué ha contestado? ¿Te ha dicho que él también te
quiere?

Steve sabía la respuesta que ella quería escuchar. Se hallaba de pie en la casa de su padre, inspeccionando las fotos sobre el mantel: la familia después de que Steve fuera bautizado,
una foto de la boda de Kim y Steve, Ronnie y Jonah de bebés.
Los marcos tenían un dedo de polvo; era evidente que nadie
había tocado esas fotografías durante muchos años. Sabía que
su madre las había puesto allí; mientras las miraba fijamente,
se preguntó qué pensaba su padre cada vez que las contemplaba, o si las veía siquiera, o si se daba cuenta de que estaban
allí.

—Sí —dijo finalmente—. Me ha dicho que me quiere.

—Lo celebro —apuntó Kim. Su tono parecía aliviado y satisfecho, como si su respuesta hubiera servido para corrobo-
rarle algo importante sobre el mundo—. Sé que eso era muy
importante para ti.

Steve se había criado en una casita blanca, en un vecindario
de casitas blancas en la zona del canal intracostero de la isla.
Era pequeña, con dos habitaciones, un único baño y un garaje
separado en el que guardaban las herramientas de su padre y
que olía permanentemente a serrín. En el jardín que había en
la parte trasera de la casa, a la sombra de un enorme roble de
hoja perenne con unas ramas retorcidas, no penetraba la luz
del sol, así que su madre decidió plantar el huerto en el jardín
que daba a la calle. Cultivaba tomates y cebollas, nabos y judías, col y maíz; en verano era imposible ver la carretera que
había delante de la casa desde el comedor. A veces Steve oía a
sus vecinos criticándolos en voz baja, quejándose de cómo ese
huerto afectaba negativamente al valor de sus propiedades,
pero su madre volvía a plantar hortalizas cada primavera, y na-

die se atrevía a decir ni una palabra a su padre. Todos sabían, al igual que él, que eso sólo les habría traído problemas. Además, apreciaban a su esposa, y también sabían que tarde o temprano necesitarían los servicios de su padre.

Su padre era un carpintero de oficio —y muy bueno—, pero además tenía una portentosa habilidad para arreglar cualquier cosa estropeada. A lo largo de los años, Steve lo había visto reparar radios, televisores, motores de coche y de cortacésped, cañerías agujereadas, desagües rotos, ventanas quebradas, e incluso, en una ocasión, las prensas hidráulicas de una pequeña planta donde fabricaban herramientas cerca de la frontera del estado. Nunca había ido al instituto, pero tenía una comprensión innata de la mecánica y de los conceptos de construcción. Por la noche, cuando el teléfono sonaba, siempre era su padre quien contestaba, puesto que normalmente era para él. Se pasaba la mayor parte de aquellas llamadas sin decir nada, limitándose a escuchar la descripción de una emergencia u otra; Steve lo observaba atentamente mientras él garabateaba la dirección en unos trocitos de papel arrancados de viejos periódicos. Después de colgar, su padre enfilaba hacia el garaje, preparaba la caja de herramientas con lo necesario y salía, normalmente sin mencionar adónde iba ni cuándo regresaría. Por la mañana, el cheque estaba sin falta debajo de la estatua de Robert E. Lee que su padre había tallado de un madero que había encontrado en la playa, y su madre le masajeaba la espalda y le prometía que iría a ingresarlo en el banco mientras él se tomaba el desayuno. Ésa era la única muestra de afecto regular que él había visto entre ellos. No discutían y evitaban el conflicto por norma. Parecían disfrutar de la compañía del otro cuando estaban juntos, y una vez los pilló con las manos entrelazadas mientras miraban la tele: pero en los dieciocho años que Steve había vivido en aquella casa, nunca vio que sus padres se besaran ni una sola vez.

Si su padre tenía una obsesión en la vida, ésa era el póquer. En las noches en que el teléfono no sonaba, se iba a una de las salas de póquer de la localidad. Era miembro de esos clubes no por la camaradería, sino por el juego. Se sentaba a la mesa con otros socios veteranos del club Freemason o del Elk o del Shriner y se pasaba horas y horas jugando. El póquer lo transformaba; le encantaba calcular las probabilidades de armar una escalera abierta o de tirarse un farol cuando lo único que tenía era una pareja de seises. Cuando hablaba del juego, lo describía como una ciencia, como si el azar no tuviera nada que ver con ganar. «El secreto está en saber mentir y en saber cuándo alguien te está mintiendo», solía decir. Al cabo de los años, Steve concluyó que su padre debía de haber sido un experto a la hora de mentir. A los cincuenta años, tenía los dedos de las manos completamente atrofiados después de haberse pasado más de treinta años trabajando como carpintero. Entonces dejó de instalar molduras de corona y marcos de puertas en las casas señoriales erigidas en la primera línea del océano que habían empezado a extenderse por toda la isla; también empezó a no contestar al teléfono por las noches. Sin embargo, continuó pagando las facturas sin ningún problema; al final de su vida, tenía dinero más que suficiente en sus cuentas bancarias como para pagarse los cuidados médicos que su compañía de seguros no cubría.

Jamás jugaba al póquer los sábados o los domingos. Los sábados los reservaba a la casa; a pesar de que el huerto en el jardín molestaba a más de un vecino, el interior era una obra maestra. A lo largo de los años, su padre había ido agregando molduras de corona y rodapiés; había tallado la repisa de la chimenea de dos bloques de arce. Había hecho todos los armarios de la cocina y había instalado unos suelos de madera que eran tan lisos y firmes como una mesa de billar. Había remodelado el cuarto de baño; ocho años después, lo había vuelto a remodelar. Cada sábado por la noche, se ponía una americana y una corbata y llevaba a su esposa a cenar al restaurante. Los domingos se los reservaba para él. Después de comer, se encerraba en el taller, mientras su mujer horneaba pastelitos o preparaba conservas de verduras en la cocina.

Los lunes, la rutina empezaba de nuevo.

Nunca le enseñó a jugar al póquer. Steve era lo bastante sagaz como para aprender las bases por sí solo, y le gustaba pen-

sar que era tan hábil como para detectar si un jugador estaba
tirándose un farol. Jugó varias veces con sus compañeros en la
universidad y descubrió que era uno más del montón, un jugador normal, ni mejor ni peor que los demás. Después de licen-
ciarse, se fue a vivir a Nueva York, y de vez en cuando iba a visitar a sus padres al pueblo. La primera vez que regresó, hacía
dos años que no los veía; cuando atravesó el umbral, su madre,
desbordada por la alegría, lo abrazó y lo besó en la mejilla. Su
padre le estrechó la mano y dijo: «Tu madre te echaba de menos». Tomaron pastel de manzana y café; cuando acabaron de
comer, su padre se levantó en busca de la chaqueta y las llaves
del coche. Era martes; eso quería decir que iba a la sala de póquer de los Elks. El local cerraba a las diez y él regresaría a casa
quince minutos más tarde.

—No…, no vayas esta noche —le pidió su mujer, con el
mismo acento europeo tan marcado de siempre—. Steve ha venido a vernos.

Recordó que fue la única vez que vio a su madre suplicarle
que no fuese al club, pero si aquella petición sorprendió a su
padre, no lo demostró. Se detuvo en el umbral de la puerta;
cuando se dio la vuelta, su cara era indescifrable.

—O llévatelo contigo —le sugirió ella.

Su padre se enroscó la chaqueta en el brazo.

—¿Quieres venir conmigo?

—Sí. —Steve propinó unos golpecitos con los dedos en la
mesa—. ¿Por qué no? Puede ser divertido.

Transcurrido un momento, su padre esbozó una mueca
burlona, exhibiendo la más pequeña y breve sonrisa posible.
Steve pensó que si hubieran estado en la mesa de póquer, su
padre no habría dejado entrever tanto sus pensamientos.

—Estás mintiendo —dijo.

Su madre falleció repentinamente unos años después de
aquella visita. Se le reventó una arteria en el cerebro. Steve estaba precisamente pensando en su inquebrantable afabilidad
cuando su padre se despertó con un suave ronquido. Giró la ca-

beza y vio a su hijo en la esquina. Desde aquel rincón, con las sombras jugando con los afilados ángulos de su cara, daba la impresión de ser un esqueleto.

—Todavía estás aquí.

Steve dejó la partitura sobre una mesita y arrastró la silla para sentarse más cerca de su padre.

—Sí, todavía estoy aquí.

—¿Por qué?

—¿Qué quieres decir? Porque estás en el hospital.

—Estoy en el hospital porque me estoy muriendo. Y me moriré tanto si estás como si no estás aquí. Deberías regresar a tu casa. Tienes esposa e hijos. No hay nada que puedas hacer por mí.

—Quiero estar aquí —objetó Steve—. Eres mi padre. ¿Por qué? ¿No quieres que me quede?

—Quizá lo que no quiero es que me veas morir.

—Me iré, si quieres.

Su padre hizo un ruido similar a un estornudo.

—¿Lo ves? Ése es tu problema. Quieres que tome la decisión por ti. Ése siempre ha sido tu problema.

—Quizá sólo quiero pasar más tiempo contigo.

—¿De veras? ¿O eso es lo que quiere tu mujer?

—¿Acaso importa?

Su padre intentó sonreír, pero lo único que le salió fue una mueca grotesca.

—No lo sé. ¿Importa?

Desde su posición cerca del piano, Steve oyó el motor de un coche que se acercaba. Los faros enfocaron la ventana y recorrieron las paredes; por un instante pensó que Ronnie había conseguido que alguien la llevase a casa. Pero las luces se desvanecieron rápidamente y la calle volvió a quedar en silencio. Ronnie todavía no había regresado.

Era más de medianoche. Se preguntó si debería salir a buscarla.

Unos años atrás, antes de que su hija decidiera dejar de dirigirle la palabra, él y Kim habían ido a ver a una consejera matrimonial que tenía la consulta cerca de Gramercy Park, en un edificio rehabilitado. Recordaba hallarse sentado al lado de Kim en un sofá, contemplando a una mujer delgada y huesuda de unos treinta años que llevaba unos pantalones elegantes de color gris y que continuamente unía las yemas de los dedos de ambas manos hasta formar una pirámide. Steve se fijó en que no lucía anillo de casada.

Se sentía incómodo; ir a ver a esa consejera había sido idea de Kim; ella ya había asistido a un par de sesiones sola. Aquélla era la primera vez que iban juntos. A modo de introducción, Kim le contó a la consejera que Steve jamás expresaba sus sentimientos, pero que no era culpa de él, que tampoco sus padres habían sido unas personas muy comunicativas, y que no se había criado en el seno de una familia que discutiera sus problemas abiertamente. Remató la descripción alegando que su marido se refugiaba en la música como una válvula de escape y que sólo había aprendido a sentir algo a través del piano.

—¿Es eso cierto? —preguntó la consejera.

—Mis padres eran buenas personas —contestó él.

—No ha respondido a mi pregunta.

—No sé qué es lo que quiere que conteste.

La consejera suspiró.

—De acuerdo, veamos qué le parece esto: todos sabemos lo que pasó y por qué está usted aquí. Creo que lo que Kim quiere es que le cuente cómo se sintió después de lo sucedido.

Steve consideró la pregunta. Quería soltar que toda esa charla sobre sentimientos era irrelevante; que las emociones venían y se iban y no se podían controlar, por lo que no había motivos para preocuparse; que al final, la gente debería de ser juzgada por sus acciones, ya que, finalmente, lo único que definía a cada persona eran sus acciones.

Pero no fue eso lo que dijo. En su lugar, entrelazó los dedos.

—Quiere saber cómo me sentí.

—Sí, pero no me lo diga a mí. —Señaló hacia su esposa—. Dígaselo a Kim.

Él miró a su esposa, que lo miraba visiblemente nerviosa.

—Me sentí…

Estaba en una consulta con su esposa y una desconocida, atrapado en la clase de interrogatorio que jamás habría imaginado tener que contestar. Pasaban unos minutos de las diez de la mañana, y había regresado a Nueva York para estar sólo unos días. Su gira lo había llevado a unas veinte ciudades diferentes. Kim trabajaba como asistente legal en un bufete de abogados en Wall Street.

—Me sentí… —repitió.

Cuando el reloj tocó la una de la madrugada, Steve salió al porche y se quedó allí de pie. La negra oscuridad de la noche había cedido un poco de espacio a la luz violácea de la luna, por lo que podía recorrer con la vista la franja de la playa. Hacía dieciséis horas que no la había visto y estaba intranquilo, o mejor dicho, preocupado. Sabía que ella era lista y lo bastante sensata como para cuidar de sí misma.

Bueno, quizá no debería preocuparse.

A pesar de su intento por mantener la calma, no pudo evitar preguntarse si Ronnie desaparecería al día siguiente, como hoy, sin dejar rastro. Y si la historia se repetiría día tras día, durante todo el verano.

Pasar el tiempo con Jonah había sido como descubrir un tesoro especial, y también quería pasar tiempo con ella. Dio media vuelta y entró de nuevo en casa.

Sentado en el taburete, frente al piano, volvió a sentir lo mismo, la misma sensación que le había confesado a la consultora matrimonial aquel día, en aquel sofá.

Se sentía vacío.

10

Ronnie

*D*urante un rato, un numeroso grupo de jóvenes se congregó en el Bower's Point, pero uno a uno se fueron marchando hasta que al final sólo quedaron los cinco de siempre. Algunos no estaban mal, incluso había dos que le habían resultado interesantes, pero entonces empezó a correr el licor y la cerveza, y todos excepto Ronnie empezaron a pensar que eran más divertidos de lo que lo eran en realidad. Después de un rato, la fiesta le pareció tediosa, como de costumbre.

Se hallaba de pie, sola, en la orilla. A su espalda, cerca de la fogata, Teddy y Lance estaban fumando, bebiendo, y de vez en cuando se lanzaban bolas de fuego el uno al otro; Blaze, pegada a Marcus, ya no era capaz de articular las palabras correctamente. Además, se estaba haciendo tarde. Quizá no según los hábitos de la vida nocturna en Nueva York —en su ciudad, Ronnie no empezaba la ronda por las discotecas hasta después de la medianoche—, pero teniendo en cuenta la hora a la que se había levantado..., había sido un día muy largo. Estaba cansada.

Pensaba pasarse todo el día siguiente durmiendo. Cuando llegara a casa, colgaría toallas o una manta en la barra de las cortinas —por Dios, la clavaría a la pared, si era necesario—. No pensaba pasarse el resto del verano despertándose a la misma hora que los granjeros, ni siquiera aunque planeara pasar el día en la playa con Blaze. Esa chica la había sorprendido con aquella sugerencia, y la verdad era que le había parecido una buena idea. Además, tampoco era que tuviera mucho más que hacer. Unas horas antes, después de marcharse de la cafetería, Blaze y ella se habían paseado por casi todas las tiendas cercanas —incluida la tienda de discos, muy guay, por cierto— y después habían acabado en casa de Blaze viendo *El club de los cinco* en la tele mientras su madre estaba en el trabajo. A pesar de que era una película de los años ochenta, a Ronnie le seguía gustando, la había visto por lo menos una docena de veces. Aunque estuviera pasada de moda, le parecía sorprendentemente real. Más real que lo que estaba pasando aquella noche, especialmente porque cuanto más bebía Blaze, más ignoraba a Ronnie y más se pegaba a Marcus.

Ronnie ya había llegado a la conclusión de que ni le gustaba ni se fiaba de ese chico. Su radar funcionaba muy bien en lo que concernía a chicos, y enseguida había detectado que había algo «feo, muy feo» en ese chico. Lo veía en sus ojos, cuando hablaba con ella. Decía cosas que tenían sentido —por lo menos no había vuelto a mencionar la majadería de marcharse a Florida juntos, ¡menuda tontería!—, pero cuanto más tiempo pasaba con él, más grima le provocaba. Tampoco le gustaban ni Teddy ni Lance, pero Marcus… Tenía la impresión de que se comportaba de un modo normal simplemente como un juego, para manipular a los demás.

Y Blaze…

Qué extraño le había resultado estar en su casa unas horas antes, porque allí todo parecía normal. La casa estaba en un callejón sin salida y tenía unas contraventanas de un color azul intenso; una bandera norteamericana ondeaba en el porche. En su interior, las paredes estaban pintadas de colores alegres, y en el centro de la mesa del comedor destacaba un jarrón con flores naturales. Todo estaba limpio, aunque no de un modo que denotara que la madre de Blaze fuera una neurótica del orden. En la cocina, sobre la mesa, había dinero junto con una nota para Blaze. Cuando Ronnie pilló a Blaze guardándose disimuladamente unos cuantos billetes en el bolsillo y leyendo la nota, Blaze mencionó que su madre siempre le dejaba dinero. Era una forma de saber que Blaze estaba bien cuando no regresaba a casa.

Qué extraño.

Lo que realmente quería era hablar con Blaze acerca de Marcus, aunque sabía que no resultaría fácil. Había aprendido la lección con Kayla —Kayla vivía en una negación constante—, pero a pesar de ello, tenía que hacerlo. Marcus era una persona conflictiva, y Blaze estaría mucho mejor sin él, de eso no le cabía la menor duda. Se preguntó cómo era posible que esa chica no se diera cuenta. Quizá se decidiera a hablar con ella a la mañana siguiente, en la playa.

—¿Te aburres con nosotros?

Al darse la vuelta, vio a Marcus de pie, detrás de ella. Sostenía una bola de fuego; se la estaba pasando por el dorso de la mano.

—Sólo quería acercarme un poco a la orilla.

—¿Quieres que te traiga una cerveza?

Por la forma en que se lo ofreció, era obvio que él sabía lo que ella iba a responder.

—No bebo.

—¿Por qué?

«Porque el alcohol hace que la gente se comporte de un modo estúpido», podría haber contestado. Pero no lo hizo. Sabía que cualquier explicación que ofreciera únicamente prolongaría la conversación.

—Porque no.

—¿Sólo porque no? —la provocó él.

—Exactamente. Porque no.

En la oscuridad, él esbozó una leve sonrisa, pero sus ojos brillaron como dos lóbregos hoyos.

—¿Te crees mejor que nosotros?

—No.

—Pues entonces ven a sentarte con nosotros. —Señaló hacia la fogata.

—Estoy bien aquí.

Marcus giró levemente la cabeza para echar un vistazo por encima de su hombro. Detrás de él, Ronnie podía ver a Blaze hurgando en la nevera portátil en busca de otra cerveza, lo cual era precisamente lo último que necesitaba. Ya no se sostenía de pie sin tambalearse.

Sin previo aviso, Marcus dio un paso hacia ella y la agarró por la cintura, estrechándola con un brazo para atraerla hacia su cuerpo.

—¿Qué tal si damos un paseo por la playa?

—No, no tengo ganas. Y quítame las manos de encima —contestó en un tono exasperado, con los dientes prietos.

Él no se amedrentó. Ronnie sabía que Marcus estaba disfrutando.

—¿Es por Blaze?

—No, simplemente es porque no quiero irme contigo, ¿vale?

—A Blaze no le importará.

Ella retrocedió un paso, incrementando la distancia entre ellos.

—Pues a mí sí que me importa. Además, tengo que irme.

Él continuó mirándola fijamente.

—Vale, de acuerdo. —Entonces, después de una pausa, alzó la voz para que los otros pudieran oírlo—: No, gracias, prefiero quedarme aquí. Pero gracias de todos modos por pedirme que te acompañe.

Ella se quedó demasiado pasmada para articular una respuesta. En vez de eso, se limitó a alejarse playa abajo, consciente de que Blaze la estaba mirando. Con una desagradable opresión en el pecho, deseó que se la tragara la tierra.

En casa, su padre estaba tocando el piano. Tan pronto como Ronnie entró, él miró el reloj de soslayo. Después de lo que le acababa de pasar, no estaba de humor para hablar con él, así que se dirigió al pasillo sin mediar palabra. Sin embargo, él debió de haber notado algo en su expresión, porque la llamó.

—¿Estás bien?

Ronnie vaciló unos instantes.

—Sí, estoy bien —contestó.

—¿Seguro?

—No quiero hablar de ello.

Steve la estudió antes de contestar.

—De acuerdo.

—¿Hay algo más que quieras decirme?

—Son casi las dos de la madrugada —señaló él.

—¿Y?

Steve se inclinó sobre el teclado.

—Queda un poco de pasta en la nevera, por si tienes hambre.

Ronnie tuvo que admitir que la había sorprendido con aquella salida. Ningún sermón, ninguna orden, ninguna mención de las normas. Justo lo opuesto a lo que hubiera hecho su madre. Sacudió la cabeza y se fue a la habitación, preguntándose si alguien o algo era normal en aquella localidad.

Olvidó colgar la manta sobre la ventana, y el inclemente sol penetró en la habitación, despertándola después de haber dormido apenas seis horas.

Refunfuñando, dio varias vueltas en la cama y se cubrió la cabeza con la almohada antes de recordar lo que había sucedido en la playa la noche anterior. Entonces se sentó, con la certeza de que ya no conseguiría dormirse de nuevo.

Realmente, Marcus le provocaba una intensa aprensión.

Lo primero que pensó fue que debería haber dicho algo la noche anterior, cuando él la dejó en ridículo delante del resto. Algo como: «¿Se puede saber qué diantre te estás inventando?», o: «¡Si crees que me iría a algún sitio contigo, es que no estás bien de la cabeza!». Pero no lo había hecho, y sospechaba que marcharse sin replicar era lo peor que había podido hacer.

Tenía que hablar con Blaze. Necesitaba hacerlo.

Con un suspiro, se levantó penosamente de la cama y arrastró los pies hasta el cuarto de baño. Se duchó rápidamente y se puso el traje de baño debajo de la ropa, después metió una toalla y un tubo de crema de protección solar en una bolsa bandolera. Cuando finalmente estuvo lista, oyó nuevamente a su padre, que estaba tocando el piano. Otra vez. Ni en el piso de Nueva York recordaba que su padre tocara tanto. Escuchó la música y reconoció una de las piezas que ella había tocado en el Carnegie Hall, la misma del CD que su madre había puesto en el coche.

¡Como si no tuviera suficientes quebraderos de cabeza!

Necesitaba encontrar a Blaze para explicarle exactamente lo que había sucedido. Por supuesto, el problema iba a ser hacerlo sin dejar a Marcus como un vil mentiroso. Blaze querría creer a Marcus, y quién sabía lo que ese chalado le había contado después, cuando ella se marchó. Pero ya lidiaría con esa cuestión cuando llegase el momento; con un poco de suerte, el hecho de estar tumbadas tomando el sol suavizaría la incómoda situación y podría sacar el tema a colación con toda la naturalidad del mundo.

Ronnie salió de su cuarto y recorrió el pasillo justo cuando la música del comedor tocaba a su fin; a continuación sonó la segunda pieza que ella había interpretado en el Carnegie Hall.

Se detuvo un instante para ajustarse la bandolera al hombro. Muy propio de su padre. Claro, la había oído que se estaba duchando, así que sabía que estaba despierta. Era evidente que intentaba atraerla hacia un espacio neutral.

Pues no lo conseguiría. No aquel día. «Lo siento, papá.» Tenía cosas que hacer. Realmente no estaba de humor para soportar quedarse allí, con su padre.

Estaba a punto de salir precipitadamente por la puerta cuando Jonah apareció en la puerta de la cocina.

—¿No te dije que desayunaras algo saludable? —le dijo su padre.

—Y es lo que hago. Me he preparado un bollo dulce relleno de chocolate.

—Yo me refería a cereales o algo así.

—Esto tiene azúcar. —La expresión de Jonah era totalmente sincera—. Necesito energía, papá.

Ronnie avanzó rápidamente hacia el comedor, con la esperanza de alcanzar la puerta antes de que su padre intentase hablar con ella.

Jonah sonrió.

—¡Ah! ¡Hola, Ronnie! —la saludó.

—Hola, Jonah. Adiós, Jonah. —Asió el pomo de la puerta.

—¿Cielo? —Oyó que su padre la llamaba. Dejó de tocar—. ¿Podemos hablar sobre lo de anoche?

—Ahora no tengo tiempo —contestó, ajustándose la bandolera.

—Sólo quiero saber dónde estuviste todo el día.

—Por ahí. No es importante.

—Sí que es importante.

—No, papá —replicó ella, con la voz firme—. Y tengo cosas que hacer, ¿vale?

Jonah se acercó a la puerta con su bollo dulce relleno de chocolate.

—¿Qué cosas? ¿Adónde vas ahora?

Aquélla era precisamente la conversación que había querido evitar.

—No te importa.

—¿Y cuándo volverás?

—No lo sé.

—¿Volverás a la hora de comer… o de cenar?

—No lo sé —soltó un bufido de exasperación—. Me marcho.

Su padre empezó a tocar el piano de nuevo. La tercera pieza del Carnegie Hall. Probablemente pensaba tocar todo el CD que su madre había puesto en el coche.

—Más tarde iremos a hacer volar la cometa. Papá y yo, quiero decir.

Ronnie no pareció oírlo. En lugar de eso, se giró expeditivamente hacia su padre.

—¿Quieres dejar de tocar eso? —espetó.

Steve dejó de tocar abruptamente.

—¿Qué?

—¡La música que estás tocando! ¿Crees que no reconozco esas melodías? Sé lo que pretendes, y ya te he dicho que no pienso volver a tocar.

—Te creo —asintió él.

—Entonces, ¿por qué continúas provocándome? ¿Por qué cada vez que te veo estás ahí, sentado, aporreando el piano?

Steve parecía genuinamente confuso.

—No lo hago por ti —explicó—. Simplemente es que... hace que me sienta mejor.

—Pues a mí me irrita. ¿No lo entiendes? ¡Odio el piano! ¡Odio recordar cuando tenía que tocar cada día! ¡Y odio tener que ver ese trasto cada día!

Antes de que su padre pudiera articular otra palabra, se dio la vuelta, le arrebató a Jonah el bollo dulce con el semblante crispado y se encaminó hacia la puerta con paso furioso.

Después de dos horas buscándola, Ronnie encontró a Blaze en la misma tienda de discos en la que habían estado el día anterior, a un par de manzanas del muelle. No sabía qué esperar la primera vez que entró en aquella tienda —parecía un poco anticuada en aquellos días de la era de los iPod y de las descargas por Internet—, pero Blaze le había asegurado que la visita valdría la pena, y había acertado.

Además de los CD, tenían discos de vinilo —miles de ellos, algunos parecían objetos de coleccionista, incluida una copia todavía sin abrir de *Abbey Road*— y un montón de viejos discos de 45 revoluciones colgados en la pared con firmas de gente como Elvis Presley, Bob Marley y Ritchie Valens. A Ronnie le sorprendió que no los tuvieran vigilados bajo llave. Tenían que ser valiosos, pero el individuo que regentaba la tienda parecía como si estuviera anclado en la década de los sesenta y por lo visto conocía a todo el mundo. Tenía el pelo gris y largo, hasta la cintura, atado en una cola de caballo, y sus gafas eran como el modelo favorito de John Lennon. Llevaba sandalias y una camisa hawaiana, y a pesar de que por edad podría haber sido el abuelo de Ronnie, sabía más de música que ninguna otra persona que ella hubiera conocido antes, incluso sobre música *underground* que ella ni siquiera había escuchado en Nueva York. A lo largo de la pared había una fila de auriculares para que los clientes pudieran escuchar los álbumes y los CD o bajarse música al iPod. Desde el exterior, por la ventana, avistó a Blaze de pie, sosteniendo con una mano un auricular en la oreja, y con la otra mano dando golpecitos sobre la mesa al ritmo de la música que estaba escuchando.

Era más que obvio que no pensaba pasar el día en la playa.

Ronnie aspiró hondo y entró en la tienda. Por muy mal que sonara, esperó que Blaze hubiera estado tan ebria como para no acordarse de nada de lo que había sucedido. O incluso mejor, que hubiera estado lo bastante sobria como para saber que Ronnie no estaba interesada en Marcus, en absoluto.

Tan pronto como empezó a descender por el pasillo de los CD, tuvo la impresión de que Blaze la esperaba. Bajó el volumen en los auriculares, aunque no se los apartó de las orejas, y le dio la espalda. Ronnie todavía podía oír la música, una melodía estridente y enloquecedora que no reconoció. Blaze recogió varios CD.

—Pensé que éramos amigas —empezó a echarle en cara.

—Y lo somos —insistió Ronnie—. Llevo toda la mañana buscándote porque no quería que te llevaras una idea errónea de lo que pasó ayer.

La expresión de Blaze era gélida.

—¿Te refieres a pedirle a Marcus que se marchara contigo?

—Eso no fue lo que pasó —se defendió Ronnie—. Yo no se lo pedí. No entiendo a qué juega…

—¿A qué juega? ¿Él? —Blaze se quitó los auriculares de mala gana—. ¡Vi cómo lo devorabas con los ojos! ¡Oí lo que le decías!

—¡Pero si no se lo dije! Yo no le pedí que nos fuéramos juntos a…

—¡Intentaste besarlo!

—¿Qué dices? Yo no intenté besarlo…

Blaze avanzó un paso.

—¡Marcus me lo dijo!

—¡Entonces Marcus miente! —espetó Ronnie, plantándole cara—. Realmente hay algo feo, muy feo en ese chico.

—No…, no…, ni se te ocurra criticarlo…

—Te ha mentido. Ni loca lo besaría. No me gusta, en absoluto. La única razón por la que acepté ir a esa fiesta fue porque tú me lo pediste.

Blaze no dijo nada, y Ronnie se preguntó si finalmente le estaba abriendo los ojos.

—Me da igual —refunfuñó Blaze finalmente. Su tono no dejaba lugar a dudas de que realmente sentía lo que decía.

Blaze enfiló hacia la puerta y al pasar por su lado le dio un empujón. Ronnie la siguió con la mirada, sin estar segura de si se sentía ofendida. A través de la ventana, vio salir a Blaze con paso impetuoso.

Lamentablemente, no había conseguido aclarar la situación.

Ronnie no estaba segura de qué hacer a continuación: no quería ir a la playa, pero tampoco quería regresar a casa. No tenía ningún coche a su disposición y no conocía a nadie. Aquello significaba que… ¿Qué? Quizás acabaría pasando el verano en algún banco dando de comer a las palomas como algunos de aquellos personajes tan estrambóticos que había visto en Central Park. Quizás acabaría por reconocer a cada una de las palomas…

Al salir de la tienda, sus pensamientos se vieron bloqueados por el repentino pitido de una alarma, y echó un vistazo por encima del hombro, primero con curiosidad y después confundida, mientras se daba cuenta de lo que sucedía. Sólo había una puerta para entrar y salir de la tienda.

Cuando quiso darse cuenta, el individuo de la coleta corría hacia ella.

Ronnie no intentó escapar porque sabía que no había hecho nada malo; cuando el hombre de la coleta le pidió el bolso, no vio ninguna razón para no dárselo. Obviamente, se trataba de un error. Cuando el hombre sacó dos CD y media docena de discos de 45 revoluciones firmados de su bandolera comprendió que no se había equivocado cuando había tenido la impresión de que Blaze parecía estar esperándola. Los CD eran los que Blaze tenía en las manos, y había cogido los discos de 45 revoluciones de la pared. Aturdida, empezó a comprender que lo había planeado todo minuciosamente.

Ronnie empezó a sentirse mareada. Apenas oyó al encargado de la tienda cuando le dijo que la Policía ya estaba de camino.

11

Steve

Después de comprar los materiales que necesitaba, básicamente tablones de cinco centímetros de grueso por diez de ancho y planchas de madera contrachapada, Steve y Jonah se pasaron la mañana levantando un tabique en medio de la salita. No había quedado muy bonito —si su padre hubiera levantado la cabeza y visto aquella chapuza, seguramente le habría dado un patatús—, pero Steve pensó que no estaba mal del todo. Sabía que tarde o temprano derribarían la casa, puesto que el terreno seguramente subiría de valor sin aquella construcción tan deteriorada. El bungaló se hallaba flanqueado por unas mansiones de tres plantas, y Steve estaba seguro de que aquellos vecinos consideraban que la casita rústica era antiestética y que desmerecía el valor de sus propiedades.

Steve puso un clavo, colgó la fotografía de Ronnie y Jonah que había sacado de la salita, y retrocedió un paso para examinar el resultado.

—¿Qué te parece? —le preguntó a Jonah.

Jonah arrugó la nariz.

—Parece como si hubiéramos erigido un feo tabique de madera para tapiar la salita y luego hubiéramos colgado una foto para disimular. Además, ya no podrás tocar el piano.

—Lo sé.

Jonah ladeó la cabeza.

—Me parece que el tabique está torcido. Sí, los tablones no están rectos.

—Pues yo no lo veo.

—Necesitas gafas, papá. Y todavía no entiendo por qué has querido levantar ese tabique.

—Ronnie dijo que no quería ver el piano.

—¿Y?

—No hay ningún lugar para esconder el piano, así que lo he tapiado. Ahora ya no lo verá.

—Ah —dijo Jonah, con aire pensativo—. ¿Sabes?, la verdad es que a mí no me gusta tener que hacer los deberes del cole. De hecho, no me gusta verlos apilados en mi mesa.

—Es verano. No tienes que hacer deberes.

—Me refería a que quizá debería construir una pared alrededor de la mesa en mi habitación, para no verla.

Steve se contuvo para no reírse.

—Pues tendrás que comentárselo a tu madre, a ver qué opina.

—O podrías hacerlo tú.

Steve soltó una carcajada.

—¿Todavía no tienes hambre?

—Dijiste que iríamos a hacer volar la cometa.

—Y lo haremos. Sólo quería saber si te apetecía comer algo antes.

—Prefiero tomarme un helado.

—No creo que sea una buena idea.

—¿Unas galletas? —Jonah parecía esperanzado.

—¿Qué te parece un bocadillo con manteca de cacahuete y gelatina?

—Vale. Pero después iremos a hacer volar la cometa, ¿eh?

—Sí.

—¿Toda la tarde?

—Tanto rato como quieras.

—De acuerdo. Me comeré el bocadillo. Pero sólo si tú te comes otro.

Steve sonrió, pasando el brazo alrededor del hombro de Jonah.

—Trato hecho.

Se dirigieron a la cocina.

—¿Sabes?, el comedor ahora ha quedado mucho más pequeño —observó Jonah.

—Lo sé.

—Y la pared está torcida.

—Lo sé.

—Y no hace juego con las otras paredes.

—¿Adónde quieres ir a parar?

Jonah lo miró con el semblante muy serio.

—Sólo quiero confirmar que no te estás volviendo loco.

El día era perfecto para hacer volar cometas. Steve se sentó en una duna dos casas más debajo de la suya, mirando cómo la cometa describía eses en el cielo. Jonah, lleno de energía como de costumbre, corría playa arriba y playa abajo. Steve lo observó con orgullo, sorprendido al pensar que cuando él había hecho lo mismo de niño, ni su padre ni su madre habían estado a su lado.

No eran malas personas. Lo sabía. Jamás le habían puesto la mano encima, nunca había pasado hambre, nunca se habían peleado en su presencia. Lo llevaban a las revisiones del dentista y del pediatra una o dos veces al año, en casa siempre había mucha comida, y siempre había tenido una chaqueta para soportar las crudas mañanas de invierno y una moneda de cinco centavos en el bolsillo para que se comprara leche en la escuela. Pero si su padre tenía un comportamiento estoico, el de su madre no era muy diferente; quizás ésa había sido la razón por la que habían estado casados tantos años. Ella era de Rumanía. Su padre la conoció cuando estuvo destinado a Alemania. Su madre apenas hablaba inglés cuando se casaron y nunca cuestionó la cultura en la que se vio inmersa. Cocinaba, limpiaba la casa y lavaba la ropa; por las tardes, trabajaba media jornada como costurera. Al final de su vida, había aprendido a defenderse con un inglés básico, el necesario para apañarse en el banco y en la tienda de comestibles, pero incluso entonces su acento seguía siendo tan marcado que a veces tenía dificultades para hacerse entender.

También era una católica devota, algo ciertamente inusual en Wilmington en aquella época. Iba a misa cada día y rezaba el rosario por las noches, y a pesar de que Steve apreciaba la tradición y la ceremonia de la misa los domingos, el cura siempre le pareció un hombre frío y arrogante, más interesado en las normas de la iglesia que en lo que realmente más le convenía a su rebaño. A veces —muchas veces— Steve se preguntaba cómo habría sido su vida si, a los ocho años, no hubiera oído la música que salía de la primera iglesia bautista.

Cuarenta años más tarde, los detalles le parecían difusos. Apenas recordaba cómo había entrado una tarde y había oído al reverendo Harris tocar el piano. Sabía que el reverendo había intentado que se sintiera a gusto, y obviamente lo consiguió, puesto que regresó otro día para oírlo de nuevo, hasta que finalmente el reverendo Harris se convirtió en su primer profesor de piano. Con el tiempo empezó a ir —para más tarde desertar— a la catequesis que la iglesia ofrecía. En muchos sentidos, la iglesia bautista acabó por convertirse en su segunda casa, y el reverendo Harris, en su segundo padre.

Recordó que a su madre no le gustaba aquella relación. Cuando se angustiaba, murmuraba en rumano, y durante años, cuando él iba a la iglesia bautista, la escuchaba decir palabras y frases ininteligibles mientras se santiguaba y lo obligaba a llevar un escapulario. Para ella, que un reverendo protestante le enseñara a tocar el piano a su hijo era lo mismo que jugar a la reina mora con el diablo.

Pero nunca le prohibió ir, y con eso Steve tenía suficiente. No le importaba que su madre no asistiera a las reuniones escolares con sus profesores, ni que nunca le leyera un cuento, ni que nadie en el vecindario invitara a su familia a una fiesta o a disfrutar de una barbacoa. Lo importante era que ella le permitió no sólo descubrir su pasión, sino ir a clases de piano, a pesar de que desconfiara del reverendo. Y de algún modo, su madre consiguió que su padre, al que la idea de ganarse la vida a partir de la música le parecía ridícula, no lo detuviera. Sólo por eso, siempre le estaría agradecido.

Jonah continuaba correteando arriba y abajo, aunque la cometa no precisaba tantos meneos. Steve sabía que la brisa era lo bastante fuerte como para mantenerla suspendida en el aire sin que ésta cayera. Podía ver el contorno del símbolo de Batman perfilado entre dos oscuros cúmulos, la clase de nubes que presagiaban lluvia. Aunque las tormentas de verano no solían durar mucho —una hora y luego el cielo se despejaba—, se levantó para decirle a su hijo que tal vez sería una buena idea regresar a casa. Sólo había dado un par de pasos cuando se fijó en una serie de trazos borrosos en la arena y que iban a morir en la duna que había justo detrás de su casa, unas marcas que había visto en más de una docena de ocasiones cuando era pequeño. Sonrió.

—¡Jonah! —lo llamó, siguiendo las marcas—. ¡Ven! ¡Hay algo que quiero enseñarte!

El niño corrió hacia él, con la cometa enredada en el brazo.

—¿Qué pasa?

Steve descendió por la duna hasta llegar a un punto donde la arena se fundía con la playa. Únicamente eran visibles unos pocos huevos a escasos centímetros bajo la superficie cuando Jonah llegó a su lado.

—¿Qué has encontrado? —quiso saber Jonah.

—Es un nido de tortugas bobas —le explicó Steve—. Pero no te acerques demasiado. Y no los toques. Podrías romperlos.

Jonah se inclinó para verlos más de cerca, todavía con la cometa en la mano.

—¿Qué es una tortuga boba? —preguntó, intentando controlar la cometa.

Steve tomó una pieza de madera que había en la playa y empezó a trazar un gran círculo alrededor del nido.

—Es una tortuga marina que está en peligro de extinción. Salen por la noche a la playa para poner los huevos.

—¿Detrás de nuestra casa?

—Éste es uno de los lugares donde las tortugas bobas ponen sus huevos. Pero lo más importante que quiero que sepas es que están en peligro de extinción. ¿Sabes lo que significa eso?

—Significa que se están muriendo —contestó Jonah—. Veo el canal Planet Animal, ¿sabes?

Steve completó el círculo y lanzó al mar el trozo de madera. Mientras se ponía de pie, notó una punzada de dolor, pero la ignoró.

—No exactamente. Significa que si no tratamos de ayudarlas y no tenemos cuidado, esta especie puede llegar a desaparecer.

—¿Como los dinosaurios?

Steve iba a contestar cuando oyó el teléfono en la cocina. Había dejado la puerta de atrás abierta para ventilar la casa; caminó y corrió por la arena hasta que llegó al porche. Respiraba con dificultad cuando contestó al teléfono.

—¿Papá? —dijo una voz al otro lado de la línea telefónica.

—¿Ronnie?

—Necesito que vengas a buscarme. Estoy en la comisaría.

Steve se llevó los dedos pulgar e índice impulsivamente al puente de la nariz para frotárselo.

—De acuerdo —contestó—. Ahora voy.

El agente Johnson le contó lo sucedido, pero él sabía que Ronnie todavía no estaba lista para hablar sobre el tema. A Jonah, sin embargo, no parecía importarle.

—Mamá se pondrá hecha una furia —remarcó Jonah.

Steve vio que a Ronnie se le tensaba la mandíbula inferior.

—Yo no he sido —empezó a decir.

—Entonces, ¿quién ha sido?

—No quiero hablar de eso —respondió. Se cruzó de brazos y se apoyó en la puerta del coche.

—A mamá no le hará ni pizca de gracia.

—¡No he sido yo! —repitió Ronnie, fulminando a Jonah con una mirada de resentimiento—. Y no quiero que le digas que lo he hecho. —Se aseguró de que su hermano veía que hablaba en serio antes de girarse hacia su padre—. No he sido yo, papá —repitió—. Lo juro por Dios, no he sido yo. Tienes que creerme.

Steve detectó la desesperación en su tono, pero no pudo evitar acordarse de la angustia de Kim cuando hablaron sobre el incidente de Ronnie. Pensó en la forma en que su hija se había comportado desde que había llegado y consideró la clase de amistades que había elegido.

Suspirando, notó cómo la poca energía que le quedaba lo abandonaba. Delante de él, el sol se erigía como una bola anaranjada, abrasadora y furiosa, y por encima de todo, sabía que su hija necesitaba apoyo.

—Te creo —le dijo.

Cuando llegaron a casa, ya empezaba a anochecer. Steve salió fuera para echar un vistazo al nido de tortugas. Era uno de esos magníficos atardeceres típicos de Carolina del Norte y de Carolina del Sur: una suave brisa, el cielo como un manto de mil colores distintos. A cierta distancia de la orilla, una manada de delfines jugaba sobre las crestas rizadas de las olas. Pasaban por delante de su casa dos veces al día, y recordó que le había dicho a Jonah que estuviera atento. No le parecía extraño que su hijo quisiera meterse en el agua para ver si podía nadar hasta ellos y acariciarlos; Steve había intentado hacer lo mismo muchas veces, de niño, pero nunca lo consiguió.

No tenía ganas de llamar a Kim para contarle lo que había sucedido. Tras decidir que lo haría más tarde, tomó asiento en la duna al lado del nido y clavó la vista en lo que quedaba de las marcas que la tortuga había dejado en la arena. Entre el viento y la multitud, casi se habían borrado por completo. Aparte de una pequeña huella más profunda en el lugar donde la duna convergía con la playa, el nido era prácticamente invisible, y el único par de huevos que sobresalían parecían unas piedras pálidas y lisas.

Un trozo de madera contrachapada había volado hasta la arena. Mientras se inclinaba para recogerla, avistó a Ronnie, que se acercaba. Caminaba despacio, con los brazos cruzados y cabizbaja, con la melena cubriéndole prácticamente toda la cara. Se detuvo a escasos pasos de él.

—¿Estás enfadado conmigo? —le preguntó.

Era la primera vez desde que ella había llegado que le dirigía la palabra sin una gota de rabia o resentimiento.

—No, claro que no —contestó él.

—Entonces, ¿qué haces aquí fuera?

Steve señaló hacia el nido.

—Una tortuga boba puso los huevos aquí anoche. ¿Has visto alguna vez una tortuga de esa especie?

Ronnie sacudió la cabeza.

—Son unas criaturas preciosas. Tienen un caparazón entre rojizo y marrón, y pueden llegar a pesar hasta más de trescientos sesenta kilos. Carolina del Norte es uno de los pocos sitios donde ponen los huevos. Pero el problema es que están en peligro de extinción. Creo que sólo una de cada mil llega a alcanzar la madurez, y no quiero que los mapaches se coman los huevos antes de que nazcan las tortugas.

—¿Y cómo sabrán los mapaches que aquí hay un nido?

—Cuando una tortuga boba pone los huevos, orina. Los mapaches pueden olerlo, y si pueden se comen todos los huevos, sin dejar ni uno. Cuando yo era pequeño, encontré un nido al otro lado del muelle. Un día todo era normal, pero al día siguiente sólo quedaban los cascarones rotos. Fue muy triste.

—Pues ayer vi un mapache en nuestro porche.

—Lo sé. Es por la basura, que los atrae. Tan pronto como pueda, se lo diré a los del acuario. Con un poco de suerte, enviarán a alguien mañana con una jaula especial que mantendrá a esos rapaces alejados.

—¿Y qué pasará esta noche?

—Supongo que tendremos que tener fe.

Ronnie se apartó un mechón de pelo rebelde de la cara y se lo puso detrás de la oreja.

—Papá, ¿puedo preguntarte una cosa?

—Lo que quieras.

—¿Por qué has dicho que me creías?

De perfil, Steve podía ver tanto a la joven en la que Ronnie se estaba convirtiendo como a la niña pequeña que recordaba.

—Porque confío en ti.

—¿Por eso has erigido la pared para ocultar el piano? —Ella no se atrevía a mirarlo directamente a la cara—. Al entrar lo he visto enseguida; no pasa desapercibida.

Steve sacudió la cabeza.

—No. Lo he hecho porque te quiero.

Ronnie esbozó una leve sonrisa, vacilando antes de tomar asiento a su lado. Contemplaron el oleaje que se estrellaba suavemente contra la orilla. La marea subiría muy pronto, y la playa había desaparecido parcialmente.

—¿Qué me pasará? —preguntó ella.

—Pete hablará con el dueño, pero no lo sé. Un par de esos discos eran piezas de coleccionista. Valen mucho dinero.

Ronnie sentía una terrible opresión en el pecho.

—¿Se lo has dicho a mamá?

—No.

—¿Y piensas hacerlo?

—Probablemente sí.

Ninguno de los dos dijo nada durante un rato. Un grupo de surfistas pasó caminando por la orilla, sosteniendo sus tablas. En la distancia, la superficie empezaba a rizarse y formaba unas olas que parecían romperse antes de volver a formarse inmediatamente.

—¿Cuándo piensas llamar al acuario?

—Ahora, cuando vuelva a casa. Estoy seguro de que Jonah estará hambriento. Será mejor que empiece a preparar la cena.

Ronnie miró fijamente el nido. Con el estómago agarrotado por culpa de los nervios, no podía imaginar probar bocado.

—No quiero que les pase nada a los huevos de las tortugas esta noche.

Steve se giró hacia ella.

—Entonces, ¿qué piensas hacer?

Unas horas más tarde, después de cubrir a Jonah con el edredón en la cama, Steve salió fuera por el porche trasero para ver cómo estaba Ronnie. Un poco antes, había dejado un mensaje en el contestador del acuario, había ido a la tienda a comprar lo que creía que necesitaba: un saco de dormir fino, una linterna, una almohada barata y repelente de mosquitos.

No estaba muy tranquilo con la idea de que Ronnie durmiera a la intemperie, pero ella parecía absolutamente decidida; debía reconocer que admiraba su impulso por proteger el nido. Había insistido en que estaría bien; en cierto modo, Steve sabía que eso era cierto. Al igual que la mayoría de la gente que se había criado en Manhattan, Ronnie había aprendido a ir con cuidado y había visto y experimentado bastantes cosas como para saber que a veces el mundo podía ser un lugar peligroso. Y lo más importante, el nido estaba a tan sólo unos quince metros de la ventana de su habitación —que él pensaba tener toda la noche abierta—, por lo que confiaba en que si le pasaba algo a Ronnie, lo oiría inmediatamente. A causa de la forma de la duna modelada por el viento y la ubicación del nido, era poco probable que nadie que pasara andando por la playa llegase a enterarse de que ella estaba allí.

Sin embargo, Ronnie sólo tenía diecisiete años, y él era su padre, lo cual significaba que probablemente acabaría por salir para confirmar que estaba bien varias veces aquella noche. Estaba seguro de que no conseguiría dormir de un tirón hasta el amanecer.

La luna era sólo una fina rendija, pero el cielo estaba despejado; mientras avanzaba entre las sombras, se acordó de la conversación que habían mantenido. Se preguntó cómo se había sentido Ronnie al ver que él había tapiado el piano. ¿Se levantaría a la mañana siguiente con la misma actitud desafiante que había tenido desde que había llegado? No lo sabía. Mientras se acercaba lo suficiente como para distinguir la silueta de Ronnie durmiendo, pensó que el juego de luces y sombras le conferían un aspecto más joven y a la vez más mayor de lo que realmente era. Steve pensó de nuevo en los años que no había estado con ella, viéndola crecer, unos años perdidos que ya nunca recuperaría.

Se quedó de pie bastante rato, examinando la playa de arriba abajo. No vio a nadie, así que se dio la vuelta y entró en casa. Se sentó en el sofá y encendió el televisor; después de pasar de un canal a otro, acabó por apagarlo. Finalmente, se fue a su cuarto y arrastró los pies hasta la cama.

Se quedó dormido casi inmediatamente, pero se despertó una hora más tarde. Salió de puntillas al exterior para ver cómo estaba su hija, a quien quería más que a su propia vida.

12

Ronnie

Cuando se despertó, tuvo la impresión de que tenía todo el cuerpo entumecido. Notaba la espalda rígida, le dolía el cuello. Cuando reunió el coraje para sentarse, una punzada de dolor le recorrió el hombro.

No podía entender cómo la gente elegía dormir a la intemperie. Unos años antes, algunas de sus amigas habían ensalzado lo genial que era ir de acampada, pero ella pensaba que estaban chaladas. Dormir en el suelo «dolía».

Del mismo modo, por supuesto, que el sol cegador. A juzgar por el hecho de que se había despertado con los granjeros desde que había llegado, supuso que aquella mañana no era diferente. Probablemente todavía no eran ni las siete. El disco solar se levantaba sobre el océano, y ya había unas cuantas personas en la playa, paseando a sus perros o corriendo cerca de la orilla. Era evidente que esa gente había dormido en una cama, y no en el suelo. Ronnie no podía imaginar ponerse a caminar, ni mucho menos realizar ejercicio físico. En esos momentos le costaba incluso respirar sin desfallecer.

Con gran dificultad, se puso lentamente de pie antes de recordar por qué se había quedado a dormir allí fuera. Echó un vistazo al nido, y suspiró aliviada al ver que estaba igual que el día previo. Al mismo tiempo, notó que las punzadas y el dolor empezaban a mitigarse, lentamente. Se preguntó distraídamente cómo toleraba Blaze dormir en la playa, y entonces, de repente, recordó lo que aquella chica le había hecho.

Arrestada por robar en una tienda. Por robar objetos de valor. Un delito «grave».

Entornó los ojos, para revivir la pesadilla: la animadversión con que el encargado de la tienda la había mirado hasta que llegó el policía, la cara de decepción del agente Johnson mientras la llevaba en coche a la comisaría, la horrible llamada telefónica que había tenido que hacer a su padre. Había sentido tantas náuseas que por un momento pensó que iba a vomitar en el coche de su padre, mientras regresaban a casa.

Si podía sacar algo positivo de lo sucedido era que su padre no había reaccionado como un energúmeno. Y lo que le parecía incluso más increíble: había afirmado que creía en su inocencia. Pero claro, él aún no había hablado con su madre. Tan pronto como lo hiciera, todas las esperanzas se desvanecerían como un castillo de naipes. Sin duda ella se pondría a chillar y le pediría a su padre que la castigara como era debido, y él acabaría encerrándola porque se lo había prometido. Después del «incidente», su madre la castigó con no salir de casa durante un mes, y lo que había pasado en la tienda de discos era peor, mucho peor que simplemente un incidente.

De nuevo volvió a sentir aquella insoportable opresión en el pecho. No podía imaginar la idea de quedarse encerrada en su cuarto durante un mes, en una habitación que encima tenía que compartir, y además en un lugar en el que no quería estar. Se preguntó si las cosas podrían empeorar aún más. Mientras estiraba los brazos por encima de la cabeza, lanzó un grito sofocado ante el repentino dolor incisivo en el hombro. Lo bajó lentamente, sin poder evitar las muecas de sufrimiento.

Se pasó el siguiente par de minutos arrastrando las cosas hasta el porche. Aunque el nido estaba detrás de la casa, no quería que los vecinos supieran que había dormido fuera. Con sólo ver la fastuosidad de aquellas mansiones, supuso que debía de tratarse de esa clase de personas que esperaban que todo estuviera perfecto cuando salían a tomar el café al porche por la mañana. Si se enteraban de que alguien había dormido fuera, al lado de sus casas, probablemente se enojarían, pues eso no encajaba con su imagen de perfección, y lo último que deseaba era que la Policía volviera a visitarla. Con su mala suerte, probablemente la arrestarían por vagabundear. «Vagabundear en primer grado.»

Tuvo que realizar dos viajes para llevar los trastos hasta el porche, pues no tenía la energía para llevarlo todo de una sola vez. Entonces se dio cuenta de que se había olvidado el libro de *Ana Karenina* junto al nido. Su intención había sido leerlo la noche anterior, pero se había sentido tan cansada que lo había guardado bajo un trozo de madera para resguardarlo de la bruma. Cuando regresó para recogerlo, vio a alguien que llevaba una chaqueta de chándal de color beis en la que se podía leer «Blakelee Brakes» y que se acercaba con un rollo de cinta amarilla y un puñado de varas. Parecía que subía por la playa hacia su casa.

Cuando Ronnie hubo recuperado el libro, el joven estaba más cerca y parecía buscar algo en las inmediaciones de la duna. Ronnie avanzó hacia él, preguntándose qué estaba haciendo, y entonces él se giró hacia ella. Cuando sus ojos se encontraron, fue uno de aquellos pocos momentos... Ronnie se quedó sin habla.

Lo reconoció inmediatamente, a pesar del chándal. Al instante recordó su aspecto sin camiseta, con el torso firme y bronceado, el pelo castaño empapado de sudor, la pulsera de macramé en la muñeca. Era el chico del partido de vóley-playa que había chocado contra ella, el chico cuyo amigo había estado a punto de enzarzarse en una pelea con Marcus.

Avanzó hasta que se detuvo delante de ella. Por lo visto, él tampoco sabía qué decir. En vez de eso, se la quedó mirando boquiabierto. A pesar de que Ronnie sabía que era una locura, tuvo la impresión de que se alegraba de verla. Lo dedujo por la expresión de satisfacción en su cara y por la forma en que empezó a sonreírle, lo cual no tenía sentido.

—¡Ah! ¡Eres tú! Buenos días —la saludó.

Ronnie no sabía qué decir, así que lo único que se le ocurrió fue preguntarle en un tono cordial:

—¿Qué haces aquí?

—He recibido una llamada del acuario. Alguien llamó anoche para informar de la presencia de un nido de tortugas bobas, y me han pedido que venga a echar un vistazo.

—¿Trabajas para el acuario?

Él sacudió la cabeza.

—Sólo como voluntario. Trabajo en el taller de coches de mi padre. No habrás visto un nido de tortugas por aquí, ¿no?

Ronnie se sintió un poco más relajada.

—Está allí —dijo, señalando con el dedo.

—Qué alivio. —Sonrió él—. Esperaba que estuviera cerca de una casa.

—¿Por qué?

—Por las tormentas. Si las olas alcanzan el nido, los huevos no sobreviven.

—Pero si son tortugas marinas.

Él alzó las manos.

—Lo sé. Tampoco tiene sentido para mí, pero así es como funciona la naturaleza. El año pasado perdimos un par de nidos por culpa de una tormenta tropical. Fue muy triste. Esta clase de tortugas está en peligro de extinción, ¿lo sabías? Sólo una de cada mil alcanza la madurez.

—Lo sé.

—¿De veras? —Él parecía impresionado.

—Me lo dijo mi padre.

—Ah —apuntó él. Señaló hacia la playa con porte desenfadado—. Supongo que vives por aquí.

—¿Por qué quieres saberlo?

—Oh, sólo intentaba encontrar un tema de conversación —respondió él sin perder la calma—. Por cierto, me llamo Will.

—Hola, Will.

Él hizo una pausa antes de decir:

—¡Qué extraño!

—¿El qué?

—Normalmente, cuando alguien se presenta, la otra persona hace lo mismo.

—Yo no soy como la mayoría de la gente. —Ronnie se cruzó de brazos, procurando mantener la distancia.

—De eso ya me había dado cuenta. —Él le dedicó una sonrisa fugaz—. Siento mucho haberte arrollado el otro día, durante el partido de vóley-playa.

—Ya te habías disculpado, ¿no lo recuerdas?

—Lo sé, pero parecías muy enojada.

—La limonada me manchó toda la camiseta.

—Cuánto lo siento. Pero la verdad es que deberías prestar más atención por donde pisas.

—¿Cómo dices?

—Es un juego de movimientos muy rápidos.

Ronnie puso los brazos en jarras.

—¿Me estás diciendo que la culpa fue mía?

—No. Sólo quiero evitar que se vuelva a repetir. Ya te he dicho que me sentí fatal por lo que te pasó.

Por su respuesta, Ronnie tuvo la impresión de que le estaba tirando los tejos, aunque no entendía el porqué. No le veía el sentido —ella sabía que no era su tipo y era más que obvio que él tampoco era el suyo—. Pero a esa temprana hora de la mañana no estaba de humor para intentar averiguar qué razones había detrás de todo aquello. En lugar de eso, Ronnie señaló los objetos que él sostenía, pensando que lo más apropiado era escudarse de nuevo en el tema de las tortugas.

—¿Cómo conseguirás mantener a los mapaches alejados con esa cinta?

—Ah, no, la cinta no es para los mapaches. Sólo es para marcar el nido. Paso la cinta alrededor de las clavijas para que cuando vengan los del acuario después a poner la jaula sepan exactamente dónde está el nido.

—¿Y cuándo vendrán?

—No lo sé. —Se encogió de hombros—. Quizá dentro de un par de días.

Ronnie pensó en la agonía que había experimentado al despertarse, y empezó a sacudir enérgicamente la cabeza.

—No, no, de ninguna manera. Llámalos y diles que tienen que venir a proteger el nido «hoy mismo». Diles que anoche vi a un mapache rondando cerca del nido.

—¿De veras?

—Mira, díselo y punto.

—Tan pronto como acabe, te aseguro que los llamaré. Te lo prometo.

Ronnie lo observó con recelo, pensando en lo fácil que había sido convencerlo, pero antes de que pudiera darle más vueltas, su padre apareció en el porche.

—Buenos días, cielo —gritó—. El desayuno está listo. ¿Tienes hambre?

Will miró a Ronnie y luego a su padre para finalmente volver a fijar la vista en ella.

—¿Ésa es tu casa?

En vez de contestar, ella retrocedió un paso.

—Habla con los del acuario, ¿vale?

La chica enfiló hacia su casa. Ya había subido los peldaños del porche cuando oyó que Will la llamaba.

—¡Eh!

Ella se dio la vuelta y lo vio montado en una furgoneta.

—Todavía no me has dicho tu nombre.

—No —contestó ella—. Creo que no lo he hecho.

Ronnie sabía que no debía darse la vuelta, pero mientras se dirigía a la puerta, no pudo evitar mirar de soslayo por encima del hombro.

Cuando él enarcó una ceja, Ronnie se felicitó a sí misma: estaba satisfecha por no haberle dicho su nombre.

En la cocina, su padre estaba de pie frente a los fogones removiendo con una espátula el contenido de una sartén. En la encimera había un paquete de tortitas de harina; tuvo que admitir que el olor de fuera lo que fuese lo que estaba cocinando era delicioso. Pero claro, no había probado bocado desde la tarde del día anterior.

—¡Ah, hola! —la saludó él por encima del hombro—. ¿Con quién hablabas?

—Con un chico del acuario. Ha venido a marcar la posición del nido. ¿Qué estás preparando?

—Un burrito vegetariano.

—¿Hablas en serio?

—Tiene arroz, judías y tofu. Con eso rellenaré las tortitas de harina. Espero que esté bueno. Encontré la receta por Internet, así que no puedo asegurarte que sea sabroso.

—Seguro que sí —dijo ella. Cruzó los brazos, pensando que era mejor sacarse la espina cuanto antes mejor—: ¿Has hablado con mamá?

Él sacudió la cabeza.

—No, todavía no. Pero he hablado con Pete esta mañana. Me ha dicho que todavía no ha podido hablar con la dueña de la tienda. Está fuera, de viaje.

—¿La dueña?

—Parece que el hombre que trabaja en la tienda es el sobrino de la dueña. Pero Pete dice que conoce a la dueña desde hace mucho tiempo.

—Ah —dijo ella, preguntándose si eso serviría de algo.

Su padre dio unos golpecitos con la espátula en el borde de la sartén.

—De todos modos, supongo que lo mejor será que no llame a tu madre hasta que tenga todos los detalles. No me gustaría inquietarla innecesariamente.

—¿Quieres decir que puede que no se lo digas?

—A menos que quieras que lo haga.

—No, no —se apresuró a contestar ella—. Tienes razón. Probablemente será mejor que esperemos.

—De acuerdo —convino Steve. Después de remover el contenido de la sartén una última vez, apagó el fuego—. Me parece que esto ya está listo. ¿Tienes hambre?

—Sí, estoy muerta de hambre —confesó Ronnie.

Mientras se acercaba, él sacó un plato del armario y colocó la tortilla de harina, después echó un poco de la mezcla encima y se la enseñó.

—¿Tienes bastante o quieres que ponga más?

—No, es suficiente —dijo ella.

—¿Quieres café? Lo estoy preparando. —Asió una taza de café y se la pasó—. Jonah me dijo que a veces vas al Starbucks, así que he comprado café. Quizá no sea tan bueno como el que preparan en esos sitios, pero es lo mejor que he encontrado.

Ella aceptó la taza, sin apartar la vista de su padre.

—¿Por qué eres tan bueno conmigo?

—¿Y por qué no habría de serlo?

«Porque me he portado muy mal contigo», podría haber contestado. Pero no lo hizo.

—Gracias —se limitó a murmurar, pensando que aquello parecía un capítulo de *Dimensión desconocida*, en el que, por una extraña razón, su padre se había olvidado completamente de los últimos tres años.

Ronnie se sirvió un poco de café y tomó asiento delante de la mesa. Steve se sentó a su lado con su propio plato y empezó a envolver su burrito.

—¿Qué tal has pasado la noche? ¿Has dormido bien?

—Sí, dormir no ha sido el problema. Pero levantarme no ha resultado tan fácil.

—Después caí en la cuenta de que debería haber comprado un colchón hinchable, pero ya era demasiado tarde.

—No pasa nada. Pero creo que después de desayunar iré a tumbarme un rato. Todavía me siento cansada. Han sido dos días muy intensos.

—Quizá sería mejor que no tomaras café.

—No me afecta. Créeme. Caeré en la cama rendida.

Detrás de ellos, Jonah entró en la cocina. Llevaba un pijama de los *Transformers* y el pelo completamente revuelto. Ronnie no pudo evitar sonreír.

—Buenos días, Jonah —le dijo ella.

—¿Están bien las tortuguitas?

—Sí, están bien —le aseguró Ronnie.

—Buen trabajo —la felicitó él. Se rascó la espalda mientras avanzaba hacia los fogones—. ¿Qué hay para desayunar?

—Burritos —contestó su padre.

Sin estar del todo convencido, Jonah inspeccionó la mezcla en la sartén y después las tortitas de harina en la encimera.

—¡No me digas que te has pasado al lado oscuro, papá!

Steve intentó contenerse para no echarse a reír.

—Está bueno.

—¡Es tofu! ¡Qué asco!

Ronnie soltó una carcajada mientras se apartaba de la mesa empujando la silla.

—¿Qué te parece si te preparo un bollo dulce relleno de chocolate?

Jonah la miró con desconfianza, como si intentara decidir si se trataba de una propuesta con trampa.

—¿Con leche con cacao?

Ronnie miró a su padre.

—Hay de sobra en la nevera —señaló él.

Ella le preparó un vaso y se lo dejó en la mesa. Jonah no se movió.

—A ver, ¿qué pasa?

—¿A qué te refieres?

—Esto no es normal —dijo—. Alguien debería estar rabioso. Alguien que siempre está rabioso por las mañanas.

—¿Te refieres a mí? —inquirió Ronnie al tiempo que colocaba dos bollos dulces en la tostadora—. Yo «siempre» estoy de buen humor.

—Si tú lo dices… —Jonah la miró con recelo—. ¿Estás segura de que las tortuguitas están bien? Porque los dos os estáis comportando como si estuvieran muertas.

—Están bien, te lo prometo —le aseguró Ronnie.

—No me fío. Iré a echar un vistazo.

—Adelante.

Jonah estudió a su hermana.

—Cuando acabe de desayunar —añadió.

Steve sonrió y desvió la vista hacia su hija.

—¿Cuáles son tus planes para hoy? Después de acostarte, me refiero.

Jonah cogió su vaso de leche.

—¿Cómo? Pero si tú nunca duermes la siesta.

—Cuando estoy cansada, sí.

—No —la rectificó él, sacudiendo enérgicamente la cabeza—. Aquí hay algo raro. —Volvió a depositar el vaso sobre la mesa—. Sí, algo raro, y no pienso parar hasta que lo averigüe.

Y

Después de acabarse el desayuno —y cuando Jonah se hubo calmado—, Ronnie se retiró a su habitación. Steve la siguió con unas toallas que colgó en la barra de la cortina, aunque Ronnie no las necesitaba. Se quedó dormida casi de inmediato. Se despertó a media tarde, sudando. Después de una interminable ducha fría, se pasó por el taller para comunicarle a su padre y a Jonah lo que iba a hacer. Su padre todavía no había mencionado ningún castigo.

Era posible, por supuesto, que él la castigara más tarde, después de hablar con el agente y con su madre. O quizá le había estado diciendo la verdad: tal vez la creyera cuando ella clamaba que era inocente.

¿No sería fantástico?

De un modo u otro, Ronnie tenía que hablar con Blaze, y se pasó las siguientes dos horas buscándola. Fue a casa de la madre de Blaze y a la cafetería, y a pesar de que no entró, echó un vistazo por la ventana de la tienda de música, con el corazón compungido, asegurándose de que el encargado no la viera. Tampoco estaba allí.

De pie en el muelle, examinó detenidamente toda la playa, sin suerte. Era posible, por supuesto, que Blaze estuviera en el Bower's Point, el lugar favorito de la pandilla de Marcus. Pero no quería ir allí sola. Lo último que deseaba era verlo, y tampoco serviría de nada intentar hablar con Blaze si él se hallaba delante.

Estaba a punto de tirar la toalla y marcharse a casa cuando avistó a Blaze, emergiendo entre las dunas un poco más abajo en la playa. Bajó los peldaños apresuradamente, procurando no perderla de vista, y luego corrió por la playa. Si la chica se había dado cuenta de que Ronnie la seguía, no lo demostró, porque no se inmutó y siguió caminando. En lugar de eso, mientras Ronnie se le acercaba, decidió sentarse en la duna para contemplar el agua.

—Tienes que explicarle a la Policía lo que has hecho —le pidió Ronnie sin ningún preámbulo.

—Yo no he hecho nada. Y es a ti a la que han pillado.

Por un instante, sintió el impulso de estrangularla.

—¡Fuiste tú la que puso esos discos de 45 revoluciones y los CD en mi bolsa!

—No es verdad.

—¡Eran los CD que estabas escuchando!

—Y la última vez que los vi, todavía estaban al lado de los auriculares. —Blaze evitaba mirarla a la cara.

Ronnie notó que la sangre le hervía en las mejillas.

—Hablo en serio, Blaze. Se trata de mi vida. ¡Me pueden empapelar por un delito grave! ¡Y yo te había contado lo que había sucedido antes!

—Es tu problema.

Ronnie apretó los labios para evitar estallar.

—¿Por qué me haces esto?

Blaze se incorporó y se sacudió la arena de los pantalones vaqueros.

—Yo no te estoy haciendo nada —dijo. Su voz era fría y firme—. Y eso es exactamente lo que le he dicho a la Policía esta mañana.

Sin dar crédito a lo que acababa de oír, observó a Blaze mientras ésta se alejaba, con una actitud altiva, como si realmente creyera lo que le acababa de decir.

Ronnie regresó al muelle.

No quería ir a casa, porque sabía que tan pronto como el agente Johnson hablara con su padre, se enteraría de lo que Blaze había dicho. Sí, quizá su padre aún mantendría la calma, pero… ¿y si no la creía?

¿Y por qué Blaze le estaba haciendo eso? ¿Por Marcus? O bien Marcus le había pedido que lo hiciera porque estaba enfadado por cómo Ronnie lo había rechazado aquella noche, o Blaze creía que Ronnie estaba intentando robarle el novio. En aquel momento, se decantaba más por la segunda opción, aunque la verdad era que el motivo tampoco tenía importancia. Fuera cual fuese, Blaze mentía y parecía dispuesta a arruinarle la vida.

No había probado bocado desde la hora del desayuno, pero con el estómago agarrotado por culpa de los nervios, no tenía hambre. Decidió sentarse en el muelle hasta el atardecer, contemplando cómo el agua azul se tornaba gris y finalmente negra como el carbón. No estaba sola: a lo largo del muelle había gente pescando, aunque, por lo visto, sin mucha suerte. Una hora antes, una pareja muy joven había llegado con unos bocadillos y una cometa. Se fijó en la ternura con que ambos se miraban. Imaginó que eran estudiantes universitarios —sólo eran un par de años mayores que ella—, pero destilaban un afecto palpable entre ellos que Ronnie todavía no había experimentado en ninguna de sus relaciones con los chicos. Sí, había tenido varios novios, pero jamás se había sentido enamorada perdidamente, y a veces dudaba de que llegara el día en que perdiera la cabeza por alguien. Después de que sus padres se divorciaran, había adoptado una actitud cínica respecto a las relaciones sentimentales, la misma actitud que mostraban la mayoría de sus amigas. Puesto que casi todas ellas habían pasado por el mismo mal trago —sus padres también se habían divorciado—, supuso que tal vez ése fuera el motivo de su apatía.

Cuando los últimos rayos del sol tocaron el agua, decidió volver a casa. Aquella noche quería llegar a una hora prudente. Era lo mínimo que podía hacer para demostrarle a su padre que apreciaba lo comprensivo que se había mostrado con ella. Además, a pesar de la siesta, todavía se sentía cansada.

Al llegar a la punta del muelle, optó por caminar por la zona comercial en vez de regresar por la playa. Tan pronto como torció por una esquina cerca de la cafetería, supo que su decisión había sido equivocada. Una figura desdibujada por las sombras se hallaba de pie, apoyada en el capó de un coche, con una bola de fuego en la mano.

Marcus.

Pero esta vez estaba solo. Ronnie se detuvo, notando de repente una fuerte opresión en el pecho.

Él se apartó del coche y caminó hacia ella. Las luces de las farolas le iluminaban sólo media cara. Sin apartar los ojos de ella, se pasó la bola en llamas por la parte superior de la mano, antes de que la bola acabara atrapada en su puño. Apretó la mano, la apagó y avanzó decididamente hacia ella.

—¿Qué tal, Ronnie? —Su sonrisa le confería un aspecto más lúgubre.

Ella no se movió. Deseaba que él viera que no le tenía miedo. Aunque lo cierto es que estaba asustada.

—¿Qué quieres? —le preguntó, sin poder disimular un ligero temblor en su voz.

—Te he visto y he pensado en acercarme a saludarte.

—Pues ya lo has hecho. Adiós.

Ronnie reemprendió la marcha, pero él le cortó el paso.

—Me he enterado de que has tenido problemas con Blaze —le susurró.

Ella curvó la espalda hacia atrás para separarse de él.

—¿Ah, sí? ¿Y qué es lo que sabes?

—Lo suficiente como para no fiarme de ella.

—Mira, no estoy de humor para rollos.

Lo rodeó y siguió andando. Esta vez él la dejó pasar antes de llamarla alzando la voz.

—No te marches. Te he venido a buscar porque quiero que sepas que quizá yo podría hablar con ella y convencerla para que cuente la verdad.

A pesar de lo atemorizada que estaba, Ronnie vaciló durante un breve instante. Bajo la tenue luz, Marcus la miraba fijamente.

—Debería haberte prevenido de que es muy celosa.

—Y precisamente por eso decidiste complicar las cosas, ¿no?

—Sólo estaba bromeando aquella noche. Pensé que sería divertido. ¿Crees que tenía idea de cómo iba a reaccionar Blaze?

«Por supuesto que sí. Eso era exactamente lo que querías», se dijo.

—Pues arréglalo —lo increpó—. Habla con ella. Haz lo que tengas que hacer.

Marcus sacudió la cabeza.

—No me has oído. He dicho que «quizá» podría hablar con ella y convencerla. Si…

—¿Si qué?

Él acortó el espacio entre ellos. La calle estaba en una absoluta quietud. No había nadie ni circulaba coche alguno por las inmediaciones.

—Estaba pensando que podríamos ser… amigos.

Ronnie notó nuevamente un intenso ardor en las mejillas, y la palabra afloró por sus labios antes de que pudiera contenerse:

—¿Qué?

—Ya me has oído. Puedo ayudarte a salir de este embrollo.

Se dio cuenta de que él estaba tan cerca que podía tocarla; instintivamente retrocedió un paso.

—¡No te acerques!

Ronnie se dio la vuelta y echó a correr, sabiendo que él la seguiría, consciente de que aquel chico conocía la zona mejor que ella; estaba aterrada ante la idea de que la atrapase. Podía oír los atronadores latidos de su corazón, podía oír su propia respiración frenética.

Su casa no estaba lejos, pero no estaba en forma. A pesar del miedo y del subidón de adrenalina, podía notar que le flaqueaban las piernas. Sabía que no podría continuar corriendo mucho más rato, y al torcer la esquina, aprovechó para mirar hacia atrás por encima del hombro.

Y se dio cuenta de que estaba sola en la calle; nadie la seguía.

Al llegar a casa, Ronnie no entró directamente. Había luz en el comedor, pero quería recuperar la compostura antes de ver a su padre. No sabía por qué, pero no quería que la viera tan asustada, así que se sentó en los peldaños del porche.

Por encima de ella, las estrellas brillaban con un intenso resplandor y la luna flotaba cerca del horizonte. El aroma a sal junto a la bruma proveniente del océano llenaba el ambiente de un olor distintivo. En otro contexto, lo habría encontrado relajante; pero en aquel momento le parecía tan extraño como todo lo que la rodeaba.

Primero Blaze. Luego Marcus. Se preguntó si en aquel lugar todo el mundo estaba loco.

Desde luego, Marcus lo estaba. Bueno, quizá no técnicamente: era inteligente, taimado y, por lo que había podido deducir, sin una pizca de empatía; la clase de persona que sólo pensaba en sí misma y en su propio interés. El otoño anterior, en la clase de literatura, había tenido que leer una novela de un autor contemporáneo: había elegido *El silencio de los corderos*. En el libro, descubrió que el personaje principal, Hannibal Lecter, no era un psicópata, sino un sociópata; era la primera vez que se daba cuenta de la diferencia entre los dos conceptos. A pesar de que Marcus no era un caníbal asesino, tenía la impresión de que él y Hannibal compartían más similitudes que diferencias, por lo menos en la forma en que veían el mundo y en el papel que desempeñaban en él.

Blaze, en cambio…, únicamente estaba…

Ronnie no estaba totalmente segura. Se sentía traicionada por sus emociones, eso seguro. Enfadada y celosa, también. Pero aquel día que pasaron juntas, Ronnie no tuvo la impresión de que hubiera algo extraño en esa chica, dejando de lado sus terribles problemas emocionales, el tornado de hormonas descontroladas y la inmadurez que dejaban a su paso una estela de destrucción.

Suspiró y se pasó una mano por el pelo. No le apetecía entrar en casa. Mentalmente, podía reproducir la conversación que le esperaba:

«Hola, cielo, ¿qué tal?»

«No muy bien. Blaze está completamente bajo el influjo de un sociópata manipulador y ha mentido a la poli esta mañana, así que no me libraré de la cárcel. Ah, y por si eso fuera poco, el sociópata no sólo ha decidido que quiere acostarse conmigo, sino que me ha seguido y me ha dado un susto de muerte. ¿Y tú, qué tal?»

No era exactamente la plácida conversación de sobremesa que su padre seguramente esperaba, aunque fuera la verdad.

Así pues, tendría que fingir. Suspiró y se puso de pie, acabó de subir los peldaños del porche y se dirigió a la puerta.

Dentro, su padre estaba sentado en el sofá, con una Biblia deslustrada abierta delante de él. La cerró cuando ella entró.

—Hola, cielo, ¿qué tal?

Lo que se había imaginado.

Ronnie esbozó una sonrisa forzada, intentando actuar con toda la naturalidad del mundo.

—No he conseguido hablar con ella —se lamentó.

Resultaba difícil actuar con normalidad, pero siguió intentándolo. Enseguida su padre la invitó a seguirlo hasta la cocina, donde él había preparado otro plato, esta vez pasta —macarrones con tomates troceados, berenjena, jugo de naranja y calabacín—. Cenaron en la cocina mientras Jonah montaba una nave espacial de *La guerra de las galaxias* con las piezas de Lego que el reverendo Harris le había traído de regalo cuando había pasado a saludarlos.

A continuación, se acomodaron en el comedor. Al intuir que su hija no estaba de humor para hablar, Steve se puso a leer la Biblia mientras ella leía *Ana Karenina*, un libro que su madre le había asegurado que le encantaría. A pesar de que la novela no estaba mal, Ronnie no conseguía concentrarse. No sólo a causa de Blaze y Marcus, sino porque su padre estaba leyendo la Biblia. Pensó que nunca lo había visto leerla, aunque quizá sí que lo había hecho y simplemente ella no se había dado cuenta.

Jonah terminó de montar el artilugio con las piezas de Lego —Ronnie no tenía ni idea de lo que se suponía que era— y anunció que se iba a dormir. Ella esperó unos pocos minutos más, con la esperanza de que su hermano ya estuviera dormido cuando también se retirase a dormir, entonces dejó el libro a un lado y se levantó del sofá.

—Buenas noches, cielo —le dijo su padre—. Sé que no ha sido fácil para ti, pero me alegro de que estés aquí.

Ronnie se detuvo un instante antes de atravesar la estancia y dirigirse hacia él. Se inclinó hacia delante y, por primera vez en tres años, lo besó en la mejilla.

—Buenas noches, papá.

Υ

En la habitación, a oscuras, Ronnie se sentó sobre la cama, completamente exhausta. A pesar de que no quería llorar —«detestaba» llorar— parecía incapaz de controlar el cúmulo de emociones que la abordaban. Soltó un suspiro entrecortado.

—Llorar es bueno, a veces —susurró Jonah.

«Genial», pensó. Lo que le faltaba.

—No estoy llorando —replicó.

—Pues lo parece.

—No estoy llorando.

—Vaaaaaaaaale. De todos modos, a mí no me importa si lloras.

Ronnie contuvo las lágrimas, intentando no perder el control. Sacó el pijama que había guardado antes debajo de la almohada. Se lo llevó hacia el pecho impulsivamente, con los dedos crispados, y se fue al cuarto de baño para cambiarse. Al pasar por delante de la ventana, se le ocurrió echar un vistazo al exterior. La luna había ascendido en el cielo y confería a la arena un brillo plateado; al girarse hacia el nido de las tortugas, detectó un repentino movimiento entre las sombras.

Después de olisquear el aire, un mapache sigiloso se acercó al nido, que únicamente estaba protegido por una cinta amarilla.

—¡Oh, no!

Ronnie soltó el pijama y salió disparada de la habitación. Atravesó el comedor y la cocina como una flecha, sin apenas oír los gritos alarmados de su padre.

—¿Qué pasa? ¿Qué pasa?

Pero Ronnie ya había llegado a la puerta y no podía contestar. Sin aliento, siguió corriendo hacia la duna mientras empezaba a gritar y a agitar los brazos.

—¡No! ¡Vete! ¡Vete!

El mapache alzó la cabeza y acto seguido huyó precipitadamente. Desapareció por encima de la duna y se perdió entre las hierbas.

—¿Qué pasa?

Al darse la vuelta, Ronnie vio a su padre y a Jonah de pie en el porche.

—¡No han puesto la jaula!

13

Will

Hacía sólo diez minutos que habían abierto las puertas del taller Blakelee Brakes cuando la vio entrar en el vestíbulo y encaminarse directamente hacia la sección de reparación.

Secándose las manos en una toalla, se dirigió hacia ella.

—¡Hola! —la saludó, sonriendo—. No esperaba verte por aquí.

—¡Gracias por hacer lo que te había pedido! —espetó Ronnie.

—¿De qué estás hablando?

—¡Te pedí un favor la mar de sencillo! ¡Sólo tenías que llamar para que pusieran la jaula! ¡Pero claro, ni siquiera eres capaz de hacer eso!

—Un momento… ¿De qué estás hablando? —parpadeó él.

—¡Te dije que había visto un mapache! ¡Te dije que había un mapache rondando cerca del nido!

—¿Ha pasado algo con el nido?

—¡Ya! ¡Ahora finge que te importa! ¿Qué pasa? ¿Los partidos de vóley-playa te importan más que tu trabajo?

—Sólo quiero saber si ha pasado algo con el nido.

Ella continuó mirándolo con inquina.

—No, el nido está bien. Pero no gracias a ti. —Se dio la vuelta y se dirigió hacia la salida, furiosa.

—¡Espera! —gritó él—. ¡Un momento!

Ronnie no le prestó atención. Will se quedó aturdido y clavado en su sitio mientras ella avanzaba a grandes zancadas hacia el pequeño vestíbulo para después desaparecer por la puerta principal.

¿Qué diantre había sucedido?

Por encima del hombro, Will se dio cuenta de que Scott lo estaba observando desde detrás del ascensor.

—¡Hazme un favor! —le gritó Will.

—¿Qué quieres?

Buscó las llaves del coche en su bolsillo y se encaminó corriendo hacia la furgoneta que estaba aparcada en el patio trasero.

—¡Ocupa mi puesto! ¡Tengo que encargarme de un asunto!

Scott dio un paso hacia delante rápidamente.

—¡Espera! ¿De qué estás hablando?

—¡Volveré tan pronto como pueda! ¡Si viene mi padre, dile que vuelvo enseguida! ¡Empieza tú mientras estoy fuera! ¿De acuerdo?

—¿Adónde vas? —lo llamó Scott.

Esta vez Will no contestó, pero Scott avanzó otro paso hacia él.

—¡Vamos, hombre! ¡No quiero hacer esto solo! ¡Tenemos un montón de coches que revisar!

Will no pareció inmutarse. Una vez fuera de la nave, corrió hacia la furgoneta. Sabía lo que tenía que hacer.

La encontró en la duna una hora más tarde, junto al nido. Seguía tan furiosa como cuando había aparecido por el taller.

Al ver que él se acercaba, puso los brazos en jarras.

—¿Qué quieres?

—No me dejaste acabar. Claro que los llamé.

—¡Ja!

Will inspeccionó el nido.

—No le pasa nada al nido. ¿Por qué tanto escándalo?

—Sí, claro que está bien. Pero no gracias a ti.

Él notó una irritación incontenible.

—¿Qué diantre te pasa?

—¡Lo que me pasa es que he tenido que volver a dormir aquí fuera esta noche porque el mapache regresó! ¡El mismo mapache del que te hablé!

—¿Has dormido aquí fuera?

—¿Es que no me escuchas cuando hablo? ¡Sí! ¡He tenido que dormir aquí! ¡Dos noches seguidas, porque tú te niegas a hacer «tu» trabajo! Si no hubiera mirado por la ventana en el momento preciso, el mapache habría llegado hasta los huevos. ¡Estaba a menos de un metro del nido cuando conseguí espantarlo! Y después tuve que quedarme aquí porque sabía que ese bicho volvería. ¡Por eso te pedí que llamaras a los del acuario! ¡Pensé que incluso un pelele como tú podría hacer bien su trabajo!

Lo miró con ojos desafiantes, con los brazos en jarras, como si intentara aniquilarlo con su mirada fulminante.

A Will le costaba contenerse.

—Veamos si te he entendido bien, ¿vale? Viste un mapache, entonces me pediste que llamara a los del acuario, entonces viste otra vez al mapache. Y has acabado durmiendo aquí fuera. ¿No es así?

Ronnie abrió la boca, pero volvió a cerrarla. Acto seguido, se dio la vuelta airadamente y empezó a caminar hacia su casa.

—¡Vendrán mañana a primera hora! —gritó él—. ¡Y para que te enteres, sí que los llamé! ¡Dos veces, de hecho! Una justo después de poner la cinta, y luego otra vez cuando salí del taller. ¿Cuántas veces tendré que repetírtelo?

A pesar de que Ronnie se detuvo en seco, no se giró para mirarlo. Él continuó:

—Y luego, esta mañana, después de que te marcharas del taller, he ido a ver al director del acuario y he hablado con él en persona. Me ha prometido que se ocupará del asunto mañana por la mañana. Habrían venido hoy, pero hay ocho nidos en Holden Beach.

Ronnie se dio lentamente la vuelta y lo estudió, intentando decidir si le estaba diciendo la verdad.

—Pero eso no ayudará a salvar mis tortugas esta noche, ¿no?

—¿Tus tortugas?

—Sí —aseveró, con un tono enfático—. Mi casa. Mis tortugas.

Después dio media vuelta y se fue a su casa, esta vez sin importarle si él todavía estaba allí plantado como un pasmarote.

Le gustaba esa chica; así de sencillo.

De vuelta al taller, todavía no estaba seguro de qué era lo que le atraía de ella, pero ni una sola vez había abandonado su puesto de trabajo para ir tras Ashley. En cada encuentro con aquella desconocida, ella había conseguido sorprenderlo. Le gustaba la forma que tenía de decir lo que pensaba, y le gustaba que no se mostrase turbada ante su presencia. Irónicamente, todavía tenía que conseguir crearle una buena impresión. Primero le había tirado la bebida por encima, después ella lo había visto a punto de enzarzarse en una pelea, y luego, aquella mañana, ella lo había tratado de vago y de idiota.

Pero no pasaba nada. Ella no era su amiga, no la conocía… Sin embargo, le importaba lo que ella pudiera pensar de él. Quería que se llevara una buena impresión. Deseaba gustarle a esa chica.

Era una experiencia rarísima, completamente novedosa para Will. El resto del día, en el taller —trabajando durante la hora de comer para recuperar el rato que había perdido por la mañana—, no pudo dejar de pensar en ella. Sentía que había algo genuino en su forma de hablar y de comportarse. Detrás de aquella fachada frágil, creía haber detectado a una persona dulce y cariñosa, y esa impresión le daba a entender que, a pesar de que la hubiera defraudado constantemente hasta aquel momento, con ella siempre existía una posibilidad de redención.

Más tarde, aquella noche, la encontró sentada exactamente donde suponía que la encontraría, en una silla de playa con un libro abierto en su regazo, leyendo a la luz de una pequeña linterna.

Ella alzó la vista cuando él se acercó, y después volvió a centrar la atención en el libro, sin mostrarse ni sorprendida ni complacida.

—Supuse que te encontraría aquí —dijo él—. Tu casa, tus tortugas… Ya sabes.

Cuando ella no contestó, Will desvió la vista hacia el nido. Todavía no era muy tarde, y las sombras se movían detrás de las cortinas de la pequeña casa en la que ella vivía.

—¿Alguna señal del mapache?

En vez de contestar, ella pasó una página del libro.

—Espera. A ver si lo adivino. Piensas pasar olímpicamente de mí, ¿verdad?

Ronnie suspiró con cara de fastidio antes de refunfuñar:

—¿Cómo es que no estás con tus amigos, admirándoos mutuamente en el espejo?

Will se echó a reír.

—Qué graciosa. Intentaré no olvidar tu ocurrencia.

—No intento ser graciosa. Hablo en serio.

—Ah, claro, es que somos tan guapos…

Ronnie centró nuevamente la atención en el libro, a modo de respuesta, pero era más que evidente que no estaba leyendo. Él se sentó a su lado.

—Las familias felices son todas iguales; las familias infelices lo son cada una a su manera —recitó Will, señalando el libro—. Es la primera línea de tu libro. Siempre he creído que esa frase encierra una gran verdad. O quizás eso fue lo que mi profesora de literatura dijo, ahora no estoy seguro. Lo leí el semestre pasado.

—Tus padres deben de estar muy orgullosos de que sepas leer.

—Así es. Me compraron un poni y un montón de regalos cuando presenté la sinopsis del libro El gato garabato, del Dr. Seuss.

—¿Eso fue antes o después de que te jactaras de haber leído a Tolstói?

—Vaya, veo que me estás escuchando. Sólo quería confirmarlo. —Abrió los brazos hacia el horizonte—. ¡Qué noche tan perfecta! ¿Verdad? Me encantan las noches como ésta. Hay algo mágico, algo relajante, en el sonido de las olas en la oscuridad, ¿no te parece? —Hizo una pausa.

Ronnie cerró el libro.

—¿Qué haces aquí?

—Me gusta la gente a la que le gustan las tortugas.

—Por eso sales con tus amigos del acuario, ¿no? ¡Huy, no! Claro, no puedes ir con ellos porque están salvando otras tortugas, y tus otros amigos se están pintando las uñas y rizándose el pelo, ¿no?

—Probablemente. Pero la verdad es que estoy aquí porque pensé que agradecerías un poco de compañía.

—Estoy bien —espetó ella—. Ahora vete.

—Es una playa pública. Me gusta estar aquí.

—¿Así que piensas quedarte?

—Sí, creo que sí.

—Entonces espero que no te importe que me vaya a casa. Will irguió la espalda y se llevó una mano a la barbilla.

—No sé si es una buena idea… Quiero decir, ¿cómo vas a fiarte de que un pelele como yo se quede aquí toda la noche? Y con ese maldito mapache merodeando cerca del nido…

—¿Qué quieres de mí? —lo atajó Ronnie.

—Para empezar, ¿qué tal si me dices cómo te llamas?

Ella agarró una toalla y se la echó por encima de las piernas.

—Ronnie —dijo—. Es una abreviación de Verónica.

Will se reclinó hacia atrás, apoyándose en los codos.

—Muy bien, Ronnie. Háblame de ti.

—No me da la gana.

—Mira, no te pases, ¿vale? Estoy intentando ser cortés.

Will no estaba seguro de cómo se tomaría ella su abrupta respuesta, pero mientras se recogía el pelo en una cola de caballo holgada, pareció aceptar la idea de que no se iba a desembarazar de él tan fácilmente.

—De acuerdo. Mi historia: vivo en Nueva York con mi madre y mi hermano pequeño, pero ella nos ha facturado hasta este lugar para que pasemos el verano con nuestro padre. Y ahora estoy aquí recluida, vigilando un nido con huevos de tortuga, mientras un jugador de vóley-playa barra mono grasiento barra voluntario del acuario está intentando ligar conmigo.

—No estoy intentando ligar contigo —protestó él.

—¿Ah, no?

—Créeme, si intentara ligar contigo, lo sabrías. No serías capaz de resistirte a mis encantos.

Por primera vez desde que él había llegado, la oyó reír, cosa que interpretó como una buena señal.

—La verdad es que he venido porque me sentía fatal por lo de la jaula, y no quería que estuvieras sola. Tal y como he dicho antes, es una playa pública, y nunca se sabe quién puede aparecer por aquí.

—¿Te refieres a alguien como tú?

—No es necesario que receles de mí. Pero en todas partes hay gente mala. Incluso aquí.

—Y déjame que lo adivine. Tú me protegerías, ¿no?

—Si fuera necesario, no lo dudaría ni un instante.

Ronnie no contestó, pero Will tuvo la impresión de que la había sorprendido. La marea estaba subiendo, y juntos contemplaron cómo las olas plateadas se estrellaban y bañaban la costa. A través de las ventanas, las cortinas se movieron levemente, como si alguien los estuviera observando.

—Muy bien —dijo ella finalmente, rompiendo el silencio—. Es tu turno. Háblame de ti.

—Soy un jugador de vóley-playa barra mono grasiento barra voluntario del acuario.

Will la oyó reír; le gustó la energía que desprendía. Era contagiosa.

—¿Te importa si me quedo un rato?

—Es una playa pública.

Él hizo un gesto con la cabeza hacia la casa.

—¿Necesitas decirle a tu padre que estoy aquí?

—Estoy segura de que ya lo sabe —respondió ella—. Me parece que anoche se pasó todo el rato entrando y saliendo para ver cómo estaba.

—Muy propio de un buen padre.

Ronnie pareció considerar el comentario antes de sacudir la cabeza.

—Así que te gusta el vóley-playa, ¿eh?

—Me mantiene en forma.

—No has contestado a mi pregunta.

—Me divierte. Aunque no sé si me gusta.

—Pero en cambio sí que te gusta chocar con la gente, ¿no?

—Eso depende de con quién choque. Pero tengo la impresión de que hace unos días no me salió nada mal.

—¿Me estás diciendo que te alegras de haberme tirado la limonada por encima?

—Si no te la hubiera tirado, a lo mejor ahora no estaría aquí.

—Y yo podría estar disfrutando de una noche plácida y tranquila en la playa.

—No lo sé. —Sonrió Will—. Las noches plácidas y tranquilas están sobrevaloradas.

—Supongo que esta noche no podré averiguarlo, ¿no?

Él se puso a reír.

—¿A qué instituto vas?

—No voy al instituto —contestó Ronnie—. Acabé hace un par de semanas. ¿Y tú?

—Acabo de graduarme del instituto Laney, el mismo donde estudió Michael Jordan.

—Me apuesto lo que quieras a que todo el mundo que va a ese instituto se jacta de lo mismo.

—No —la corrigió él—. No todo el mundo. Sólo los que nos acabamos de graduar.

Ella esbozó una mueca de fastidio.

—Muy bien. ¿Y qué piensas hacer ahora? ¿Continuarás trabajando con tu padre?

—Sólo durante el verano. —Will apresó un puñado de arena y lo filtró lentamente entre los dedos.

—¿Y después?

—Me temo que no puedo decírtelo.

—¿No?

—Acabo de conocerte, y no sé si puedo confiarte esa información vital.

—¿Y si me das una pista? —lo alentó ella.

—¿Y si eres tú la que me dices tus planes primero? ¿Qué piensas hacer cuando acabe el verano?

Ronnie se quedó pensativa.

—Estoy francamente interesada en dedicarme a la vigilancia de nidos de tortuga. Creo que se me da muy bien. Quiero decir, deberías haber visto cómo huyó despavorido el mapache. Fue como si ese bicho pensara que yo era Terminator.

—Hablas como Scott —dijo él. Al ver su expresión desconcertada, le explicó—: Es mi compañero de vóley-playa, y es una fiera en referencias de películas. No puede acabar una frase sin mencionar una. Por supuesto, siempre las lanza como indirectas para ligar.

—¡Vaya! Parece que tu amigo tiene un talento especial.

—Ya lo creo. Podría pedirle que te haga una demostración personal, si quieres.

—No, gracias. No necesito que me tiren los tejos.

—Puede que te gustara.

—No lo creo.

Will le mantuvo la mirada mientras bromeaban, y se fijó en que era más guapa de lo que recordaba. Y también divertida y lista, lo cual aún era mejor.

Cerca del nido, la hierba se mecía al son de la brisa. El sonido constante de las olas los envolvía. Will se sintió como si estuvieran aislados dentro de un cascarón. A lo largo de la playa, las luces brillaban en las casas a primera línea de la orilla.

—¿Te puedo hacer una pregunta?

—No creo que pueda detenerte.

Will hundió los pies en la arena, sin dejar de moverlos hacia delante y hacia atrás.

—¿Qué relación tienes con Blaze?

En el silencio, ella se puso visiblemente tensa.

—¿A qué te refieres?

—Sólo me preguntaba qué hacías la otra noche con ella.

—¡Ah! —exclamó Ronnie. A pesar de que no sabía por qué, se sintió aliviada—. La verdad es que nos conocimos cuando ella me tiró la limonada por encima. Justo después de que acabara de limpiar la camiseta de la limonada que tú me acababas de tirar por encima.

—¡No me digas!

—Sí que te digo. Por lo visto, en esta parte del mundo, tirar limonada equivale a: «Hola, ¿qué tal?». Con franqueza, prefiero más las clásicas presentaciones de toda la vida, pero, claro, ¿qué sabré yo? —Soltó un largo suspiro—. La cuestión es que me cayó simpática y puesto que no conocía a nadie más… nos hicimos amigas.

—¿Se quedó contigo aquí, anoche?

Ronnie sacudió la cabeza.

—No.

—¿Qué? ¿No quería salvar las tortugas? ¿O por lo menos quedarse para hacerte compañía?

—No le conté lo del nido.

Will podía ver que la chica no quería seguir hablando del tema, así que no insistió. Señaló hacia la playa antes de preguntar:

—¿Te apetece dar un paseo?

—¿Te refieres a un paseo romántico, o sólo a un paseo?

—Me refiero a… sólo un paseo.

—Buena elección. —Ronnie dio una palmada y se quedó con las manos entrelazadas—. Pero que quede claro, no quiero ir muy lejos. Puesto que los voluntarios del acuario no se han ocupado del mapache, los huevos aún están en peligro.

—Por supuesto que se han preocupado. Sé de buena tinta que en estos mismos instantes hay un voluntario del acuario vigilando el nido.

—Sí —dijo ella—. La cuestión es: ¿por qué?

Caminaron por la playa en dirección al muelle y pasaron por delante de una docena de mansiones situadas en la primera línea de la costa. Todas ellas disponían de unas magníficas terrazas, con unas escaleras que conducían directamente a la playa. Por lo visto, unas pocas casas más abajo, uno de los propietarios había organizado una pequeña fiesta; todas las luces de la tercera planta estaban encendidas, y tres o cuatro parejas se apoyaban en la barandilla, contemplando las olas bañadas por la luz de la luna.

No hablaron demasiado, pero el silencio no resultaba incómodo. Ronnie mantenía la debida distancia para no chocar accidentalmente con él; se limitaba a estudiar la arena o a mantener la vista fija al frente. En alguna ocasión, a Will le pareció distinguir una sonrisa que cruzaba fugazmente sus facciones, como si ella se acordara de un chiste que todavía no le había contado. De vez en cuando, Ronnie se detenía y se inclinaba hacia delante para recoger conchas parcialmente enterradas en la arena, y él se fijó en su cara de concentración mientras las examinaba bajo la luz de la luna antes de lanzar la mayoría de ellas de nuevo a la arena. Las otras se las guardaba en el bolsillo.

¡Había tantas cosas que desconocía de ella! En muchos sentidos, era un enigma para él. Todo lo contrario de Ashley, que era totalmente transparente y predecible; por eso Will sabía en todo momento lo que ella pensaba y quería, aunque no coincidiera con lo que él quería. Pero Ronnie era diferente, de eso no le cabía la menor duda, y cuando ella le regaló una sonrisa inesperada y franca, tuvo la sensación de que había intuido sus pensamientos. Esa idea lo animó. Cuando finalmente dieron la vuelta para regresar al nido, Will se imaginó por un instante a sí mismo paseando con ella por la playa cada noche en un futuro lejano.

Cuando llegaron a la casa, Ronnie entró para hablar con su padre mientras Will descargaba la furgoneta. Desplegó el saco de dormir y colocó las provisiones al lado del nido de las tortugas, deseando que la chica se hubiera podido quedar con él. Pero ya le había dicho que su padre se negaría rotundamente. Por lo menos, tenía la satisfacción de saber que aquella noche ella dormiría cómodamente en su cama.

Se tumbó, se puso cómodo, y pensó que, como mínimo,

aquel día había sido el principio de algo. A partir de allí, cualquier cosa podría suceder. Cuando Ronnie se giró sonriendo para despedirse agitando la mano desde el porche, Will sintió una emoción irrefrenable al pensar que quizás ella también estaba pensando que aquello era el principio de algo.

—¿Quién es este fiambre?

—Nadie. Sólo un amigo. Lárgate.

Mientras las palabras se filtraban a través de los caliginosos pasadizos de su mente, Will hizo un sobreesfuerzo para recordar dónde estaba. Pestañeó varias veces seguidas para adaptarse a la luz del sol, y entonces se fijó en el chiquillo que lo miraba fijamente.

—Ah, hola —balbuceó Will.

El niño arrugó la nariz.

—¿Qué haces aquí?

—Despertarme.

—Eso ya lo veo. Pero ¿por qué has pasado la noche aquí?

Will sonrió. El chiquillo se comportaba con la seriedad de un coronel, lo cual le parecía divertido, dada su corta edad y su corta estatura.

—Para dormir.

—Ya.

Will se retiró un poco hacia atrás, para disponer de más espacio para sentarse, y se dio cuenta de que Ronnie se hallaba de pie, a un lado. Llevaba una camiseta negra y unos pantalones vaqueros rotos, y lucía la misma expresión de sorpresa que él había visto la noche anterior.

—Me llamo Will —se presentó—. ¿Y tú quién eres?

El chiquillo señaló con la cabeza a Ronnie.

—Soy su compañero de habitación —proclamó—. La conozco desde que nací.

Will se rascó la cabeza, sonriendo.

—Entiendo.

Ronnie dio un paso hacia delante. Todavía tenía el pelo húmedo de la ducha.

—Éste es Jonah, mi hermano metomentodo.

—¿De veras? —se interesó Will.

—Sí —contestó Jonah—. Excepto por lo de metomentodo.

—Entiendo —concluyó Will.

Jonah continuaba mirándolo fijamente.

—Me parece que te conozco.

—No lo creo. Tengo la impresión de que me acordaría de ti, si nos hubiéramos conocido antes.

—No, no, de verdad... ¡Ya me acuerdo! —exclamó Jonah, empezando a sonreír—. ¡Fuiste tú quien le contó al policía que Ronnie había ido al Bower's Point!

Will recordó lo que había pasado esa noche. Lamentó ver que la expresión de Ronnie pasaba de la curiosidad al desconcierto, para finalmente transformarse en una mueca de incredulidad al comprender lo que Jonah estaba intentando decir.

«Oh, no.»

Jonah seguía hablando.

—Sí, Pete, el agente de Policía, la trajo a casa. ¡No veas cómo se puso ella con papá a la mañana siguiente! ¡Hecha una fiera!

Will vio que a Ronnie se le tensaba la mandíbula. Murmurando algo inaudible, se dio media vuelta y enfiló hacia la casa con paso furioso.

Jonah se detuvo a media frase, preguntándose si había dicho algo que pudiera haber molestado a su hermana.

—Gracias por tu ayuda —refunfuñó Will.

De un salto se puso de pie y corrió tras ella.

—¡Ronnie! ¡Espera! ¡Vamos! ¡Lo siento! ¡No quería causarte problemas!

La alcanzó y la obligó a detenerse agarrándola por el brazo. Cuando sus dedos rozaron su camiseta, Ronnie se giró furibunda para mirarlo a la cara.

—¡Márchate!

—Sólo escúchame un momento...

—¡Tú y yo no tenemos nada en común! —espetó ella—. ¿Lo entiendes?

—¿Estás segura? Entonces, ¿qué es lo que sentiste anoche?

A Ronnie se le sonrojaron las mejillas.

—Dé-ja-me-en-paz.

—¿Quieres dejar de comportarte como un perrito rabioso? —contraatacó él. Por alguna razón, su reproche consiguió que ella se quedara quieta y callada durante unos instantes que él aprovechó para decirle—: Mira, te interpusiste en la pelea para detenerla, a pesar de que el resto de los implicados quería sangre. Fuiste la única que se fijó en el pobre niño que lloraba, y vi cómo le sonreías mientras él se alejaba con su madre. Lees a Tolstói en tu tiempo libre. Y te gustan las tortugas marinas.

A pesar de que ella alzó la barbilla con porte desafiante, Will percibió que le había tocado la fibra sensible.

—¿Y qué?

—Que quiero enseñarte algo, hoy.

Will hizo una pausa, aliviado al ver que Ronnie no había reaccionado inmediatamente diciendo que no. Pero tampoco había dicho que sí; antes de que pudiera decidirse por una respuesta u otra, avanzó un paso hacia ella.

—Te gustará —le dijo—. Te lo prometo.

Will entró en el aparcamiento vacío del acuario y condujo por un estrecho carril que rodeaba el edificio hasta la parte trasera. Ronnie estaba sentada a su lado en la furgoneta, pero apenas había hablado durante el trayecto. Mientras él avanzaba hasta la entrada de los empleados, podía adivinar que, aunque ella hubiera accedido a ir, todavía no había acabado de decidir si seguía enojada o no con él.

Abrió la puerta y la invitó a pasar, notando al instante la corriente fría que se mezclaba con el aire cálido y húmedo del exterior. La guio a lo largo de un interminable pasillo, luego atravesó otra puerta que comunicaba con el acuario.

En las oficinas había un puñado de personas trabajando, aunque todavía faltaba una hora para que abrieran las puertas al público. A Will le encantaba ir antes de que la multitud invadiera el espacio; las tenues luces de los tanques y la ausencia de sonido conferían al acuario un aspecto similar al de un impresionante escondite secreto. A menudo se quedaba hipnotizado contemplando las púas venenosas de los peces león mientras éstos se movían en aquel circuito cerrado de agua salada y miraban hacia el cristal, y se preguntaba si se daban cuenta de que su hábitat se había reducido de tamaño o si eran incluso conscientes de su presencia.

Ronnie caminaba a su lado, observando la actividad. Parecía cómoda con la idea de permanecer callada mientras atravesaron un gigantesco tanque oceánico, en cuyo fondo había una réplica más pequeña de un submarino alemán hundido de la Segunda Guerra Mundial. Cuando llegaron al tanque de las medusas que se movían lentamente y que desprendían una intensa luz fluorescente bajo una luz negra, ella se detuvo y tocó el cristal con expresión fascinada.

—*Aurelia aurita* —dijo Will—. También conocidas como medusas luna.

Ronnie asintió, con la mirada fija en el tanque, ensimismada ante su movimiento a cámara lenta.

—¡Qué delicadas! —comentó—. Cuesta creer que su picadura pueda ser tan dolorosa.

Su pelo se había secado completamente y sus rizos parecían más pronunciados que el día anterior. Tenía el aspecto de una niña traviesa.

—Háblame de ellas. Creo que me han picado por lo menos una vez cada año, desde que era pequeña.

—Deberías intentar evitarlas.

—Y eso hago. Pero de todos modos me encuentran. Creo que las atraigo.

Ronnie sonrió, luego se dio la vuelta y lo miró a los ojos.

—¿Qué hacemos aquí?

—Te dije que te quería enseñar una cosa.

—No es la primera vez que veo peces. Y también había estado en un acuario antes.

—Lo sé. Pero esto es especial.

—¿Porque ahora no hay nadie?

—No —contestó él—. Porque estás a punto de ver algo que el público no ve.

—¿El qué? ¿Tú y yo cerca de un tanque lleno de peces?

Will sonrió burlonamente.

—Algo aún mejor. Ven.

En una situación como aquélla, él no habría dudado en coger la mano de la chica, pero con ella no se atrevía a intentarlo. Señaló con el dedo pulgar hacia un pasadizo en un rincón, tan oscuro que pasaba prácticamente desapercibido. Al final del pasadizo, se detuvo delante de una puerta.

—¡No me digas que te han dado un despacho! —bromeó ella.

—No —dijo Will, al tiempo que empujaba la puerta—. No trabajo aquí, ¿recuerdas? Sólo soy voluntario.

Entraron en una amplia estancia de ladrillo oscuro surcada de conductos de aire y docenas de cañerías. Las luces fluorescentes con su suave y constante rugido los iluminaban desde el techo, pero el sonido quedaba amortiguado por el de los enormes filtros de agua alineados en la pared del fondo. Un gigantesco tanque abierto, lleno hasta casi los bordes con agua del océano, saturaba el aire con un fuerte olor a sal marina.

Will la guio hasta una plataforma de acero con la superficie emparrillada que rodeaba el tanque, y por la que se ascendía a través de unas escaleras del mismo material. Las luces en el techo conferían la iluminación necesaria para poder distinguir a la criatura que se movía lentamente dentro del tanque acristalado.

Él observó a Ronnie mientras ella reconocía por fin lo que veía.

—¿Es una tortuga marina?

—Una tortuga boba. Se llama *Mabel*.

Cuando la tortuga pasó por delante de ellos, las cicatrices en su caparazón se hicieron visibles, al igual que la aleta que le faltaba.

—¿Qué le ha pasado?

—Fue arrollada por la hélice de un barco. La rescataron hace más o menos un mes, moribunda. Un especialista tuvo que amputarle parte de la aleta frontal.

En el tanque, incapaz de mantener un perfecto equilibrio, *Mabel* nadaba con el cuerpo torcido hasta que chocó con la pared del fondo, entonces empezó de nuevo su circuito.

—¿Se pondrá bien?

—Es un milagro que haya sobrevivido hasta ahora, y espero que lo logre. Ahora está más fuerte. Pero nadie sabe si será capaz de sobrevivir en el océano.

Ronnie la contempló mientras la tortuga volvía a chocar contra la pared antes de corregir su trayectoria, luego se giró para mirar a Will.

—¿Por qué querías que la viera?

—Porque creo que te pareces mucho a ella, igual que yo —comentó—. Con cicatrices incluidas.

Aquellas palabras la sorprendieron, pero no dijo nada. En vez de eso, se giró para observar a *Mabel* en silencio durante un rato. Mientras ella desaparecía entre las sombras del fondo, Ronnie suspiró.

—¿No tendrías que estar trabajando? —preguntó.

—Es mi día libre.

—Trabajar para papá tiene sus ventajas, ¿eh?

—Si tú lo dices…

Ronnie dio unos golpecitos con la yema de los dedos en el cristal del tanque, intentando captar la atención de *Mabel*. Tras un momento, volvió a girarse hacia él.

—¿Y qué sueles hacer en tu día libre?

—¡Vaya con el chico bonachón y de provincias! Así que te gusta ir a pescar y de paso contemplar las nubes, ¿eh? Lo único que te falta es la gorra de las carreras de coches NASCAR y mascar tabaco.

Se pasaron media hora más en el acuario —Ronnie se mostró especialmente entusiasmada con las nutrias— antes de que Will la llevara a una tienda de artículos de pesca para recoger unos camarones congelados. De allí, fueron a un lugar solitario en el canal intracostero de la isla, y después sacó todo el material de pesca del maletero de la furgoneta. Entonces se dirigieron a la punta de un pequeño muelle y se sentaron, con los pies colgando sólo medio metro por encima el agua.

—No seas tan esnob —le recriminó él—. Lo creas o no, la

vida en el sur es fantástica. ¡Incluso tenemos lavabos dentro de las casas y todas las comodidades que puedas imaginar! Y los fines de semana solemos ir a enlodarnos.

—¿A enlodaros?

—Nos divertimos enlodando nuestras furgonetas.

Ronnie fingió una expresión risueña.

—Todo esto suena tan… intelectual.

Él le propinó un codazo cariñoso.

—Sí, claro, ríete de mí todo lo que quieras. Pero es divertido. Con el parabrisas enfangado, o cuando te quedas atascado en medio del lodo, o cuando haces girar las ruedas traseras a toda velocidad para que el que va detrás de ti quede anegado de barro…

—Créeme, me emociono sólo con imaginármelo —suspiró Ronnie, con cara de aburrimiento.

—Por tu expresión, deduzco que no pasas así los fines de semana en Nueva York.

Ella sacudió la cabeza.

—Pues… no. No exactamente.

—Me apuesto lo que quieras a que jamás sales de la ciudad, ¿eh?

—¡Por supuesto que lo hago! Estoy aquí, ¿no?

—Ya sabes a qué me refiero. Los fines de semana, digo.

—¿Y por qué habría de hacerlo?

—¿Quizá para estar sola de vez en cuando?

—Puedo estar sola en mi habitación.

—¿Adónde irías si quisieras sentarte un rato bajo un árbol y leer tranquilamente?

—A Central Park —contestó ella sin pensarlo dos veces—. Allí hay un magnífico otero detrás del Tavern on the Green, ya sabes, el famoso restaurante. Y puedo tomarme un café con leche justo en la esquina.

Will sacudió la cabeza con el semblante abrumado.

—Me parece que eres una urbanita de los pies a la cabeza. Seguro que no sabes ni pescar.

—No creo que sea muy difícil, ¿no? Sólo hay que poner el cebo, lanzar la caña y esperar a que piquen.

—No está mal, si el proceso fuera tan simple. Pero si quieres pescar exactamente lo que deseas, has de saber dónde lanzar la caña y tener mucha intuición. Tienes que saber qué cebo y qué señuelo has de utilizar, y eso depende tanto del tipo de caña como del tiempo o incluso de la transparencia del agua. Y después, por supuesto, tienes que saber cuándo has de lanzar el sedal. Si esperas demasiado o si lo lanzas demasiado pronto, se te puede escapar la pieza.

Ronnie parecía prestar atención a sus comentarios.

—Entonces, ¿por qué has elegido camarones?

—Porque estaban de oferta —contestó Will.

Ella rio divertida y lo rozó levemente.

—Qué ingenioso. Aunque supongo que me lo merezco.

Will todavía podía notar la calidez de su tacto en el hombro.

—Te mereces algo peor —la amonestó—. Créeme, para mucha gente, pescar es como una religión, algo sagrado.

—¿Y para ti también?

—No. Para mí pescar es… una actividad contemplativa. Me brinda tiempo para pensar sin interrupciones. Y además, disfruto contemplando las nubes mientras llevo mi gorra NASCAR y masco tabaco.

Ronnie arrugó la nariz.

—En realidad no mascas tabaco, ¿no?

—No. Creo que prefiero la idea de no perder los labios por culpa de un cáncer de boca.

—Bien —murmuró ella. Balanceó las piernas hacia delante y hacia atrás—. Nunca he salido con un chico que mascara tabaco.

—¿Me estás diciendo que esto es una cita?

—No, por supuesto que esto no es una cita. Sólo estamos pescando.

—Tienes tanto que aprender… Quiero decir, esto es la vida misma.

Ronnie recogió una astilla de madera del suelo.

—Pareces un anuncio de cerveza de la tele.

Un águila pescadora planeó por encima de sus cabezas justo en el instante en que el sedal se hundió dos veces seguidas.

Will alzó la caña mientras el sedal se tensaba. De un brinco se puso de pie, mientras empezaba a recoger el carrete, con la caña arqueada. Todo sucedió tan rápido que Ronnie apenas tuvo tiempo de darse cuenta de lo que pasaba.

—¿Han picado? —quiso saber, y se puso rápidamente de pie.

—¡Eso parece! —exclamó él, sin dejar de recoger el carrete. Puso la caña delante de ella—. ¡Vamos! ¡Cógela!

—¿Qué? ¿Te has vuelto loco? —balbuceó Ronnie, retrocediendo asustada.

—¡Vamos! ¡No es tan difícil! ¡Sólo tienes que agarrar la caña y continuar recogiendo el carrete!

—¡No sé qué tengo que hacer!

—¡Te lo acabo de decir! —la animó él. Ronnie se acercó a Will con paso indeciso, y él prácticamente le puso la caña en las manos—. ¡Ahora sigue recogiendo el carrete!

Vio que el sedal se hundía más en el agua y empezó a girar el carrete.

—¡Mantén la caña alzada! ¡Mantén el sedal tenso!

—¡Eso es lo que intento! —gritó.

—¡Lo estás haciendo muy bien!

El pez chapoteó cerca de la superficie. Ronnie se fijó en que era un pececito orondo de color rojo; sin poder evitarlo, se puso a chillar, histérica. Cuando él rompió a reír, ella lo imitó, saltando a la pata coja. El pez volvió a chapotear, ella chilló por segunda vez, saltando incluso más alto, pero esta vez con una fiera expresión de determinación.

Will pensó que hacía mucho tiempo que no se divertía tanto ante una escena cómica como aquélla.

—¡Sigue así! —la alentó él—. Acércalo más a la pared y yo me encargaré del resto.

Sosteniendo la red, Will se tumbó sobre su estómago, alargando el brazo por encima del agua mientras Ronnie continuaba recogiendo el carrete. Con un movimiento rápido, consiguió rodear al pez con la red, después se puso de pie. Mientras invertía la red, el pez cayó al suelo del muelle, y empezó a dar coletazos cuando chocó contra la superficie. Ronnie continuaba sosteniendo la caña, bailando alrededor del pez mientras Will agarraba el sedal.

—¿Qué haces? —gritó ella, asustada—. ¡Tienes que volver a ponerlo en el agua!

—No le pasará nada...

—¡Que se muere!

Él se agachó y agarró el pez, intentando sujetarlo fuerte contra el suelo.

—Tranquila. No se muere.

—¡Sácale el anzuelo ahora mismo! —Volvió a chillar ella, angustiada—. ¡Está sangrando! ¡Está sufriendo! —Ronnie danzaba alrededor de él frenéticamente.

Sin prestarle atención, Will empezó a quitarle el anzuelo. Podía notar los coletazos contra la palma de la mano. Era un pez pequeño, de menos de dos kilos, pero sorprendentemente fuerte.

—¡Tardas demasiado! —sollozó Ronnie, angustiadísima.

Con mucho cuidado, Will le quitó el anzuelo, pero mantuvo el pez apresado contra el suelo.

—¿Estás segura de que no quieres llevártelo a casa para cenar? Sacarías un par de filetes de esta pieza.

Ella abrió la boca y la cerró con incredulidad, pero antes de que pudiera decir nada, Will lanzó de nuevo el pez al agua. Tras un salpicón, éste se hundió y desapareció. Will cogió una toalla pequeña y se secó la sangre de los dedos.

Ronnie continuaba mirándolo sin pestañear, con ojos acusadores y las mejillas encendidas por el nerviosismo.

—No te lo habrías comido, ¿verdad? Quiero decir, si yo no hubiera estado aquí...

—Lo habría lanzado de nuevo al agua.

—¿Por qué será que no te creo?

—Porque probablemente tengas razón. —Will sonrió socarronamente antes de coger la caña—. Veamos, ¿quieres poner el cebo en el anzuelo o lo hago yo?

—Así que mi madre se está volviendo loca intentando organizar la boda de mi hermana para que todo salga perfecto —se lamentó Will—. En estos momentos, la situación en casa es un poco… tensa.

—¿Cuándo es la boda?

—El 9 de agosto. Y para acabar de rematar la situación, mi hermana quiere celebrarla en casa, lo cual, por supuesto, sólo sirve para que mi madre se estrese más.

Ronnie sonrió.

—¿Cómo es tu hermana?

—Inteligente. Vive en Nueva York. Es un espíritu libre. Bastante parecida a otra hermana mayor que conozco.

Su comentario pareció agradarle. El sol se ponía mientras deambulaban por la playa. Will tenía la impresión de que Ronnie se sentía más relajada. Acabaron pescando y soltando tres peces más antes de regresar en coche al centro de Wilmington, donde saborearon una deliciosa comida en la terraza de un restaurante con unas excepcionales vistas al río Cape Fear. Will achicó los ojos, fijó la atención en un punto situado al otro lado de la orilla y señaló hacia el *USS North Carolina*, un buque de guerra decomisado de la Segunda Guerra Mundial. Al observar cómo Ronnie lo inspeccionaba, Will se sorprendió pensando en lo fácil que resultaba pasar el rato con ella. A diferencia de otras chicas que conocía, decía lo que pensaba y no se hacía la tonta. Tenía un sentido del humor chocante que a él le gustaba, incluso cuando él era el objetivo de la burla. De hecho, le gustaba todo de ella.

Mientras se acercaban a su casa, Ronnie se adelantó para echar un vistazo al nido enterrado en la base de la duna. Se detuvo delante de la jaula, que estaba construida con una malla de alambre, y fijada a la duna con unas estacas muy largas. Cuando Will llegó a su lado, ella se giró y lo miró con el semblante intranquilo.

—¿Y esto mantendrá al mapache alejado?

—Eso es lo que dicen.

Ella examinó el dispositivo.

—¿Y cómo saldrán las tortugas? No pueden colarse por los agujeros, ¿no?

Will sacudió la cabeza.

—Los voluntarios del acuario quitarán la jaula de protección antes de que nazcan las tortugas.

—¿Y cómo sabrán cuándo ha llegado el momento?

—El periodo de incubación de los huevos es de unos sesenta días, y después nacen las tortugas, pero esa referencia puede variar sutilmente según el clima. Cuanto más calurosa es la temperatura durante todo el verano, más rápido nacen. Y no olvides que éste no es el único nido en la playa, y que tampoco ha sido el primero. Cuando las tortugas nacen en el primer nido, el resto normalmente nace en el plazo de una semana, más o menos.

—¿Has visto alguna vez cómo nacen las tortugas?

Will asintió con la cabeza.

—Cuatro veces.

—¿Y qué tal?

—Es una verdadera locura. Cuando se acerca el momento, quitamos las jaulas de protección, y después cavamos una zanja poco profunda desde el nido a la orilla, haciéndola tan fina como podemos, pero lo bastante alta por ambos lados como para que las tortugas sólo puedan ir en una única dirección. Y es extraño, porque al principio sólo se mueven un par de huevos, pero es como si su movimiento bastara para desencadenar el nacimiento del resto de las tortugas; antes de que te des cuenta, el nido es como una colmena de abejas bajo los efectos de setas alucinógenas. Las tortugas intentan trepar unas por encima de las otras para salir del hoyo, y entonces emprenden la carrera hacia la orilla organizando un desfile a cámara rápida. Son como cangrejitos atolondrados. Es sorprendente.

Mientras describía el proceso, Will tuvo la impresión de que Ronnie intentaba visualizar la escena. Entonces ella vio a su padre, que bajaba del porche, y lo saludó con la mano.

Will señaló con la cabeza hacia la casa.

—Supongo que es tu padre, ¿no? —se interesó.

—Así es.

—¿No piensas presentármelo?

—No.

—Te prometo que me portaré bien.

—De todos modos, no.

—¿Por qué no quieres presentármelo?

—Porque tú todavía no me has llevado a conocer a tus padres.

—¿Y por qué has de conocer a mis padres?

—Ésa es la cuestión.

—Me parece que no te entiendo.

—Entonces dime, ¿cómo conseguiste acabar el libro de Tolstói?

Por si Will aún no estaba bastante confundido con el comportamiento de Ronnie, aquello le desorientó por completo. Ella se puso a andar por la playa, y él dio varias zancadas para alcanzarla.

—¿Sabes? No resulta fácil comprenderte.

—¿Y?

—Nada. Sólo quería decírtelo.

Ella sonrió para sí, con la mirada fija en el horizonte. A lo lejos, un barco pesquero se dirigía hacia el puerto.

—No quiero perdérmelo —anunció ella.

—¿El qué?

—El nacimiento de las tortugas. ¿A qué creías que me refería?

Will sacudió la cabeza.

—Ah, de nuevo estamos hablando de las tortugas, vale. Veamos, ¿cuándo regresas a Nueva York?

—A finales de agosto.

—Es un poco justo. Aunque no pierdas la esperanza. El verano está siendo muy caluroso, así que...

—De eso ya me había dado cuenta. Me abraso de calor.

—Claro, porque vas vestida de negro, y además, con pantalones vaqueros.

—Esta mañana no pensaba que iba a pasar casi todo el día fuera de casa.

—Porque entonces te habrías puesto el bikini, ¿no?

—Creo que no.

—¿No te gustan los bikinis?

—Claro que sí.

—Pero ¿no quieres ponerte bikini cuando estás conmigo?

Ronnie sacudió la cabeza.

—Hoy no.

—¿Y si te prometo que te llevaré de nuevo a pescar?

—No me convences.

—¿A cazar patos?

La propuesta consiguió que Ronnie se detuviera en seco. Cuando finalmente se recuperó del impacto y pudo hablar de nuevo, su tono era innegablemente de desaprobación:

—No me dirás que cazas patos…

Cuando Will no dijo nada, Ronnie continuó:

—Unas criaturitas tan monas, con unas plumas tan suaves, volando hacia el pequeño lago donde viven, sin meterse con nadie… ¿Y tú vas y los matas sin compasión?

Will consideró la pregunta.

—Sólo en invierno.

—De pequeña, mi peluche favorito era un pato. Tenía la pared empapelada con una cenefa de patos. Tenía un hámster que se llamaba *Lucas*, como el Pato Lucas. Me encantan los patos.

—A mí también —convino él.

Ella no se molestó en ocultar su escepticismo. Will respondió contando con la punta de los dedos mientras continuaba:

—Me encantan fritos, asados, a la parrilla, con salsa agridulce…

Ronnie le propinó un puñetazo en el brazo, haciéndole perder el equilibrio momentáneamente.

—¡No tiene gracia!

—¡Sí que la tiene!

—¡Eres malo!

—A veces —admitió él. Acto seguido, señaló hacia la casa—. Así que… si todavía no quieres ir a tu casa… ¿Te apetece venir conmigo?

—¿Por qué? ¿Acaso estás planeando mostrarme o contarme otras formas de aniquilar animalitos adorables?

—Tengo un partido de vóley-playa, y me gustaría que vinieras. Será divertido.

—¿Piensas echarme otra vez limonada por encima?

—Sólo si llevas un vaso de limonada.

Ella se debatió un instante, entonces le sonrió. Él le dio un puñetazo amistoso en el hombro y ella se lo devolvió.

—Me parece que tienes problemas —le dijo ella.

—¿Qué problemas?

—Bueno, para empezar, eres un malvado asesino de patos.

Will rio a carcajadas antes de mirarla a los ojos. Ella apartó la vista y la fijó rápidamente en la arena, luego volvió a alzarla y lo miró antes de sacudir la cabeza, incapaz de contener la sonrisa, como si se maravillara de lo que estaba sucediendo entre ellos y disfrutando de cada momento.

14

Ronnie

Si no fuera tan odiosamente mono, nada de eso habría sucedido.

Mientras observaba a Will y a Scott intercambiando posiciones en la pista, recordó la extraña serie de sucesos que la habían llevado inevitablemente hasta allí. ¿De verdad había ido a pescar aquella misma mañana? ¿Y había visto a una tortuga herida nadando en círculos en un tanque a las ocho de la mañana?

Ronnie sacudió la cabeza, intentando no reparar en el magnífico torso de Will, con cada músculo cincelado a la perfección, mientras él se lanzaba sobre la arena persiguiendo el balón. Le costaba desviar la atención, ya que él no llevaba camiseta.

Quizás el resto del verano no sería tan terrible, después de todo.

Por supuesto, también había pensado lo mismo cuando conoció a Blaze, y en cambio esa amistad había acabado en un verdadero desastre.

Realmente él no era su tipo, pero mientras lo veía jugar, empezó a preguntarse si eso era tan importante, después de todo. Tampoco había tenido mucha suerte en el pasado con los novios que había elegido, y Rick era el ejemplo más claro. No le cabía la menor duda de que Will era mucho más inteligente que cualquiera de los otros chicos con los que había salido, y lo más destacable era que hacía algo provechoso con su vida. Trabajaba, era voluntario, hacía deporte…, incluso se llevaba bien con su familia. Y a pesar de que no era vanidoso, tenía las ideas claras y no se dejaba convencer fácilmente. Cuando ella lo había puesto a prueba, él le había mantenido el pulso; de hecho, en más de una ocasión. Tenía que admitir que le gustaba su reacción.

No obstante, había una cosa que la tenía perpleja: no entendía cómo era posible que él se sintiese atraído por una chica como ella. Ronnie no se parecía en absoluto a las chicas que había visto la noche de la feria; ni siquiera estaba segura de si él querría volver a verla después de aquel día que estaban pasando juntos. Lo observó mientras corría hacia atrás hasta la línea de saque. Una vez allí, Will desvió la vista hacia ella para mirarla, con una expresión que denotaba que estaba contento de que finalmente hubiera accedido a ir a verlo jugar. Se movía por la arena sin ninguna dificultad, y cuando se preparó para sacar, le señaló algo a Scott, quien parecía tomarse el partido tan en serio como si le fuera la vida en ello. Tan pronto como Scott se giró para mirar hacia la red, Will esbozó una mueca de fastidio, dejando claro que le molestaba aquella intensidad desmesurada con que su amigo se aplicaba en el juego. «Sólo es un juego», parecía decirle, y Ronnie encontró ese juicio totalmente alentador. Después, tras lanzar el balón al aire y sacar con fuerza, corrió hacia el lado de la pista para prepararse para el contraataque. Cuando se lanzó sobre el suelo y levantó una gran polvareda de arena en el aire, ella se preguntó si lo que había visto escasos segundos antes había sido sólo una ilusión: después de que el balón saliera fuera de la pista del equipo adversario y de que Scott alzara los brazos en señal de frustración y lo mirase con reprobación, Will simplemente lo ignoró. Tras guiñarle el ojo a Ronnie, se preparó para la siguiente jugada.

—Así que tú y Will, ¿eh?

Ronnie estaba tan hipnotizada que no se había dado cuenta de que alguien se había sentado a su lado. Al darse la vuelta, reconoció a la rubia que acompañaba a Will y a Scott el día de la feria.

—¿Cómo dices?

La rubia se pasó una mano por la melena y le mostró sus dientes perfectos.

—Tú y Will. Os he visto que llegabais juntos.

—Ah —dijo Ronnie. Su instinto le decía que era mejor no hablar demasiado.

Si la rubia se dio por enterada de la reacción recelosa de Ronnie, no lo demostró. Echándose el pelo hacia atrás con una gracia manifiestamente estudiada, volvió a mostrarle los dientes perfectos.

«Sin lugar a dudas, va teñida», decidió Ronnie.

—Soy Ashley. Y tú eres…

—Ronnie.

Ashley continuaba mirándola fijamente.

—¿Y estás aquí de vacaciones? —Cuando Ronnie la miró con el ceño fruncido, ella volvió a sonreír—. Si fueras de aquí, lo sabría. Conozco a Will desde que éramos niños.

—Ah —volvió a decir Ronnie, procurando mostrarse evasiva.

—Supongo que os conocisteis la otra noche, cuando él te tiró la limonada por encima, ¿no? Conociéndolo, estoy segura de que lo hizo a propósito.

Ronnie pestañeó.

—¿Qué?

—No es la primera vez que lo he visto recurrir a esa táctica. Y a ver si lo adivino… También te ha llevado a pescar, ¿no? A ese muelle apartado, al otro lado de la isla.

Esta vez, Ronnie no pudo ocultar su sorpresa.

—Siempre hace lo mismo cuando conoce a una chica. Bueno, o eso o la lleva al acuario.

Mientras Ashley seguía delatando las técnicas que utilizaba Will para ligar, Ronnie la miraba fijamente con desconfianza, sintiendo como si súbitamente el mundo a su alrededor se estuviera encogiendo.

—¿Se puede saber de qué estás hablando? —Con un gran esfuerzo, consiguió articular las palabras. Le parecía que iba a perder la voz de un momento a otro.

Ashley se arropó las piernas con sus propios brazos.

—Nueva chica, nueva conquista. No te enfades con él —apuntó con un tono cordial—. Will es así. No puede remediarlo.

Ronnie notó un leve mareo. Se dijo a sí misma que era mejor no escucharla, no creerla, que Will no era así. Pero las palabras retumbaban en su cabeza...

«A ver si lo adivino. Te ha llevado a pescar, ¿no?»

«Bueno, o eso o la lleva al acuario...»

¿Se había equivocado al juzgarlo? Por lo visto, se estaba equivocando con todo el mundo que conocía en aquella localidad, lo cual no carecía de sentido, teniendo en cuenta que desde el primer momento no había querido ir a ese pueblo. Cuando lanzó un largo suspiro, cayó en la cuenta de que Ashley la estaba estudiando.

—¿Estás bien? —le preguntó, con sus cejas intachablemente perfiladas formando una fina línea en señal de preocupación—. ¿He dicho algo que te haya molestado?

—Estoy bien.

—Porque te has puesto lívida.

—Te digo que estoy bien —espetó Ronnie.

Ashley abrió la boca y volvió a cerrarla antes de suavizar su expresión.

—¡Oh, no! ¿No me digas que realmente te habías hecho ilusiones con Will?

«Nueva chica, nueva conquista. Will es así...»

Las palabras seguían resonando en su cabeza, y Ronnie aún no había contestado. Ni podía contestar. En el incómodo silencio, Ashley continuó con una vocecita afligida, como si sintiera pena por ella.

—Bueno, tampoco es tan extraño lo que te pasa, porque cuando se lo propone, puede ser el chico más encantador del mundo. No te miento. Lo sé porque yo también me dejé embaucar por él. —Ashley señaló hacia el público—. Igual que la mitad de las chicas que ves aquí.

Instintivamente, Ronnie echó un vistazo hacia la multitud y no pudo evitar fijarse en la media docena de chicas monas en bikini, todas ellas con los ojos puestos en Will. Se sentía incapaz de articular ninguna palabra. Mientras tanto, Ashley seguía con su monólogo.

—Supuse que serías capaz de darte cuenta… Quiero decir, que pareces un poco más sofisticada que el resto de las chicas de por aquí. Supongo que pensé…

—Tengo que irme —anunció Ronnie, con un tono más reposado que sus nervios.

Cuando se levantó, notó que le flaqueaban las piernas. En la pista, Will debió de darse cuenta de que ella se ponía de pie porque se giró hacia ella, sonriendo, fingiendo…

«Como el chico más encantador del mundo…»

Se dio la vuelta, enfadada con él, pero aún más enfadada consigo misma por haber sido tan mema. Lo que más deseaba en aquellos momentos era que se la tragara la tierra.

En su habitación, lanzó la maleta sobre la cama. Se disponía a empezar a guardar la ropa dentro cuando se abrió la puerta a sus espaldas. Por encima del hombro, vio a su padre de pie, en el umbral. Ella sólo vaciló unos instantes antes de dirigirse hacia el armario y recoger más ropa.

—¿Un día duro? —se interesó su padre. Su voz era suave, pero Steve no esperó a recibir una respuesta—. Estaba en el taller con Jonah cuando te vi subir por la playa. Parecías muy enojada.

—No quiero hablar de ello.

Su padre no se movió de su sitio, manteniendo la distancia.

—¿Vas a alguna parte?

Ronnie soltó un bufido de exasperación mientras seguía haciendo la maleta.

—Me largo de aquí, ¿vale? Llamaré a mamá para decirle que regreso a casa.

—¿Tan malo ha sido el día?

Ella se giró hacia él.

—Por favor, no me pidas que me quede. No me gusta estar aquí. No me gusta la gente de aquí. No encajo. No pinto nada en este sitio. Quiero irme a casa.

Su padre no dijo nada, pero ella detectó la decepción en su rostro.

—Lo siento —añadió Ronnie—. Y no es por ti, ¿de acuerdo? Si me llamas, te aseguro que me pondré al teléfono. Y puedes venir a visitarme a Nueva York, ¿vale?

Su padre continuaba observándola en silencio, lo cual sólo consiguió que ella se sintiera peor. Ronnie revisó el contenido de la maleta antes de meter el resto de sus pertenencias.

—No estoy seguro de que pueda dejarte marchar.

Ronnie se lo esperaba, y notó una fuerte tensión en el pecho.

—Papá…

Él alzó la mano.

—No es por lo que crees. Te dejaría marchar, si pudiera. Llamaría a tu madre ahora mismo. Pero teniendo en cuenta lo que pasó el otro día en la tienda de discos…

Ronnie se oyó a sí misma contestar: «Con Blaze. Y el arresto…».

Su padre dejó caer los hombros en señal de abatimiento. En su estado de exasperación, Ronnie se había olvidado del asunto del robo.

¡Por supuesto que se había olvidado! ¡Porque ella no había robado nada! Su energía se evaporó súbitamente y se dio la vuelta; a continuación, se derrumbó sobre la cama. No era justo. Nada de lo que le pasaba era justo.

Su padre seguía sin apartarse de la puerta.

—Puedo ir a buscar a Pete, el agente Johnson, y averiguar si puedes abandonar el pueblo. Pero quizá no lo encuentre hasta mañana, y no quiero que te metas en más problemas. Pero si él dice que te puedes marchar y todavía quieres hacerlo, no te obligaré a quedarte.

—¿Lo prometes?

—Sí —asintió él—. Aunque preferiría que te quedaras, lo prometo.

Ronnie asintió con tristeza, apretando los labios.

—¿Irás a verme a Nueva York?

—Si puedo…

—¿Cómo que si puedes?

Antes de que su padre pudiera contestar, oyeron unos golpes en la puerta, fuertes e insistentes. Su padre miró por encima del hombro.

—Me parece que es ese chico con el que estabas hoy. —Ronnie se preguntó cómo podía saberlo, y al leer su expresión, él agregó—: He visto que venía hacia aquí cuando he entrado en casa. ¿Quieres que le diga que se marche?

«No te enfades con él. Will es así. No puede remediarlo.»

—No —dijo ella—. Ya me encargo yo.

Su padre sonrió y, por un instante, ella pensó que parecía más viejo que hacía un día. Como si su clara intención de marcharse de allí lo hubiera hecho envejecer de repente.

A pesar de todo, Ronnie no se sentía cómoda en aquel lugar. Era el pueblo de su padre, no el suyo.

Nuevamente oyó la batería de golpes en la puerta.

—Papá...

—¿Sí?

—Gracias. Sé que realmente quieres que me quede, pero, de verdad, no puedo.

—No pasa nada, cielo. —Aunque él sonrió, las palabras emergieron en un tono herido—: Lo comprendo.

Ronnie se agarró los pantalones por la cinturilla para ponérselos en su sitio antes de incorporarse de la cama. Al llegar a la puerta, se llevó una mano al pecho e inspiró. A continuación, y procurando mantener la calma, asió el pomo y abrió la puerta. Lo primero que vio fue la mano de Will alzada, como si se dispusiera a volver a llamar. Él se mostró sorprendido al ver que finalmente ella había abierto.

Ronnie lo miró sin parpadear, preguntándose cómo había podido ser tan mema como para confiar en él. Tendría que haber hecho caso a sus instintos.

—Ah, hola... —dijo él al tiempo que bajaba la mano—. Estás aquí. Por un segundo creí que...

Ronnie cerró la puerta de golpe, sólo para oír que inmediatamente él se ponía a llamar de nuevo.

—¡Vamos, Ronnie! ¡Sólo quiero saber qué ha pasado! ¿Por qué te has ido? —masculló, con voz suplicante.

—¡Márchate! —le gritó ella sulfurada.

—Pero ¿qué he hecho?

Ella volvió a abrir la puerta con ímpetu.

—¡No soy tan mema como para seguirte el juego!

—¿Qué juego? ¿De qué estás hablando?

—¡Te repito que no soy tan mema! ¡Y no tengo nada más que decir!

Nuevamente, volvió a cerrarle la puerta en las narices. Will contraatacó aporreando la puerta.

—¡No pienso irme hasta que hables conmigo!

Su padre señaló hacia la puerta.

—¿Problemas en el paraíso?

—Esto no es el paraíso.

—Pues lo parece. ¿Quieres que me ocupe de él? —volvió a ofrecerle.

Will seguía aporreando la puerta.

—Ya se cansará. Lo mejor que podemos hacer es no prestarle atención.

Tras unos momentos, su padre pareció acatar su decisión y señaló hacia la cocina.

—¿Tienes hambre?

—No —dijo ella. Acto seguido, llevándose las manos al vientre, cambió de opinión—. Bueno, quizás un poco.

—He encontrado otra receta interesante por Internet. Pasta con un sofrito de cebolla, champiñones y tomates, y queso parmesano. ¿Te apetece?

—No creo que a Jonah le guste.

—No, me ha dicho que prefería un perrito caliente.

—Ya decía yo…

Steve sonrió justo cuando volvieron a sonar más golpes en la puerta. Cuando éstos no cesaron, él debió de interpretar algo en la expresión del rostro de su hija, porque abrió los brazos.

Sin pensarlo dos veces, Ronnie avanzó hacia él y se dejó abrazar. Había algo… tierno e indulgente en su abrazo, algo que ella había echado de menos durante años. Apenas podía contener las lágrimas cuando finalmente se separó de él.

—¿Me dejas que te ayude a preparar la cena?

Y

Ronnie intentó asimilar de nuevo el contenido de la página que acababa de leer. Hacía una hora que se había puesto el sol, y después de zapear por los canales de la televisión de su padre, la apagó y se cobijó en su libro. Pero por más que lo intentaba, no conseguía acabar ni un solo capítulo, porque Jonah llevaba casi una hora de pie frente a la ventana…, lo cual le hacía pensar en lo que había allí fuera, o mejor dicho, en «quién» estaba allí fuera.

Will. Habían transcurrido cuatro horas, y todavía no se había marchado. Hacía mucho rato que había parado de aporrear la puerta. En vez de eso, había decidido quedarse plantado como un centinela justo unos pasos más allá de la duna, de espaldas a su casa. Técnicamente, se hallaba en una playa pública, por lo que no podían hacer nada más que simplemente ignorarlo. Y eso era precisamente lo que ella y su padre —que, aunque pareciera extraño, estaba de nuevo leyendo la Biblia— intentaban hacer.

Jonah, por otro lado, no podía no hacerle caso. Por lo visto, estaba alucinado con la tenacidad de aquel chico. Era como contemplar algo imposible, como un platillo volante que acabara de aterrizar cerca del muelle, o a *Bigfoot* trotando por la playa. A pesar de que llevaba puesto el pijama de los *Transformers* y que hacía media hora que debería estar en la cama, le había suplicado a su padre que lo dejara quedarse despierto un rato más, porque, según sus palabras textuales: «Si me voy a dormir, es posible que me haga pis en la cama».

¡Ja!

No se había orinado en la cama desde que era un bebé, y Ronnie sabía que su padre no se había tragado la excusa. Sin embargo, su actitud condescendiente probablemente tenía más que ver con el hecho de que era el primer atardecer que habían pasado los tres juntos desde que habían llegado y —en función de lo que el agente Johnson dijera a la mañana siguiente— quizá fuera el último. Ronnie supuso que su padre simplemente quería prolongar aquella sensación de estar juntos en familia.

Era algo absolutamente comprensible, por supuesto, y en cierto modo consiguió que ella se sintiera un poco culpable con toda esa obcecación de querer marcharse de allí. Preparar la cena con él había resultado más divertido de lo que había supuesto, ya que no la había acribillado a preguntas ni con insinuaciones, como su madre solía hacer últimamente. Sin embargo, aunque no tenía intención de quedarse más tiempo que el necesario, por más que eso le resultara duro a su padre, lo mínimo que podía hacer era contribuir a que la noche fuera amena.

Pero eso resultaba del todo imposible, claro.

—¿Cuánto rato creéis que se quedará ahí fuera? —murmuró Jonah.

Ronnie contó mentalmente las veces que su hermano había formulado la misma pregunta en los últimos veinte minutos: cinco. Pero ni ella ni su padre habían contestado. Esta vez, sin embargo, su padre apartó la Biblia.

—¿Por qué no sales y se lo preguntas? —sugirió él.

—¡Anda ya! —replicó Jonah—. No es mi novio.

—Tampoco es mi novio —terció Ronnie.

—Pues se comporta como si lo fuera.

—No lo es, ¿vale? —Ronnie pasó otra página del libro.

—Entonces, ¿por qué está ahí fuera sentado? —Jonah ladeó la cabeza, intentando resolver el enigma—. Quiero decir, es muy raro, ¿no os parece? Lleva horas allí sentado, esperando hablar contigo. Quiero decir, nos estamos refiriendo a mi hermana. ¡Mi hermana!

—Vaya, muchas gracias —le recriminó Ronnie. En los últimos veinte minutos, había leído el mismo párrafo seis veces.

—Sólo digo que me parece raro —musitó Jonah, que adoptó una expresión propia de un científico desconcertado—. No entiendo cómo puede estar allí fuera esperando hablar con mi hermana.

Ronnie alzó la vista y vio que su padre intentaba sin éxito contenerse para no sonreír.

Ella volvió a centrar la vista en el libro, leyendo por séptima vez el mismo párrafo con una renovada concentración;

durante los siguientes dos minutos, la estancia quedó sumida en un absoluto silencio…, salvo por los ruiditos que hacía Jonah, que se agitaba nerviosamente y murmuraba sin parar, pegado a la ventana.

Ronnie intentó no prestarle atención. Se arrellanó en el sofá, apoyó los pies en el borde de la mesa y se obligó a sí misma a concentrarse en las palabras. Durante uno o dos minutos, fue capaz de aislarse de todo lo que la rodeaba, y estaba a punto de concentrarse por fin en la historia cuando volvió a oír la vocecita de Jonah.

—¿Cuánto rato creéis que se quedará ahí fuera sentado? —murmuró Jonah.

Ella cerró el libro abruptamente.

—¡Qué pesado! —gritó, pensando nuevamente que su hermano sabía precisamente qué teclas tocar para sacarla de quicio—. ¡Vale! ¡Tú ganas!

Afuera soplaba una fuerte brisa, que transportaba el aroma de la sal marina y de los pinos. Ronnie salió al porche y se encaminó hacia Will. Él ni se inmutó al oír el ruido de la puerta al cerrarse; permaneció sentado, con porte ensimismado, lanzando conchas a los cangrejos araña que buscaban cobijo apresuradamente en sus madrigueras.

Una fina capa de bruma encuadraba las estrellas, lo cual le confería a la noche un aire más frío y más oscuro que unas horas antes. Ronnie cruzó los brazos, intentando zafarse de la sensación de frío. Entonces se dio cuenta de que Will todavía iba vestido con el mismo par de pantalones cortos y la camiseta que había llevado durante todo el día. Se preguntó si no tendría frío, pero rápidamente apartó la cuestión de su mente.

«Eso no importa», se recordó a sí misma cuando él se giró hacia ella. En la oscuridad, Ronnie no podía ver su expresión, pero al mirarlo fijamente sin apartar la vista, se dio cuenta de que ya no estaba tan enojada con él, sino más bien exasperada por su insistencia.

—Tienes a mi hermano completamente revolucionado

—proclamó Ronnie en un tono que esperaba que sonara imperativo—. Deberías irte.

—¿Qué hora es?

—Más de las diez.

—Pues sí que has tardado en salir.

—Mira, no debería haber salido. Ya te dije antes que te marcharas. —Ronnie echaba fuego por los ojos.

Los labios de Will se tensaron en una fina línea.

—Quiero saber qué ha pasado.

—No ha pasado nada.

—Entonces dime qué te ha dicho Ashley.

—No me ha dicho nada.

—Os he visto hablando —la acusó él.

Por eso precisamente no quería salir a hablar con él; eso era lo que quería evitar.

—Will…

—¿Por qué te has marchado deprisa y corriendo después de hablar con Ashley? ¿Y por qué has tardado cuatro horas en salir a hablar conmigo?

Ronnie sacudió la cabeza, negándose a aceptar su torpeza.

—No importa.

—O sea, que sí que te ha dicho algo, ¿no es cierto? ¿Qué te ha dicho? ¿Qué todavía salimos juntos? Pues no es verdad. Lo nuestro se acabó.

Ronnie necesitó un momento para asimilar lo que él le acababa de decir.

—¿Ella era tu novia?

—Sí —contestó Will—. Durante los dos últimos años.

Cuando Ronnie no dijo nada, él se levantó y avanzó un paso hacia ella.

—¿Qué es lo que te ha dicho exactamente?

Pero Ronnie apenas oía su voz. En vez de eso, pensó en la primera vez que había visto a Ashley, en la primera vez que lo había visto a él. Aquella chica, con su cuerpo espectacular, embutido en aquel bikini, sin apartar la vista de su ex novio…

Apenas oyó a Will, que seguía interrogándola:

—¿Qué? ¿No piensas hablarme? ¿Me has tenido aquí sentado cuatro horas y ni tan sólo te dignas a contestar mi pregunta?

Pero Ronnie seguía sin oírlo. En vez de eso, recordó la actitud de Ashley aquel día, al lado de la pista. Moviéndose con gracia, aplaudiendo…, ¿como si pretendiera captar la atención de Will?

¿Por qué? ¿Porque Ashley pretendía recuperarlo? ¿Temía que Ronnie se interpusiera en su camino?

Con esa reflexión, las piezas empezaron a encajar en el rompecabezas. Pero antes de que pudiera pensar en lo que quería decir, Will sacudió la cabeza.

—Pensé que eras diferente. Simplemente pensé que… —La miró fijamente. Su cara mostraba una mezcla de enojo y decepción. Súbitamente, se dio la vuelta y emprendió la marcha, alejándose por la playa—. Por Dios. No sé en qué estaba pensando —lanzó por encima del hombro.

Ronnie dio un paso adelante y estaba a punto de llamarlo cuando se fijó en un punto de luz un poco más abajo en la playa, cerca de la orilla. La luz subía y bajaba, como si alguien estuviera lanzando…

Una bola en llamas. Ronnie se quedó paralizada.

Se le hizo un nudo en la garganta al darse cuenta de que Marcus estaba allí, e instintivamente retrocedió un paso. Cerró los ojos y se imaginó cómo él caminaba sigilosamente hacia el nido mientras ella dormía fuera. Se preguntó si realmente se atrevería a acercarse hasta ella. ¿Por qué no la dejaba en paz? ¿La estaba acechando?

Ronnie había visto casos espeluznantes en la tele. A pesar de que le gustaba creer que sabría cómo reaccionar en prácticamente cualquier situación, ésta era diferente. Porque Marcus era diferente.

Porque aquel chico le daba miedo.

Will se hallaba ya a un par de casas más abajo en la playa, y su perfil se desvanecía entre las sombras de la noche. Pensó en llamarlo en voz alta y contárselo todo, pero lo último que quería hacer era quedarse ahí fuera más rato del necesario. Y tampoco quería que Marcus estableciera una conexión entre ella y Will. En cualquier caso, no existía ninguna relación entre ellos dos. Ya no. Ahora volvía a estar sola.

Sola con Marcus.

Presa del pánico, retrocedió otro paso. Entonces se dijo a sí misma que no podía perder el control. Si él se daba cuenta de que ella estaba asustada, aún sería peor. Por eso procuró avanzar con paso sereno hasta el porche, y cuando se halló bajo la luz de la lámpara del techo, se giró deliberadamente en dirección a Marcus.

No podía verlo; sólo percibía el punto de luz que subía y bajaba. Sabía que quería asustarla, y por ese motivo intentó sacar fuerzas de su interior. Siguió con la vista fija en aquel punto, colocó los brazos en jarras y alzó la barbilla con actitud desafiante. Notaba que el corazón desbocado le iba a estallar de un momento a otro, pero mantuvo el porte desafiante hasta que la bola en llamas quedó apresada en la mano de Marcus. Un momento más tarde, la luz se apagó y supo que Marcus la había extinguido con su propio puño, anunciándole que se acercaba a ella.

Sin embargo, ella se negó a moverse. No estaba segura de lo que haría si él aparecía súbitamente a escasos metros de ella, pero mientras los segundos daban paso a un minuto y luego a otro, ella adivinó que él había decidido que era mejor mantenerse alejado. Cansada de esperar y satisfecha de haber sabido transmitir el mensaje, se dio la vuelta y enfiló hacia el interior de la casa.

Sólo después de apoyarse en la puerta tras cerrarla, se dio cuenta de que le temblaban las manos.

15

Marcus

—*Q*uiero ir a comer algo en la cafetería antes de que cierren —suplicó Blaze.

—Pues ve tú sola —espetó Marcus—. Yo no tengo hambre.

Blaze y Marcus se hallaban en el Bower's Point, con Teddy y Lance, que habían engatusado a dos de las chicas más feas que Marcus había visto en su vida y estaban intentando emborracharlas. Le había molestado encontrarlas allí, y después Blaze lo había estado atosigando sin tregua durante la última media hora, interrogándolo sobre dónde había estado todo el día.

Tenía la impresión de que ella sabía que tenía algo que ver con Ronnie, porque no era estúpida. Blaze había sabido desde el principio que a Marcus le gustaba Ronnie, y por eso había metido esos discos en su bolso. Era la solución perfecta para mantenerla a distancia…, lo cual significaba que Marcus tampoco tendría la oportunidad de volver a verla.

Y eso lo sacaba de sus casillas. No soportaba verla allí, quejándose de que tenía hambre y pegada a él como una lapa y agobiándolo con sus suspiros plañideros y sus pucheros…

—No quiero ir sola —volvió a lamentarse.

—¿No me has oído? —ladró él—. ¡Me pregunto si alguna vez me escuchas cuando hablo! ¡Te he dicho que no tengo hambre!

—No digo que tengas que comer… —balbuceó Blaze, sumisa.

—¿Quieres hacer el favor de callarte de una puñetera vez?

Su tono consiguió amedrentarla, y por unos minutos se quedó callada. Por su cara enfurruñada, Marcus sabía que quería que le pidiera disculpas. ¡Pues iba lista!

Marcus se giró hacia la orilla y encendió la pelota, enfadado al ver que Blaze no se había movido de su lado. Enfadado de que Teddy y Lance estuvieran allí, cuando lo que más deseaba en esos momentos era estar solo y tranquilo. Enfadado de que Blaze hubiera espantado a Ronnie, y especialmente enfadado por sentirse tan enfadado por todo eso. No era propio de él, y detestaba cómo le estaba afectando. Quería desahogarse contra algo o contra alguien, y al posar los ojos en Blaze y verla con aquella expresión ceñuda, pensó que ella tenía todos los números para ser el blanco de su ira. Le dio la espalda, deseando poder beber tranquilamente su cerveza y subir el volumen de la música y quedarse solo con sus pensamientos durante un buen rato. Sin toda aquella gente pululando a su alrededor.

Además, pensándolo bien, tampoco estaba realmente enfadado con Blaze. Cuando se enteró de lo que ella había hecho, en cierto modo se alegró al pensar que quizás eso serviría para allanar el camino entre él y Ronnie. Algo así como: «Tú me rascas la espalda a mí, y yo te la rasco a ti». Pero cuando se lo sugirió a aquella chica venida de Nueva York, ella reaccionó como si él fuera un apestado, como si prefiriera morirse antes que estar cerca de él. Pero Marcus no era de esa clase de chicos que tiran la toalla tan fácilmente, y pensó que tarde o temprano ella se daría cuenta de que era su única salida de aquel atolladero. Así que por eso había decidido acercarse hasta su casa, para charlar un rato con ella. Su intención era bajar el tono ofensivo y escucharla atentamente mientras ella se desahogaba contándole la jugarreta que le había hecho Blaze. Quizás incluso darían un paseo y puede que acabaran bajo el muelle y, una vez allí... que pasara lo que tuviera que pasar.

Pero al llegar a su casa, se había encontrado a Will. De toda la gente de la localidad, precisamente tenía que ser ese tipo quien se hallaba sentado en aquella duna, esperando charlar con ella. Y al final Ronnie había salido a hablar con él. De hecho, le pareció más bien que discutían, pero por el modo en que se comportaban, había algo entre ellos, y eso también lo sacó de sus casillas. Porque eso significaba que se conocían. Porque eso significaba que probablemente salían juntos, lo cual quería decir que se había equivocado al juzgarla.

¿O no? Tenía que averiguarlo. Esperó a que Will se marchara y a que Ronnie cayera en la cuenta de que tenía dos visitantes. Al ver que le observaba, Marcus pensó que ella sólo podría reaccionar de una de las dos maneras: o bien se le acercaría para charlar con la esperanza de conseguir que Blaze confesara la verdad, o bien se mostraría asustada igual que había hecho antes y correría a encerrarse en su casa. Le gustaba la idea de tener el poder de asustarla; podía resultarle útil para sus planes.

Pero ella no había reaccionado de ninguna de las dos formas. En vez de eso, se había quedado mirando fijamente en su dirección como diciéndole: «Ven si te atreves». Se había plantado un buen rato en el porche, con un ademán indiscutiblemente desafiante, antes de entrar en su casa.

Nunca nadie le había plantado cara de ese modo. Especialmente ninguna chica. ¿Quién diantre se creía que era? Aunque tuviera ese cuerpecito tan atractivo, a Marcus no le había hecho nada de gracia. En absoluto.

Blaze interrumpió sus pensamientos.

—¿Estás seguro de que no quieres venir?

Marcus se giró hacia ella, sintiendo unas repentinas ganas de serenarse, de olvidarse del tema. Sabía exactamente lo que necesitaba, y también sabía quién podía dárselo.

—Ven aquí —le ordenó, al tiempo que esbozaba una sonrisa forzada—. Siéntate aquí, a mi lado. No quiero que te vayas todavía.

16

Steve

Steve alzó la vista cuando su hija entró en casa. A pesar de que ella lo saludó con una sonrisa, como si intentara asegurarle que todo iba bien, no pudo evitar fijarse en su expresión cuando cogió el libro y se marchó hacia su cuarto.

Algo no iba bien, seguro.

Pero no tenía la certeza de dónde radicaba el problema. No sabía si su hija estaba enojada o asustada, y mientras pensaba en la idea de intentar dialogar con ella, se dijo que, fuera lo que fuese, probablemente querría solucionarlo sola. Quizá no había pasado mucho tiempo con Ronnie últimamente, pero había sido profesor de adolescentes durante muchos años, y sabía que cuando los hijos querían hablar con sus padres —cuando tenían algo importante que contarles— era cuando realmente éstos debían preocuparse de verdad.

—¿Papá? —Jonah llamó su atención.

Mientras Ronnie había estado fuera, Steve le había prohibido a Jonah que siguiera mirando por la ventana. Le parecía lo más correcto, y Jonah había intuido que lo mejor era no rechistar. Había encontrado *Bob Esponja* en uno de los canales y se había pasado los últimos quince minutos mirando los dibujos animados con expresión feliz.

—¿Sí?

Jonah se levantó, con la cara muy seria.

—¿Qué tiene un ojo, habla francés y le encanta comer galletas antes de irse a dormir?

Steve consideró la pregunta.

—No tengo ni idea.

Jonah irguió la espalda, se cubrió un ojo con la palma de la mano y dijo:

—*Moi*.

Steve se rio mientras se levantaba del sofá y dejaba la Biblia a un lado. Ese chico lo hacía reír, y mucho.

—Vamos. En la cocina hay un paquete de galletas Oreo.

Mientras se dirigían a la cocina, Jonah, que no dejaba de juguetear nerviosamente con el dobladillo de la camiseta de su pijama, dijo:

—Me parece que Ronnie y Will se han peleado.

—¿Se llama Will?

—No te preocupes. Lo he interrogado antes.

—Ah —dijo Steve—. ¿Y por qué crees que se han peleado?

—Los he oído. Will parecía muy enfadado.

Steve miró a su hijo con el ceño fruncido.

—Pensé que estabas viendo la tele.

—Sí, pero es que igualmente podía oírlos —se defendió Jonah como si no hubiera hecho nada malo.

—No deberías escuchar las conversaciones de los demás —lo reprendió Steve.

—Pero a veces son muy interesantes.

—No está bien.

—Mamá intenta escuchar a Ronnie cuando habla por teléfono. Y a veces coge el móvil de Ronnie a escondidas, cuando ella está en la ducha, y le revisa los mensajes de texto.

—¿Eso hace? —Steve intentó ocultar la sorpresa en su tono.

—Sí. ¿Cómo crees, si no, que podría saber qué hace y adónde va?

—No lo sé… Quizás hablando con ella —sugirió.

—¡Anda ya! —resopló Jonah—. Si ni siquiera Will puede hablar con ella sin pelearse. Ronnie saca a todo el mundo de quicio.

Cuando Steve tenía doce años, apenas tenía amigos. Entre ir a la escuela y las prácticas de piano, no le quedaba demasiado tiempo libre, y la persona con la que hablaba más a menudo era con el reverendo Harris.

En aquella época de su vida, el piano se había convertido en una obsesión. Steve solía practicar entre cuatro y seis horas al día, perdido en su mundo personal de melodías y composiciones. Por aquellos tiempos, había ganado bastantes concursos tanto de ámbito local como estatal. Su madre sólo había asistido a uno de esos concursos, y su padre jamás asistió a ninguno. Steve solía acabar sentado en el asiento delantero del coche con el reverendo Harris mientras se desplazaban hasta Raleigh o a Charlotte o a Atlanta o a Washington, D.C. Se pasaban horas charlando, y a pesar de que el reverendo Harris era un hombre religioso y siempre mencionaba a Dios en prácticamente todas sus conversaciones, tenía la habilidad de comentar con toda la naturalidad de una persona oriunda de Chicago el papel insignificante del equipo de los Cubs en la Liga Nacional de Béisbol.

El reverendo Harris era un hombre afable que llevaba una vida muy ajetreada. Se tomaba muy en serio su vocación, y durante casi todas las tardes se dedicaba a atender a su rebaño, o bien yendo al hospital o a algún funeral, o bien visitando a los miembros de la congregación que había acabado por considerar sus amigos. Oficiaba bodas y bautizos los fines de semana, se encargaba de la catequesis los miércoles por la noche, y los martes y los jueves ensayaba con el coro de la iglesia. Pero cada atardecer, antes de que anocheciera, lloviera o no, se reservaba una hora para caminar por la playa solo. Cuando regresaba, Steve a menudo se maravillaba al constatar que aquella hora de soledad era justo lo que el reverendo necesitaba. Había algo reposado y apacible en su expresión cuando regresaba de su paseo diario. Steve había dado por hecho que era la forma en que el reverendo tenía de exigir un poco de soledad, hasta que un día se lo preguntó directamente.

—No —le contestó el reverendo—. No voy a la playa para estar solo, porque eso no es posible. Voy a pasear y a hablar con Dios.

—¿Quiere decir que reza?

—No —volvió a responder el reverendo—. Quiero decir que hablo. Nunca olvides que Dios es tu amigo. Y como todos los amigos, Él desea escuchar lo que te pasa. Tanto si es bueno como si es malo, tanto si es algo que te aflige o que te llena de rabia, e incluso cuando te estás cuestionando por qué tienen que suceder cosas tan terribles en el mundo. Así que hablo con él.

—¿Y qué le dice?

—¿Qué le dices tú a tus amigos?

—No tengo amigos. —Steve esbozó una sonrisa afligida—. Por lo menos, nadie con quien hablar.

El reverendo Harris depositó una mano reconfortante en su hombro.

—Me tienes a mí. —Cuando Steve no respondió, el reverendo Harris le dio una palmadita en el hombro—. Mira, hablo con Él del mismo modo que hablamos tú y yo.

—¿Y Él le contesta? —Steve parecía escéptico.

—Siempre.

—¿Y puede oírlo?

—Sí, aunque no a través del oído. —Puso una mano sobre el pecho—. Aquí oigo sus respuestas. Aquí percibo su presencia.

Tras besar a Jonah en la mejilla y arroparlo en la cama, Steve se detuvo un momento en el umbral de la puerta para estudiar a su hija. Se sorprendió al verla ya dormida cuando entraron en la habitación. Por lo visto, lo que tanto la preocupaba unos momentos antes cuando había entrado en casa no debía de ser tan importante. Tenía la cara relajada, el pelo le caía en cascada sobre la almohada y estaba con los dos brazos encogidos cerca del pecho. Se debatió entre besarla o no, pero decidió no hacerlo, para evitar entrometerse en sus sueños y dejar que éstos fluyeran sin interrupción, como la nieve fundida que se deja arrastrar por la corriente de un río hasta su destino.

Sin embargo, no conseguía apartarse de la puerta. Había

algo mágico en aquella visión de sus hijos dormidos, y mientras Jonah se daba la vuelta hacia un lado, de espaldas a la luz del pasillo, se preguntó cuánto tiempo hacía que no le daba a Ronnie un beso de buenas noches. En el último año antes de que Kim y él se separaran, Ronnie había llegado a esa edad en la que todo le parecía engorroso. Steve podía recordar vívidamente aquella primera noche en que se acercó a ella para arroparla y ella le contestó: «No te molestes. Estoy bien». Kim lo había mirado entonces con una palmaria expresión de tristeza: ella se había dado cuenta de que Ronnie se estaba haciendo mayor, pero no podía evitar el sentimiento de desconsuelo ante aquel paso natural de la infancia a la pubertad.

A diferencia de Kim, a Steve no le afectaba que Ronnie se hiciera mayor. Recordaba cómo era él en aquella etapa de su vida y cómo le gustaba adoptar sus propias decisiones. Recordaba cómo había empezado a formarse sus propias ideas acerca del mundo; sus años de profesor reforzaban la idea de que el cambio no sólo era inevitable, sino que normalmente solía venir acompañado de sus propias recompensas. Había veces en las que había acabado solo en clase con un alumno, escuchando mientras el muchacho o la muchacha en cuestión se desahogaban contándole las desavenencias con sus padres, sobre cómo su madre intentaba ser su amiga o cómo su padre intentaba controlarlo. Otros profesores en el departamento pensaban que Steve tenía un don especial con los alumnos y, a menudo, cuando los alumnos se marchaban, él mismo se sorprendía al reconocer que muchos de ellos opinaban lo mismo. No sabía por qué. La mayor parte del tiempo se dedicaba, o bien a escuchar en silencio, o simplemente a dar la vuelta a las preguntas que le formulaban, obligando a los alumnos a llegar a sus propias conclusiones y a pensar que, en la mayoría de las situaciones, ellos eran los que normalmente tenían razón. Incluso cuando sentía la necesidad de decir algo, únicamente se aventuraba a expresar los típicos comentarios genéricos tan propios de los psicólogos: «Por supuesto que tu madre quiere ser tu amiga, porque empieza a verte más bien como una persona adulta y desea conocerte». O decía: «Tu padre sabe que ha cometido errores en su vida, y no quiere que tú cometas los mismos». Eran pensamientos normales y corrientes de un hombre normal y corriente, pero para su asombro, el alumno a veces se daba la vuelta hacia la ventana en silencio, como si estuviera absorbiendo un pensamiento profundo. A veces, incluso, más tarde recibía una llamada de parte de los padres del alumno, agradeciéndole la charla que había mantenido con su hijo y confirmándole que éste parecía estar de mejor humor últimamente. Cuando colgaba el teléfono, intentaba recordar lo que le había dicho a aquel alumno con la esperanza de haber sido más profundo de lo que creía, pero siempre acababa con la misma sensación de vacío.

En el silencio de la habitación, Steve oyó que la respiración de Jonah se volvía más reposada. Sabía que su hijo se había quedado dormido; el sol y el constante aire fresco parecían agotarlo de un modo que Manhattan no conseguía. En cuanto a Ronnie, se sintió aliviado al pensar que el sueño había borrado la tensión de los últimos días. Su cara era serena, casi angelical, y en cierto modo le recordó las facciones distendidas del reverendo Harris después de sus paseos por la playa. La contempló en la absoluta quietud de la habitación, deseando de nuevo detectar una señal de la presencia de Dios. A la mañana siguiente, Ronnie quizá se marcharía; ante aquel pensamiento, dio un paso vacilante hacia ella. La luz de la luna se filtraba por la ventana, y oyó el rugido suave de las olas al otro lado del cristal. Los titilantes puntos de luz de las estrellas distantes parecían atestiguar algo importante, como si Dios estuviera anunciando su presencia en otro lugar. Súbitamente se sintió cansado. Pensó que estaba solo, y que siempre estaría solo. Se inclinó y besó a Ronnie suavemente en la mejilla, y de nuevo se encendió esa chispa en su interior, ese amor que sentía por su hija, una alegría tan intensa como dolorosa.

Justo antes de que amaneciera, lo primero que pensó al despertarse —más bien una sensación, en realidad— fue que echaba de menos tocar el piano. Mientras sus facciones se retorcían con una mueca de dolor ante el predecible pinchazo en el estómago, sintió la necesidad de ir directamente al comedor y perderse en su música.

Se preguntó cuándo tendría la oportunidad de volver a tocar. Ahora se lamentaba de no haber trabado amistad con nadie más en el pueblo; había habido momentos desde que había tapiado el piano en los que había fantaseado con la idea de ir a ver a un amigo y pedirle que le dejara tocar un rato el viejo piano arrinconado en su comedor, el piano que su amigo imaginario tenía como elemento decorativo. Podía verse a sí mismo tomando asiento en el banco polvoriento mientras su amigo lo observaba desde la cocina o el vestíbulo —no estaba totalmente seguro en aquel matiz—, y de repente, empezaba a tocar una melodía que enternecía a su amigo hasta el punto de hacerlo llorar, algo que había sido incapaz de conseguir durante todos aquellos meses de giras.

Sabía que su fantasía era ridícula, pero sin la música se sentía seco y acabado. Se levantó de la cama al tiempo que intentaba apartar esos pensamientos tan oscuros de su mente. El reverendo Harris le había dicho que habían pedido un nuevo piano para la iglesia, un regalo de uno de los feligreses, y que Steve podría tocarlo tan pronto como llegara. Pero eso no sería hasta finales de julio, y no estaba seguro de poder resistir hasta entonces.

Se sentó en la cocina y emplazó las manos sobre la mesa. Con la debida concentración, quizá sería capaz de escuchar la música en su mente. Beethoven compuso la sinfonía *Heroica* cuando ya casi estaba prácticamente sordo del todo, ¿no era cierto? Quizá pudiera oír todas las notas en su mente, igual que Beethoven. Eligió el concierto que Ronnie había tocado en su actuación en el Carnegie Hall y, entornando los ojos, se concentró. Las notas fluyeron débiles al principio, cuando empezó a articular los dedos. Gradualmente, sin embargo, las notas y los acordes se trocaron en sonidos más nítidos; a pesar de que no resultaba una experiencia tan satisfactoria como tocar el piano de verdad, supo que tendría que conformarse con eso.

Con las últimas notas del concierto reverberando en su

mente, abrió lentamente los ojos y se encontró sentado en medio de la penumbra, en la cocina. El sol asomaría por la línea del horizonte al cabo de unos minutos; sin saber cómo, oyó el sonido de una nota sostenida, prolongada y baja, que lo asaltaba por sorpresa. Sabía que sólo se lo había imaginado, pero el sonido de la nota seguía vibrando en su cabeza. Sin poder remediarlo, se puso a garabatear con un lápiz en un papel.

Rápidamente trazó cinco líneas gruesas y las empezó a llenar con notas antes de ejercer presión con el dedo sobre la mesa una vez más. De nuevo sonó, pero esta vez el sonido fue seguido de unas pocas notas más, y también las plasmó en el pentagrama.

Se había pasado prácticamente toda la vida escribiendo música, pero siempre interpretaba sus melodías como unas piezas sencillas, si las comparaba con las melodías que generalmente prefería tocar. Probablemente esa nueva pieza tampoco destacaría, pero se sintió alentado ante el reto. ¿Y si era capaz de componer algo... inspirado? ¿Algo que fuera recordado mucho tiempo después de que él hubiera dejado de existir?

La fantasía no duró demasiado. Lo había intentado sin éxito en el pasado, y no le cabía la menor duda de que volvería a fracasar. Aun así, se sentía animado por lo que acababa de hacer. Crear algo de la nada le parecía prodigioso. Aunque no había conseguido avanzar demasiado en la melodía —después de mucho trabajo había vuelto a revisar las primeras notas que había escrito y había decidido empezar de nuevo desde el principio— en cierto modo se sentía satisfecho.

Mientras el sol se elevaba sobre las dunas, Steve recapacitó sobre los pensamientos que lo habían asaltado la noche anterior y decidió salir a dar un paseo por la playa. Quería regresar a casa con la misma expresión de paz que había visto en la cara del reverendo Harris, pero mientras arrastraba los pies sobre la arena, no pudo evitar sentirse como un principiante, alguien que buscaba la verdad de Dios como un niño que busca conchas cerca de la orilla.

Habría sido agradable si hubiera podido detectar una señal clara de la presencia de Dios —una zarza ardiendo, quizá—, pero en vez de eso intentó centrar toda su atención en el mundo que lo rodeaba: el sol alzándose majestuosamente sobre el mar, el suave canto de los pájaros por la mañana, la tenue bruma flotando sobre el agua. Intentó absorber la belleza sin un esfuerzo consciente, empapándose de la agradable sensación de la arena bajo sus pies y la brisa que le acariciaba la mejilla. A pesar de sus intentos, no sabía si se estaba acercando más al final de su búsqueda que cuando había empezado.

Se preguntó por enésima vez qué era lo que el reverendo Harris escuchaba a modo de respuesta en su corazón. ¿A qué se refería cuando decía que notaba la presencia de Dios? Steve pensó que se lo podría preguntar directamente, pero dudaba de que obtuviera una respuesta satisfactoria. ¿Cómo se podía explicar en palabras esa clase de sensaciones? Sería como si alguien ciego de nacimiento intentara describir los colores: las palabras podrían ser comprensibles, pero el concepto permanecería misterioso e intransferible.

Le parecía extraño pensar en esos conceptos. Hasta hacía poco, jamás se había planteado tales cuestiones, pero supuso que sus responsabilidades diarias siempre lo habían mantenido demasiado ocupado como para pensar en ello, por lo menos hasta que regresó a Wrightsville Beach. Allí, el tiempo se había ralentizado al son del ritmo pausado de su vida. Mientras continuaba paseando por la playa, nuevamente reflexionó sobre cómo se había equivocado al intentar ganarse la vida como concertista de piano. Era cierto que siempre había querido triunfar, y sí, había sentido que el tiempo se le escurría de las manos. Pero ¿por qué esos pensamientos habían adoptado tanta fuerza en aquella etapa de su vida? ¿Por qué se había sentido dispuesto a abandonar a su familia durante varios meses seguidos? Se preguntó cómo había podido ser tan egoísta. Con perspectiva, era evidente que no había sido una sabia decisión para nadie. Durante una época había creído que era su pasión por la música lo que lo había empujado a seguir tal camino, pero ahora sospechaba que realmente sólo había intentado buscar formas de llenar el vacío que a veces sentía en su interior.

Y mientras paseaba, empezó a preguntarse si aquel pensamiento era el que finalmente lo conduciría hasta la respuesta que estaba buscando.

17

Ronnie

Cuando Ronnie se despertó, echó un vistazo al despertador, y por primera vez desde que había llegado suspiró aliviada por haber conseguido dormir un poco más.

No era muy tarde, pero al levantarse de la cama se sintió con las energías renovadas. Podía oír la televisión en el comedor y, al salir de la habitación, vio inmediatamente a Jonah. Estaba tumbado en el sofá, en una posición bastante extraña, con los pies alzados y la cabeza colgando en la punta, casi tocando el suelo, y tenía la mirada fija en la pantalla. Su cuello, expuesto como si se preparase para la guillotina, estaba salpicado de migas de su desayuno favorito: bollo dulce y relleno de chocolate. Lo observó mientras él le propinaba otro bocado al bollo, esparciendo más migas sobre sí mismo y sobre la alfombra.

Ronnie no quería preguntar. Sabía que la respuesta carecería de sentido, pero no pudo evitarlo.

—¿Qué haces?

—Estoy viendo la tele al revés —contestó.

Estaba viendo uno de esos irritantes dibujos animados japoneses con aquellas criaturas de ojos desmesuradamente grandes que Ronnie jamás había llegado a comprender.

—¿Por qué?

—Porque quiero.

—Y mi pregunta de nuevo es: ¿por qué?

—No lo sé.

Ella sabía que no debería haber preguntado. Desvió la vista hacia la cocina.

—¿Dónde está papá?

—No lo sé.

—¿No sabes dónde está papá?

—¡Ni que fuera su niñera! —replicó con un tono enojado.

—¿Cuándo se ha marchado?

—No lo sé.

—¿Estaba aquí cuando te has despertado?

—Sí —dijo, sin apartar la vista de la tele—. Hemos hablado a través de la ventana.

—Y después...

—No lo sé.

—¿Me estás diciendo que se ha esfumado?

—No. Lo que digo es que después ha venido el reverendo Harris y se han ido a caminar —contestó con un tono irritado, como si su respuesta fuera más que obvia.

—Entonces, ¿por qué no me lo has dicho al principio? —Ronnie alzó los brazos con exasperación.

—Porque estoy intentando ver una de mis series favoritas boca abajo. Y no es fácil hablar con la sangre en la cabeza.

Jonah se lo acababa de poner en bandeja para que ella contraatacara con algún comentario mordaz, como por ejemplo: «Pues deberías ponerte boca abajo más a menudo», pero Ronnie no cedió a la tentación. Porque estaba de buen humor. Porque había dormido más horas. Y lo mejor de todo, porque había escuchado una vocecita en su interior que le susurraba: «Con un poco de suerte, hoy mismo te irás a casa». No más Blaze, no más Marcus ni Ashley, no más despertares tempranos.

Y no más Will, tampoco...

Se quedó paralizada ante tal pensamiento. Después de todo, él no se había portado tan mal. La verdad era que el día anterior se lo había pasado bien, bueno, casi hasta el final. En realidad debería haberle contado lo que Ashley le había dicho; sí, debería haberlo hecho, pero con Marcus merodeando tan cerca...

Realmente, se moría de ganas de alejarse de aquel lugar tanto como fuera posible.

Apartó las cortinas y echó un vistazo al exterior. Su padre y el reverendo Harris se hallaban de pie en la calle; se dio cuenta de que no veía al reverendo desde que era pequeña. Había cambiado muy poco en todos esos años; a pesar de que ahora se apoyaba en un bastón, la tupida mata de pelo blanco y sus cejas espesas y blancas eran tan memorables como de costumbre. Ella sonrió, recordando su comportamiento afectuoso después del funeral de su abuelo. Sabía por qué a su padre le gustaba tanto ese señor; había algo infinitamente gentil en él. Recordó que después del funeral él le ofreció un vaso de limonada fresca que era más dulce que cualquier limonada envasada. Al parecer, estaban hablando con alguien más en la calle, alguien a quien ella no alcanzaba a ver. Ronnie avanzó hasta la puerta y la abrió para disponer de una mejor visión. Sólo necesitó un instante para reconocer el coche patrulla. El agente Johnson se hallaba de pie junto a la puerta abierta del automóvil; parecía que estaba a punto de marcharse.

Ronnie oyó el ruido del motor. Mientras descendía los peldaños del porche, su padre se despidió de él con un suave movimiento de la mano. Pete cerró la puerta, lo que la dejó con una profunda sensación de angustia en el pecho.

Cuando llegó junto a su padre y el reverendo Harris, el coche patrulla ya se alejaba calle abajo, lo cual le pareció un augurio de las malas noticias que le aguardaban.

—¡Ah! Ya te has despertado —la saludó su padre—. Hace un rato he entrado a verte y estabas profundamente dormida. —Señaló con el dedo pulgar—. ¿Recuerdas al reverendo Harris?

Ronnie le ofreció la mano.

—Por supuesto. Me alegro de volver a verle.

Cuando el reverendo Harris aceptó su mano, ella se fijó en las cicatrices brillantes que le cubrían las manos y los brazos.

—Me cuesta creer que esta jovencita sea la misma señorita que conocí hace unos años. ¡Cómo has crecido! —Le sonrió—. Te pareces mucho a tu madre.

Últimamente se lo decían a menudo, pero todavía no estaba segura de cómo interpretarlo. ¿Significaba que parecía mayor? ¿O que su madre parecía joven? Era difícil de saber, pero estaba segura de que el reverendo se lo había dicho como un cumplido.

—Gracias. ¿Qué tal está la señora Harris?

El reverendo se apoyó en el bastón.

—Muy bien; cuidándome, como de costumbre. Y estoy seguro de que estará más que encantada de volver a verte. Si te apetece pasar un rato por nuestra casa, me aseguraré de que te prepare una jarra de limonada casera.

A Ronnie le sorprendió que se acordara.

—Sólo por eso, ya acepto su invitación.

—Eso espero. —Se giró hacia Steve—. Gracias de nuevo por ofrecerte a montar el vitral. Está quedando precioso.

Su padre sacudió ambas manos y la cabeza.

—Oh, no tienes que agradecérmelo…

—Por supuesto que sí. Y ahora será mejor que me marche. Tengo a las hermanas Towson a cargo de la lectura de la Biblia esta mañana, y si las conocierais, entenderíais por qué es tan importante que no las deje solas con sus métodos particulares. Son unas fundamentalistas de los pies a la cabeza. Les encanta Daniel y las Revelaciones, y parecen olvidarse de que la segunda carta a los corintios es también un capítulo en las Sagradas Escrituras. —Se giró hacia Ronnie—. Me ha encantado volver a verte, jovencita. Espero que tu padre no te agobie demasiado estos días. Ya sabes cómo son los padres.

Ella sonrió.

—No, la verdad es que se porta muy bien.

—Perfecto. Pero si te agobia, dímelo y haré lo que pueda para ponerlo en su sitio. De pequeño a veces era un poco travieso, por eso no me cuesta imaginarme la frustración que debes sentir.

—¡No era travieso! —protestó su padre—. ¡Si me pasaba todo el día tocando el piano!

—Recuérdame que te cuente la vez que puso tinte rojo en la pila bautismal.

Su padre parecía avergonzado.

—¡Yo jamás hice eso!

El reverendo Harris parecía estar divirtiéndose de lo lindo.

—A lo mejor no, pero no retiro lo de que eras un niño travieso. Por más que ahora se muestre indignado, te aseguro que tu padre no era un santo.

Tras aquel alegato, dio media vuelta y enfiló hacia la calle. Ronnie lo observó mientras se alejaba, sorprendida. Cualquier persona que consiguiera avergonzar a su padre —de un modo inofensivo, por supuesto— era alguien a quien definitivamente quería conocer un poco más a fondo. Especialmente si tenía anécdotas que contar sobre su padre. Anécdotas divertidas. Buenas anécdotas.

Steve observó al reverendo con una expresión inescrutable, mientras se alejaba. Cuando se giró hacia ella, sin embargo, parecía haberse transformado de nuevo en el padre que conocía. Ronnie se acordó entonces de que el agente Johnson había estado allí hacía escasos minutos.

—¿De qué hablabais? —le preguntó ella—. Con el agente Johnson...

—¿Qué tal si desayunamos antes? Estoy seguro de que estarás hambrienta. Ayer apenas probaste bocado durante la cena.

Ronnie lo agarró por los brazos.

—Vamos, dímelo, papá.

Su padre titubeó, como si intentara hallar las palabras correctas, pero no había forma de suavizar la verdad. Finalmente suspiró.

—No puedes regresar a Nueva York, por lo menos hasta que el juez te cite la semana que viene. La intención de la propietaria de la tienda es seguir adelante con la denuncia.

Ronnie se sentó en la duna, no tan enfadada como asustada ante la idea de lo que estaba sucediendo dentro de la casa en esos precisos instantes. Había pasado una hora desde que su padre le había dicho lo que el agente Johnson le había comunicado; llevaba allí fuera sentada desde entonces. Sabía que su padre estaba dentro hablando con su madre por teléfono; podía imaginar perfectamente la reacción de su madre. Por lo menos, había una cosa buena de estar en esos momentos en el pueblo, en vez de en Nueva York.

Bueno, eso y Will…

Ronnie sacudió la cabeza, preguntándose cómo podía pensar en esos momentos en él. Lo suyo se había acabado; bueno, eso si alguna vez había existido algo. ¿Por qué se había mostrado tan interesado por ella? Había salido con Ashley mucho tiempo, lo cual quería decir que le gustaban las chicas como Ashley. Si algo había aprendido en la vida era que la gente no cambiaba. Las personas no cambiaban de gustos, aunque no pudieran comprender qué era lo que les gustaba. Y ella no se parecía nada a Ashley.

No había nada más que hablar. Porque si ella se parecía a Ashley, lo mejor que podía hacer era empezar a nadar hacia el horizonte hasta perder cualquier esperanza de ser rescatada. Lo mejor que podía hacer era suicidarse en aquel mismo instante, sin vacilar.

Sin embargo, eso no era lo que más le preocupaba en aquellos momentos. Lo que más le preocupaba era su madre. Sin lugar a dudas se estaba enterando de todos los pormenores del arresto, ya que su padre estaba hablando por teléfono justo en aquel momento. Al pensarlo se le erizó la piel. Debía de estar histérica, sin duda, gritando como un energúmeno. Tan pronto como acabara de hablar por teléfono con su ex marido, probablemente llamaría a su hermana o a su propia madre para contarles la trastada de su hija. Se había convertido en una experta en el arte de criticarla, al que se aplicaba con todas sus fuerzas y recursos, normalmente echando mano de la debida exageración para conseguir que Ronnie pareciera tan culpable como fuera posible. Su madre siempre desatendía los matices. En aquel caso, el matiz más importante era que… ¡ella no lo había hecho!

Pero ¿eso qué importaba? Nada. Podía «notar» la ira de su madre; sólo con pensarlo se le encogió el estómago. Quizás era mejor no volver a Nueva York aquel día.

A su espalda, oyó que su padre se le acercaba. Cuando echó un vistazo por encima del hombro, vio que él vacilaba. Sabía que estaba intentando averiguar si prefería quedarse sola o no, pero finalmente optó por sentarse a su lado con ademán desenfadado. Al principio no dijo nada. En vez de eso, pareció enfocar toda su atención en un pesquero lejano anclado cerca de la línea del horizonte.

—¿Se ha enfadado mucho?

Ronnie ya sabía la respuesta, pero no pudo evitar preguntárselo.

—Un poco —admitió él.

—¿Sólo un poco?

—Bueno, estoy seguro de que ha arrasado toda la cocina mientras hablábamos.

Ronnie cerró los ojos, imaginando la escena.

—¿Le has contado lo que sucedió realmente?

—Por supuesto que sí. Y le he dejado claro que creo que estás diciendo la verdad. —La rodeó por el hombro con un brazo y la estrechó cariñosamente—. Ya se le pasará. Tranquila.

Ronnie asintió. En el silencio, podía notar cómo su padre la estaba estudiando.

—Siento mucho que no puedas regresar a casa hoy —dijo. Su tono era suave y como si le pidiera perdón—. Ya sé que detestas estar aquí.

—No detesto estar aquí —contestó ella automáticamente. Sorprendiéndose a sí misma, se dio cuenta de que, por mucho que había intentado convencerse de lo contrario, estaba diciendo la verdad—. Lo único es que no encajo aquí.

Steve le regaló una sonrisa melancólica.

—Si te sirve de consuelo, de niño tenía la misma impresión: sentía que no encajaba en absoluto en esta localidad. Soñaba con irme a Nueva York. Pero es extraño, porque cuando finalmente hui de este lugar, acabé por echarlo de menos más de lo que habría imaginado. Hay algo en el océano que me atrae irremediablemente.

Ronnie se giró hacia él.

—¿Qué me pasará? ¿Te han dicho algo más?

—No. Únicamente que la dueña considera que su deber es denunciarte, ya que los objetos eran muy valiosos y últimamente ha tenido serios problemas por culpa de esa clase de pequeños hurtos.

—¡Pero yo no lo hice! —se defendió Ronnie, ofuscada.

—Lo sé. Y buscaremos una salida. Contrataremos a un buen abogado que se encargue del caso.

—¿Los abogados son caros?

—Los buenos sí.

—¿Y te lo puedes permitir?

—No te preocupes. Ya se me ocurrirá alguna cosa. —Steve hizo una pausa—. ¿Te puedo hacer una pregunta? ¿Qué hiciste para que Blaze se enojara tanto contigo? Todavía no me lo has contado.

Si hubiera sido su madre la que se lo hubiera preguntado, probablemente no habría contestado. Tampoco podría haber contestado a su padre un par de días antes. Ahora, sin embargo, no veía la razón para no hacerlo.

—Sale con ese chico tan raro, tan espantoso, y por lo visto cree que yo intentaba robarle el novio, o algo así.

—¿Qué quieres decir con eso de que es raro y espantoso?

Ronnie se quedó callada. En la orilla, las primeras familias empezaban a llegar, cargadas con las toallas y los juguetes de la playa.

—Lo vi anoche —confesó con una voz grave, señalando hacia un punto más abajo en la playa—. Estaba allí, mientras yo hablaba con Will.

Su padre no intentó ocultar su malestar.

—Pero no se te acercó, ¿no?

Ronnie sacudió la cabeza.

—No, pero hay algo… en ese chico… Marcus…

—Quizá lo más conveniente será que te mantengas alejada de esos dos. Me refiero a Marcus y a Blaze.

—No te preocupes. No tengo ninguna intención de volver a hablar con ellos.

—¿Quieres que llame a Pete? Ya sé que hasta ahora tu relación con él no ha sido muy cordial, pero…

Ronnie sacudió la cabeza.

—Todavía no. Y lo creas o no, no estoy enfadada con él. Sé que se limitaba a cumplir con su deber, y la verdad es que se mostró muy comprensivo. Creo que sintió pena por mí.

—Pete me dijo que te creía. Por eso habló con la dueña.

Ronnie sonrió apocadamente, pensando en lo agradable que resultaba hablar con su padre. Por un instante, se preguntó si su vida habría sido muy diferente si él no los hubiera abandonado. Dudó, mientras cogía un puñado de tierra y la filtraba lentamente a través de los dedos.

—¿Por qué te marchaste, papá? —le preguntó—. Ya soy bastante mayor como para saber la verdad.

Steve estiró las piernas, obviamente intentando ganar tiempo. Parecía debatirse con algo, como si intentara decidir hasta qué punto de la verdad podía contarle y por dónde empezar, hasta que finalmente optó por empezar por la parte más obvia.

—Después de abandonar las clases en Juilliard, di tantos conciertos como pude. Era mi sueño, ¿sabes? Convertirme en un pianista famoso. Pero, bueno, supongo que debería de haber enfocado la situación de una forma más realista antes de tomar la decisión. Pero no lo hice. No pensé en lo duro que resultaría para tu madre. —Steve miró a su hija con el semblante muy serio—. Al final, ella y yo acabamos por… vivir realidades distintas.

Ronnie miró a su padre mientras éste contestaba, intentando leer entre líneas.

—Había alguien más, ¿verdad? —apuntó ella, con una voz que no mostraba ninguna clase de emoción.

Su padre no contestó y desvió la vista. Ronnie sintió un gran peso en el pecho.

Cuando él finalmente contestó, parecía cansado.

—Sé que debería haber hecho un mayor esfuerzo por salvar nuestro matrimonio, y siento no haber estado a la altura. Lo siento más de lo que te puedes imaginar. Pero quiero que sepas una cosa: nunca dejé de confiar en tu madre, nunca jamás dudé de la fuerza de nuestro amor. A pesar de que al final no salió del modo que a ti y a mí nos hubiera gustado, os veo a vosotros y pienso en lo afortunado que soy de que seáis mis hijos. En una existencia plagada de errores, vosotros dos sois lo más grande que me ha pasado en la vida.

Cuando acabó, Ronnie cogió otro puñado de arena y la dejó escurrir entre los dedos, sintiéndose nuevamente abatida.

—¿Qué voy a hacer?

—¿Te refieres a hoy?

—Me refiero a todo en general.

Ella sintió la mano gentil de su padre en la espalda.

—Creo que quizá lo primero que deberías hacer es ir a hablar con él.

—¿Con quién?

—Con Will. ¿Recuerdas cuando regresaste a casa ayer? ¿Cuándo yo estaba de pie en el porche? Os estaba observando, pensando que parecíais estar muy a gusto, los dos juntos.

—Ni siquiera lo conoces —se sorprendió Ronnie.

—No —dijo él. Luego sonrió, con una expresión muy tierna—. Pero te conozco. Y ayer te sentías feliz.

—¿Y si se niega a hablar conmigo? —comentó, inquieta.

—No lo hará.

—¿Cómo lo sabes?

—Porque también lo observé a él, y estoy seguro de que también se sentía feliz.

De pie, fuera del vestíbulo del taller Blakelee Brakes, Ronnie sólo podía pensar: «No quiero hacer esto».

No quería enfrentarse a él, aunque en cierto modo sí que quería y sabía que no tenía otra opción. Ronnie sabía que no había sido justa con él y, como mínimo, ese chico merecía saber lo que Ashley le había dicho. Había estado esperando fuera de su casa durante muchas horas, ¿no?

Además, tenía que admitir que su padre tenía razón. Se lo había pasado muy bien con Will, o por lo menos se había divertido tanto como era posible en un sitio como aquél. Y tenía algo que lo hacía distinto al resto de los chicos que había conocido. No tanto el hecho de que jugara a vóley-playa y de que tuviera el cuerpo de un atleta, ni tampoco que fuera más listo de lo que realmente aparentaba. Will no se dejaba amedrentar por ella. Últimamente, había conocido a bastantes chicos que creían que lo más importante era mostrar siempre su lado simpático. Y por supuesto que eso era importante, pero no si el chico fingía ser simpático por obligación, para ligar con ella. A Ronnie le gustaba que Will la hubiera llevado a pescar, a pesar de que a ella no le había entusiasmado la idea. Era la forma que él tenía de decirle: «Así soy yo, y esto es lo que me gusta, y de toda la gente que conozco, deseo compartir esta experiencia contigo». A menudo, cuando un chico le invitaba a salir, la recogía en su casa sin tener la menor idea de adónde ir o de qué hacer, por lo que ella se sentía irremediablemente compelida a sugerir un plan. Había algo desalentador y absurdo en esa clase de actitud. Will no dudaba, y por eso precisamente le gustaba.

Le tocaba arreglar aquello. Aspiró hondo intentando calmarse, preparándose por si él todavía seguía enfadado, y a continuación entró en el vestíbulo. En el foso, Will y Scott estaban trabajando debajo de un coche. Scott le comentó algo a Will, quien se dio la vuelta y la miró, aunque sin sonreír. Se secó las manos con un trapo y se encaminó hacia ella.

Se detuvo a escasos pasos. Así tan cerca, su expresión era ilegible.

—¿Qué quieres?

No era exactamente el recibimiento que había esperado, aunque tampoco le sorprendió.

—Tenías razón —dijo Ronnie—. Ayer me marché del partido porque Ashley me dijo que yo era tu último ligue. También me dio a entender que no era la primera, que nuestra primera salida juntos, en fin, todas las cosas que habíamos hecho y los lugares a los que me habías llevado…, bueno, eran estratagemas que usabas con cada chica.

Will continuaba mirándola sin parpadear.

—Pues te mintió.

—Lo sé.

—Entonces, ¿por qué me dejaste ahí fuera plantado tantas horas? ¿Y por qué no me lo contaste ayer?

Ronnie se colocó un mechón rebelde detrás de la oreja, sintiendo una desapacible sensación de vergüenza, pero intentando no mostrar su estado de ánimo.

—Estaba enfadada y molesta. Y te lo iba a decir, pero entonces te marchaste antes de que tuviera la oportunidad de hacerlo.

—¿Me estás diciendo que fue culpa mía?

—No, desde luego que no. Estoy metida en un montón de líos, que no tienen nada que ver contigo. Estos últimos días han sido... extremamente difíciles para mí. —Se pasó una mano nerviosa por el pelo. Hacía mucho calor en aquel taller.

Will necesitó un momento para asimilar lo que ella le acababa de confesar.

—¿Y por qué la creíste? Ni siquiera la conoces.

Ronnie cerró los ojos. «¿Por qué? —se preguntó—. Porque soy una idiota. Porque debería haberme fiado de mis instintos acerca de ella.» Sin embargo, ésa no fue su respuesta. Simplemente sacudió la cabeza y dijo:

—No lo sé.

Al ver que Ronnie no parecía tener ganas de agregar nada más, Will hundió los pulgares en los bolsillos.

—¿Es eso todo lo que tienes que decirme? Porque he de volver a mi trabajo.

—También quería pedirte perdón —añadió, con voz sumisa—. Lo siento. Reaccioné de un modo indebido.

—Es cierto —soltó él—. Te comportaste de un modo absolutamente irracional. ¿Algo más?

—Y también quiero que sepas que ayer me lo pasé estupendamente. Bueno, por lo menos, hasta casi el final.

—Perfecto.

Ronnie no estaba segura de qué significaba aquella respuesta, pero cuando él esbozó una leve sonrisa, ella notó que se empezaba a relajar.

—¿Perfecto? ¿Eso es todo? ¿Eso es todo lo que piensas decir, después de que haya venido hasta aquí para disculparme? ¿Sólo «perfecto»?

En vez de contestar, Will avanzó hacia ella y, de repente, todo sucedió tan rápido que Ronnie ni tan siquiera tuvo tiempo para prepararse. Un segundo antes, él se hallaba varios pasos alejado de ella; al segundo siguiente, había puesto una mano en su cadera y la estaba atrayendo hacia él. Acto seguido, se inclinó hacia delante y la besó.

Sus labios eran suaves, y él se comportó de un modo sorprendentemente delicado. Quizá sólo fuera que la había pillado por sorpresa, pero, de todos modos, Ronnie no pudo evitar el impulso de besarlo a continuación. El beso no duró demasiado, ni tampoco fue esa clase de besos que lo dejan a uno sin aliento, el típico beso apasionado de las películas de cine; no obstante, Ronnie se sintió complacida, y por una razón que no alcanzaba a comprender, se dio cuenta de que eso era precisamente lo que había querido que él hiciera.

Cuando Will se apartó hacia atrás, Ronnie notó un intenso ardor en las mejillas. El chico mantenía una expresión afable pero seria y, desde luego, no había ningún asomo de duda en su actitud.

—La próxima vez que te enfades conmigo, dímelo —le dijo él—. No me cierres la puerta en las narices. No me gustan los juegos estúpidos. Por cierto, yo también me lo pasé muy bien ayer.

Ronnie todavía se sentía un poco aturdida cuando regresó a su casa. Tras recordar el beso un millón de veces, todavía no estaba segura de cómo había sucedido.

Pero le había gustado. Mucho. Y por eso precisamente se preguntaba por qué se había marchado del taller. Le parecía que lo más lógico habría sido quedar para volver a verse, pero con Scott como testigo, mirándolos sin pestañear y con la mandíbula desencajada, le pareció que lo mejor era volver a besarlo rápidamente y marcharse para que él volviera a centrarse en su trabajo. Aunque el instinto le decía que volverían a verse, y probablemente muy pronto.

Will se sentía atraído por ella. No estaba segura de por qué ni de cómo había sucedido, pero era más que evidente. La idea la sorprendía, y deseó que Kayla estuviera allí para poder hablar de ello. Supuso que podría llamarla, pero no sería lo mismo; además, ni siquiera estaba segura de lo que le diría. Pensó que lo que le pasaba era que quería que alguien la escuchara.

Mientras se acercaba a su casa, la puerta del taller se abrió de par en par. Jonah salió disparado y se dirigió hacia la casa.

—¡Eh, Jonah! —lo llamó ella.

—¡Ah! ¡Hola, Ronnie! —Jonah se dio la vuelta y empezó a correr hacia ella. Cuando estuvo más cerca, se detuvo para estudiarla—. ¿Te puedo hacer una pregunta?

—Claro.

—¿Quieres una galleta?

—¿Qué?

—Una galleta. Una Oreo, por ejemplo. ¿Quieres una?

Ronnie no tenía ni idea de adónde quería ir a parar su hermano; la mente de aquel niño discurría por vías perpendiculares, no paralelas, a las suyas. Contestó con precaución:

—No.

—¿Cómo es posible que no quieras una galleta?

—Pues porque no me apetece.

—Vale, muy bien —aceptó él, ondeando la mano con nerviosismo—. Digamos que sí que te apetece una galleta. Digamos que te mueres de ganas por comerte una galleta, y que sabes que hay galletas en el armario. ¿Qué harías?

—¿Comerme una galleta? —sugirió ella.

Jonah hizo chascar los dedos.

—¡Exacto! ¡A eso me refería!

—¿A qué te referías?

—A que si alguien quiere una galleta, debería comérsela. Eso es lo que todo el mundo hace.

«Ajá —pensó Ronnie—. Ahora sí que le veo el sentido.»

—A ver si lo adivino: papá no te deja comer galletas.

—No. A pesar de que me estoy muriendo de hambre, no me deja. Dice que primero he de comerme un bocadillo.

—Y no crees que eso sea justo.

—Acabas de decir que te comerías una galleta si quisieras una. Entonces, ¿por qué no puedo hacer lo mismo? No soy tan pequeño. Puedo tomar mis propias decisiones. —La miró con ojos solemnes.

Ronnie se llevó un dedo a la barbilla.

—Veamos, entiendo que esta cuestión te moleste tanto.

—¡Es que no es justo! Si él quiere una galleta, puede comérsela, si tú quieres una galleta, puedes comértela. Pero si yo quiero una galleta…, la norma no sirve para mí. ¿Lo ves? ¡No es justo!

—¿Y qué piensas hacer?

—Me comeré el bocadillo. Porque tengo que hacerlo. Porque el mundo no es justo con los niños de diez años.

Jonah se alejó trotando sin esperar una respuesta. Ella no pudo evitar sonreír mientras lo miraba alejarse. Pensó que quizá más tarde lo llevaría a comer un helado. Por un momento, se debatió entre seguirlo y entrar en la casa o no, entonces cambió de parecer y se encaminó hacia el taller. Supuso que ya era hora de ver el vitral del que tanto había oído hablar.

Desde la puerta, podía escuchar los ruidos que hacía su padre mientras soldaba unas piezas de plomo.

—Ah, hola, cielo. Pasa.

Era la primera vez que pisaba el taller. Arrugó la nariz al posar la vista en los animales tan estrafalarios que ocupaban las estanterías, antes de finalmente dirigirse hacia la mesa, donde vio la vidriera. Al parecer, a su padre todavía le faltaba mucho por hacer; ni siquiera había completado un cuarto del vitral, y si la pauta servía de indicador, aún faltaban cientos de trozos por colocar.

Tras poner una pieza, su padre irguió la espalda y relajó los hombros.

—Esta mesa es un poco baja para mí. Después de estar un rato inclinado hacia delante, se me carga la espalda.

—¿Necesitas un calmante para el dolor?

—No, sólo son los achaques propios de la edad. Un calmante para el dolor no me serviría de nada.

Ella sonrió antes de separarse de la mesa. Pegado en la pared, cerca de un artículo de prensa en el que se describía el incendio, había una foto del vitral. Se inclinó hacia delante para verla mejor antes de volve a girarse hacia su padre.

—He hablado con él. He ido a verlo al taller donde trabaja.

—¿Y?

—Le gusto.

Su padre se encogió de hombros.

—Es normal. Eres especial.

Ronnie sonrió, sintiendo una agradable sensación de gratitud. A pesar de que no conseguía recordarlo, se preguntó si su padre siempre había sido tan encantador.

—¿Por qué estás montando esta vidriera para la iglesia? ¿Porque el reverendo Harris te deja vivir aquí?

—No. La habría hecho de todos modos… —Se quedó callado. En el silencio, Ronnie seguía mirándolo con atención—. Es una larga historia. ¿Estás segura de que quieres oírla?

Ella asintió.

—Debía de tener seis o siete años la primera vez que entré en la iglesia del reverendo Harris. Entré para refugiarme de la lluvia; fuera diluviaba y yo estaba empapado. Cuando lo oí tocar el piano, recuerdo que pensé que me diría que no podía quedarme. Pero no lo hizo. En vez de eso, me dio una manta y un tazón con sopa, y llamó a mi madre para que viniera a recogerme. Pero antes de que ella llegara, me dejó tocar el piano. Yo era sólo un niño pequeño, aporreando las teclas, pero…, de todos modos, acabé por regresar al día siguiente; al final él acabó por convertirse en mi primer profesor de piano. Sentía pasión por la música. Solía decirme que una música melodiosa era lo mismo que escuchar a un coro de ángeles cantar. Me fascinó su pasión. Empecé a ir a la iglesia cada día, y me pasaba horas tocando debajo de la vidriera original, con aquella luz celestial que caía en cascada a mi alrededor. Ésa es la imagen que recuerdo cada vez que pienso en las horas que pasé allí. Aún puedo ver aquellos bellos rayos de luz. Y hace unos meses, cuando la iglesia se quemó…

Steve señaló hacia el artículo clavado en la pared.

—Aquella noche, el reverendo Harris estuvo a punto de

morir. Estaba dentro, revisando por última vez su sermón, cuando el edificio entero fue pasto de las llamas. Estuvo un mes ingresado en el hospital, y desde entonces ha continuado oficiando misa en un viejo almacén que alguien le ha cedido. Es un sitio triste y oscuro; pensé que sólo sería una medida temporal hasta que me confesó que el seguro sólo cubría la mitad de los desperfectos y que de ninguna manera podía costearse el elevado precio de un vitral. No podía ni imaginármelo. La iglesia no sería el mismo lugar que yo recordaba, estaría incompleta. Así que decidí encargarme del vitral. —Se aclaró la garganta—. Necesito hacerlo.

Mientras hablaba, Ronnie intentó imaginarse a su padre de pequeño delante del piano de la iglesia. Lo miraba a él y después desviaba la vista hacia la fotografía de la vidriera parcialmente construida sobre la mesa.

—Lo que haces es… simplemente maravilloso.

—Sí, bueno… Ya veremos cómo queda al final. Pero Jonah parece disfrutar mucho ayudándome.

—Ah, y hablando de Jonah: creo que está un poco enojado porque no le dejas comer galletas.

—Primero ha de comerse un bocadillo.

Ronnie sonrió.

—Tranquilo, no pretendo discutir contigo. Simplemente es que me ha hecho gracia.

—¿Te ha dicho que ya se ha comido dos galletas en lo que va de día?

—Me temo que ha olvidado mencionar ese detalle.

—Me lo figuraba. —Se quitó los guantes y los depositó en la mesa—. ¿Quieres comer con nosotros?

Ella asintió.

—Sí, creo que sí.

Se dirigieron hacia la puerta.

—Por cierto —dijo él, intentando usar un tono distendido—, ¿tendré la oportunidad de conocer al apuesto joven que está enamorado de mi hija?

Ronnie lo adelantó y se plantó fuera, bajo la luz del sol.

—Probablemente.

—¿Qué te parece si lo invitas a cenar? Y quizá después podríamos…, ya sabes, hacer lo que solíamos hacer —dijo su padre, tentativamente.

Ronnie consideró la propuesta.

—No sé…, papá. Me pongo muy nerviosa.

—Hagamos una cosa: ya decidirás después si quieres hacerlo o no. ¿De acuerdo, cielo?

18

Will

—¡*V*amos, hombre! Tienes que concentrarte. Si lo haces, machacaremos a Landry y a Tyson en el torneo.

Will se pasaba la pelota de una mano a la otra mientras él y Scott permanecían de pie en la arena, todavía sudando. Ya era la última hora de la tarde. Habían acabado de trabajar en el taller a las tres y se habían marchado corriendo a la playa para participar en unos partidos amistosos contra un par de equipos de Georgia que estaban pasando la semana por aquella zona. Todos se estaban preparando para el torneo estatal que se celebraría más adelante, en agosto, en Wrightsville Beach.

—Hace muchos años que no pierden. Y acaban de ganar un torneo nacional en la categoría júnior —señaló Will.

—¿Y? Nosotros no participamos. Ganaron porque el resto de los jugadores eran pésimos.

En la humilde opinión de Will, los que se presentaban al torneo nacional en la categoría júnior no podían ser unos jugadores pésimos. En el mundo de Scott, sin embargo, todo aquel que perdía era un jugador pésimo.

—Nos ganaron el año pasado.

—Ya, pero el año pasado tú jugabas incluso peor que ahora. Yo tenía que soportar toda la carga durante los partidos.

—Gracias.

—Mira, sólo digo que eres débil. Como ayer. Después de que la chica de *Los niños perdidos* saliera disparada del taller, jugaste el partido como si estuvieras ciego.

—Ella no es la chica de *Los niños perdidos*. Se llama Ronnie.

—Me da igual. ¿Sabes cuál es tu problema?

«Sí, Scott, por favor, dime cuál es mi problema. Me muero de ganas de saber tu opinión», pensó Will.

Scott continuó con la misma actitud de absoluta seguridad, ajeno a los pensamientos de Will.

—Tu problema es que no te «centras». Te pasa una cosa insignificante, y ya estás en Babia. ¡Oh! ¡Cuánto lo siento! ¡Le he tirado la limonada por encima a Elvira, así que fallo los siguientes cinco puntos! ¡Oh! ¡Vampira se ha enfadado con Ashley, así que será mejor que falle los próximos dos saques…!

—¿Quieres parar? —lo interrumpió Will.

Scott parecía confundido.

—¿Parar de qué?

—Parar de ponerle nombres.

—¿Lo ves? ¡A eso me refiero precisamente! ¡No estoy hablando de ella! ¡Estoy hablando de ti y de tu imposibilidad de centrarte en lo importante! ¡De tu incapacidad para concentrarte en el partido!

—¡Acabamos de ganar dos partidos seguidos, y ellos sólo han conseguido siete puntos en total! ¡Los hemos machacado! —protestó Will.

—¡Pero ese par no deberían haber marcado ni siquiera cinco puntos! ¡Deberíamos haberles humillado!

—¿Hablas en serio?

—Sí, hablo en serio. Son muy malos.

—¡Pero hemos ganado! ¿No te parece suficiente?

—No si se puede ganar por más. Podríamos haberles dejado en ridículo. De esa forma, cuando nos tocara jugar contra ellos en el torneo, se acordarían de nosotros y tirarían la toalla incluso antes de empezar el partido. A eso se le llama psicología.

—Creo que a eso se le llama ganarse enemigos innecesariamente.

—Bueno, eso sólo es porque tú nunca piensas antes de actuar. De haberlo hecho, no habrías acabado midiendo las fuerzas con Cruella de Vil.

Elvira, Vampira y Cruella. Will pensó que, por lo menos, no estaba reciclando ningún material.

—Creo que estás celoso —concluyó Will.

—No. Personalmente, creo que deberías salir con Ashley, porque así yo podría salir con Cassie.

—¿Todavía sigues con esa historia?

—A ver, ¿en quién habría de estar pensando? Deberías de haberla visto ayer, en bikini.

—Pues pídele que salga contigo.

—No quiere. —Scott frunció el ceño con cara de consternación—. Se ve que es como un paquete de vacaciones o algo parecido. O van las dos juntas o nada. No lo entiendo.

—Quizá le pareces feo.

Scott lo fulminó con la mirada antes de dibujar una sonrisa compelida en sus labios.

—Ja, ja, ja. Qué gracioso. ¿Has pensado en pedirle trabajo a David Letterman? —Scott seguía mirando a Will, malhumorado.

—Sólo digo que…

—¡Pues calla! ¿Vale? ¿Y qué hay entre tú y…?

—¿Ronnie?

—Sí. ¿De qué va la historia? Ayer te pasaste todo el día con ella, y esta mañana, aparece por el taller y le das un beso. ¿Acaso… vas en serio con ella?

Will permaneció en silencio.

Scott sacudió la cabeza al mismo tiempo que levantaba un dedo, para enfatizar su comentario:

—¿Lo ves? Ya estamos otra vez. Lo último que necesitas precisamente ahora es salir en serio con una chica. Lo que necesitas es concentrarte en lo que realmente es importante. Tienes un trabajo que te ocupa todo el día, además haces de voluntario para intentar salvar delfines o ballenas o tortugas o qué sé yo, y sabes que tenemos que entrenar muchas horas para estar listos para el torneo. ¡No tienes tiempo para esas tonterías!

Will no dijo nada, pero podía ver que la expresión de pánico en la cara de Scott se acrecentaba con cada segundo que pasaba.

—¡Vamos, hombre! ¡No me hagas esto! Pero ¿se puede saber qué diantre has visto en ella?

Will no dijo nada.

—No, no, no —repitió Scott, como si se tratara de un mantra—. Sabía que esto pasaría. ¡Por eso te dije que salieras con Ashley, porque sabía que no te lo volverías a tomar en serio con ella! ¿Sabes cómo acabarás? ¡Convertido en un ermitaño! Acabarás sin amigos, si te empeñas en salir con esa chica. De verdad, Will, lo último que necesitas es liarte con...

—Ronnie. —Will acabó la frase.

—Me da igual —espetó Scott—. Me parece que no me estás escuchando.

Will sonrió.

—¿Te has fijado alguna vez en que tienes más opiniones sobre mi vida que sobre la tuya?

—Eso es porque yo no mezclo las cosas, como tú.

Will torció el gesto involuntariamente, al recordar la noche del incendio y preguntarse cómo era posible que Scott no se diera cuenta de nada.

—Mira, no quiero hablar más de ello —resopló, pero entonces se dio cuenta de que Scott no le estaba prestando atención. En vez de eso, tenía la vista clavada en un punto en la playa, por encima del hombro de Will.

—No me lo puedo creer —murmuró Scott.

Will se giró y vio a Ronnie. Vestía con unos pantalones vaqueros y una camiseta oscura —¡cómo no!— y tenía toda la pinta de estar tan fuera de lugar como un cocodrilo en el Polo Antártico. Sin poderlo remediar, sonrió.

Se dirigió hacia ella, sin poder apartar los ojos de su rostro, preguntándose de nuevo en qué debía de estar pensando. Le encantaba no llegar a estar completamente seguro.

—Hola —la saludó, con la intención de abrazarla.

Ronnie se detuvo, procurando mantener la distancia. Su expresión era seria.

—No me beses. Sólo escúchame, ¿vale?

Sentada a su lado en la furgoneta, Ronnie permanecía tan enigmática como de costumbre. Tenía la vista fija en la ventana y sonreía levemente, como si se sintiera cómoda contemplando el paisaje. Pero después de unos minutos, entrelazó las manos sobre su regazo y se giró para mirarlo.

—Quiero que sepas que a mi padre no le importará que vayas con pantalones cortos y una camiseta deportiva sin mangas.

—Sólo tardaré unos minutos en cambiarme.

—Pero si se trata de una cena informal.

—Estoy sudado y me siento sucio. No pienso entrar en tu casa para cenar con tu padre con esta pinta.

—Te acabo de decir que no le importará, en absoluto.

—Pues a mí sí que me importa, ¿vale? A diferencia de algunas personas, a mí sí que me importa dar una buena impresión.

Ronnie lo miró con recelo.

—Oye, ¿insinúas que a mí no me importa?

—Es evidente que no. Por ejemplo, que yo sepa, a todo el mundo le encanta conocer a alguien con un mechón lila.

A pesar de que Ronnie sabía que le estaba tomando el pelo, sus ojos se agrandaron y después se achicaron súbitamente.

—Pues a ti no parece importarte.

—Ya, pero eso es porque yo soy especial.

Ella cruzó los brazos y se lo quedó mirando sin pestañear.

—¿Piensas ir de ese rollo toda la noche?

—¿De qué rollo?

—El de alguien que nunca más tendrá la oportunidad de besarme.

Will se echó a reír y luego se giró hacia ella.

—Lo siento. No hablaba en serio. Y que conste que me gusta tu mechón lila. Forma… parte de ti.

—Ya, bueno, de ahora en adelante te sugiero que controles más tus opiniones, ¿vale? —Mientras lo amonestaba, abrió la guantera y empezó a hurgar distraídamente.

—¿Qué haces?

—Echar un vistazo. ¿Por qué? ¿Acaso ocultas algo aquí dentro?

—Tranquila, puedes mirar todo lo que quieras. Y de paso, quizá podrías ordenarlo un poco.

Ronnie sacó una pequeña bala de plomo y la alzó para examinarla.

—Supongo que esto es lo que utilizas para matar patos, ¿no?

—No, ésta es para ciervos. Es demasiado grande para un pato. El pato se desharía en pedazos si le disparara con esto.

—De verdad, tienes serios problemas, ¿lo sabías?

—Eso he oído.

Ella soltó una risita antes de quedarse en silencio. Se hallaban en la zona intracostera de la isla. El sol se reflejaba en el agua entre la urbanización caótica de casas. Cerró la guantera y bajó la visera. Al descubrir una fotografía de una chica rubia muy mona, la cogió y la examinó.

—Es guapa —comentó Ronnie.

—Sí que lo es.

—Me juego diez pavos a que has colgado esta foto en tu página de Facebook.

—Pues has perdido la apuesta. Es mi hermana.

Will observó a Ronnie mientras ella estudiaba la foto y luego desviaba la vista hacia su muñeca, fijándose en la pulsera de macramé.

—¿Por qué lleváis la misma pulsera? —quiso saber.

—Las hicimos mi hermana y yo.

—Para apoyar una buena causa, supongo.

—No —contestó él, y cuando no dijo nada más, se quedó impresionado al ver que ella parecía haber intuido que él no quería hablar del tema. En vez de insistir, Ronnie volvió a guardar la foto con delicadeza en su sitio y subió la visera.

—¿Vives muy lejos? —le preguntó.

—Ya casi hemos llegado —le aseguró Will.

—Si hubiera sabido que vivías tan lejos, me habría ido andando a casa. Lo digo porque cada vez nos alejamos más y más de mi casa.

—Pero te habrías perdido mi conversación ingeniosa.

—¿Así es como la describes?

—¿Piensas seguir insultándome sin parar? —Will la miró con el ceño fruncido—. Es para saber si he de subir el volumen de la música para no tener que escucharte.

—Sabes que no deberías haberme besado antes. No fue exactamente romántico —soltó Ronnie.

—Pues a mí me pareció muy romántico.

—Estábamos en un taller, tú tenías las manos grasientas, y tu colega no nos quitaba la vista de encima.

—El escenario perfecto —replicó él.

Mientras aminoraba la marcha del coche, Will bajó la visera del conductor. Después, tras torcer por la siguiente esquina, se detuvo y pulsó el control remoto. Dos impresionantes puertas de hierro forjado empezaron a abrirse lentamente; la furgoneta volvió a ponerse en marcha. Will estaba tan nervioso ante la idea de cenar con la familia de Ronnie que no se fijó en que ella se había quedado muda.

19

Ronnie

$\mathcal{R}$onnie no daba crédito a lo que tenía ante sus ojos. No sólo a la inacabable extensión de tierra, con aquellos magníficos parterres de rosas tan bien cuidados y los setos y las estatuas de mármol, o la impresionante mansión de estilo georgiano flanqueada por columnas, o incluso los carísimos coches exóticos que estaban encerando a mano en un área reservada para tales fines. No. Era todo en general.

Y no es que le pareciera grotesco. Lo que tenía delante de los ojos era mucho más que grotesco.

Sí, sabía que había gente rica en Nueva York con apartamentos de veintitrés habitaciones en Park Avenue y casas en los Hamptons, pero nunca había tenido ninguna relación con esa clase de gente ni tampoco la habían invitado a sus casas. Lo más cerca que había estado de ver un sitio parecido había sido a través de revistas, e incluso así, la mayoría de las fotos solían ser instantáneas tomadas desde el aire por paparazzis.

Y sin embargo, ahora estaba allí, vestida con una vieja camiseta y unos pantalones vaqueros rotos. Genial. Como mínimo, Will podría haberla avisado.

Ronnie continuó con la vista fija en la casa mientras la furgoneta seguía avanzando por el camino de tierra, hasta que llegó a una plazoleta sin asfaltar delante de la casa. Se detuvo justo delante de la entrada principal. Ella se giró hacia él y estaba a punto de preguntarle si en realidad vivía allí, cuando se dio cuenta de que la pregunta carecía de sentido.

Era evidente. En aquel momento, él se disponía a apearse de la furgoneta.

Sin pensarlo dos veces, ella abrió la puerta y saltó fuera. Los dos hombres que limpiaban los coches lujosos la repasaron de arriba abajo antes de volver a su labor.

—No te preocupes. Sólo quiero refrescarme y cambiarme de ropa. No tardaré.

—Vale —convino ella. No se le ocurría qué más podía decir. Era la casa más grande que había visto en su vida.

Lo siguió, subiendo las escaleras que ascendían hasta el porche, y se detuvo un instante en la puerta, sólo el tiempo suficiente para fijarse en una pequeña placa de bronce ubicada cerca de la puerta en la que ponía: «THE BLAKELEES».

Como en Blakelee Brakes. Como en la gran cadena de talleres de coches de ámbito nacional. Como si el padre de Will no se hubiera simplemente limitado a abrir una franquicia individual, sino que probablemente hubiera montado el negocio entero.

Ronnie estaba todavía intentando procesar aquella información cuando Will abrió la puerta que daba a un impresionante vestíbulo en cuyo centro destacaba una colosal escalinata de mármol. A la izquierda podía ver la biblioteca, con las paredes forradas estanterías de madera oscura, y a la derecha le pareció distinguir lo que creyó que debía de ser una sala de música. Directamente enfrente había una enorme estancia soleada; más allá, avistó las aguas agitadas del canal intracostero.

—No me dijiste que tu apellido era Blakelee —murmuró Ronnie.

—No me lo preguntaste. —Will se encogió de hombros con indiferencia—. Ven.

Dejaron atrás la escalinata de mármol y la condujo hasta una espaciosa estancia. En la parte posterior de la casa, Ronnie divisó un impresionante porche techado; cerca del agua, sus ojos se posaron en lo que sólo podía describirse como un yate de medianas dimensiones amarrado en el muelle.

«¡Uf!», resopló para sí misma. Definitivamente, se sentía

fuera de sitio, y el hecho de que probablemente todo el mundo se sintiera fuera de sitio la primera vez que pisaba aquella finca no le servía de consuelo. Tenía la impresión de haber aterrizado en Marte.

—¿Quieres que te traiga algo de beber mientras me cambio?

—Mmm…, no, gracias —contestó, intentando recomponerse de la impresión.

—¿Quieres que te enseñe la casa?

—No, estoy bien aquí.

Desde alguna parte que no quedaba a la vista, Ronnie oyó una voz.

—¿Eres tú, Will?

Ronnie se dio la vuelta y vio a una mujer atractiva que aún no debía haber cumplido los cincuenta años. La señora, que lucía un elegante traje pantalón de lino —indudablemente carísimo— y sostenía una revista sobre bodas, avanzó hasta quedar completamente a la vista.

—Ah, hola, mamá —la saludó Will. Lanzó las llaves de la furgoneta en una bandeja que había sobre la mesita de la entrada, justo al lado de un jarrón con lirios recién cortados—. He venido con una amiga. Ésta es Ronnie. Y ésta es Susan, mi madre.

—Ah, hola, Ronnie —la saludó Susan con poco entusiasmo.

A pesar de que intentó ocultarlo, estaba segura de que no le había gustado que su hijo se presentara con aquella visita inesperada. Ronnie no podía evitar pensar que su contrariedad no estaba tan relacionada con la parte «inesperada» como con la parte «invitada». O sea, ella.

Pero si Ronnie notaba la tensión, era obvio que él no. Pensó que quizá se trataba de un instinto femenino, pues Will se puso a charlar con su madre distendidamente.

—¿Está papá? —le preguntó.

—Creo que está en el despacho.

—Antes de marcharme, he de hablar un momento con él.

Susan se pasó la revista de una mano a la otra.

—¿Te vas?

—Esta noche voy a cenar con la familia de Ronnie.

—Ah, muy bien —comentó su madre.

—Seguro que te gustará esto: Ronnie es vegetariana.

—Ah —volvió a soltar Susan, que se dio la vuelta para escrutar a Ronnie descaradamente—. ¿Es eso cierto?

Ronnie se sintió como si se estuviera encogiendo de tamaño.

—Sí.

—Qué interesante —apuntó Susan.

Estaba más que claro que para la madre de Will no había nada de interesante en ello, pero Will continuaba impasible.

—Bueno, subiré a cambiarme. Dame unos minutos, ¿vale? No tardaré.

A pesar de que Ronnie sintió el impulso de decirle que se diera prisa, se limitó a sonreír y únicamente contestó:

—Vale.

Con un par de zancadas, el chico se fue hacia la escalera. Ronnie y Susan se quedaron solas, una frente a la otra. En el embarazoso silencio, Ronnie fue consciente de que, a pesar de que no tenía nada en común con la madre de Will, por lo menos compartían la incomodidad de haberse quedado las dos solas.

Sintió ganas de estrangular a ese chico. Lo mínimo que podría haber hecho era avisarla.

—¡Vaya! —exclamó Susan, esbozando una sonrisa comprometida. Toda ella parecía de plástico—. ¿Así que tú eres la chica del nido de las tortugas detrás de tu casa?

—Sí.

Susan asintió. Obviamente, había agotado la conversación y no sabía qué más decir. Ronnie pensó frenéticamente en algo para llenar el silencio. Señaló hacia el vestíbulo.

—Tiene una casa muy bonita.

—Gracias.

Tras el comentario, Ronnie no supo qué más decir, y durante unos momentos eternos, las dos se quedaron mirándose con una patente incomodidad. No sabía qué habría sucedido si se hubieran quedado más rato solas, pero por suerte apareció un hombre que debía de tener unos sesenta años y que iba ataviado con un polo y unos pantalones informales.

—Me ha parecido oír la furgoneta de Will —dijo, caminando hacia ellas. Su porte era simpático, casi jocoso, mientras se acercaba—. Soy Tom, o sea, el padre de Will. Tú debes de ser Ronnie, ¿no?

—Encantada de conocerlo —respondió ella.

—Me alegro de que finalmente tenga la oportunidad de conocer a la chica de la que Will habla tanto.

Susan carraspeó nerviosa.

—Will se va a cenar con la familia de Ronnie esta noche. Tom se giró hacia Ronnie.

—Espero que no se os ocurra preparar nada especial. A Will sólo le gusta la pizza *pepperoni* y las hamburguesas.

—Ronnie es vegetariana —agregó Susan.

A Ronnie aquella palabra le sonó como si hubiera dicho «terrorista». O quizá no. No estaba del todo segura. Will debería haberla prevenido acerca de lo que podía esperar, sí, debería haberlo hecho. Porque por lo menos se habría preparado. Pero Tom, al igual que Will, no parecía darse cuenta de la evidente aprensión de Susan.

—¡No me digas! Eso está muy bien. Por lo menos, Will comerá algo sano una vez en su vida. —Tom hizo una pausa—. Sé que estás esperando a Will, pero ¿tienes unos minutos? Te quiero enseñar una cosa.

—Oh, estoy segura de que no le interesa tu avioneta, Tom —protestó Susan.

—No lo sé. A lo mejor sí —dijo él. Girándose hacia Ronnie, le preguntó—: ¿Te gustan las avionetas?

«¡Cómo no! —pensó ella—. Claro, ¿cómo no iba esta familia a tener una avioneta?» Sólo había que añadir ese detalle a la ecuación. Y toda la culpa era de Will. Tan pronto como se marcharan de aquella casa, pensaba estrangularlo. Pero, de momento, ¿qué alternativa le quedaba?

—Sí —contestó—. Claro que me gustan las avionetas.

Y

Ronnie tenía una imagen en la mente —una Learjet o una Gulfstream aparcada en un pequeño hangar en la otra punta de la finca—, pero era más bien una imagen difusa, puesto que sólo había visto avionetas privadas en fotografías. Sin embargo, eso no era lo que se esperaba, en absoluto. Ver a alguien mayor que su padre haciendo volar una avioneta de juguete con un control remoto, totalmente concentrado en las maniobras, le desconcertaba.

La avioneta hizo un ruido extraño cuando rozó las ramas de los árboles, antes de sobrevolar el canal intracostero.

—Siempre había querido tener uno de estos cacharros, y al final decidí comprármelo. Bueno, de hecho, ya es el segundo que tengo. El primero acabó hundido en el agua, por accidente.

—Cuánto lo siento. —Ronnie puso cara de pena.

—Ya, pero de ese modo aprendí que lo más sensato es leer todas las instrucciones.

—¿Se estrelló en el agua?

—No, se quedó sin combustible. —La miró de soslayo—. ¿Quieres probar?

—Será mejor que no —titubeó Ronnie—. No soy muy mañosa con estas máquinas.

—No es tan difícil —le aseguró Tom—. Esta avioneta es para principiantes. Se supone que es a prueba de tontos. Por supuesto, la otra también lo era, así que... ¿a qué deducción llegamos?

—¿Que probablemente debería de haber leído las instrucciones?

—¡Exacto! —dijo.

Había algo en la forma en que se expresaba que le recordó a Will.

—¿Habéis hablado Susan y tú de la boda? —se interesó él.

Ronnie sacudió la cabeza.

—No, pero Will ha mencionado algo al respecto.

—Me he pasado dos horas hoy en la floristería, eligiendo entre un montón de arreglos florales. ¿Te has pasado alguna vez dos horas en una floristería eligiendo arreglos florales?

—No.

—Pues considérate muy afortunada.

Ronnie soltó una risita, aliviada de estar allí fuera con él. Justo en aquel momento, Will apareció detrás de ellos, recién salido de la ducha y vestido con una camisa de manga corta y unos pantalones cortos, todo impecablemente planchado. La ropa era de marca, pero ella supuso que ya debería habérselo esperado.

—No se lo tengas en cuenta a mi padre. A veces olvida que es un adulto —dijo, con un tono burlón.

—Por lo menos soy honesto. Y no he visto que vinieras directamente a casa, a echarme una mano.

—Tenía un partido de vóley-playa.

—Ya, claro, seguro que ése era el motivo. Y tengo que admitir que Ronnie es mucho más guapa que lo que me habías dicho.

A pesar de que Ronnie sonrió complacida, Will torció el gesto.

—Papá…

—Es verdad —añadió Tom rápidamente—. Y no te sonrojes. —Después de asegurarse de que la avioneta volaba de nuevo uniformemente, echó un vistazo a Ronnie—. ¡Este chico se sonroja por nada! De pequeño era el niño más tímido del mundo. Ni siquiera podía sentarse cerca de una niña guapa sin que sus mejillas se le pusieran encarnadas como un tomate.

Will, mientras tanto, sacudía la cabeza, visiblemente turbado.

—No puedo creer que estés diciendo esto, papá. Y encima delante de ella.

—¿Por qué? ¿Qué pasa? —Tom miró a Ronnie—. ¿A ti te importa?

—En absoluto.

—¿Lo ves? —Le propinó unas palmaditas a Will en el pecho, como para demostrarle que tenía razón—. A ella no le importa.

—Muchas gracias —le recriminó Will a su padre.

—¿Y para qué están los padres, si no? Oye, ¿te apetece dar una vueltecita con la avioneta?

—No, ahora no puedo. He de llevar a Ronnie a su casa; nos esperan para cenar.

—Escúchame bien: aunque te sirvan alcachofa con rutabaga y tofu, quiero que te comas todo lo que te pongan en el plato y que después te muestres educado y les des las gracias por la cena —lo sermoneó Tom.

—Probablemente cenaremos pasta —intervino Ronnie, entre risitas.

—¿De veras? —Tom parecía decepcionado—. Bueno, entonces se lo comerá.

—¿Qué pasa? ¿No quieres que coma?

—Siempre es bueno probar cosas nuevas, hijo. ¿Qué tal ha ido hoy por el taller?

—De eso precisamente quería hablarte. Jay dice que tiene problemas con el ordenador o con el *software*: todo se imprime dos veces en vez de una.

—¿Sólo en la impresora del mostrador o en todas?

—No lo sé.

Tom suspiró.

—Supongo que será mejor que me pase por allí a echar un vistazo. Eso si consigo hacer aterrizar este trasto. Bueno, que os lo paséis bien esta noche, ¿vale?

Unos minutos más tarde, después de montar en la furgoneta, Will jugueteó con las llaves antes de poner el motor en marcha.

—Lo siento. Mi padre a veces dice muchas tonterías.

—No te preocupes. Me gusta.

—Y por cierto, no era tan tímido, de pequeño. Ni se me ponían las mejillas rojas como un tomate.

—Por supuesto que no.

—Te lo digo en serio. Siempre fui un niño muy educado.

—No me cabe la menor duda —dijo ella, que se inclinó hacia él para darle una palmadita en la rodilla—. Pero cambiando de tema, sobre esta noche, quiero advertirte que mi familia tiene una costumbre bastante extraña…

—¡Mientes! —gritó Will—. Te has pasado toda la noche mintiendo, y la verdad es que ya empiezo a estar cansado.

—¡Mira quién habla! —replicó Ronnie, también alterada—. ¡Eres tú quien miente!

Hacía rato que ya habían lavado los platos después de la cena. Steve había servido espaguetis con salsa marinera y, tal y como estaba previsto, Will acabó toda la comida de su plato sin rechistar. Ahora se hallaban sentados en la cocina, jugando a las cartas, al póquer mentiroso. Ronnie tenía un ocho de corazones; Will, un tres de corazones; Jonah, un nueve de picas. Frente a cada uno de ellos había una pequeña pila de monedas, y la jarra en el medio rebosaba de monedas de cinco y de diez centavos.

—Los dos mentís —añadió Jonah—. Ninguno de los dos dice la verdad.

Will le ofreció a Jonah una cara enigmática mientras llevaba la mano hacia su pila de monedas.

—Me apuesto veinticinco centavos a que te equivocas.

Su padre empezó a sacudir la cabeza.

—Mala elección, jovencito. Se acabó. Tendré que subir la apuesta a cincuenta centavos.

—¡Lo veo! —gritó Ronnie.

Inmediatamente, tanto Jonah como Will también añadieron los centavos correspondientes para poder seguir jugando.

Todos se quedaron quietos, mirándose los unos a los otros antes de destapar de golpe sus cartas encima de la mesa. Ronnie, con su ocho, tuvo que aceptar la derrota. Jonah había ganado. Otra vez.

—¡Sois todos unos mentirosos! —proclamó Jonah.

Ronnie se fijó en que él había ganado el doble que cada uno de ellos, y mientras observaba cómo su hermano arrastraba la pila de monedas hacia él, pensó que, hasta ese momento, la noche había salido bastante bien. No había sabido qué pensar cuando había llevado a Will, puesto que era la primera vez que llevaba a un chico a conocer a su padre. ¿Intentaría él dejarles espacio escondiéndose en la cocina? ¿Intentaría hacerse amigo de Will? ¿Haría o diría algo que la avergonzara? Cuando se disponían a aparcar la furgoneta delante de su casa, Ronnie había empezado a pensar en planes para escapar en cuanto acabaran de cenar.

Tan pronto como entraron, sin embargo, la sensación que tuvo fue muy positiva. Para empezar, la casa estaba ordenada; Jonah seguramente había recibido órdenes de no ser pesado y no atosigar a Will con mil y una preguntas como si fuera un inquisidor, y su padre saludó a Will simplemente con un «Es un placer conocerte» al tiempo que le estrechaba la mano. Por su parte, el chico se comportó de un modo intachable, por supuesto, contestando a las preguntas con un «Sí, señor» y «No, señor», lo cual le pareció a Ronnie un comportamiento gracioso y provinciano, muy propio de la gente del sur. La conversación durante la cena fluyó distendidamente; su padre le hizo preguntas acerca del trabajo que Will desempeñaba en el taller y en el acuario, y Jonah intentó comportarse con tanta educación que hasta llegó a ponerse la servilleta sobre la falda. Lo mejor de todo fue que su padre no dijo nada embarazoso, y a pesar de que comentó que había sido profesor en Juilliard, no dijo nada acerca de que había sido su profesor o de que una vez ella había tocado en el Carnegie Hall, ni que habían escrito canciones juntos, ni tampoco mencionó que, hasta hacía unos pocos días, él y Ronnie ni siquiera se hablaban. Cuando Jonah pidió galletas después de acabar el plato de pasta, tanto Ronnie como Steve estallaron en una estentórea carcajada, dejando a Will perplejo, preguntándose qué era lo que les hacía tanta gracia. Los cuatro juntos recogieron la mesa. Jonah sugirió jugar al póquer mentiroso, y Will aceptó entusiasmado.

En cuanto a Will, él era justo la clase de chico con el que su madre querría emparentarla: educado, respetuoso, inteligente, y lo mejor de todo, sin un solo tatuaje… Habría sido agradable que ella hubiera estado allí, aunque sólo fuera para confirmarle que su hija no era una bala perdida, que era precisamente lo que creía. Por otro lado, su madre probablemente habría estado tan contenta con aquella cena que, o bien habría intentado adoptar a Will en el acto, o bien habría agobiado a Ronnie repitiéndole un millón de veces lo buen chico que era cuando él se hubiera marchado, lo cual sólo habría contribuido a que ella deseara acabar con aquella relación lo antes posible, antes de que su madre se hiciera demasiadas ilusiones. Pero su padre no cometía esa clase de errores; parecía fiarse del instinto de Ronnie y se mostraba contento de dejarla tomar sus propias decisiones sin insertar ningún comentario ni opinión.

Y eso le parecía realmente extraño, teniendo en cuenta que él sólo estaba empezando a conocerla de nuevo, y también le parecía triste, porque ella empezaba a pensar que había cometido un gran error al evitarlo durante los últimos tres años. Habría sido agradable hablar con él cuando su madre la volvía loca.

Se alegraba de haber invitado a Will. Sin lugar a dudas, era más fácil para él conocer a su padre que para Ronnie haber conocido a Susan. Esa mujer le provocaba pesadillas. Bueno, quizás eso fuera una exageración, pero desde luego había conseguido intimidarla. Le había dejado bien claro que ni le gustaba Ronnie ni tampoco el hecho de que a su hijo le gustara aquella chica.

Normalmente, no le importaba lo que los padres de sus amigos opinaran acerca de ella, y jamás había perdido ni un segundo en plantearse si su vestimenta era la adecuada para cada ocasión. Ella era como era, después de todo... Sin embargo, por primera vez en su vida, tuvo la impresión de que no había estado a la altura, y eso la había molestado más de lo que habría podido imaginar.

Cuando la oscuridad rodeó la casa y todos empezaron a perder interés en el póquer mentiroso, notó que Will la observaba. Ronnie le dedicó una sonrisa obsequiosa.

—Estoy casi arruinado —anunció él, señalando su irrisoria pila de monedas.

—Lo sé. Yo también.

Will desvió la vista hacia la ventana.

—¿Te apetecería salir a dar una vuelta?

Esta vez, ella estaba segura de que él se lo pedía porque

quería estar un rato a solas con ella, porque sentía algo por ella, aunque no sabía si lo correspondía con la misma clase de sentimientos.

Ronnie lo miró directamente a los ojos.

—Me encantaría salir a dar una vuelta.

20

Will

La playa se extendía muchos kilómetros, separada de Wilmington por el puente que cruzaba el canal intracostero. Había cambiado bastante desde que Will era un chiquillo —ahora, en verano, estaba abarrotada de gente, y los pequeños bungalós como en el que vivía Ronnie habían sido reemplazados por unas impresionantes mansiones que ocupaban la primera línea de la costa—, pero todavía le gustaba el océano por la noche. Cuando era pequeño, solía ir en bicicleta por la playa, con la esperanza de ver algo interesante, y normalmente no se marchaba decepcionado. Había visto enormes tiburones arrastrados hasta la playa, castillos de arena tan intricados que podrían haber ganado cualquier concurso nacional, y una vez incluso llegó a distinguir una ballena, a unos cuarenta y cinco metros de la orilla, dando vueltas en el agua justo antes del punto donde rompían las olas.

Aquella noche, el lugar estaba desierto, y mientras él y Ronnie caminaban descalzos por la orilla, lo asaltó el sorprendente pensamiento de que ella era la chica con la que le gustaría compartir su futuro.

Sabía que era demasiado joven para tales consideraciones, y estaba seguro de que ni siquiera pensaba en planes de boda, pero, aun así, tenía la impresión de que si hubiera conocido a Ronnie diez años más tarde, ella habría sido la elegida. Will sabía que Scott no lo comprendería —su amigo parecía incapaz de imaginar un futuro que abarcara más allá del siguiente fin de semana—, pero, claro, Scott no era tan diferente a la mayoría de sus amigos. Era como si sus pensamientos discurrieran por vías separadas: a él no le atraían los ligues de una noche, no le interesaba ponerse a prueba para ver si lo conseguía, no le gustaba la idea de mostrar su lado más encantador para obtener lo que quería, siempre dispuesto a abandonar a una chica a favor de un nuevo ligue. Simplemente no era así. Nunca sería así. Cuando conocía a una chica, la primera pregunta que se formulaba a sí mismo no era si le parecía apropiada para salir unas cuantas veces, sino si era la clase de chica con la que podría imaginarse toda la vida.

Suponía que eso tenía que ver en parte con sus padres. Llevaban treinta años casados, habían empezado con los típicos altibajos, como casi todas las parejas, y a lo largo de aquellos años se habían dedicado a erigir un negocio y a fundar una familia. En todos sus proyectos, se habían respetado devotamente, celebrando sus éxitos y apoyándose mutuamente en las desventuras. Ninguno de los dos era perfecto, pero Will se había criado con la certeza de que formaban un equipo; al final, había acabado por asumir aquella lección.

Resultaba fácil pensar que había pasado dos años con Ashley porque era rica y guapa, y a pesar de que mentiría si dijera que su belleza no suponía un factor relevante, era menos importante que las cualidades que pensó que había apreciado en ella. Ella lo había escuchado del mismo modo que él la escuchaba; había creído que se lo podía contar todo, y viceversa. Pero a medida que pasaban los meses, cada vez se había sentido más defraudado, especialmente cuando una vez ella admitió entre lágrimas que había flirteado con un chico universitario. Después de aquella confesión, las cosas ya nunca volvieron a ser iguales. Y no porque a él le preocupara que Ashley volviera a cometer algún error parecido otra vez —todo el mundo cometía errores, y sólo había sido un beso—, pero, de algún modo, el incidente le había servido para cristalizar sus pensamientos sobre qué era lo que buscaba en la gente que tenía más cerca. Empezó a fijarse en la forma en que ella trataba a los demás, y no estuvo seguro de si le gustó lo que vio. Su incesante chismorrería —algo que antes le parecía inofensivo— empezó a molestarlo, igual que las largas esperas a las que ella lo sometía mientras se arreglaba para salir con él por la noche. Cuando finalmente decidió romper con ella, se sintió mal, pero se consoló pensando que sólo tenía quince años cuando había empezado a salir con ella, y que ella era la primera novia que había tenido. Al final, supuso que no le quedaba otra alternativa. Se conocía bien a sí mismo y sabía lo que era importante para él, y no veía nada de eso reflejado en Ashley. Acabó por aceptar que era mejor acabar con esa relación antes de que las cosas decayeran aún más.

Su hermana, Megan, también se parecía a él en aquel sentido. Guapa y lista, había acabado por intimidar a la mayoría de los chicos con los que había salido. Durante mucho tiempo, se había dedicado a saltar de un chico a otro, pero no por vanidad ni por capricho. Cuando le preguntó una vez por qué era incapaz de mantener una relación estable con un chico, su respuesta fue directa: «Existen chicos que crecen pensando que algún día lejano sentarán cabeza, y hay chicos que están listos para casarse tan pronto como conocen a la persona adecuada. Los primeros me aburren, básicamente porque los encuentro patéticos; y los segundos, con toda franqueza, no son tan fáciles de encontrar. Pero sé que me interesan los serios, y se necesita tiempo para encontrar a un chico por el que me sienta interesada por igual. Quiero decir, si la relación no puede sobrevivir a largo plazo, ¿vale la pena malgastar mi tiempo y mi energía a corto plazo?».

Megan. Al pensar en ella, sonrió. Vivía fiel a sus principios. Había vuelto loca a su madre durante los últimos seis años con su actitud, por supuesto, ya que se había cargado sin remordimiento alguno a casi todos los chicos de la localidad que encajaban en la clase de familia que su madre habría aprobado. Pero Will tenía que admitir que Megan no se había equivocado; finalmente había conseguido encontrar a un chico en Nueva York que era perfecto para ella.

En cierta manera, Ronnie le recordaba a Megan. Ella también era una chica con una fuerte personalidad y con las ideas claras, y también empecinadamente independiente. A simple vista, no se parecía a la clase de chica que él pudiera definir como atractiva, pero… su padre era fantástico, su hermano era muy divertido, y ella era más sagaz, atrevida y tierna que cualquier otra chica que Will había conocido. ¿Quién se atrevería a pasar la noche a la intemperie para proteger un nido de tortugas? ¿Quién pondría coto a una pelea para ayudar a un niño pequeño? ¿Quién más leía a Tolstói en su tiempo libre?

¿Y quién, por lo menos en aquella localidad, se enamoraría de Will antes de saber nada acerca de su familia?

Tenía que admitir que ese detalle era relevante para él —y mucho—, a pesar de que le gustaría que no fuera así. Quería a su padre y defendía su apellido, y se sentía orgulloso del imperio que había levantado. Apreciaba las ventajas que aquella vida le había ofrecido, pero… también ansiaba ser él mismo. Quería que la gente lo conociera primero como «Will», no como «Will Blakelee». Sólo podía compartir ese sentimiento con su hermana. No se había criado en Los Ángeles, donde en cualquier escuela uno podía toparse con el hijo de una celebridad, ni tampoco estaba en un lugar como Andover, donde prácticamente todo el mundo conocía a alguien emparentado con una familia famosa. En un lugar como aquella localidad, la vida no resultaba tan fácil. Allí todo el mundo se conocía, y a medida que se hacía mayor, se iba volviendo más cauto con las amistades. Deseaba hablar con casi todo el mundo, pero había aprendido a erigir un muro invisible, por lo menos hasta que tenía la certeza de que su familia no tenía nada que ver con el nuevo conocido ni que era la razón por la que una chica parecía tan interesada en él. Y a pesar de que al principio no tenía la absoluta certeza de que Ronnie no supiera nada de su familia, lo tuvo claro en cuanto ella le cerró la puerta en las narices.

—¿En qué piensas? —le preguntó Ronnie. Una ligera brisa parecía enredarse en su pelo, y ella intentó en vano apresar los mechones rebeldes en una holgada coleta—. Estás más callado que de costumbre.

—Estaba pensando en lo bien que lo he pasado esta noche en tu casa.

—¿En mi pequeña casa? Me parece que es un poco distinta a lo que estás acostumbrado.

—Tu casa es genial —insistió él—. Igual que tu padre y que Jonah. Aunque me haya machacado en el póquer mentiroso.

—Siempre gana, pero no me preguntes cómo lo hace. Quiero decir que gana desde que era muy pequeño. Creo que hace trampas, pero no he descubierto cómo.

—A lo mejor sólo necesitas mentir mejor.

—Ah, ¿te refieres a como lo haces tú, por ejemplo, cuando me dijiste que trabajabas para tu padre?

—Trabajo para mi padre —se defendió Will.

—Ya sabes a lo que me refiero.

—Como te he dicho antes, no creía que eso te importara. —Will se detuvo y se giró hacia ella—. ¿O acaso te importa?

Ronnie pareció elegir las palabras con sumo cuidado:

—Resulta interesante y también ayuda a explicar algunas cosas sobre ti, pero si te dijera que mi madre trabaja de asistente legal en un bufete de abogados en Wall Street, ¿me mirarías de un modo distinto?

Will sabía que podía contestar a aquella cuestión con absoluta sinceridad:

—No, pero es diferente.

—¿Por qué? —quiso saber ella—. ¿Porque tu familia es rica? Eso sólo tiene sentido para alguien que piensa que lo único que importa es el dinero.

—Yo no he dicho eso.

—Entonces, ¿a qué te referías? —lo pinchó ella, y seguidamente sacudió la cabeza—. Mira, dejemos una cosa clara: no me importa si tu padre es el mismísimo sultán de Brunéi. Has tenido la suerte de nacer en el seno de una familia privilegiada. Lo que hagas con eso es cosa tuya. Yo estoy aquí porque quiero estar contigo. Pero si no quisiera, ni todo el dinero del mundo cambiaría mis sentimientos hacia ti.

Mientras hablaba, se dio cuenta de que ella parecía envalentonarse cada vez más.

—¿Por qué tengo la impresión de que ya has soltado el mismo discurso antes?

—Porque ya lo había hecho. —Ronnie se detuvo y se giró hacia él—. Ven a Nueva York y comprenderás por qué he aprendido a decir lo que pienso. En algunas discotecas no es nada difícil conocer a esnobs, y esos idiotas están tan orgullosos de su apellido o de lo rica que es su familia que... me aburren. Estoy delante de ellos, y todo lo que quiero decirles es: «Me parece fantástico que otros miembros de tu familia hayan hecho algo provechoso, pero ¿qué has hecho tú?». Sin embargo, no lo hago, porque no me entienden. Se creen los elegidos. Ni siquiera vale la pena enojarse por ello, porque toda la idea es tan ridícula... Pero si crees que te he invitado a cenar por tu familia...

—No lo creo —la atajó él rápidamente—. Ni por un segundo lo he creído.

En la oscuridad, Will sabía que ella estaba considerando si él decía la verdad o si simplemente decía lo que ella quería escuchar. Con la esperanza de poner punto final a la discusión, se giró y señaló hacia el taller que había cerca de la casa, detrás de ellos.

—¿Qué hay ahí dentro? —preguntó.

Ronnie no contestó directamente, y él tuvo la impresión de que todavía estaba intentando decidir si lo creía o no.

—Es parte de la casa —dijo al final—. Mi padre y Jonah están montando un vitral.

—¿Tu padre elabora vitrales?

—Ahora sí.

—¿Es eso lo que ha hecho siempre?

—No —contestó Ronnie—. Ya te lo ha dicho durante la cena, era profesor de piano. —Hizo una pausa para sacudirse la arena de los pies, después cambió de tema—. ¿Y qué piensas hacer tú, cuando acabe el verano? ¿Seguirás trabajando con tu padre?

Will tragó saliva, resistiendo la tentación de besarla de nuevo.

—Seguiré en el taller hasta finales de agosto. En otoño empezaré mis estudios en Vanderbilt.

De una de las casas situadas más arriba en la playa, se oyeron unas notas musicales. Will centró su atención en aquel punto distante y vio a un grupo de gente congregada en el porche. La canción era un tema de la década de los ochenta, aunque no podía recordar el nombre.

—Qué suerte.

—Supongo que sí.

—No pareces muy emocionado.

Will le cogió la mano y reanudaron el paseo.

—Es una buena universidad, y tiene un campus muy bonito —recitó él, con un tono cansado.

Ronnie lo estudió.

—Pero ¿no quieres ir?

Ella parecía intuir cada uno de sus sentimientos, de sus pensamientos, lo cual le parecía desconcertante y a la vez le reconfortaba. Por lo menos, podía sincerarse con ella.

—Quería ir a otra universidad, y me aceptaron en una que tiene un ambicioso programa de ciencias ambientales, pero mi madre quiere que vaya a Vanderbilt. —Will podía notar la arena filtrándose entre los dedos de los pies mientras andaba.

—¿Y siempre haces lo que tu madre quiere?

—No lo entiendes —dijo, sacudiendo la cabeza—. Es una tradición familiar. Mis abuelos estudiaron allí, mis padres también, igual que mi hermana. Mi madre forma parte de la junta directiva, y… ella…

El chico intentaba encontrar las palabras correctas. A su lado, podía notar que Ronnie lo miraba con curiosidad, pero no se atrevía a mirarla a la cara.

—Ya sé que mi madre puede parecer un poco… distante cuando la conoces por primera vez. Pero cuando la conoces bien, es la persona más entrañable del mundo. Sería capaz de hacer cualquier cosa, y lo digo en serio, «cualquier» cosa, por mí. Pero estos últimos años han sido muy duros para ella.

Will se detuvo para recoger una concha de la arena. Después de examinarla, la lanzó con fuerza contra las olas.

—¿Te acuerdas cuando me preguntaste por la pulsera?

Ronnie asintió, pero se mantuvo callada para que él pudiera continuar.

—Mi hermana y yo llevamos estas pulseras en honor a mi hermano pequeño. Se llamaba Mike, y era un niño especial…, la clase de niño que siempre se mostraba contento cuando estaba con gente. Tenía una risa contagiosa y era imposible dejar de reír con él cuando pasaba alguna cosa divertida. —Hizo una pausa, con la vista fija en el agua—. Pero hace cuatro años, Scott y yo teníamos un partido de baloncesto y le tocaba a mi madre llevarnos en coche, así que, como siempre, Mike vino con nosotros. No había parado de llover en todo el día; el pavimento de muchas carreteras estaba resbaladizo. Yo debería de haber prestado más atención, pero Scott y yo empezamos a jugar en el asiento trasero, a un juego que consiste en intentar doblar las muñecas del otro en la dirección opuesta hasta que uno de los dos acaba por ceder.

Will titubeó, buscando fuerzas para seguir con el relato.

—Estábamos enfrascados en el juego, sin parar de movernos alborotadamente y de dar patadas al asiento delantero, y mi madre no cesaba de pedirnos que parásemos, pero no le hacíamos caso. Al final, acorralé a Scott tal y como quería, con tanta presión que él se puso a chillar. Mi madre se dio la vuelta para ver qué pasaba, y entonces todo sucedió muy rápidamente. Perdió el control del coche. Y… —Will tragó saliva, notando que las palabras se le atascaban en la garganta—. Bueno… Mike… murió. Por Dios, sin Scott, probablemente mi madre y yo tampoco habríamos salido con vida. Nos estrellamos contra el quitamiedos del arcén y caímos al agua. Afortunadamente, Scott es un magnífico nadador, se ha criado en la playa y prácticamente aprendió a nadar antes que a caminar; consiguió sacarnos a los tres del coche, a pesar de que él sólo tenía doce años. Pero Mikey… —Will se pellizcó la punta de la nariz—. Mikey murió a causa del impacto. Ni siquiera había acabado su primer año en la guardería.

Ronnie le buscó la mano.

—Lo siento muchísimo.

—Yo también. —Pestañeó bruscamente para detener las lágrimas que pujaban por escapar de sus ojos cada vez que recordaba aquel día fatídico.

—Sabes que fue un accidente, ¿no?

—Sí, lo sé. Y mi madre también lo sabe. Pero de todos modos, ella se culpa a sí misma por haber perdido el control del coche, del mismo modo que sé que una parte de ella me culpa a mí. —Sacudió la cabeza—. Bueno, después de eso, siempre ha tenido la necesidad de controlarlo todo, incluyéndome a mí. Sé que sólo intenta alejarme del peligro, alejarme de cualquier riesgo, y creo que en cierta manera yo también lo intento. Quiero decir, fíjate en lo que pasó por mi culpa. Mi madre se desmoronó por completo en el funeral, y yo me odié a mí mismo por haberle hecho aquello. Me sentía responsable. Y me prometí a mí mismo que intentaría recompensarla de alguna manera. A pesar de que sabía que no podría.

Mientras hablaba, empezó a apretar la pulsera de macramé.

—¿Qué significan las letras? ¿SEMP?

—«Siempre en mis pensamientos.» Fue idea de mi hermana, como una forma de recordarlo. Me lo propuso justo después del funeral, pero yo apenas la escuchaba. Quiero decir, me sentía tan abatido, aquel día en la iglesia… Con mi madre gritando desconsoladamente y mi hermano en el ataúd, y mi padre y mi hermana llorando… Juré que nunca más iría a ningún funeral.

Por una vez, Ronnie no supo qué decir. Will irguió la espalda, consciente del tremendo peso de su historia y preguntándose por qué se lo había contado.

—Lo siento, no debería habértelo contado.

—No digas eso —se apresuró a decir, apretándole cariñosamente la mano—. Me alegro de que lo hayas hecho.

—No es la vida perfecta que probablemente te habías imaginado, ¿no?

—Nunca di por sentado que tu vida fuera perfecta.

Él no dijo nada, y Ronnie, impulsivamente, se inclinó hacia él y le dio un beso en la mejilla.

—Cómo desearía que no tuvieras que pasar por todo esto.

Will soltó un largo suspiro y reanudó la marcha por la playa.

—Bueno, de todos modos, para mi madre es importante que vaya a Vanderbilt. Y eso es lo que pienso hacer.

—Estoy segura de que te lo pasarás muy bien. He oído que es una universidad fantástica.

Will entrelazó sus dedos con los de ella, pensando en lo suaves que parecían, comparados con sus manos callosas.

—Y ahora te toca a ti. ¿Qué es lo que todavía no sé de ti?

—No hay nada como lo que me acabas de contar —dijo ella, sacudiendo la cabeza—. Nada que se pueda comparar.

—No tiene que ser importante. Sólo tiene que explicar quién y cómo eres.

Ronnie echó un vistazo hacia atrás, hacia su casa.

—Bueno…, me he pasado tres años sin dirigirle la palabra a mi padre. Lo cierto es que sólo hace un par de días que he empezado a hablar de nuevo con él. Después de que él y mi madre se separasen, yo… me sentí furiosa con él. No quería volver a verlo, y lo último que deseaba era venir a pasar el verano aquí.

—¿Y qué piensas ahora? —Will se fijó en la luz de la luna, que brillaba en sus ojos—. ¿Te alegras de haber venido?

—En cierta manera —contestó ella.

Él se echó a reír y le propinó un codazo cariñoso.

—¿Cómo fue tu infancia?

—Aburrida —soltó ella—. Lo único que hacía era tocar el piano a todas horas.

—Me encantaría oírte tocar.

—Ya no toco —se apresuró a contestar con un tono ofuscado.

—¿Nunca?

Ronnie sacudió la cabeza; sabía que había algo más, pero a ella no le apetecía hablar sobre eso. Will la escuchó mientras Ronnie se dedicaba a describir a sus amigos en Nueva York y cómo pasaban los fines de semana, sonriendo con las anécdotas de Jonah. Pasar el rato con ella le parecía tan natural, tan fácil y tan auténtico… Will le contó cosas que jamás había confesado a nadie, ni siquiera a Ashley. Supuso que quería que ella conociera al verdadero Will, y no sabía por qué, pero confiaba en que ella sabría cómo responder.

Ronnie no era como ninguna otra chica que hubiera conocido antes. Estaba seguro de que no quería soltarle la mano; sus dedos parecían encajar a la perfección con los suyos, entrelazados sin ningún esfuerzo, perfectamente complementados.

Aparte de la gente que celebraba aquella fiesta en su casa, se hallaban completamente solos. Las notas de la música sonaban suaves y distantes. Cuando él alzó la cabeza, tuvo la suerte de ver la cola de una estrella fugaz que pasaba sobre sus cabezas. Al volver a fijar la vista en Ronnie, supo por su expresión que la chica también la había visto.

—¿Qué le has pedido? —preguntó ella, con una voz suave como un susurro.

Pero él no pudo contestar. En vez de eso, alzó la mano y deslizó la otra alrededor de su cintura. La miró a los ojos con la certeza de que se estaba enamorando. La atrajo hacia sí y la besó bajo el manto de estrellas, y se sintió afortunado por haberla encontrado.

21

Ronnie

De acuerdo, tenía que admitir que no le costaría nada acostumbrarse a vivir de aquella manera: tumbada todo el día, apalancada en el trampolín junto a la piscina del jardín, con un vaso de té dulce helado a su lado y una bandeja de fruta que le serviría el chef con unos cubiertos de plata, en un plato adornado con menta fresca.

Sin embargo, no alcanzaba a imaginar lo que debía de haber sido para Will crecer en un mundo como aquél. Pero claro, ya que él no había conocido otra forma de vivir diferente, probablemente no era capaz de apreciar las ventajas. Mientras tomaba el sol tumbada en el trampolín, miró de reojo a Will, que estaba de pie en el tejado de la choza, preparándose para saltar. Había trepado como un gimnasta; incluso desde aquella distancia, ella podía apreciar los músculos flexionándose en sus brazos y en su vientre.

—¡Eh! —gritó él—. ¿Quieres ver cómo hago una voltereta?

—¿Una voltereta? ¿Eso es todo? ¿Te subes hasta ahí arriba para ofrecerme sólo una voltereta?

—¿Y qué hay de malo en una voltereta? —quiso saber él.

—Sólo digo que todo el mundo puede hacer una voltereta. Incluso yo.

—¡Ja! ¡Ya me gustaría verlo! —la retó él, con escepticismo.

—Ahora no me apetece bañarme.

—¡Pero si te he invitado para que te bañaras en la piscina!

—Así es como nos bañamos las chicas como yo. También se llama «tomar baños de sol».

Will se echó a reír.

—La verdad es que no es una mala idea que tomes un poco el sol. Supongo que no veis demasiado el sol en Nueva York, ¿no?

—¿Me estás diciendo que estoy blanca? —Ronnie frunció el ceño.

—No —contestó él, sacudiendo la cabeza—. No estaba pensando en esa palabra. Creo que «paliducha» es algo más acertado.

—¡Caramba! ¡Qué adulador! A menudo me pregunto qué es lo que he visto en ti.

—¿Ah, sí? ¿Te lo preguntas a menudo?

—Sí, y he de admitir que si continúas usando palabras como «paliducha» para describirme, no creo que podamos soñar con un futuro esperanzador entre nosotros.

Él pareció evaluarla.

—¿Y si hago dos volteretas? ¿Me perdonarás?

—Sólo si acabas las volteretas con una perfecta inmersión de cabeza. Pero si dos volteretas acabadas en plancha es lo único que puedes hacer, fingiré estar impresionada, siempre y cuando no me salpiques.

Will enarcó una ceja antes de retroceder unos pocos pasos y después, tras tomar impulso, se lanzó al aire. Se encogió de rodillas, dio un par de volteretas rápidas y precisas, y se sumergió, tocando el agua primero con los brazos y luego con el resto del cuerpo, casi perfectamente recto.

«Eso sí que ha sido impresionante», pensó Ronnie, aunque no completamente sorprendida, dada la soltura con que ya lo había visto moverse en la pista de vóley-playa. Cuando Will asomó la cabeza por la punta del trampolín, chorreando agua, ella sabía que él estaba satisfecho con su actuación.

—No está mal —sentenció ella.

—¿Cómo que no está mal?

—Te doy un 4,6.

—¿De cinco en total?

—De diez.

—¡Pero qué dices! ¡Por lo menos me merezco un ocho!

—Eso es lo que tú crees. Pero claro, aquí yo soy la que puntúa.

—¿Qué he de hacer para apelar? —protestó él, apoyando los codos en el extremo del trampolín.

—No puedes apelar. Es una decisión final.

—¿Y si no estoy de acuerdo?

—Entonces, quizás en la próxima ocasión te lo pensarás dos veces antes de utilizar la palabra «paliducha».

Will se echó a reír y empezó a mover el trampolín con brío. Ronnie se agarró a ambos lados de la tabla.

—¡Eh… para! ¡No hagas eso! —lo avisó.

—¿Te refieres a… esto? —dijo él, moviendo el trampolín hacia arriba y hacia abajo con más fuerza.

—¡Ya te he dicho que no me apetece bañarme! —chilló ella.

—Ya, pero en cambio yo sí que quiero que te bañes conmigo.

Sin previo aviso, la agarró por el brazo y tiró de ella. Ronnie perdió el equilibrio y cayó al agua. Tan pronto como sacó la cabeza para tomar aire, él intentó besarla, pero ella lo apartó con un empujón.

—¡No! —gritó, riendo, saboreando la agradable temperatura del agua y la sedosa sensación de la piel de Will contra la suya—. ¡No te perdono!

Mientras forcejeaba juguetonamente con él, Ronnie se dio cuenta de que Susan los observaba desde el porche. Por la expresión de su cara, era obvio que no estaba contenta. Nada contenta.

Más tarde, mientras regresaban a la playa para examinar el nido de las tortugas, se pararon a comprar un helado. Ronnie caminaba al lado de Will, lamiendo el cucurucho de nata que se derretía rápidamente, pensando que era sorprendente que sólo hiciera un día desde que se habían besado por primera vez. Si la noche anterior había sido casi perfecta, hoy todavía había sido mejor. Le encantaba la forma en que pasaban de la seriedad a la broma, y que él fuera tan ingenioso tomándole el pelo y que aceptara tan bien cuando ella se burlaba de él.

Pero no le perdonaba que la hubiera tirado a la piscina. Ronnie necesitaba controlar más su capacidad de reacción. No le resultó tan difícil vengarse: tan pronto como Will se llevó el cucurucho de nata a la boca, ella le propinó un manotazo y se lo estampó en la cara. Sin parar de reír burlonamente, huyó corriendo hacia la siguiente esquina, para caer directamente en... los brazos de Marcus.

Blaze estaba con él, y también Teddy y Lance.

—¡Vaya, vaya! ¡Menuda sorpresa! —pronunció Marcus, arrastrando las sílabas, al tiempo que agarraba a Ronnie con fuerza.

—¡Suéltame! —gritó ella, odiando el repentino pánico en su voz.

—Suéltala —añadió Will detrás de ella. Su voz era firme, seria—. Ahora.

Marcus parecía sorprendido.

—Deberías tener más cuidado por dónde andas, Ronnie.

—¡Ahora! —le exigió Will, con un tono imperativo.

—Tranquilo, niño rico. Ha sido ella la que se me ha echado encima; yo sólo me he limitado a evitar que se dé de bruces contra el suelo. Y por cierto, ¿cómo le va a Scott? ¿Ha estado jugando últimamente con más cohetes de botella?

Ante la sorpresa de Ronnie, Will se quedó paralizado. Con una risita desdeñosa, Marcus volvió a fijar toda su atención en ella. Le apretó el brazo con más fuerza antes de soltarla. Mientras Ronnie retrocedía, Blaze encendió una bola de fuego, con una expresión de absoluta impasibilidad.

—Me alegro de haber evitado que te dieras un batacazo —dijo Marcus—. No te ayudaría en absoluto presentarte llena de moratones ante el juez, el próximo martes, ¿no crees? No querrás que el juez crea que eres una chica violenta, además de una ladrona.

Ronnie se lo quedó mirando con la mandíbula desencajada,

sin poder articular ni una palabra, hasta que Marcus se dio la vuelta. Mientras se alejaban, vio que Blaze le lanzaba la pelota encendida, que él cazó al vuelo con una increíble agilidad, y acto seguido volvió a lanzársela a Blaze.

Sentado en la duna al lado de su casa, Will permanecía callado mientras ella le contaba todo lo que le había sucedido desde que había llegado, incluido el incidente en la tienda de música. Cuando acabó, retorció las manos sobre el regazo, visiblemente nerviosa.

—Y eso es todo. En cuanto a lo que robé en aquella tienda en Nueva York, ni siquiera sé por qué lo hice. No es que me hiciera falta. Simplemente lo cogí porque mis amigos también lo estaban haciendo. Cuando fui a juicio, lo admití todo porque sabía que había obrado mal y que no lo volvería a hacer nunca más. Y no lo he hecho, ni aquí ni allí. Pero a menos que la propietaria de la tienda retire los cargos o que Blaze admita que fue ella, no sólo tendré graves problemas aquí, sino también cuando regrese a Nueva York. Sé que parece surrealista y estoy segura de que no me crees, pero te juro que no te estoy mintiendo.

Will cubrió sus manos crispadas con la suya.

—Te creo —admitió—. Y te aseguro que no hay nada que me sorprenda tratándose de Marcus. No está bien de la cabeza, y eso lo he tenido claro desde que éramos niños. Mi hermana iba con él a la misma clase y me dijo que una vez la profesora encontró una rata muerta en el cajón de su mesa. Todo el mundo sabía quién lo había hecho, incluso el director, pero no pudieron probarlo, ¿sabes? Y sigue igual, con sus típicas bravuconadas, pero ahora tiene a Teddy y a Lance que le hacen el trabajo sucio. Últimamente he oído cosas bastante desagradables sobre él. Pero Galadriel… era la chica más simpática de la escuela. La conozco desde que éramos niños, y no sé qué es lo que le pasa últimamente. Sé que su madre y su padre se divorciaron, y he oído que se lo tomó muy mal. No sé qué ve en Marcus, pero lo que te está haciendo no está bien.

Ronnie se sintió súbitamente abatida.

—La semana que viene tendré que presentarme ante el juez.

—No importa...

—Sí que importa. Si tu madre lo descubre... Estoy totalmente segura de que no le gusto.

—¿Por qué dices eso?

«Porque he visto cómo me miraba antes», podría haber contestado.

—Sólo es un presentimiento —contestó.

—Todo el mundo se siente igual al principio, cuando la conoce —le aseguró él—. Pero ya te lo dije ayer: a medida que la conozcas más, todo irá mejor.

Ronnie no estaba tan segura. A su espalda, el sol iniciaba su lento descenso, llenando el cielo de un intenso color naranja.

—¿Qué pasa entre Scott y Marcus? —quiso saber.

Will se puso rígido.

—¿A qué te refieres?

—¿Recuerdas aquella noche en la feria? Después de acabar su numerito con las bolas de fuego, Marcus parecía tener unas intensas ganas de bronca o de juerga, así que intenté mantenerme a distancia de él. Tuve la impresión de que empezaba a sondear detenidamente a todos los que pasaban, y cuando vio a Scott, puso esa... cara tan extraña que suele poner, como si acabara de encontrar lo que necesitaba. Lo siguiente que recuerdo es que Marcus agarró su cajita de patatas fritas vacía y que se dirigió directamente hacia él.

—Yo también estaba allí, ¿recuerdas?

—Pero ¿recuerdas lo que dijo? Fue muy raro. Pinchó a Scott preguntándole si pensaba lanzarle un cohete de botella. Y cuando Marcus te ha dicho más o menos lo mismo hace un rato, te has quedado paralizado.

Will apartó la vista.

—No es nada —insistió, apretándole ambas manos—. Y no habría permitido que te hiciera daño, te lo aseguro. —Se echó hacia atrás, apoyándose en los codos—. ¿Puedo hacerte una pregunta que no tiene nada que ver con este tema?

Ronnie enarcó una ceja, descontenta con su respuesta.

—¿Por qué hay un piano escondido detrás de unos paneles de madera en tu casa? —Cuando ella pareció sorprendida, él se encogió de hombros—. Se ve desde la ventana, y el tabique no hace juego con el resto del interior.

Ahora fue Ronnie la que apartó la vista. Separó las manos y las hundió en la arena.

—Le dije a mi padre que no quería volver a ver el piano, así que él construyó esa pared.

Will pestañeó.

—¿Tanto odias el piano?

—Sí —contestó ella, con soberbia.

—¿Porque tu padre era tu profesor? —Ella giró la vista hacia él rápidamente, sorprendida, mientras Will continuaba—: Era profesor en Juilliard, ¿no? Tiene sentido que te enseñara a tocar el piano. Y apuesto lo que quieras a que eras muy buena, porque antes de odiar algo, realmente tienes que haberlo querido mucho.

Para ser un mono grasiento barra jugador de vóley-playa, era ciertamente intuitivo. Ronnie hundió todavía más los dedos en la arena, hasta alcanzar una capa más fría y más tupida.

—Me enseñó prácticamente antes de que empezara a dar mis primeros pasos. Tocaba durante horas, siete días a la semana, durante muchos años. Incluso llegamos a componer algunas canciones juntos. Es por lo que compartíamos, ¿comprendes? Era algo exclusivo entre nosotros dos. Y cuando se marchó de casa…, me sentí como si él hubiera traicionado a la familia. Sentí que me había traicionado personalmente, y me enfadé tanto que juré que nunca más volvería a tocar ni a escribir otra canción. Así que cuando llegué aquí y vi el piano y oí que lo tocaba cada vez que yo estaba cerca, no pude evitar pensar que él intentaba fingir que lo que me había hecho no tenía importancia. Como si pensara que podíamos empezar de nuevo; borrón y cuenta nueva. Pero no podíamos. No se puede cambiar el pasado.

—Pues la otra noche parecías estar muy a gusto con él —observó Will.

Ronnie sacó lentamente las manos de la arena.

—Sí, la verdad es que estos últimos días hemos estado muy bien juntos. Pero eso no significa que quiera volver a tocar el piano —insistió.

—Ya sé que no es asunto mío, pero si eras tan buena, entonces lo único que estás consiguiendo es hacerte daño a ti misma. Es un don, ¿no? ¿Y quién sabe? Quizá podrías estudiar en Juilliard.

—Sé que podría. Todavía me escriben. Me han prometido que me guardarán una plaza si cambio de opinión. —Ella se sintió repentinamente irritada.

—¿Y por qué no aceptas?

—¿Acaso te importa tanto que no sea tal y como pensabas que era? —Lo miró con el ceño fruncido—. ¿Te importa tanto que tenga un talento especial y no quiera explotarlo? ¿Crees que así sería más digna de ti?

—Por supuesto que no —respondió él con suavidad—. Sigues siendo la persona que creía que eras. Desde el primer momento en que nos conocimos. Y no hay forma alguna de que puedas adaptarte mejor a mí.

Tan pronto como lo dijo, Ronnie se sintió avergonzada de su arranque de rabia. Había percibido la sinceridad en su tono y sabía que él sentía lo que decía.

Se recordó a sí misma que sólo hacía unos pocos días que se conocían, y sin embargo..., él era agradable y gentil, y sabía que la quería. Como si intuyera sus pensamientos, Will se sentó y se acercó más. Después, se inclinó hacia ella y la besó suavemente en los labios. De repente, Ronnie tuvo la certeza de que lo único que deseaba era pasar todas las horas del día con él, arropada entre sus brazos, como en aquel momento.

22

Marcus

$\mathcal{M}$arcus los observaba a distancia.

«Así están las cosas, ¿eh?»

Maldición. Maldita fuera esa chica. Había llegado la hora de divertirse.

Teddy y Lance se habían presentado con latas de cerveza, y la gente ya empezaba a llegar. Unas horas antes, había visto a una familia de veraneantes guardando las maletas en su birrioso monovolumen con su horroroso perro y sus hijos aún más feos delante de una de las casas a tres o cuatro viviendas del birrioso bungaló de Ronnie. Había hecho indagaciones hasta averiguar que la familia que había alquilado aquella casa a continuación no llegaría hasta el día siguiente, después de que los de la limpieza se hubieran marchado, lo cual significaba que lo único que tenía que hacer era entrar y disfrutar de la casa libremente toda la noche.

No era tan difícil, teniendo en cuenta que él disponía de la llave y del código de seguridad. Los veraneantes jamás cerraban la puerta cuando se iban a la playa. ¿Por qué iban a hacerlo? Nunca traían cosas de valor, salvo un poco de comida y quizás unos cuantos videojuegos para la playa, ya que la mayoría sólo se quedaba una semana. Y los propietarios, que estaban fuera del pueblo —probablemente en algún lugar como Charlotte y cansados de responder a las llamadas de la compañía de seguros cuando los idiotas que habían alquilado la casa habían activado la alarma por error en mitad de la noche— habían sido lo bastante considerados como para escribir el código justo encima del panel de seguridad en la cocina. Qué listos. Realmente listos. Con un poco de paciencia, siempre había sido capaz de encontrar una casa para organizar una fiesta, pero el secreto estaba en no abusar de esas oportunidades. Teddy y Lance siempre se mostraban dispuestos a pasarlo bien en esa clase de circunstancias, pero Marcus sabía que si lo hacían a menudo, las agencias inmobiliarias que se encargaban de gestionar el alquiler empezarían a sospechar. Enviarían a algún encargado a echar un vistazo de vez en cuando, le pedirían a la Policía que incrementara las rondas de vigilancia por la zona, y también avisarían a los veraneantes y a los propietarios. Y entonces, ¿dónde se meterían ellos? No tendrían más remedio que ir cada noche al Bower's Point, como de costumbre.

Una vez al año. Una vez cada verano. Ésa era su norma, y con eso le bastaba, a menos que decidiera quemar la casa después. Marcus sonrió. Con eso solucionaría el problema. Nadie sospecharía que habían montado una fiesta previamente. Nada se podía comparar a un gran fuego, porque los fuegos estaban «vivos». Los incendios, especialmente los grandes, se movían y danzaban y destruían y devoraban. Se acordó de la vez que prendió fuego a un granero cuando tenía doce años y se quedó contemplando el incendio durante horas, pensando que nunca antes había presenciado nada tan increíble. Así que lo volvió a repetir, esa vez en un almacén abandonado. A lo largo de los años, había incendiado un puñado de locales. No había nada mejor; nada lo hacía sentirse más importante que el poder que sentía con un encendedor en las manos.

Pero no podía hacerlo. Aquella noche no, porque su pasado no era algo que deseara compartir con Teddy ni con Lance. Además, la fiesta iba a ser muy sonada. Bebida, drogas y música. Y chicas. Chicas borrachas. Empezaría con Blaze y luego quizá se lo montaría con un par más, si conseguía dar esquinazo a Blaze. O quizá se tiraría a alguna idiota que estuviera caliente, aunque Blaze estuviera lo bastante sobria como para darse cuenta de lo que pasaba. Eso también podría ser divertido. Sabía que le montaría una escenita, pero pasaría de ella y haría que Teddy o Lance la echaran a patadas. Sabía que regresaría. Siempre regresaba, suplicando o llorando.

Blaze era tan irritablemente predecible... Y se pasaba todo el tiempo quejándose de todo y por todo.

No como aquella furcia del cuerpecito enjuto que vivía un poco más abajo en la playa.

Había intentado por todos los medios no pensar en Ronnie. Así que él no era su tipo, ¿eh? Así que quería pasar el rato con el niño rico, ¿eh? El príncipe del taller de frenos. Bueno, probablemente no conseguiría pescarlo. Probablemente sólo era una patética calientabraguetas frígida. Pero, aun así, no acertaba a entender en qué había fallado con ella o por qué ella parecía aborrecerlo de esa manera.

Estaba mucho mejor sin esa tía. No la necesitaba. No necesitaba a nadie, y por eso precisamente se preguntaba por qué continuaba espiándola o por qué le molestaba tanto que saliera con Will.

Por supuesto, eso hacía que el juego resultara aún más interesante, ya que conocía el punto débil de ese tipo.

Sí. Indudablemente, podría divertirse con ellos. De la misma forma que pensaba divertirse aquella noche.

23

Will

Will tenía la sensación de que el verano se le estaba pasando demasiado rápido. Entre trabajar en el taller y pasar casi todo el resto de su tiempo libre con Ronnie, los días parecían esfumarse volando. A medida que se acercaba el mes de agosto, empezó a ponerse más nervioso al pensar que dentro de unas pocas semanas ella regresaría a Nueva York y él empezaría sus estudios en Vanderbilt.

Ronnie se había convertido en parte de su vida —en muchos aspectos, la mejor parte—. A pesar de que no siempre la comprendía, en cierto modo era como si sus diferencias ayudaran a consolidar su relación. Cuando él le pidió que dejara que la acompañara al juzgado, ella se negó rotundamente; sin embargo, Will recordaba su cara de sorpresa cuando lo encontró esperándola fuera del juzgado con un ramo de flores. Sabía que estaba muy angustiada por que no hubieran retirado los cargos —debía comparecer nuevamente ante el juez el 28 de agosto, tres días antes de que él se marchara a la universidad—, pero Will estuvo seguro de que no se había equivocado al presentarse en la puerta del juzgado cuando ella aceptó el ramo con un beso tímido.

Ronnie lo sorprendió cuando le comunicó que la habían contratado en el acuario para un trabajo de media jornada. No le había comentado sus planes previamente, ni tampoco le pidió que diera referencias de ella. Ni siquiera sabía que deseara trabajar. Cuando después le preguntó al respecto, ella le respondió:

—Tú trabajas todo el día, y mi padre y Jonah están ocupados con el vitral. Necesito hacer algo; además, quiero pagarme el abogado. No es que a mi padre le sobre el dinero.

Cuando la recogió después de su primer día de trabajo, sin embargo, se fijó en que su piel tenía un tono cetrino.

—He tenido que dar de comer a las nutrias —le explicó—. ¿Alguna vez has tenido que meter la mano en un cubo lleno de peces muertos y pegajosos? ¡Es asqueroso!

Hablaban largo y tendido. No parecían tener bastante tiempo para compartir todo lo que querían. A veces era una charla distendida, para llenar los momentos de silencio —cuando comentaban sus películas favoritas, por ejemplo, o cuando ella le contaba que, a pesar de ser vegetariana, todavía no había decidido si los huevos o la leche contaban—. Le explicó más anécdotas de la época en que tocaba el piano y de su relación con su padre; Will confesó que a veces le molestaba sentir la responsabilidad de ser la clase de persona que su madre insistía en que fuera. Hablaron de su hermano, Jonah, y de su hermana, Megan, y especularon y soñaron sobre qué les depararía el futuro. Para Will, su futuro parecía estar indiscutiblemente escrito: cuatro años en Vanderbilt; después de graduarse, adquiriría experiencia trabajando en alguna otra empresa antes de volver para dirigir el negocio familiar. Cada vez que recitaba el plan de memoria, podía escuchar la voz de su madre susurrándole que se sentía totalmente satisfecha, y a menudo se preguntaba si eso era lo que él realmente quería. En cuanto a Ronnie, ella admitió que no estaba segura de lo que pensaba hacer al año siguiente. La incertidumbre no parecía asustarla, y eso hacía que Will aún la admirase más. Una noche, mientras él reflexionaba acerca de sus respectivos planes, se quedó sorprendido al constatar que ella tenía más libertad de escoger su destino que él.

A pesar de las jaulas que habían puesto para resguardar todos los nidos de tortugas a lo largo de la playa, los mapaches habían excavados túneles por debajo de los alambres y habían destrozado seis nidos. Tan pronto como Ronnie se enteró de lo que había sucedido, insistió en que hicieran turnos para vigilar el nido detrás de la casa. No existía ninguna razón para que los dos estuvieran de centinelas toda la noche, pero acabaron por pasar casi todos los días allí juntos, tumbados, besándose y hablando en voz baja hasta pasada la medianoche.

Scott, por supuesto, no podía comprenderlo. En más de una ocasión, Will llegaba tarde al entrenamiento; Scott deambulaba entonces arriba y abajo visiblemente nervioso, preguntándose qué mosca le había picado a su amigo. En el taller, cuando Scott le preguntaba qué tal le iba con Ronnie, Will no era muy explícito —sabía que no se lo preguntaba porque realmente le interesara—. De hecho, hizo todo lo que pudo por mantener la atención de Will centrada en el próximo torneo de vóley-playa, comportándose como si no dudara de que su amigo pronto acabaría por poner toda la carne en el asador, o como si su novia no existiera.

Lamentablemente, Ronnie no se había equivocado en cuanto a la madre de Will. A pesar de que no le había dicho nada directamente acerca de su nueva amiga, él podía adivinar su disconformidad en su sonrisa forzada cada vez que mencionaba el nombre de Ronnie y en la actitud desdeñosa que adoptaba cuando traía a Ronnie a casa. Nunca le preguntaba por ella; cuando Will hacía algún comentario sobre su novia —sobre lo bien que se lo habían pasado juntos, o lo ingeniosa que era, o sobre cómo ella parecía comprenderlo mejor que nadie—, su madre solía replicar con algún comentario negativo como: «Pronto irás a Vanderbilt, y una relación a distancia resulta muy dura de mantener». Incluso a veces ella se planteaba en voz alta si no «pasaban demasiado tiempo juntos». Will la detestaba cuando decía esas cosas. Tenía que contenerse para no replicarle con algún comentario desagradable, porque sabía que ella estaba siendo injusta. A diferencia de prácticamente el resto de la gente que Will conocía, Ronnie no bebía alcohol ni decía palabrotas ni chismorreaba, y tampoco habían pasado de darse unos pocos besos, pero él sabía intuitivamente que a su madre no le importaban aquellos detalles. Ella estaba encorsetada en sus prejuicios, por lo que cualquier intento de hacerla cambiar de opinión al respecto era inútil. Frustrado, empezó a poner excusas para estar cada vez más tiempo fuera de casa. No sólo por la incomodidad que su madre sentía ante Ronnie, sino por la incomodidad que él empezaba a sentir ante su madre.

Y por la incomodidad consigo mismo, por supuesto, por fallarle a su madre de nuevo.

Salvo la preocupación de Ronnie a causa del juicio que tenía pendiente, la única mancha en su increíblemente idílico verano era la abominable presencia de Marcus. A pesar de que casi siempre lograban esquivarlo, a veces resultaba del todo imposible. Cuando se topaban con él, Marcus siempre parecía encontrar una forma de provocar a Will, normalmente soltándole algo sobre Scott. Will se quedaba paralizado. Si reaccionaba enfadándose, Marcus podría ir a hablar con la Policía; si no hacía nada, se sentía avergonzado. Allí estaba él, saliendo con una chica que había comparecido ante un juez y que había admitido su culpa abiertamente; que él no pudiera reunir el coraje para hacer lo mismo empezaba a atormentarlo. Había intentado hablar con Scott sobre la posibilidad de aclararlo todo e ir a hablar con la Policía, pero su amigo se había negado en rotundo. Y con sus indirectas, nunca dejaba que Will se olvidara de lo que había hecho por él y por su familia aquel horrible día en que Mike falleció. Will admitía que Scott se había comportado como un verdadero héroe, pero a medida que transcurría el verano, empezó a cuestionarse si una buena acción justificaba hacer la vista gorda ante aquel desatino que había acabado en el incendio; en sus momentos de mayor abatimiento, era consciente del precio que tenía que pagar por la amistad de Scott.

Una noche, a principios de agosto, Will quedó con Ronnie para ir a la playa a coger cangrejos araña.

—¡Te dije que no me gustan los cangrejos! —refunfuñó Ronnie, aferrándose al brazo de Will con los dedos crispados y con la cara aterrada.

Él se echó a reír.

—¡Pero si sólo son cangrejos araña! No te harán nada.

Ronnie arrugó la nariz.

—Parecen unos bichos horripilantes de otro planeta, que se arrastran por el suelo, listos para atacar.

—Olvidas que fue idea tuya salir a coger cangrejos.

—No, fue idea de Jonah. Dijo que era divertido. Pero me lo tengo merecido, por hacer caso de alguien que cree que la vida es como los dibujos animados que ve a todas horas.

—Pensé que una persona que se atreve a dar de comer peces pegajosos a las nutrias no se asustaría por unos poquitos cangrejos inofensivos.

Will barrió la arena con la luz de su linterna, iluminando a las criaturas que se movían sigilosamente.

Ella examinó el terreno con cara de angustia, temiendo que algún cangrejo se le acercara.

—En primer lugar, no son unos poquitos cangrejos inofensivos. ¡Hay cientos de ellos! Y en segundo lugar, si hubiera sabido que esto es lo que pasa en la playa por la noche, te habría hecho dormir al lado del nido de las tortugas cada día. Así que, para que lo sepas, estoy un poco enojada contigo por haberme ocultado este detalle. Y en tercer lugar, que trabaje en el acuario no significa que me guste que los cangrejos se paseen por encima de mis pies.

Will se esforzó por mantener el semblante serio, pero le costaba demasiado. Cuando ella alzó la cabeza, lo pilló sonriendo.

—Deja de burlarte de mí. No es divertido.

—Sí que lo es…, quiero decir, debe de haber unos veinte niños pequeños por aquí con sus padres haciendo lo mismo que nosotros.

—No es culpa mía que sus padres no tengan ni una pizca de sentido común.

—¿Quieres que regresemos a tu casa?

—No. Puesto que has conseguido meterme en medio de este enjambre de bichos, intentaré aguantarme.

—¿Sabes que en otras ocasiones hemos estado paseando por la playa incluso más tarde?

—Lo sé. Pero de nuevo te doy las gracias por traer la linterna y echar a perder los buenos recuerdos que tenía respecto a esos momentos.

—Muy bien —dijo él, y apagó la linterna.

Ronnie le clavó las uñas en el brazo.

—¿Qué haces? ¡Enciéndela enseguida!

—Acabas de decir que no quieres la linterna.

—¡Pero si no la enciendes, no puedo ver los cangrejos!

—Bueno, no pasa nada.

—¡Sí que pasa! ¡Eso significa que puedo estar rodeada de esos bichos horripilantes justo en este preciso instante! ¡Haz el favor de encender la linterna! —le suplicó.

Él obedeció. Mientras reanudaban el paseo por la playa, se echó a reír.

—Espero que un día pueda comprenderte.

—No lo creo. Si no lo has conseguido todavía, quizá no seas capaz de hacerlo nunca.

—A lo mejor tienes razón —admitió él, rodeándola con un brazo—. Todavía no me has dicho si piensas venir a la boda de mi hermana.

—Es que todavía no lo he decidido.

—Quiero que conozcas a Megan. Es fantástica.

—No es tu hermana la que me preocupa. La verdad es que creo que a tu madre no le hará gracia que vaya.

—¿Y qué? No es su boda. Mi hermana sí que quiere que vayas.

—¿Le has hablado de mí?

—Por supuesto.

—¿Y qué le has dicho?

—La verdad.

—¿Que crees que soy paliducha?

Él la miró a los ojos.

—¿Todavía piensas en eso?

—No. Lo tengo absolutamente superado.

Will resopló, divertido.

—Muy bien, contestando a tu pregunta, no. No le he dicho que eres paliducha. Le he dicho que «eras» paliducha.

Ella le propinó un codazo en las costillas, y él fingió implorar clemencia.

—Era broma, era broma… Nunca diría una cosa así.

—Entonces, ¿qué le has contado?

Will se detuvo y se giró para mirarla.

—Ya te lo he dicho: la verdad. Que eres ingeniosa y divertida, y que es muy fácil estar contigo y que eres preciosa.

—Ah, vale.

—¿No piensas decirme que me quieres?

—No estoy segura de si puedo querer a una persona tan perversa —bromeó ella, al tiempo que lo rodeaba con ambos brazos—. Ésta es mi forma de pagarte por haber permitido que los cangrejos se paseen por encima de mis pies. Por supuesto que te quiero.

Se besaron antes de reanudar la marcha. Ya casi habían llegado al muelle y estaban a punto de dar la vuelta cuando divisaron a Scott, junto a Ashley y Cassie; se acercaban en dirección contraria. Ronnie se puso tensa bajo el brazo de Will al ver que Scott se desviaba para ir a su encuentro.

—¡Por fin te encuentro! —exclamó Scott cuando estuvo más cerca. Se detuvo delante de ellos—. Llevo toda la noche enviándote mensajes al móvil.

Will estrechó a Ronnie con más fuerza.

—Lo siento. Me he dejado el móvil en casa de Ronnie. ¿Qué pasa?

Mientras Scott contestaba, Will podía notar cómo Ashley fulminaba a Ronnie con una mirada asesina.

—He recibido llamadas de cinco de los equipos que participarán en el torneo, y nos han propuesto unos encuentros amistosos previos, a modo de entrenamiento. Todos ellos son muy buenos, y quieren jugar unos partidos para prepararnos para ganar a Landry y a Tyson. O sea, mucha práctica, muchos partidos, muchas horas de entrenamiento. Incluso estamos pensando en hacer intercambios de parejas de vez en cuando para mejorar nuestros tiempos de reacción, puesto que todos tenemos estilos diferentes.

—¿Y cuándo vendrán?

—Cuando les confirmemos que estamos listos, pero estábamos pensando en esta misma semana.

—¿Y cuánto tiempo se quedarán?

—No lo sé. ¿Tres o cuatro días? Supongo que apurarán hasta el torneo. Sé que tienes la boda de tu hermana y los ensayos, pero podrías encontrar unas horas para entrenar.

Will pensó de nuevo en los pocos días que le quedaban para estar con Ronnie.

—¿Tres o cuatro días?

Scott frunció el ceño.

—¡Vamos, hombre! Es justo lo que necesitamos para poder ganar.

—¿No crees que estamos listos?

—Pero ¿se puede saber qué diantre te pasa? ¿Sabes cuántos entrenadores de la costa oeste vendrán a ver el torneo? —Con un dedo acusador, señaló a Will—. Probablemente tú no necesites una beca de vóley-playa para que te acepten en la universidad, pero yo sí. Y ésta es la única oportunidad que tengo de que me vean jugar.

Will titubeó.

—Deja que lo piense, ¿vale?

—¿Quieres «pensártelo»?

—Primero tengo que hablar con mi padre. No puedo decidir saltarme cuatro días de trabajo sin pedirle permiso. Y de todos modos, no creo que pueda.

Scott miró a Ronnie con cara de pocos amigos.

—¿Estás seguro de que es el trabajo lo único que se interpone?

Will reconoció el tono provocador, pero no quería pelearse con Scott, que también pareció pensárselo mejor, y antes de continuar por esa vía, retrocedió un paso.

—Muy bien, de acuerdo. Habla con tu padre. Me da igual —dijo—. Quizá puedas encontrar, en tu apretada agenda, «un poco de tiempo» para entrenar.

Con ese alegato, se dio la vuelta y se alejó sin mirar hacia atrás ni una sola vez. Will, sin estar seguro de qué más podía hacer, decidió reanudar la marcha con Ronnie hacia su casa.

Cuando estuvieron lo bastante lejos de Scott como para que éste no pudiera oírlos, Ronnie lo rodeó por la espalda con el brazo y le preguntó:

—¿Se refiere al torneo del que me habías hablado?

Will asintió.

—El próximo fin de semana. El día después de la boda de mi hermana.

—¿En un domingo?

Él asintió.

—El torneo dura dos días, pero las mujeres juegan el sábado.

Ronnie se quedó pensativa.

—¿Y Scott necesita una beca de vóley-playa para ir a la universidad?

—Le sería de gran ayuda.

Ronnie lo obligó a detenerse.

—Entonces saca tiempo para entrenar. Practicad todo lo que haga falta. Haced lo que sea necesario para estar listos. Es tu amigo, ¿no? Ya nos apañaremos para encontrar momentos para estar juntos. Aunque eso implique que tengamos que pasarnos las horas sentados junto al nido de tortugas. No me importa ir a trabajar cansada.

Mientras ella hablaba, Will sólo podía pensar en lo bonita que era y en lo mucho que la iba a echar de menos.

—¿Qué pasará con nuestra relación, Ronnie? ¿Al final del verano? —le preguntó al tiempo que escrutaba su cara.

—Tú irás a la universidad —contestó Ronnie, desviando la vista—. Y yo regresaré a Nueva York.

Will la cogió por la barbilla, obligándola a mirarlo a los ojos.

—Ya sabes a qué me refiero.

—Sí, sé perfectamente a qué te refieres. Pero no sé qué es lo que quieres que te diga. No sé qué es lo que podemos decir.

—¿Qué tal un… «no quiero que lo nuestro se acabe»?

Los ojos de Ronnie adoptaron un tono verde oscuro y se llenaron de ternura, como si le pidieran disculpas.

—No quiero que lo nuestro se acabe —repitió suavemente.

A pesar de que eso era lo que él deseaba oír y de que obviamente ella lo decía de corazón, Will se dio cuenta de que ella sabía que las palabras, aunque fueran ciertas, no podían cambiar lo inevitable, podían lograr que él se sintiera mejor.

—Iré a Nueva York a visitarte —le prometió Will.

—Eso espero.

—Y quiero que tú vengas a Tennessee.

—Supongo que podré soportar otro viajecito al sur, si tengo un buen motivo para hacerlo.

Él sonrió mientras retomaban el paseo por la playa.

—¿Sabes qué? Haré todo lo que Scott me pida que hagamos para prepararnos para el torneo si me prometes que vendrás a la boda de mi hermana.

—En otras palabras, harás lo que se suponía que tenías que hacer, y a cambio, obtendrás lo que quieres.

Will no lo habría expresado en esos términos. Pero, pensándolo detenidamente, Ronnie tenía razón.

—Sí. Supongo que sí —admitió.

—¿Alguna cosa más, puesto que estás de ese talante negociador agresivo?

—Ahora que lo dices, sí, hay otra cosa. Quiero que intentes hablar con Blaze.

—Pero ¿qué dices? Ya lo he intentado.

—Lo sé, pero ¿cuándo? ¿Hace seis semanas? Nos ha visto juntos, así que sabe que no estás interesada en Marcus. Y ya ha tenido tiempo para que se le pase el enfado.

—No funcionará. No confesará la verdad —se rindió Ronnie—. Eso significaría que se metería en un buen lío.

—¿Cómo? ¿Qué cargos le imputarían? La cuestión es que no quiero que tengas que pagar por algo que no has hecho. La propietaria y el fiscal del distrito se niegan a escucharte; no digo que Blaze vaya a hacerte caso, pero no veo qué otra alternativa te queda si quieres salir bien parada de este problema.

—No funcionará —insistió Ronnie.

—Quizá no. Pero creo que vale la pena probarlo. Conozco a Blaze desde que éramos niños, y no siempre ha sido así. A lo mejor todavía le queda un poco de sentido común, y en el fondo sabe que está haciendo algo malo y lo único que necesita es una buena razón para intentar reparar el daño que ha hecho.

Ronnie no parecía estar del todo de acuerdo, pero tampoco se negó en redondo. Regresaron a casa inmersos cada uno en su propio silencio. Cuando estuvieron cerca, Will vio la luz encendida y la puerta del taller entreabierta.

—¿Tu padre todavía está trabajando en el vitral, a estas horas?

—Eso parece.

—¿Puedo verlo?

—¿Por qué no?

Juntos, se encaminaron hacia el edificio destartalado. Una vez dentro, Will vio una simple bombilla, sin pantalla, que colgaba de un cable eléctrico, encima de una gran mesa de trabajo que ocupaba el centro de la sala.

—Vaya, no está —dijo Ronnie, mirando a su alrededor.

—¿Es el vitral? —preguntó Will, que se acercó a la mesa de trabajo—. Es enorme.

Ronnie se colocó a su lado.

—Es sorprendente, ¿no te parece? Es para la iglesia que están reconstruyendo un poco más abajo, en esta misma calle.

—No me lo habías dicho. —Su voz parecía tensa, incluso Will fue consciente de ello.

—No pensé que fuera importante —contraatacó ella automáticamente—. ¿Por qué? ¿Acaso es importante?

Will intentó apartar de su mente las imágenes de Scott y del incendio.

—No, la verdad es que no —se apresuró a responder, fingiendo inspeccionar el cristal—. Simplemente es que no sabía que tu padre tuviera la habilidad de montar algo tan complejo.

—Yo tampoco lo sabía. Ni él tampoco, hasta que empezó. Pero me dijo que era muy importante para él, así que puede que eso tenga algo que ver.

—¿Por qué es tan importante para él?

Mientras Ronnie relataba la historia que su padre le había contado, Will permanecía con los ojos fijos en la vidriera, recordando lo que Scott había hecho. Y, por supuesto, lo que «él» no había hecho. Ronnie debió de detectar algo en su cara porque, cuando acabó, lo escrutó con curiosidad.

—¿En qué estás pensando?

Will pasó la mano por encima del vitral antes de contestar.

—¿Alguna vez te has preguntado qué significa la amistad?

—¿A qué te refieres?

Él giró la cara para mirarla a los ojos.

—¿Hasta dónde serías capaz de llegar para proteger a un amigo?

Ella reflexionó.

—Supongo que eso dependería de lo que hubiera hecho mi amigo. Y de la gravedad del delito. —Apoyó la mano en la espalda de Will—. ¿Qué intentas decirme?

Cuando él no contestó, Ronnie lo miró sin pestañear.

—Tarde o temprano, tendrás que hacer lo que es correcto, aunque te cueste. Sé que mi consejo quizá no te sirva de ayuda, y también sé que no siempre es fácil decidir qué es lo correcto. Por lo menos, de entrada. Pero incluso cuando me estaba justificando a mí misma que robar no era un delito tan grave, sabía que me estaba engañando. Y eso hacía que me sintiera… mal, muy mal conmigo misma. —Se acercó más a Will hasta que su cara quedó a escasos centímetros de la de él. Will notó el aroma a arena y a mar en su piel—. Acepté los cargos sin rechistar porque algo en mi interior me decía que lo que había hecho estaba mal. Algunas personas pueden vivir con esa carga, si son capaces de escapar airosas del castigo. Allí donde yo veo blanco y negro, ellas ven matices grises. Pero yo no soy así… Y tampoco creo que tú seas así.

Will apartó la mirada. Quería contárselo, se moría de ganas de confesarlo todo, ya que sabía que ella tenía razón, pero no parecía capaz de encontrar las palabras apropiadas. Ronnie lo comprendía como nadie. Pensó que tenía mucho que aprender de esa chica. Con ella a su lado, lograría ser una persona mejor. En muchos sentidos, la necesitaba. Se obligó a sí mismo a asentir, y Ronnie apoyó la cabeza en su hombro.

Cuando finalmente salieron del cobertizo, Will la detuvo

antes de que ella se encaminara a la casa. La atrajo hacia sí y empezó a besarla. Primero en los labios, luego en la mejilla, y por último en el cuello. La piel de Ronnie era como fuego, como si se hubiera pasado horas tumbada bajo el sol; cuando volvió a besarla en los labios, notó que ella arqueaba la espalda para pegarse más a su cuerpo. Will hundió los dedos en su melena y continuó besándola al tiempo que la iba acorralando contra la pared del taller. La quería, la deseaba. Mientras seguían besándose, podía notar los brazos de ella recorriéndole la espalda y los hombros. Aquel tacto era una descarga eléctrica en su piel, aquel aliento cálido contra el suyo… Will sintió cómo lentamente se dejaba arrastrar hasta un lugar gobernado sólo por los sentidos.

Will empezó a acariciarle la espalda y el vientre hasta que al final notó que Ronnie ponía las manos en su pecho para apartarlo.

—Por favor —suspiró ella—. Será mejor que no sigamos.

—¿Por qué?

—Porque no quiero que nos pille mi padre. Podría estar viéndonos ahora mismo, a través de la ventana.

—Sólo nos estamos besando.

—Ya. Y es evidente que nos sentimos atraídos el uno por el otro. —Rio ella.

Una lánguida sonrisa se perfiló en los labios de Will.

—¿Cómo? ¿No nos estábamos besando únicamente?

—Sólo digo que parecía que… lo que hacíamos conducía inevitablemente hacia algo más —explicó ella, alisándose la camiseta.

—¿Y dónde está el problema?

Con su expresión, Ronnie le estaba implorando que se dejara de juegos. Sabía que ella se estaba mostrando sensata, a pesar de que el resultado no fuera el que él deseaba.

—Tienes razón —resopló, deslizando la mano hasta colocarla sobre el hueco de la cintura de Ronnie—. Intentaré controlarme.

Ella lo besó en la mejilla.

—Confío plenamente en ti.

—¡Vaya! Gracias —le replicó, con un tono disconforme.

—Iré a ver cómo está mi padre, ¿vale? —dijo ella, y le guiñó el ojo.

—Vale. De todos modos, mañana he de estar temprano en el trabajo.

Ronnie sonrió.

—Qué pena. Yo mañana no empiezo hasta las diez.

—¿Todavía tienes que dar de comer a las nutrias?

—Se morirían de hambre sin mí. Diría que ahora me he vuelto indispensable.

Will soltó una carcajada.

—¿Te había dicho que creo que eres una buena guardiana?

—No creo que nadie me lo haya dicho antes. Y para que lo sepas, no me molesta tenerte cerca.

24

Ronnie

*R*onnie se quedó contemplando a Will mientras éste se alejaba. Reflexionaba sobre las cosas que él le había dicho y se preguntaba si tenía razón respecto a Blaze. Su próxima cita en el juzgado había sido una angustiosa carga mental durante todo el verano: a veces se preguntaba si pensar en el posible castigo era peor que el castigo en sí. A medida que pasaban las semanas, había empezado a despertarse por la noche y a no conseguir conciliar el sueño después. No es que la aterrorizara la idea de ir a la cárcel —dudaba mucho de que fueran a encerrarla—, pero tenía miedo de que esos delitos la marcaran y persiguieran durante toda su vida. ¿Tendría que exponer otra vez la historia antes de acceder a la universidad? ¿Se lo tendría que contar a sus futuros jefes? ¿Le darían un trabajo como maestra? Todavía no había decidido si quería ir a la universidad o ser maestra, pero el temor siempre estaba presente. ¿Sería una lacra para toda la vida?

Su abogada opinaba que no, pero tampoco podía prometerle nada.

Y la boda. Para Will era fácil pedirle que asistiera, asumir que no había para tanto. Pero Ronnie sabía que Susan no quería que fuera, y lo último que deseaba era convertirse en un incordio. Se suponía que tenía que ser el día más feliz de Megan.

Al llegar al porche posterior, estaba a punto de entrar en casa cuando oyó el chirrido de la mecedora. Sobresaltada, dio un brinco hacia atrás, y entonces vio a Jonah, que la estaba mirando.

—¡Puaj! ¡Qué asco!

—¿Qué haces aquí? —lo regañó, con el corazón todavía desbocado.

—Mirándoos a ti y a Will. Y tal y como te he dicho: ¡qué asco! —Sacudió los hombros y la cabeza con un escalofrío.

—¿Nos estabas espiando?

—Era imposible no hacerlo. Tú y Will estabais ahí, junto al taller. Parecía que él iba a estrujarte hasta matarte.

—No me estaba haciendo daño —le aseguró Ronnie.

—Sólo digo que lo parecía.

Ella sonrió.

—Ya lo comprenderás cuando seas más mayor.

Jonah sacudió la cabeza.

—Entiendo perfectamente lo que estabais haciendo. Lo he visto en las películas. Pero creo que era asqueroso.

—Eso ya lo habías dicho —señaló ella.

Su comentario pareció frenar a Jonah por un segundo.

—¿Y adónde va ahora?

—A su casa. Mañana tiene que trabajar.

—¿Vas a quedarte aquí fuera vigilando el nido de tortugas esta noche? Porque no hará falta que lo hagas. Papá ha dicho que lo podemos vigilar nosotros dos, esta noche.

—¿Has convencido a papá para que durmáis fuera?

—Él también quiere. Cree que será divertido.

«Lo dudo», pensó Ronnie, pero en cambio dijo:

—Vale. Por mí no hay ningún problema.

—Ya he preparado todas las cosas. El saco de dormir, la linterna, zumos, bocadillos, una caja de galletitas saladas, golosinas, patatas fritas, galletas y una raqueta de tenis.

—¿Piensas jugar al tenis?

—No, es por si viene el mapache. Ya me comprendes, por si intenta atacarnos.

—No os atacará.

—¿De veras? —Jonah parecía decepcionado.

—Bueno, de todos modos, quizá sea una buena idea —convino Ronnie—. Sólo por si acaso. Nunca se sabe.

Su hermano se rascó la cabeza.

—Sí, eso mismo pensaba yo.

Ronnie señaló hacia el taller.

—Por cierto, el vitral está quedando muy bonito.

—Gracias —dijo Jonah—. Papá quiere que cada pieza quede perfecta. Me hace repetir las piezas dos o tres veces. Pero le estoy cogiendo el tranquillo.

—Eso parece.

—Pero allí dentro hace mucho calor. Especialmente cuando enciende el horno. Es como estar dentro de un horno.

«Claro, es un horno», pensó Ronnie, pero en cambio dijo:

—¡Vaya! ¡Cuánto lo siento! ¿Y cómo va el asunto de las galletas?

—Bien. He de comérmelas mientras papá duerme la siesta.

—Papá no duerme la siesta.

—Ahora sí. Cada tarde, durante un par de horas. A veces, para despertarlo, he de zarandearlo con fuerza.

Ella se quedó mirando a su hermano fijamente antes de echar un vistazo al interior de la casa a través de la ventana.

—¿Y dónde está papá ahora?

—En la iglesia. El reverendo Harris pasó por aquí hace un rato. Últimamente viene mucho. Se ve que le gusta hablar con papá.

—Son amigos.

—Lo sé. Pero creo que papá utiliza eso como excusa. Me parece que ha ido a tocar el piano.

—¿De veras?

—Espera, espera... Ahora que recuerdo, no estoy seguro de si debía contártelo. Quizá será mejor que lo olvides.

—¿Y por qué no debías contármelo?

—Porque igual te enfadas otra vez con él, como aquel día.

—No voy a enfadarme con él —protestó Ronnie—. ¿Cuándo me has visto enfadarme con papá?

—La última vez que tocó el piano, ¿no te acuerdas?

«Ah, sí», pensó Ronnie. Ese niño tenía una memoria portentosa.

—No te preocupes. No pienso enfadarme de nuevo.

—Me alegro. Porque no quiero que le chilles. Mañana tenemos que ir a Fort Fisher a pescar, y quiero que papá esté de buen humor.

—¿Cuánto rato hace que se ha marchado a la iglesia?

—No lo sé. Diría que un par de horas. Por eso estaba aquí fuera, esperándolo. Y entonces apareciste tú con Will y empezasteis a daros el lote.

—¡Oye! ¡Sólo nos estábamos besando!

—No, no me convences. Definitivamente, os estabais dando el lote —alegó Jonah, con absoluta convicción.

—¿Has cenado? —le preguntó ella, intentando cambiar de tema.

—Estaba esperando a papá.

—¿Quieres que te prepare un par de perritos calientes?

—¿Sólo con kétchup? —le pidió él, con carita de circunstancias.

Ronnie suspiró.

—Vaaaaale.

—Pensaba que ni siquiera te atrevías a tocar la carne.

—Aunque te parezca increíble, últimamente he tenido que tocar un montón de peces muertos, así que un perrito caliente ya no me parece algo tan repugnante.

Él sonrió.

—¿Me llevarás al acuario un día, para que vea cómo das de comer a las nutrias?

—Si quieres, incluso podría conseguir que les dieras de comer tú.

—¿De verdad? —Jonah alzó la voz, emocionado.

—Supongo que sí. Tendré que pedir permiso, claro, pero a veces dejan que lo hagan los grupos de estudiantes que vienen de visita, así que no creo que haya ningún inconveniente.

Su pequeña cara se iluminó.

—¡Caramba! ¡Gracias! —Acto seguido, se levantó de la mecedora y agregó—: Ah, por cierto, me debes diez pavos.

—¿Por qué?

—¿Cómo que por qué? Para que no le cuente a papá lo que estabais haciendo tú y Will.

—¿Hablas en serio? ¿A pesar de que he ofrecido prepararte la cena?

—Vamos, tú trabajas y yo soy pobre.

—Por lo visto crees que gano más de lo que realmente me pagan. No tengo diez dólares. Todo lo que he ganado lo he invertido en ayudar a pagar a la abogada.

Jonah consideró la explicación.

—¿Qué tal cinco?

—¿Aceptarías que te diera cinco dólares incluso cuando te he dicho que no dispongo ni de diez dólares para mí? —Ronnie puso cara de ofendida.

Jonah volvió a pensárselo unos segundos.

—¿Y qué tal dos?

—¿Qué tal uno?

—Trato hecho. —Sonrió él.

Después de prepararle la cena a su hermano —quería los perritos calientes hervidos, y no hechos en el microondas—, Ronnie se marchó a la iglesia, por la playa. No quedaba muy lejos, pero estaba en la dirección opuesta a la ruta que solía tomar, y ni siquiera se había fijado en el edificio las pocas veces que había pasado por allí.

Mientras se acercaba, vio la silueta del capitel, que sobresalía en el cielo nocturno. De no ser por aquel detalle, la iglesia se hubiera fundido por completo con el entorno, básicamente porque era mucho más pequeña que cualquiera de las casas que la flanqueaban y porque en ella no destacaba ningún ornamento lujoso. Las paredes estaban hechas de tablas horizontales, y a pesar de que se trataba de una nueva edificación, la construcción ya mostraba un aspecto deteriorado.

Ronnie tuvo que pasar por encima de la duna para llegar al aparcamiento situado a un lado del edificio, y desde allí sí que detectó más pruebas de la reciente actividad: un contenedor lleno de escombros, una pila de planchas de madera contrachapada apoyadas al lado de la puerta y una camioneta cargada con materiales de construcción aparcada cerca de la entrada. La puerta principal estaba entreabierta, iluminada por un suave hililo de luz, a pesar de que el resto del edificio parecía hallarse completamente a oscuras.

Se dirigió hacia la puerta y entró. Al echar un vistazo a su alrededor, constató que todavía faltaba mucho trabajo por hacer. El suelo era de cemento, la pared enyesada no parecía completamente acabada y tampoco había ni sillas ni bancos para que los feligreses pudieran sentarse. Una capa de polvo cubría básicamente todos los tablones apilados en el suelo; sin embargo, allí delante, donde Ronnie podía imaginarse al reverendo Harris dando el sermón los domingos, vio a su padre sentado detrás de un piano nuevo que parecía absolutamente fuera de lugar. Una vieja lámpara de aluminio, enchufada a un cable eléctrico que se extendía por el suelo, dispensaba la única iluminación.

Steve no la había oído entrar, y continuó tocando. Ronnie no reconoció la canción. Parecía contemporánea, a diferencia de la música que solía tocar, pero tuvo la impresión de que estaba como... inacabada. Su padre pareció pensar lo mismo, porque se detuvo un momento, por lo visto había decidido añadir unas nuevas notas, y volvió a empezar desde el principio.

Esta vez, Ronnie escuchó los cambios sutiles que él acababa de aplicar. Sin lugar a dudas, enriquecían la canción, pero la melodía seguía sin sonar del todo perfecta. Ronnie sintió una enorme alegría al constatar que todavía tenía la habilidad no sólo de interpretar música, sino de imaginar posibles variaciones. Cuando era más pequeña, ése era el talento que más había sorprendido a su padre, por encima de los demás.

Steve volvió a empezar, aplicando más cambios; mientras ella lo miraba, supo que él se sentía feliz. A pesar de que la música ya no formaba parte de la vida de Ronnie, siempre había formado parte de la vida de su padre, y de repente se sintió culpable por habérsela arrancado. Recordó que se había enfadado porque había pensado que él trataba de convencerla para que volviera a tocar, pero ¿ésa había sido su intención, en realidad? ¿Lo hacía por ella? ¿O en cambio tocaba porque era una parte esencial de su personalidad?

No estaba segura, pero al observarlo, se sintió conmovida por el sacrificio que su padre había hecho. La seriedad con que él analizaba cada nota y la facilidad con que aplicaba cambios a la canción le hizo comprender todo lo que él había tenido que renunciar para satisfacer su exigencia infantil.

Mientras tocaba, tosió una vez, y después otra, antes de dejar de tocar. Siguió tosiendo, cada vez más violentamente, y al ver que el ataque de tos no mermaba, Ronnie echó a correr hacia él.

—¡Papá! —gritó—. ¿Estás bien?

Steve levantó la cabeza y, sin saber cómo, la tos empezó a calmarse. Cuando ella finalmente se inclinó a su lado, él volvía a respirar casi con normalidad, únicamente soltando un ligero silbido imposible de controlar.

—Estoy bien —le aseguró, con la voz debilitada—. Aquí dentro hay demasiado polvo. Me molestaba en la garganta y tengo estos ataques de tos. Siempre me pasa lo mismo.

Ella lo miró sin pestañear, y pensó que estaba un poco pálido.

—¿Seguro que sólo se trata de eso?

—Sí, seguro. —Le propinó una palmadita en la mano—. ¿Qué haces aquí?

—Jonah me dijo dónde estabas.

—Me temo que me has pillado con las manos en la masa, ¿eh?

Ronnie sacudió la cabeza lentamente.

—No pasa nada, papá. Es una necesidad, ¿no?

Cuando él no contestó, ella señaló hacia el teclado, recordando todas las canciones que habían escrito juntos.

—¿Qué melodía estabas tocando? ¿Estás practicando una nueva canción?

—Ah, eso… Más bien diría que lo que intento es escribirla. Sólo es una música que tengo en la cabeza. Nada importante.

—Pues parecía buena…

—No. No sé qué es lo que falla. Quizá tú sí que lo sepas, siempre habías sido mejor compositora que yo, pero no sé por qué no consigo que suene completamente bien. Es como si lo estuviera haciendo todo al revés.

—Era buena —insistió ella—. Y era… más moderna que lo que sueles tocar.

Steve sonrió.

—Te has fijado, ¿eh? No la empecé así, pero la verdad es que no sé qué me pasa.

—Quizás has estado escuchando mi iPod.

Él sonrió.

—No, te aseguro que no.

Ronnie miró a su alrededor.

—¿Cuándo estará acabada la iglesia?

—No lo sé. La compañía de seguros no puede cubrir todos los desperfectos. De momento, las obras están paradas.

—¿Y el vitral?

—Todavía tengo la intención de acabarlo. —Steve señaló hacia una apertura tapada con una plancha de madera en la pared detrás de él—. Lo colocarán ahí, aunque tenga que hacerlo yo mismo.

—¿Sabes cómo hacerlo? —preguntó Ronnie, con un manifiesto escepticismo.

—Todavía no.

Ella sonrió.

—¿Por qué hay un piano aquí, si la iglesia no está acabada? ¿No tienen miedo de que venga alguien y se lo lleve?

—En teoría no debían haberlo traído hasta que la iglesia hubiera estado acabada, y técnicamente se supone que no debería estar aquí. El reverendo Harris espera encontrar a alguien que acepte guardarlo, pero puesto que todavía no hay fecha de finalización de las obras, no es tan fácil como parece. —Se dio la vuelta para mirar hacia la puerta principal y se mostró sorprendido al ver que ya era de noche—. ¿Qué hora es?

—Un poco más de las nueve.

—¡Cielos! —exclamó, al tiempo que se levantaba precipitadamente—. ¡No me había dado cuenta de la hora! Le he dicho a Jonah que acamparíamos esta noche al lado del nido de tortugas. Y, además, he de prepararle la cena.

—De eso ya me he encargado yo.

Él sonrió, pero mientras recogía la partitura y apagaba la luz de la iglesia, Ronnie se quedó sobrecogida al ver su aspecto, tan cansado y frágil.

25

Steve

Steve pensó que Ronnie tenía razón. La canción era definitivamente moderna.

No le había mentido cuando le había dicho que no había empezado por esa línea. En la primera semana, había intentado aproximarse a los ritmos de Schumann; unos pocos días después, se había inspirado más en Grieg. Y luego habían sido las notas de Saint-Saëns las que había oído en su cabeza. Pero al final nada parecía correcto; nada de lo que hacía conseguía proyectar el mismo sentimiento que él había sentido cuando había plasmado aquellas primeras notas tan simples en aquel trozo de papel.

En el pasado, había intentado crear música que trascendiera generaciones —por lo menos ésa había sido su fantasía—. Pero esta vez no. Esta vez su intención era experimentar. Intentó que la música adoptara forma por sí sola, y poco a poco se dio cuenta de que había dejado de plagiar a los grandes compositores y que estaba contento con fiarse de su instinto. Pero aún no había conseguido su objetivo; la canción no estaba acabada. No era perfecta, y existían posibilidades de que nunca fuera perfecta, aunque, de algún modo, eso no lo molestaba.

Se preguntó si ése había sido precisamente el problema durante toda su vida —el hecho de haberse pasado la vida emulando lo que a otros les había funcionado—. Tocaba música que otros habían escrito cientos de años antes; buscaba a Dios en sus paseos por la playa porque al reverendo Harris eso le había funcionado. En aquel preciso momento, con su hijo sentado a su lado sobre una duna fuera de su casa y mirando a través de unos binoculares, a pesar de que prácticamente no podía ver nada, se preguntó si había optado por eso porque pensaba que los otros tenían las respuestas que él buscaba, y también por miedo a fiarse de sus propios instintos. Quizá sus maestros se habían convertido tanto en su bastón de apoyo que al final había tenido miedo de ser él mismo.

—¿Papá?

—¿Sí, Jonah?

—¿Vendrás a vernos a Nueva York?

—Nada me haría más feliz.

—Porque creo que Ronnie ya no te dará la espalda.

—Me alegro.

—Ha cambiado un montón, ¿no te parece?

Steve bajó los binoculares.

—Me parece que todos hemos cambiado mucho este verano.

—Sí —asintió Jonah—. Estoy seguro de que ahora soy más alto.

—Sí que has crecido. Y además has aprendido a montar un vitral.

Su hijo pareció reflexionar sobre la cuestión.

—Oye, papá...

—¿Sí?

—Creo que quiero aprender a hacer el pino.

Steve dudó, preguntándose de dónde habría sacado aquello.

—¿Puedo preguntarte por qué?

—Me gusta estar boca abajo. No sé por qué. Pero creo que necesitaré que me sostengas las piernas. Por lo menos al principio.

—Estaré encantado de ayudarte.

Los dos se quedaron en silencio durante un buen rato. Era una noche suave y estrellada, y mientras Steve se fijaba en la belleza que lo rodeaba, se sintió súbitamente invadido por una sensación de bienestar. Por pasar el verano con sus hijos, por estar sentado en la duna con su hijo, hablando sobre trivialidades. Se había ido acostumbrando a esa clase de días y temía que pronto tocaran a su fin.

—Oye, papá.

—¿Sí, Jonah?

—¿No crees que es un poco aburrido estar aquí fuera?

—La verdad es que a mí me parece la mar de relajante —contestó Steve.

—Pero apenas puedo ver nada.

—Puedes ver las estrellas. Y escuchar el ruido de las olas.

—Pero eso ya lo oigo todo el tiempo. Es el mismo ruido cada día.

—¿Cuándo quieres empezar a practicar el pino?

—Quizá mañana.

Steve rodeó a su hijo con el brazo.

—¿Qué te pasa? Pareces un poco decaído.

—No es nada. —La voz de Jonah apenas era audible.

—¿Estás seguro?

—¿Puedo ir al colegio aquí? ¿Y quedarme a vivir contigo?

Steve sabía que tenía que elegir las palabras adecuadas para contestar.

—¿Y qué pasa con tu madre?

—La quiero mucho. Y la echo de menos. Pero me gusta estar aquí. Me gusta pasar el día contigo, ¿sabes? Montando la vidriera, haciendo volar la cometa... Simplemente pasar el rato juntos. Me lo estoy pasando tan bien que no quiero que esto se acabe.

Steve lo estrechó amorosamente.

—A mí también me gusta estar contigo. Es el mejor verano de mi vida. Pero cuando vayas a la escuela no podremos estar juntos todo el rato, como ahora.

—Quizá podrías ser mi maestro.

La voz de Jonah era suave, casi asustada; sonaba como la voz del niño que era. Aquello hizo que se le hiciera un nudo en la garganta. Odiaba lo que tenía que decir a continuación, aunque no le quedaba ninguna otra alternativa.

—Creo que tu madre se moriría de pena si te quedaras aquí a vivir conmigo.

—Quizá podrías ir a vivir a Nueva York otra vez. Quizá mamá y tú podríais volver a casaros.

Steve aspiró aire profundamente, odiando la verdad.

—Sé que es duro y que no te parece justo. Me encantaría que existiera una fórmula para cambiar la vida, pero no puedo. Tienes que estar con tu madre. Ella te quiere muchísimo, y no sabría qué hacer sin ti. Pero yo también te quiero. Y no quiero que lo olvides nunca.

Jonah asintió como si ya hubiera esperado la respuesta de Steve.

—¿Todavía te apetece ir a pescar a Fort Fisher mañana?

—Si tú quieres, sí. Y luego, quizá podríamos ir a un parque acuático, a tirarnos por los toboganes.

—¿Hay parques acuáticos por aquí?

—Hay uno que no está muy lejos. Lo único que tenemos que hacer es acordarnos de llevar los trajes de baño.

—Vale —convino Jonah, con un tono más animado.

—Y quizá luego podamos ir a comer a alguna pizzería chula.

—¿De veras?

—Si quieres, ¿por qué no?

—¡De acuerdo! ¡Sí que quiero!

Jonah se quedó callado otra vez antes de desviar finalmente la mano hacia la tapa de la nevera portátil. Cuando sacó una bolsa de plástico llena de galletas, Steve sabía que lo más conveniente era no decir nada.

—Oye, papá.

—¿Sí?

—¿Crees que las tortugas nacerán esta noche?

—No creo que estén listas todavía, pero ha sido un verano muy caluroso, por lo que no tardarán.

Jonah se mordió el labio inferior, pero no dijo nada; Steve supo que su hijo estaba pensando de nuevo en el día en que tendría que regresar a Nueva York. Lo estrechó nuevamente con ternura, aunque en su interior notó una suerte de desgarro, una sensación que sabía que nunca llegaría a curarse del todo.

Υ

A la mañana siguiente, muy temprano, Steve contempló la playa en toda su extensión, con la certeza de que si se iba a dar un paseo, la mañana sería simplemente perfecta.

Había llegado a la conclusión de que Dios no estaba presente en aquel lugar. Por lo menos, no para él. Sin embargo, ahora que lo pensaba con detenimiento, le encontraba el sentido. Si fuera tan fácil ubicar a Dios, entonces las playas estarían abarrotadas de gente por la mañana. Estarían llenas de personas, cada una con su propia petición, en vez de estar llenas de gente practicando deporte, paseando a sus perros o pescando en la orilla.

Ahora comprendía que la búsqueda de la presencia de Dios era un misterio tan grande como Dios mismo, ¿y, en realidad qué era Dios, sino un misterio?

Sin embargo, le pareció curioso haber tardado tanto tiempo en darse cuenta.

Pasó el día con Jonah, tal y como habían planeado la noche anterior. El fuerte era probablemente más interesante para él que para Jonah, puesto que Steve comprendía parte de la historia de la Guerra de Independencia y sabía que Wilmington había sido el último puerto de mayor envergadura en funcionamiento en los Estados Confederados. El parque acuático, sin embargo, resultó más emocionante para Jonah que para él. Cada persona que se tiraba por uno de los toboganes tenía que subir su esterilla por las escaleras hasta arriba de todo. Steve se mostró en forma durante las primeras dos veces, pero pronto tuvo que abandonar el intento.

Realmente se sentía como si estuviera agonizando.

La pizzería que eligieron consistía en una sala enorme llena de videojuegos, que mantuvieron a Jonah ocupado durante otro par de horas. Jugaron tres partidos de Air Hockey, y acumularon un montón de papeletas; después de intercambiarlas por los premios, salieron con dos pistolas de agua, tres balones hinchables, una caja de lápices de colores y dos gomas. Steve no quería ni pensar en cuánto se había gastado en todo eso.

Fue un día fantástico, lleno de risas saludables, pero acabó muy cansado. Después de pasar un rato con Ronnie, se fue a dormir. Exhausto, se quedó dormido al cabo de tan sólo unos minutos.

26

Ronnie

Después de que su padre y Jonah se hubieran marchado a pasar el día juntos, Ronnie salió con la firme determinación de hablar con Blaze, con la esperanza de encontrarla antes de que fuera la hora de ir a trabajar al acuario. Lo peor que podía suceder era que aquella chica la insultara o que se negara a hablar con ella de entrada, lo cual la dejaría en la misma posición en la que ya estaba. No esperaba que Blaze cambiara repentinamente de actitud y no quería hacerse falsas ilusiones, aunque era difícil no hacerlo. Will tenía razón: Blaze no era como Marcus, quien carecía de conciencia por completo, y por consiguiente ella tenía que sentirse un poco culpable, ¿no?

No le costó mucho encontrarla. Blaze se hallaba sentada en la duna cerca del muelle, observando a los surfistas. No dijo nada cuando Ronnie se le acercó.

Ronnie ni siquiera estaba segura de por dónde empezar, así que comenzó por lo más obvio.

—Hola, Blaze.

La otra chica no contestó, y Ronnie aspiró hondo antes de continuar.

—Ya sé que probablemente no quieres hablar conmigo…

—Pareces un huevo de Pascua.

Ronnie echó un vistazo al uniforme que tenía que llevar obligatoriamente en el acuario: una camiseta turquesa con el logotipo del acuario, unos pantalones cortos de color blanco y unos zapatos blancos.

—Intenté convencerlos de que cambiaran el uniforme y lo pusieran todo negro, pero no me escucharon.

—Qué pena. El negro es tu color favorito. —Blaze esbozó una sonrisa fugaz—. ¿Qué quieres?

Ronnie tragó saliva.

—No estaba intentando ligar con Marcus aquella noche. Fue él quien vino a hablar conmigo, y no sé por qué dijo lo que dijo, a no ser que su intención fuera ponerte celosa. Estoy segura de que no me crees, pero quiero que sepas que jamás te habría hecho una trastada como ésa. No soy así. —Le había salido todo de carrerilla, pero ahora ya estaba, ya lo había dicho.

Blaze se quedó quieta, luego añadió:

—Lo sé.

No era la respuesta que Ronnie había esperado.

—Entonces, ¿por qué pusiste esas cosas en mi bolso? —soltó sin poder contenerse.

Blaze la repasó de arriba abajo, despacio.

—Porque estaba muy enfadada contigo. Porque era obvio que le gustabas a Marcus.

Ronnie se contuvo para no soltarle algún comentario que habría puesto punto final inmediatamente a la conversación, ofreciéndole a Blaze la oportunidad de continuar. Ésta volvió a fijar la vista en los surfistas.

—He visto que pasas mucho tiempo con Will.

—Me ha dicho que antes erais amigos.

—Sí, lo éramos. Hace tiempo. Es un buen chico. Tienes suerte. —Se limpió las manos en los pantalones—. Mi madre va a casarse con su novio. Después de que me lo anunciara, nos peleamos como un perro y un gato y me echó de casa. Incluso ha cambiado la cerradura.

—Cuánto lo siento —dijo Ronnie, y en realidad lo sentía.

—Sobreviviré.

Pensó en lo que había de parecido en sus vidas: divorcio, rabia y rebelión, y finalmente uno de sus padres que se casaba otra vez. Sin embargo, a pesar de aquellas semejanzas, ellas dos no se parecían en nada. Blaze había cambiado desde el principio del verano. Ya no quedaba nada de aquel entusiasmo por la vida que Ronnie había detectado la primera vez que se conocieron, y también parecía mayor, como si hubiera envejecido más de la cuenta en tan sólo unas semanas. Y no de un modo positivo. Sus ojeras eran espantosas y su piel había adoptado un tono cetrino. También había adelgazado. Mucho. De una forma extraña, era como si Ronnie estuviera viendo a la persona en la que ella habría podido acabar convertida, y no le gustó nada lo que vio.

—Lo que me hiciste no estuvo bien —dijo Ronnie—. Pero todavía puedes arreglarlo.

Blaze sacudió la cabeza lentamente.

—Marcus no me dejará. Me dijo que si lo hacía, no volvería a dirigirme la palabra.

Al escuchar aquel tono robótico, Ronnie sintió ganas de zarandearla bruscamente. Blaze pareció darse cuenta de lo que Ronnie estaba pensando y suspiró antes de continuar.

—No tengo ningún otro sitio adonde ir. Mi madre llamó a todos sus parientes y les dijo que no me dieran cobijo. Les dijo que es muy duro para ella, pero que lo que necesito es mano dura. Y no tengo dinero para comer, y a menos que no quiera dormir en la playa cada noche el resto de mi vida, tengo que hacer lo que Marcus me pide. Cuando se enfada conmigo, ni siquiera me deja que me duche en su cuarto de baño. Y no me da ni un centavo del dinero que ganamos en los espectáculos, así que tampoco puedo comer. A veces me trata como a un animal, y odio mi situación. Pero no tengo a nadie más.

—¿Has intentado hablar con tu madre?

—¿Para qué? Cree que soy una bala perdida, y me odia.

—Estoy segura de que no te odia.

—No la conoces como yo.

Ronnie recordó aquella vez que había ido a su casa y había visto el dinero sobre la mesa. No le parecía que hablaran de la misma persona, pero tampoco quería entrar en ese terreno. En el silencio, Blaze apoyó las manos en el suelo y se levantó. Tenía la ropa sucia y arrugada, como si hubiera llevado las mismas prendas durante una semana entera, sin cambiarse, lo cual probablemente era cierto.

—Sé lo que quieres que haga —dijo Blaze—. Pero no puedo. Y no es porque no te aprecie. De verdad. Creo que eres una buena chica, y yo no debería haber hecho lo que hice. Pero estoy tan atrapada como tú. Y tampoco creo que Marcus haya acabado contigo.

Ronnie irguió la espalda.

—¿Qué quieres decir?

Blaze la miró con ojos vacíos.

—Ha empezado a hablar de ti otra vez. Y no muy bien. Si estuviera en tu lugar, me mantendría lo más alejada posible de él.

Antes de que Ronnie pudiera contestar, Blaze empezó a alejarse.

—¡Oye, Blaze! —gritó Ronnie.

Blaze se dio la vuelta lentamente.

—Si necesitas comer o un sitio para dormir, ya sabes dónde vivo.

Por un instante, Ronnie pensó que no sólo veía una mueca fugaz de gratitud, sino algo que le recordó a la chica ingeniosa y vivaz que había conocido en junio.

—Y una cosa más —añadió—: ese espectáculo de las bolas de fuego que haces con Marcus es peligroso.

Blaze le lanzó una sonrisa triste.

—¿Realmente crees que es más peligroso que cualquier otra cosa en mi vida?

Al siguiente día, por la tarde, Ronnie estaba de pie delante de su armario, consciente de que no tenía nada que ponerse. Aunque fuera a la boda —cosa de la que todavía no estaba totalmente segura— no tenía nada remotamente apropiado, a menos que se tratara de una boda con Ozzy Osbourne y su clan.

Pero se trataba de una boda formal, de etiqueta: los invitados tenían que ir con esmoquin y las invitadas con vestido largo, y no sólo la familia más directa de los novios. Nunca se habría imaginado que asistiría a esa clase de ceremonia cuando estaba preparando la maleta en Nueva York. Ni siquiera había pensado en llevarse los zapatitos de tacón negros que su madre le había regalado en Navidad, y que todavía estaban en la caja, sin estrenar.

Realmente no comprendía por qué Will deseaba que asistiera a esa boda. Aunque encontrara una forma de ir presentable, no es que esperase entablar conversación con nadie. Will era el hermano de la novia, lo cual significaba que tendría que estar dispuesto a posar en cientos de fotos mientras ella esperaba en la sala de recepción, y él tendría que sentarse en la mesa principal, así que ni siquiera estarían juntos durante el convite. Probablemente ella acabaría sentada en una mesa con el gobernador, el senador o con alguna familia que habría llegado en avioneta privada... hablando de cosas que ella no comprendería. Si a eso le añadía que Susan la detestaba, no le cabía la menor duda de que toda aquello de asistir a la boda era un disparate. Un verdadero disparate. Una cosa horrible desde cualquier punto de vista concebible.

Pero, por otro lado...

¿Cuándo tendría la oportunidad de que volvieran a invitarla a una boda como aquélla? Sabía que la impresionante casa de Will había pasado por una increíble transformación en las dos últimas semanas: sabía que habían cubierto la piscina con un entarimado de madera, que habían dispuesto varias pérgolas de lona, que habían plantado decenas de miles de flores, y que no sólo habían alquilado lámparas de uno de los estudios cinematográficos en Wilmington, sino que un equipo se había desplazado hasta allí para montarlo todo usando incluso andamios. Del *catering* —todo lo imaginable, desde caviar a champán Cristal— se iban a encargar tres restaurantes diferentes en Wilmington, y supervisaba toda la operación un reputadísimo cocinero que Susan conocía en Boston y al que una vez propusieron para ocupar el puesto de jefe de cocina de la Casa Blanca. Todo iba a ser extraordinario; desde luego nada parecido a cómo ella querría su propia boda —una ceremonia a la orilla del mar en México con una docena de asistentes era más su estilo—, pero suponía que eso formaba parte de la emoción de asistir a ese tipo de ceremonias. Nunca más iría a una boda similar, por más años que viviera.

Eso sí…, por supuesto, encontraba un vestido decente para ir. En realidad, ni siquiera sabía por qué estaba revisando su armario. No podía recurrir a una varita mágica y convertir un par de pantalones vaqueros en un vestido o intentar que su mechón lila consiguiera desviar la atención de sus camisetas adquiridas en conciertos de rock. La única vestimenta más o menos decente que tenía, la única que Susan no encontraría tan repugnante si se encontraran por casualidad en la cola de un cine, era el uniforme que llevaba en el acuario, el que le confería el aspecto de huevo de Pascua.

—¿Qué haces?

Jonah se hallaba de pie en el umbral, mirándola fijamente.

—Busco algo para vestirme más formal —explicó con un tono abatido.

—¿Vas a salir?

—No. Quiero decir, algo que ponerme para la boda.

Su hermano ladeó la cabeza.

—¿Te vas a casar?

—No, hombre. La hermana de Will se casa.

—¿Cómo se llama?

—Megan.

—¿Es simpática?

Ronnie sacudió la cabeza.

—No lo sé. Todavía no la conozco.

—Entonces, ¿por qué quieres ir a su boda?

—Porque Will me lo ha pedido. Así funcionan las cosas —explicó—. Él puede llevar una invitada a la boda. Y se supone que yo soy su invitada.

—Ah —dijo—. ¿Y qué te vas a poner?

—No lo sé. No tengo nada apropiado.

Jonah la señaló con la cabeza.

—Pues yo creo que lo que llevas puesto no está mal.

El uniforme de huevo de Pascua. Genial.

Ronnie se agarró la camiseta por el pecho y tiró fuertemente de ella.

—No puedo ir así. Es una boda formal. Tengo que ir con un vestido.

—¿Y tienes un vestido en el armario?

—No.

—Entonces, ¿por qué estás ahí de pie, plantada?

«Muy bien» pensó, cerrando la puerta. Acto seguido, se dejó caer pesadamente en la cama.

—Tienes razón —admitió—. No puedo ir.

—¿Quieres ir? —preguntó Jonah con curiosidad.

En un instante, sus pensamientos pasaron de un «Por supuesto que no» a un «Bueno, quizá», y al final a un «Sí, sí que quiero ir». Encogió las rodillas y las abrazó.

—Will quiere que vaya. Para él es importante. Y seguramente será algo digno de ver.

—Entonces, ¿por qué no te compras un vestido?

—Porque no tengo dinero —concluyó ella.

—Ah, pero eso es fácil de solucionar.

Jonah se dirigió hacia la colección de juguetes que tenía en un rincón. Tirada de cualquier manera, sobresalía una maqueta de avión; la recogió y la llevó hasta su hermana, desenroscó el morro del avión. Mientras empezaba a echar todo el contenido sobre la cama, a Ronnie se le desencajó la mandíbula al ver todo el dinero que él había atesorado. Debía de haber unos doscientos o trescientos dólares.

—Es mi banco —dijo, secándose la nariz con el brazo—. Llevo bastante tiempo ahorrando.

—¿De dónde has sacado todo esto?

Jonah señaló un billete de diez dólares.

—Éste fue por no decirle a papá que te había visto la noche de la feria. —Señaló hacia un dólar—. Éste por no contarle a papá lo que tú y Will estabais haciendo aquella noche ahí fuera. —Continuó señalando varios billetes—. Éste es del chico con el pelo azul, y éste de la noche que jugamos al póquer mentiroso. Éste fue de aquella vez que tú saliste a escondidas de casa, después de que mamá te castigara...

—Vale, vale. No sigas —lo atajó, sin poder dejar de pestañear—. ¿Y te lo has guardado todo?

—¿En qué me lo iba a gastar? —respondió—. Mamá y papá me compran todo lo que necesito. Lo único que tengo que hacer es ponerme pesado y suplicar sin parar. Es bastante fácil conseguir lo que quiero. Sólo hay que saber el mecanismo. Mamá necesita que llore, en cambio papá necesita que le explique por qué creo que me lo he ganado.

Ronnie sonrió. Su hermano, el chantajista barra psicólogo. Sorprendente.

—Así que de verdad, no lo necesito. Y me gusta Will. Te hace feliz.

«Sí, me hace feliz», pensó ella.

—¿Sabías que eres mi hermanito preferido?

—Sí, lo sé. Y puedes quedártelo todo, pero sólo con una condición.

«Tendría que habérmelo figurado» pensó Ronnie.

—¿Cuál?

—No pienso acompañarte a comprar el vestido. Ir de compras es muy pero que muy aburrido.

Ronnie no necesitó mucho rato para tomar una decisión.

—¡Trato hecho!

Se miró a sí misma sin pestañear, casi sin reconocer la imagen reflejada en el espejo. Era la mañana de la boda, y se había pasado los últimos cuatro días buscando el traje apropiado por todas las tiendas de la localidad, caminando hacia delante y hacia atrás con varios pares de zapatos nuevos, y sentada durante varias horas en la peluquería.

Sorprendida ante el resultado, Ronnie soltó un suspiro de alivio.

—¿Me queda bien el vestido?

—Es perfecto —contestó su padre.

—¿Y los zapatos? No estoy segura de que queden muy bien con el vestido.

—Son simplemente perfectos.

—Ahora mismo estaba intentando maquillarme y pintarme las uñas...

Su padre sacudió la cabeza, sin dejarla acabar.

—Estás guapísima. De hecho, no creo que haya una chica más guapa que tú en todo el universo.

Ya le había dicho lo mismo cientos de veces antes.

—Papá...

—Lo dice en serio —los interrumpió Jonah—. Estás alucinante. De verdad. Casi no te reconozco.

Ella lo miró con el ceño fruncido, fingiendo indignación.

—¿Me estás diciendo que no te gusta mi aspecto normalmente?

Él se encogió de hombros.

—A nadie le gustan los mechones lilas, excepto a los tíos raros.

Cuando ella se puso a reír, vio de soslayo que su padre también reía satisfecho.

—¡Vaya, vaya! —fue todo lo que Steve acertó a decir.

Media hora más tarde, Ronnie atravesaba las dos impresionantes puertas de hierro forjado de la finca Blakelee, con el corazón latiendo a mil por hora. Acababan de dejar atrás la patrulla de Policía que ocupaba parte del último tramo de la carretera para revisar los documentos identificativos, y ahora estaban a punto de detenerse delante de unos hombres ataviados con unos uniformes de gala que insistían en aparcar su coche. Steve intentó explicarles con toda la calma del mundo que él sólo había ido a llevar a su hija, pero ninguno de los tres lacayos parecía comprender su exposición, ni siquiera parecían entender que un invitado a la boda no tuviera coche propio.

Y el aspecto de la mansión...

Ronnie tuvo que admitir que el lugar era tan espectacular como el decorado de una película. Había flores por doquier, los setos estaban recortados a la perfección, e incluso la pared de ladrillo y estuco que rodeaba la propiedad estaba recién pintada.

Cuando finalmente consiguieron abrirse paso hasta la plazoleta central, delante de la puerta principal, Steve se quedó boquiabierto, contemplando la casa, que emergía imponente, ahora que estaban tan cerca. Al cabo de unos minutos, se giró hacia ella. Ronnie no estaba acostumbrada a ver a su padre sorprendido por nada, pero detectó su impresión en su voz.

—¿Ésta es la casa de Will?

—Sí —dijo ella.

Intuyó lo que iba a decir: que era enorme, o que no se había dado cuenta de que su familia fuera tan rica, o que cómo podía ella sentirse cómoda en un sitio como aquél... Pero en vez de eso, le sonrió sin ninguna muestra de intimidación y comentó:

—Qué lugar más bonito para celebrar una boda.

Condujo con cuidado, procurando no despertar la curiosidad hacia el viejo coche que conducía. De hecho, era el coche del reverendo Harris, un viejo sedán Toyota, con una línea que quedó inmediatamente anticuada tan pronto como dejaron de fabricarlo en la década de los noventa; pero todavía andaba, y en esos momentos, desempeñaba bien su función. A Ronnie ya le empezaban a doler los pies. ¿Cómo podían algunas mujeres usar zapatos de tacón cada día? Incluso así sentada, le parecían instrumentos de tortura. Debería haberse puesto un poco de algodón en la punta. Y aquel vestido obviamente no había sido diseñado para estar sentada; se le clavaba en las costillas, por lo que le costaba horrores respirar. Aunque claro, quizá lo que pasaba era que estaba demasiado nerviosa, y por eso no podía respirar.

Su padre condujo hacia el círculo de gravilla, con la vista fija en la casa, igual que había hecho ella la primera vez que la había visto. A pesar de que a esas alturas Ronnie ya debería haberse acostumbrado, la mansión todavía se le antojaba demasiado ostentosa. Si a eso le añadía los invitados —nunca había visto tantos trajes de etiqueta juntos en su vida—, la conclusión era que no podía evitar sentirse fuera de lugar. No se sentía cómoda. En absoluto.

Un poco más adelante, un hombre ataviado con un traje oscuro hacía señales a los coches, y antes de que pudiera darse cuenta, le tocó a ella salir del suyo. Mientras el hombre sostenía la puerta abierta y le ofrecía la mano para ayudarla a salir, su padre le propinó una palmadita en la pierna.

—¡Tú puedes hacerlo! —Le sonrió—. Y nunca olvides lo orgulloso que me siento de ti.

—Gracias, papá.

Ronnie se miró rápidamente en el espejo por última vez antes de salir del coche. Cuando pisó la gravilla, se ajustó el vestido, pensando que era más fácil respirar ahora que estaba de pie que antes sentada. Las barandillas del porche estaban adornadas con lirios y tulipanes, y mientras ascendía los peldaños hacia la puerta, ésta se abrió bruscamente.

Ataviado con aquel esmoquin, Will no se parecía en absoluto al muchacho que con el torso desnudo jugaba al vóley-playa, ni al muchacho provinciano y bonachón que la había llevado a pescar; en cierto modo, era como ver al hombre sofisticado y triunfante en que se convertiría dentro de unos años. Ronnie no había esperado verlo con ese porte tan… «refinado», y estaba a punto de soltar una broma al respecto, algo como: «¡Vaya! Te sabes arreglar muy bien», cuando se dio cuenta de que él ni siquiera le había dicho «hola».

Durante un buen rato, Will se la quedó mirando sin parpadear. En el prolongado silencio, Ronnie empezó a sentirse aún más nerviosa, pensando que era más que evidente que había cometido alguna incorrección. Quizás había llegado demasiado pronto, o quizá se había pasado con el vestido y el maquillaje. No estaba segura de qué pensar y empezaba a imaginarse lo peor cuando Will finalmente empezó a sonreír.

—Estás… preciosa —le dijo.

Aquellas palabras consiguieron que Ronnie empezara a relajarse. Bueno, por lo menos un poco. Todavía no había visto a Susan, y hasta que no la viera, no sabría si había superado la prueba. Sin embargo, se sentía complacida de que a Will le gustara su aspecto.

—¿No crees que me he pasado un poco? —preguntó ella.

Will dio un paso hacia delante y le puso las manos en las caderas.

—No, por supuesto que no.

—¿Ni siquiera un… poquito?

—No. Estás preciosa —susurró él.

Ella alzó la vista, le arregló la corbata; acto seguido lo rodeó por el cuello con sus brazos.

—He de admitir que tú tampoco estás nada mal.

Al final no salió tan mal como ella había imaginado. Ya habían hecho la sesión de fotos familiar antes de que llegaran los invitados, por lo que ella y Will pudieron pasar un rato juntos antes de la ceremonia. Se dedicaron básicamente a pasear por los jardines, sin que Ronnie pudiera ocultar su admiración ante los impresionantes preparativos. Will no había bromeado: la parte posterior de la casa había sido completamente rediseñada, y habían cubierto la piscina con un entarimado de madera que le confería un aspecto de obra robusta y compacta, en absoluto temporal. Toda la superficie estaba llena de sillas blancas, distribuidas en filas, encaradas hacia una celosía blanca donde Megan y su novio intercambiarían sus votos matrimoniales. En el jardín habían zanjado unos nuevos senderos, para que resultara más fácil llegar hasta la docena de mesas donde más tarde se celebraría el banquete, debajo de una gigantesca pérgola de lona blanca. Había cinco o seis esculturas de hielo esculpidas de forma intricada, de un tamaño considerablemente enorme como para que aguantaran sin derretirse durante horas, pero lo que realmente le llamó la atención fueron las flores: los parterres formaban un brillante mar de tulipanes y lirios.

La concurrencia era más o menos tal y como había imaginado. Aparte de Will, los únicos invitados que conocía eran Scott, Ashley y Cassie, y ninguno de ellos parecía encantado de verla. Aunque la verdad es que no le importaba. Cuando la gente hubo tomado asiento, todo el mundo, con la posible excepción de Will, se centró en la inminente aparición de Megan. Will, en cambio, prefirió mantener la vista fija en Ronnie, desde su destacada posición cerca de la celosía.

Ronnie quería mantenerse tan al margen como fuera posible, así que eligió un asiento a tres filas del final y alejada del pasillo central. Hasta ese momento, no había visto a Susan, que probablemente debía de estar muy atareada ayudando a Megan con los últimos toques, y rezó para que no la viera hasta después de la ceremonia. Si era discreta, Susan tampoco la vería después, aunque eso era poco probable, ya que seguramente pasaría bastante rato con Will.

—Disculpa —le dijo alguien.

Al alzar la vista, vio a un hombre mayor y a su esposa; ambos intentaban pasar por delante de ella para sentarse en los asientos vacíos en el extremo de la fila.

—Probablemente será más fácil si yo me siento en esa silla, al final —ofreció Ronnie.

—¿Estás segura?

—Por supuesto —dijo, al tiempo que se desplazaba hasta el último asiento vacío para dejarles sitio.

El hombre le pareció vagamente familiar, pero lo único que le vino a la mente, la única conexión posible, fue el acuario, y tampoco eso encajaba.

Antes de que pudiera darle más vueltas, un cuarteto de cuerda empezó a tocar las primeras notas de la marcha nupcial. Ronnie miró por encima del hombro hacia la casa, al igual que el resto de los invitados. Escuchó un murmullo cuando Megan apareció en lo alto de las escaleras del porche. Mientras empezaba a descender los peldaños hacia su padre, que la esperaba abajo, Ronnie tuvo claro que Megan era sin duda la novia más fascinante que jamás había visto.

Cautivada por la imagen de la hermana de Will, apenas se fijó en que el hombre mayor que tenía a su lado parecía más interesado en escrutarla a ella que a Megan.

La ceremonia fue elegante y, a la vez, sorprendentemente íntima. El reverendo leyó la segunda carta a los corintios, y entonces Megan y Daniel recitaron los votos que habían escrito juntos.

Se prometieron paciencia en momentos en que fuera más fácil ser impaciente, candor en momentos en que fuera más fácil mentir, y a su manera, cada uno de ellos reconoció que el verdadero compromiso sólo podría demostrarse con el paso del tiempo.

Mientras ella los observaba intercambiarse los anillos, apreció el hecho de que hubieran elegido una celebración al aire libre. Resultaba menos tradicional que las bodas en la iglesia a las que había asistido, pero de algún modo no perdía el grado de formalidad, y el escenario era realmente de ensueño.

Ronnie sabía que Will tenía razón: Megan le iba a caer muy bien. En las bodas a las que había asistido, siempre había tenido la impresión de que las novias posaban muy forzadas; en más de una ocasión, había visto a novias enojarse si algo se desviaba del guion. Megan, sin embargo, realmente parecía estar disfrutando. Mientras avanzaba por el pasillo central del brazo de su padre, guiñó el ojo a varios amigos y se paró para abrazar a su abuela. Cuando el niño que portaba los anillos —apenas debía de haber cumplido los tres años, y era verdaderamente una monada, embutido en aquel pequeño esmoquin— se detuvo a mitad del camino hacia el altar y corrió a refugiarse en el regazo de su madre, Megan rio con alegría, negándose a dejarse llevar por la tensión propia del momento.

Después, Megan no se mostró tan interesada en posar para las cámaras como una modelo de revista, sino en dedicarse a hablar con los invitados. Ronnie pensó que, o bien era una persona con una gran seguridad en sí misma, o bien no se daba cuenta del estrés que su madre había arrastrado durante los últimos meses para que no fallara ningún detalle en la boda. Incluso a distancia, estaba segura de que nada estaba saliendo tal y como Susan había previsto.

—Me debes un baile —le susurró Will.

Al darse la vuelta, de nuevo volvió a quedarse impresionada al comprobar lo guapo que era.

—No creo que eso fuera parte del trato —apuntó ella—. Sólo dijiste que querías que viniera a la boda.

—¿Qué? ¿No piensas bailar conmigo?

—No hay música.

—Quiero decir más tarde.

—Ah, bueno, en ese caso, lo consideraré. Pero ¿no deberías de estar con tu familia, posando para las fotos?

—Ya lo hemos hecho antes, durante varias horas. Necesito un descanso.

—Duelen las mejillas después de tanta sonrisa forzada, ¿no?

—Más o menos. Ah, quería decirte que estarás en la mesa dieciséis, con Scott, Ashley y Cassie.

«¡Qué fastidio!», pensó, pero en cambio dijo:

—Fantástico.

Will se echó a reír.

—No será una tortura como crees. No se atreverán a comportarse indebidamente. Si no, mi madre les arrancará la cabeza.

Ahora fue Ronnie la que se echó a reír.

—Dile a tu madre de mi parte que ha hecho un magnífico trabajo organizándolo todo. El jardín ha quedado precioso. De verdad.

—Lo haré —dijo. Continuó mirándola fijamente hasta que los dos oyeron que alguien llamaba a Will. Cuando se dieron la vuelta, a Ronnie le pareció que Megan sonreía a su hermano con una complicidad encubierta—. He de volver con mi familia, pero vendré a buscarte después de la cena. Y no te olvides del baile, más tarde.

Ronnie volvió a pensar que Will era increíblemente apuesto.

—Te advierto de que ya me duelen los pies.

Él se llevó una mano al pecho.

—Prometo que no me reiré de ti si bailas dando saltitos.

—Qué bien, gracias.

Se inclinó hacia ella y la besó.

—¿Te había dicho que estás preciosa esta noche?

Ronnie sonrió, todavía extasiada por el roce de sus labios.

—Hacía veinte minutos que no me lo decías. Pero será mejor que te vayas. Tu familia te requiere. Y no quiero ser un estorbo.

Will volvió a besarla antes de reunirse con su familia. Sintiéndose plenamente satisfecha, se dio la vuelta. Entonces, comprobó que el hombre mayor al que había ofrecido su sitio en la ceremonia de nuevo la estaba mirando fijamente.

Durante el banquete, Scott, Cassie y Ashley no hicieron ningún esfuerzo por incluirla en la conversación, pero a Ronnie no le importó. No estaba de humor para hablar con ellos, ni tampoco tenía hambre. En vez de eso, después de dar unos pocos bocados, se excusó y se dirigió hacia el porche. Desde allí gozaba de una vista panorámica privilegiada de la fiesta, que en la oscuridad había adoptado un ambiente más encantador. Las pérgolas parecían brillar bajo el hechizo de la luna bañada de plata. Podía oír trozos de conversaciones que se mezclaban con la música de la banda, que ahora estaba tocando, y se preguntó qué habría estado haciendo en casa aquella noche, si hubiera estado en Nueva York. A medida que el verano iba pasando, había hablado con Kayla cada vez con menos frecuencia. A pesar de que todavía la consideraba su amiga, se daba cuenta de que no echaba de menos aquel mundo que había dejado atrás. No había sentido ganas de ir a ninguna discoteca durante semanas, y cuando su amiga le contaba los detalles acerca del último chico guapísimo que acababa de conocer, Ronnie no podía evitar que sus pensamientos volaran hacia Will, y se preguntaba qué pasaría cuando tuviera que regresar a Nueva York. Sabía que había cambiado en las semanas que había pasado allí, mientras que, por lo visto, Kayla seguía igual. Se daba cuenta de que ya no sentía ningún interés por ir a discotecas. Pensándolo bien, se preguntó qué era lo que le había interesado de esos lugares: la música estaba demasiado alta y todo el mundo iba allí para aparentar. Y si realmente se suponía que era un sitio tan fantástico para pasarlo bien, ¿por qué todos bebían o tomaban drogas con la esperanza de mejorar la experiencia? No le encontraba sentido. Y mientras escuchaba el sonido del océano a lo lejos, de repente se dio cuenta de que nunca le había encontrado sentido.

También ansiaba mantener una relación más sana con su madre. Por lo menos, su padre le había demostrado que los padres podían ser unas personas interesantes. A pesar de que no albergaba la ilusión de que su madre confiara en ella del mismo modo que lo hacía su padre, sabía que la tensión partía en ambas direcciones, en aquella relación. Quizá si intentaba hablar con su madre del mismo modo que lo había hecho con Steve, la situación entre ellas mejoraría.

¡Qué extraño el resultado que se podía conseguir al obligar a una persona a cambiar de ritmo de vida!

—Lo vuestro no durará, ¿sabes? —dijo una voz a su espalda.

Absorta en sus pensamientos, no había oído a Ashley, que se acercaba, pero reconoció su voz.

—¿Cómo dices? —Se giró para mirarla, con ojos desconfiados.

—Quiero decir que me alegro de que Will te haya invitado a la boda. Deberías intentar pasarlo bien, porque lo vuestro se acaba. Él se marchará dentro de un par de semanas. ¿No has pensado en ese momento?

Ronnie esbozó una mueca de fastidio.

—No creo que sea asunto tuyo.

—Aunque hagáis planes para seguir viéndoos, ¿de verdad crees que la madre de Will llegará a aceptarte algún día? —prosiguió Ashley—. Megan tuvo dos novios formales antes que éste, y su madre los espantó a ambos. Y hará lo mismo contigo, tanto si te gusta como si no. Pero aunque no lo haga, tú te irás de aquí, y él también; por lo tanto, lo vuestro no tiene futuro.

Ronnie se puso tensa, odiando que Ashley estuviera expresando en palabras sus más oscuros presagios. Sin embargo, empezaba a hartarse de aquella chica resabida, y su paciencia estaba llegando al límite.

—Mira, Ashley —dijo, acercándose más a ella—, sólo te lo diré una vez, ¿entendido? Presta atención, porque seré totalmente franca. —Avanzó otro paso hacia ella, hasta que sus caras quedaran separadas sólo por escasos centímetros—. Estoy harta y realmente cansada de escuchar tus tonterías, así que te lo advierto: piénsalo dos veces antes de volver a dirigirme la palabra, porque te contestaré con un puñetazo directamente en esos dientes de una blancura tan artificial que asoman por tu boca. ¿Me has entendido?

Algo en su rostro debió de convencer a Ashley de que Ronnie hablaba en serio, porque se dio la vuelta rápidamente sin mediar palabra y regresó a la pérgola, en busca de cobijo.

De pie en el pequeño muelle de los Blakelee, un poco más tarde, Ronnie se sintió satisfecha de haber espantado finalmente a Ashley, pero sus palabras desdeñosas la seguían importunando. Will se marcharía a Vanderbilt dentro de un par de semanas, y ella probablemente se marcharía una semana después. No estaba segura de qué iba a pasar a continuación con su relación, pero de una cosa estaba totalmente segura: las cosas cambiarían.

¿Cómo no iban a hacerlo? Su relación se había basado en verse cada día, y por más que lo intentara, no podía imaginar lo que sería comunicarse por teléfono o por SMS. Sabía que había más opciones —usar la cámara del ordenador, por ejemplo—, pero no albergaba la esperanza de que aquello consiguiera suplantar lo que tenían ahora.

Y eso significaba que…, ¿qué?

A su espalda, la fiesta estaba en su máximo apogeo. Habían retirado las sillas del entarimado temporal para improvisar una pista de baile, y desde su aventajada posición en el muelle como espectadora, había visto a Will bailar dos veces con una preciosa niñita de unos seis años y también con su hermana, lo cual había conseguido arrancarle una sonrisa. Unos pocos minutos después de su confrontación con Ashley, había visto a Megan y a Daniel cortar el pastel. La música empezó a sonar nuevamente y la novia se puso a bailar con Tom. Cuando lanzó el ramo de flores, Ronnie tuvo la seguridad de que incluso los vecinos más alejados habían podido oír los gritos de la joven que lo había cazado al vuelo.

—Por fin te encuentro —dijo Will, rompiendo su ensimismamiento. Ella lo vio bajar por el sendero hacia ella—. Llevo un rato buscándote. Ha llegado el momento de que me concedas un baile.

Ella lo observó mientras él acortaba la distancia entre ellos, intentando imaginar lo que algunas chicas que él conocería en la universidad pensarían si estuvieran en su lugar. Probablemente lo mismo que ella estaba pensando: «¡Increíble!».

Will recorrió los últimos pasos hasta ella, y Ronnie le dio la espalda. Estudiar el movimiento oscilante del agua le parecía mucho más fácil que mirarlo a él a los ojos.

Will la conocía bien y sabía que algo la inquietaba.

—¿Qué pasa?

Cuando no contestó directamente, le apartó con cuidado un mechón de pelo.

—Dímelo —murmuró.

Ronnie entornó los ojos antes de girarse para mirarlo.

—¿Qué pasará con nosotros, con nuestra relación?

Will frunció el ceño con el semblante preocupado.

—No sé a qué te refieres.

Ella esbozó una sonrisa melancólica.

—Sí que lo sabes —dijo, y tan pronto como él apartó la mano de su pelo, ella supo que la había comprendido—. No será lo mismo.

—Pero eso no significa que tenga que acabarse...

—Lo dices como si fuera muy fácil.

—No cuesta tanto ir de Nashville a Nueva York. El vuelo sólo dura..., ¿un par de horas, más o menos? No es que pueda ir andando, pero...

—¿Y vendrás a verme? —Ronnie escuchó el temblor en su propia voz.

—Eso era lo que planeaba hacer. Y esperaba que tú también vinieras a Nashville. Podemos ir a la retransmisión en directo del programa Grand Ole Opry, ¿te gusta la música *country*?

Ronnie se echó a reír, a pesar de la intensa tristeza que sentía en el pecho.

Will la rodeó con sus brazos.

—No sé qué te ha hecho pensar en esta cuestión precisamente ahora, pero te equivocas. Quiero decir, sé que no será lo mismo, pero eso no significa que no pueda ser mejor de otra forma. Mi hermana vive en Nueva York, ¿recuerdas? Y el curso escolar tampoco dura todo el año. Tenemos unas semanas de vacaciones en otoño y en primavera, y otra por Navidad, y después enseguida llega el verano. Y tal como he dicho, es un viaje en avión de tan sólo un par de horas, así que también podemos pasar algún fin de semana juntos.

Ronnie se preguntó qué pensarían los padres de Will respecto a esa posibilidad, pero no dijo nada.

—¿Qué te pasa? —le preguntó—. ¿No quieres ni intentarlo?

—¡Claro que quiero!

—Entonces encontraremos una forma de conseguir que funcione, ¿vale? —Hizo una pausa—. Quiero estar contigo tanto tiempo como sea posible, Ronnie. Eres inteligente y divertida, y eres honesta. Confío en ti. Sí, he de ir a la universidad, y tú también te irás y regresarás a tu casa. Pero nada de eso cambia lo que siento por ti. Y mis sentimientos no van a cambiar simplemente porque vaya a Vanderbilt. Te quiero más de lo que he querido nunca a nadie.

Ronnie sabía que era sincero, pero la inoportuna vocecita en su interior le preguntaba cuántos romances que habían surgido en verano sobrevivían a la prueba del tiempo. No muchos, y nada tenía que ver con los sentimientos. La gente cambiaba. Los intereses cambiaban. Lo único que tenía que hacer era mirarse al espejo para reconocer esa gran verdad.

Sin embargo, no podía soportar la idea de perderlo. Lo amaba, siempre lo amaría; mientras Will se inclinaba para besarla, ella se entregó sin ofrecer resistencia. Mientras él la estrechaba entre sus brazos, Ronnie deslizó las manos por su espalda y por sus hombros, sintiendo la fuerza de sus brazos. Sabía que él había deseado llegar más lejos en aquella relación que lo que ella había estado dispuesta a darle; sin embargo, en aquel momento, sabía que no le quedaba otra alternativa. Sólo tenían aquel momento; no podían desaprovecharlo.

Cuando él volvió a hablar, su voz expresaba su necesidad, aunque, a la vez, era tentativa.

—¿Quieres venir conmigo al barco de mi padre?

Ronnie notó que le temblaban las piernas, sin estar segura de si estaba preparada para lo que iba a suceder a continuación. Al mismo tiempo, sintió unas irresistibles ganas de avanzar más en aquella relación.

—Sí —contestó en un susurro.

Will le apretó la mano cariñosamente. Mientras la guiaba hacia el barco, a Ronnie le pareció que él estaba tan nervioso como ella. Sabía que todavía podía cambiar de opinión, pero no quería hacerlo. Deseaba que la primera vez fuera algo especial, que fuera con alguien por quien sintiera algo profundo. Mientras se acercaban al barco, Ronnie apenas se fijó en su entorno; había empezado a refrescar; con el rabillo del ojo, podía ver cómo los invitados se movían en la pista de baile. A un lado, vio a Susan, que hablaba con el hombre mayor que la había estado observando previamente; se sintió incómoda ante la impresión de haber visto antes a ese hombre.

—Qué declaración más bonita. Qué lástima que no haya podido grabarla. —Ronnie oyó una voz que arrastraba cada una de las sílabas.

Will dio un respingo. La voz provenía de la otra punta del muelle. A pesar de que permanecía oculto en la oscuridad, Ronnie sabía exactamente quién era. Blaze la había avisado de que estuviera alerta. Marcus apareció por detrás de un poste y encendió una bola.

—Lo digo en serio, niño rico. Realmente sabes cómo seducir a una tía. —Rio desdeñosamente—. Bueno, «casi» lo habías conseguido.

Will dio un paso hacia delante.

—Lárgate ahora mismo.

Marcus jugó con la bola de fuego, pasándosela entre los dedos.

—¿O qué? ¿Llamarás a la poli? Sé que no lo harás.

Will se puso tenso. Marcus había conseguido amedrentarlo de nuevo, aunque Ronnie desconocía por qué.

—Estás en una propiedad privada —dijo Will, pero su tono no parecía tan seguro como debería haber sido.

—Me encanta esta zona. ¿A ti no? Por aquí todos son tan… amantes de la buena vida… Incluso han abierto este agradable caminito de tierra que sigue el curso del agua desde una casa a la siguiente… Sí, me encanta venir aquí, ¿sabes? Para disfrutar de la vista, me refiero.

—Es la boda de mi hermana —bramó Will, apretando los dientes.

—Siempre pensé que tu hermana era muy guapa —comentó Marcus—. Incluso le pedí que saliera conmigo una vez. Pero la desgraciada me rechazó. ¿Podéis creerlo? —Marcus no le concedió a Will la posibilidad de responder, sino que, señalando hacia la multitud dijo—: Antes he visto a Scott, por ahí, actuando como si nada le importara en el mundo. A veces me pregunto si ese chico sabe lo que es la conciencia, ¿eh? Pero claro, tu conciencia tampoco está limpia, ¿no? Me apuesto lo que quieras a que ni siquiera le has dicho a tu madre que la pequeña furcia de tu novia probablemente irá a la cárcel.

El cuerpo de Will se tensó como la cuerda de un arco.

—Pero, bueno, me temo que el juez está exponiéndole los hechos justo en este momento.

«El juez.»

Súbitamente, Ronnie supo por qué aquel hombre mayor le había parecido tan familiar… Y ahora el juez estaba hablando con Susan…

Un ligero mareo la hizo tambalearse.

«¡Por Dios, no!»

La cruda realidad le estalló en la cara en el mismo instante en que Will le soltó la mano. Mientras corría hacia Marcus, éste le lanzó la bola de fuego y saltó desde el muelle al camino de tierra. Desde allí emprendió la carrera hacia el jardín, dirigiéndose hacia una de las esquinas de la pérgola, pero Will acortó la distancia con una pasmosa agilidad. Sin embargo, cuando Marcus miró por encima del hombro, Ronnie vio algo en su cara que le dijo que eso era exactamente lo que quería que Will hiciera.

Apenas tuvo un segundo para preguntarse por qué. Marcus se coló por debajo de las cuerdas que soportaban la pérgola…

—¡No! ¡Will! ¡Para! —gritó, precipitándose hacia delante, pero ya era demasiado tarde.

Will chocó contra Marcus. Los dos quedaron apresados entre las cuerdas mientras las clavijas del suelo se soltaban. Ronnie vio con horror cómo una de las esquinas de la pérgola empezaba a desmoronarse.

La gente se puso a chillar, y tras escuchar un horroroso estruendo, vio que una de las esculturas de hielo se estrellaba contra el suelo, lo cual provocó que los invitados se desperdigaran y chocaran entre sí, asustados. Will y Marcus estaban forcejeando en el suelo, pero Marcus consiguió escurrir el bulto. En vez de continuar peleando, se zafó de la conmoción y de un salto volvió a meterse en el camino de tierra, para acto seguido desaparecer corriendo detrás de la casa del vecino.

En medio del caos general, Ronnie se preguntó si alguien había llegado a ver a Marcus.

Indudablemente, se acordaron de ella. Sentada en la biblioteca, Ronnie se sentía como una niña de doce años. Lo único que deseaba era alejarse de aquella casa tan pronto como fuera posible y esconderse debajo de las sábanas en su casa.

Mientras oía a Susan gritar en la habitación contigua, no podía parar de reproducir en su mente la imagen de la pérgola desmoronándose.

—¡Ha echado a perder la boda de tu hermana!

—¡No es verdad! —Will replicó, también gritando—. ¡Ya te he dicho lo que pasó!

—¿Esperas que crea que un desconocido se coló en la fiesta y que tú intentaste detenerlo?

—¡Eso es lo que pasó!

Ronnie no sabía por qué Will evitaba a toda costa mencionar a Marcus por su nombre, pero no había manera de averiguarlo en aquel momento. Esperaba en cualquier instante oír el estallido de una silla atravesando el cristal de la ventana. O que los dos entraran en la biblioteca hechos una furia, para que de ese modo Susan tuviera la oportunidad de regañarla.

—Will, por favor…, aunque acepte que lo que me cuentas es verdad, dime, ¿por qué estaba ese desconocido aquí? ¡Todo el mundo sabe el dispositivo de seguridad que hemos montado! Todos los jueces de la localidad estaban en la boda. El *sheriff* estaba patrullando delante de nuestra casa, por el amor de Dios. ¡Estoy segura de que tiene algo que ver con esa chica! Y no lo niegues…, lo puedo leer en tu cara… Y de todos modos, ¿qué estabas haciendo con esa chica en el barco de tu padre?

La forma en que pronunció «esa chica» daba a entender que Ronnie era como algo repugnante que Susan había pisado sin querer y que no podía quitarse de la suela de su zapato.

—Mamá…

—¡Calla! ¡No intentes buscar excusas! ¡Era la boda de Megan, Will! ¿No lo entiendes? ¡Su boda! Sabías lo importante que este día era para todos nosotros. ¡Sabías el enorme esfuerzo que tu padre y yo habíamos hecho para que todo saliera perfecto!

—No quería que sucediera…

—No importa, Will. —Ronnie oyó que Susan lanzaba un bufido de exasperación—. Sabías lo que iba a suceder si la invitabas. Sabes que no es como nosotros…

—Ni siquiera le has dado una oportunidad…

—¡El juez Chambers la reconoció! Me contó que tiene un juicio pendiente por hurto en una tienda. Así que, o bien tú no lo sabías y ella te ha estado engañando, o bien sí que lo sabías y me has estado engañando a mí.

Se produjo un tenso silencio; a pesar de la angustia del momento, Ronnie se inclinó instintivamente hacia la puerta para escuchar la respuesta de Will. Cuando él habló, lo hizo con un tono subyugado.

—No te lo conté porque sabía que no lo comprenderías.

—Will, cariño…, ¿no entiendes que ella no es lo bastante buena para ti? Tienes un gran futuro por delante, y lo último que necesitas en la vida es a alguien como ella. He estado esperando que te dieras cuenta por ti mismo, pero es obvio que emocionalmente estás demasiado involucrado para ver lo que es evidente. Ella no es lo bastante buena para ti. Es de baja extracción social. ¿No lo entiendes? ¡No pertenece a nuestra clase!

Mientras las voces subían de tono, a Ronnie le empezó a dar vueltas la cabeza. Tuvo que contenerse para no vomitar allí mismo. Susan no tenía razón en todo, pero había dado en el blanco en una cuestión: ella era el motivo por el que Marcus había venido. ¿Por qué no se había fiado de sus instintos y se había quedado en casa? No encajaba en aquel lugar. En absoluto.

—¿Estás bien? —le preguntó Tom, de pie, desde el umbral de la puerta, con las llaves del coche en la mano.

—Lo siento muchísimo, señor Blakelee —balbuceó ella—. Yo no quería ocasionar ningún problema.

—Lo sé —dijo él.

A pesar de su respuesta afable, sabía que él también estaba enojado. ¿Cómo no iba a estarlo? A pesar de que nadie había salido seriamente herido, dos invitados habían sido derribados durante el alboroto y los habían tenido que llevar al hospital. Controlaba sus emociones, cosa que era de agradecer. Si le hubiera alzado la voz, Ronnie se habría puesto a llorar.

—¿Quieres que te lleve a tu casa? Me parece que la carretera está bloqueada. Tu padre tendrá problemas si quiere llegar hasta aquí.

Ronnie asintió.

—Sí, por favor. —Se alisó el vestido mientras se ponía de pie, esperando poder llegar a su casa sin vomitar por el camino—. Por favor, ¿se despedirá de Will de mi parte? ¿Y le dirá que creo que lo mejor será que no nos volvamos a ver?

Tom asintió.

—No te preocupes. Se lo diré.

A pesar de las ganas, Ronnie no vomitó ni lloró, pero no abrió la boca durante lo que le pareció el trayecto más largo de su vida. Tom tampoco dijo nada, aunque eso no era sorprendente.

La casa estaba en silencio cuando llegó; las luces, apagadas; tanto Jonah como su padre estaban dormidos. Desde el recibidor, oyó la respiración de su padre; era profunda y pesada, como si hubiera tenido un día muy largo y duro. Pero lo único que ella podía pensar mientras se arrastraba hasta la cama y empezaba a llorar era que ningún día podía ser más largo ni más duro que el que ella acababa de soportar.

Notó que tenía los ojos hinchados y que le escocían. Alguien la zarandeó para despertarla. Pestañeando con dificultad, vio a Jonah, sentado en la cama a su lado.

—Levántate.

Las imágenes de la noche anterior y las cosas que Susan había dicho la abordaron nuevamente sin piedad, y otra vez volvió a sentir arcadas.

—No quiero levantarme.

—No te queda más remedio. Hay alguien que quiere verte.

—¿Will?

—No —contestó—. Otra persona.

—Pregúntale a papá si puede encargarse del asunto —le pidió, cubriéndose hasta la cabeza con el edredón.

—Lo haría, pero todavía está durmiendo. Y además, ella pregunta por ti.

—¿Quién?

—No lo sé, pero te está esperando fuera. Y está buenísima.

Después de ponerse unos pantalones vaqueros y una camiseta, Ronnie salió al porche con cautela. No sabía quién podía ser, pero no le daba buena espina.

—Tienes un aspecto terrible —le dijo Megan, sin ningún preámbulo.

Iba vestida con unos pantalones cortos y un top en forma de tubo, pero Jonah tenía razón: así de cerca, era incluso más guapa de lo que le había parecido en la boda. También irradiaba una confianza en sí misma que hizo que Ronnie se reanimara.

—Siento muchísimo haber echado a perder vuestra boda... —empezó a decir Ronnie.

Megan alzó una mano.

—No echaste a perder la boda —dijo con una sonrisa socarrona—. Conseguiste que la recepción fuera… memorable…

Ante aquel comentario, Ronnie notó que las lágrimas pujaban por escapársele de los ojos.

—No llores —la reconfortó Megan con dulzura—. No te culpo de nada. Tú no hiciste nada. Fue Marcus.

Ronnie pestañeó.

—Sí, sé lo que sucedió. Will y yo hablamos después de que mi madre acabara con él. Creo que entiendo perfectamente lo que sucedió. Así que, tal y como te he dicho, no te culpo de nada. Marcus no está bien de la cabeza. Siempre le ha faltado un tornillo.

Ronnie tragó saliva. A pesar de que Megan se estaba mostrando tan compasiva —o quizá precisamente porque se mostraba tan comprensiva—, la sensación de humillación se le intensificó aún más.

—Ya… Si no has venido a echarme la bronca, entonces, ¿por qué has venido? —preguntó Ronnie sumisamente.

—En parte porque hablé con Will. Pero el motivo principal es porque quiero saber una cosa. Y quiero que me digas la verdad.

Ronnie notó que se le encogía el estómago.

—¿Qué quieres saber?

—Quiero saber si amas a mi hermano.

Ronnie no estaba segura de si había oído bien la pregunta, pero Megan la miraba con resolución. De todos modos, ya no tenía nada que perder. Su relación con Will se había acabado. La distancia se encargaría del resto, si Susan no lo hacía primero.

Megan le había pedido la verdad; así pues, tenía que ser sincera con ella, no le quedaba otra opción.

—Sí, lo quiero.

—¿No es un amor de verano?

Ronnie sacudió la cabeza enérgicamente.

—Will y yo… —No se atrevió a continuar, por miedo a hablar más de la cuenta. Además, sabía que sus sentimientos no se podían describir con palabras.

Estudiando su cara, Megan empezó a sonreír lentamente.

—De acuerdo, te creo.

Ronnie frunció el ceño con consternación. Megan se echó a reír.

—No nací ayer. Ya he visto esa mirada antes. Como esta mañana, cuando me he mirado al espejo. Siento lo mismo por Daniel, pero he de admitir que me sorprende ver esa mirada en tus ojos. No creo que yo supiera lo que era el amor a los diecisiete años. Pero cuando es la persona correcta, lo es; simplemente lo sabes.

Mientras Ronnie asimilaba las palabras, decidió que Will no había sido justo cuando había descrito a su hermana. Megan no era fantástica, era…, era… mucho más que eso. Era la clase de persona que Ronnie quería ser dentro de unos años, prácticamente en todo. En cuestión de minutos, Megan se había convertido en su heroína.

—Gracias —murmuró, incapaz de pensar en otra respuesta mejor.

—No me lo agradezcas. No se trata de ti. Se trata de mi hermano, y él sigue locamente enamorado de ti —dijo, con una sonrisa de complicidad—. De todos modos, lo que te estoy diciendo es que si de verdad lo quieres, no deberías preocuparte por lo que pasó en la recepción. Lo único que hiciste fue proporcionarle una historia a mi madre para que la cuente sin parar el resto de sus días. Créeme, le sacará mucho jugo a la anécdota. Con el tiempo, lo superará. Siempre lo hace.

—No sé…

—Eso es porque no la conoces. Oh, es muy dura, no me malinterpretes. Y protectora. Pero cuando la conoces bien, no hay nadie mejor que ella en el mundo. Haría cualquier cosa por aquellos a los que ama.

Sus palabras sonaban como el eco de la descripción que le había dado Will, aunque, hasta ese momento, no había visto esa cara de Susan.

—Deberías hablar con Will —apuntó Megan con el aspecto serio, bajándose las gafas de sol hasta colocárselas adecuadamente mientras se preparaba para marcharse—. No te preocupes. No estoy sugiriendo que te pases por casa de mis padres. Y además, no está allí.

—¿Dónde está?

Megan hizo una seña con la cabeza por encima del hombro, hacia el muelle.

—Está en el torneo. Su primer partido empezará dentro de cuarenta minutos.

El torneo. Con la locura de los últimos acontecimientos, Ronnie se había olvidado por completo del torneo.

—Yo estaba allí, con él, hace un rato, pero cuando me marché, era evidente que Will no tenía la cabeza en el campeonato. Se agobió tanto con todo lo que pasó que no creo que haya pegado ojo en toda la noche. Especialmente después de lo que le dijiste a mi padre. No puedes desaparecer de su vida así, sin más. —Su voz era firme.

Megan se disponía a bajar los peldaños del porche cuando se giró para mirar a Ronnie otra vez.

—¿Y sabes una cosa? Daniel y yo hemos aplazado nuestra luna de miel por un día para poder ver a mi hermanito jugar en el torneo. Sería fantástico si lograra concentrarse en el partido. Seguro que le quitará importancia al asunto, pero sé que para él es importante hacerlo bien.

Tras ducharse y vestirse precipitadamente, Ronnie salió disparada hacia la playa. El área alrededor del muelle estaba atestada de gente, tanta como la que vio en su primera noche en aquella localidad.

En uno de los extremos del muelle habían erigido unas gradas provisionales alrededor de dos pistas, también montadas para la ocasión. Por lo menos debía de haber unos mil espectadores en las gradas. Y además había mucha más gente congregada a lo largo del muelle, desde donde también podían disfrutar del partido, aunque más alejados. En la playa no cabía ni un alfiler. Le costó mucho abrirse paso entre el hervidero de gente. Por un momento temió no ser capaz de encontrar a Will a tiempo.

Ahora comprendía por qué era tan importante para él ganar el torneo.

Buscó entre la concurrencia, y avistó a algunos jugadores de otros equipos, lo cual sólo sirvió para ponerla más nerviosa. Por lo visto, no había un área especial reservada para los jugadores; se desesperó al pensar que no conseguiría encontrarlo entre aquella multitud.

Hacía diez minutos que el partido había empezado y Ronnie ya estaba a punto de tirar la toalla cuando súbitamente lo vio caminando con Scott cerca de la ambulancia y del equipo de urgencias médicas. Will se quitó la camiseta y desapareció detrás de la ambulancia.

Ella empezó a avanzar dando codazos a la gente al tiempo que se disculpaba por empujarlos. Necesitó menos de un minuto para llegar al lugar donde lo había visto por última vez, pero Will no estaba a la vista. Siguió avanzando, y esta vez le pareció ver a Scott —costaba distinguirlo entre el montón de chicos rubios—. Justo cuando resoplaba con frustración, vio a Will de pie, solo, a la sombra de las gradas, tomando un largo trago de una botella de Gatorade.

Megan no había exagerado. Por el gesto desmayado de sus hombros podía adivinar que estaba completamente desfallecido, y no podía ver ni gota de la adrenalina normal previa a los partidos.

Sorteó a varios espectadores. Cuando estuvo más cerca, se puso a correr. Por un instante, pensó que él la miraba con cara de sorpresa, pero rápidamente le dio la espalda y Ronnie supo que su padre le había transmitido el mensaje.

Interpretó el dolor y la confusión en su reacción. Le habría gustado hablar largo y tendido con él para dejar las cosas claras, pero sabía que sólo faltaban unos minutos para que empezara el partido, así que no tenía tiempo. Tan pronto como estuvo a su lado, lo abrazó y lo besó con toda la pasión que pudo. Probablemente Will se quedó sorprendido, pero se recuperó rápidamente y se puso a besarla.

Ella se apartó y él empezó a decir:

—Lo que pasó ayer...

Ronnie sacudió la cabeza y puso un dedo delante de los labios de Will.

—Ya hablaremos más tarde, pero sólo para que lo sepas, retiro lo que le dije a tu padre. Te quiero. Y necesito que me hagas un favor.

Cuando él ladeó la cabeza, desconcertado, ella prosiguió:

—Que pongas toda la carne en el asador en el torneo.

27

Marcus

Mientras propinaba patadas a la arena en el Bower's Point, Marcus pensó que debería estar saboreando el desbarajuste que había organizado la noche anterior. Todo había salido a pedir de boca, como había planeado. La casa había sido decorada exactamente tal y como se detallaba en numerosos artículos de prensa, y aflojar las clavijas de la pérgola —no del todo, sólo lo necesario para asegurarse de que saltaran con facilidad cuando él chocara contra las cuerdas— había sido pan comido, había aprovechado el momento en que los invitados estaban cenando. Se había entusiasmado al ver a Ronnie pasear por el muelle, y a Will ir detrás de ella; no lo habían defraudado. Y el bueno de Will había interpretado su papel a la perfección; tenía claro que no había nadie más predecible que ese niño rico. Sólo tenía que pulsar el botón X para que Will reaccionara de una manera, y pulsar el botón Y para que reaccionara de otra. Si no hubiera sido todo tan hilarante, la verdad es que se habría aburrido.

Marcus no era como el resto de la gente; hacía mucho tiempo que era plenamente consciente de eso. De niño, nunca había sentido remordimientos por ninguna de las fechorías que había cometido, y estaba orgulloso de ser así. Podía hacer lo que le venía en gana, y eso le hacía sentir poderoso; pero ese placer normalmente duraba poco.

La noche anterior se había sentido mucho más excitado que en los últimos meses; aquello había sido increíble. Normalmente, después de llevar a cabo uno de sus «proyectos» —así era como le gustaba pensar en ellos—, la satisfacción le duraba varias semanas. Pero era consciente de que si no remataba cada caso correctamente, acabarían por pillarlo. No era tan idiota. Sabía cómo funcionaban las cosas, y por eso precisamente siempre actuaba con mucha, muchísima cautela.

Ahora, sin embargo, estaba preocupado porque presentía que había cometido un fallo. Quizás había tentado demasiado a la suerte al escoger a la familia Blakelee como el objetivo de su último proyecto. Después de todo, eran lo más parecido a la realeza en Wilmington —tenían poder, contactos influyentes, y dinero—. Y sabía que si descubrían que él estaba metido en aquel embrollo, no cesarían hasta desterrarlo de la localidad. Por consiguiente, Marcus se había quedado con una desagradable duda: Will había encubierto a Scott en el pasado, pero ¿accedería a seguir haciéndolo incluso cuando podía enturbiar la boda de su hermana?

No le gustaba esa incertidumbre. Le provocaba una sensación casi de… «miedo». No quería ir a la cárcel. Perdería el tiempo allí. Tenía cosas mejores que hacer. Era demasiado listo para desperdiciar su vida en la cárcel, no podía imaginarse encerrado entre rejas, teniendo que soportar que una panda de carceleros palafreneros le dieran órdenes todo el día, o convertirse en el objetivo amoroso de un neonazi que pesara casi ciento cincuenta kilos, ni comer bazofia regada con excrementos de cucaracha o cualquier otro horror que fácilmente podía imaginar.

Los edificios que había incendiado y la gente a la que había hecho daño le importaban un bledo, pero la idea de ir a dar con los huesos en la cárcel lo ponía… enfermo. Y nunca antes se había sentido tan cerca de aquella posibilidad que en la noche anterior.

Se recordó a sí mismo que hasta aquel momento todo parecía en calma. Obviamente, Will no lo había delatado; de haberlo hecho, el Bower's Point estaría plagado de polis. Sin embargo, lo mejor era estarse quietecito durante una temporada, muy quietecito. Ninguna fiesta más en las casas de la playa, ningún incendio en edificios; tampoco pensaba acercarse a Will o a Ronnie. Además tenía claro que no le diría ni una sola palabra de lo sucedido a Teddy ni a Lance, tampoco a Blaze. Lo mejor era dejar que la gente se olvidara del asunto.

A menos que Will cambiara de parecer.

Esa posibilidad lo sacudió con la fuerza de una bofetada en plena cara. Hasta ese momento, Marcus había gozado de tener pleno poder sobre Will, pero de repente sus papeles se habían invertido… o como mínimo se habían equilibrado.

Pensó que quizá sería mejor marcharse del pueblo una temporada. Ir al sur, a Myrtle Beach, a Fort Lauderdale o a Miami, hasta que todo el mundo se olvidara de lo que había pasado en aquella boda tan fastuosa.

Consideró que era la decisión más acertada, pero para hacerlo, necesitaba dinero. Mucho dinero. Y pronto. Eso significaba que tendría que hacer bastantes espectáculos, y delante de mucha gente. Afortunadamente, el torneo de vóley-playa empezaba ese mismo día. Will estaría compitiendo, seguro, pero no había ninguna necesidad de acercarse a las pistas. Montaría su espectáculo en el muelle…, sí, un gran espectáculo.

Detrás de él, Blaze se hallaba sentada, tomando el sol, vestida únicamente con sus pantalones vaqueros y el sujetador; su camiseta, hecha un ovillo, estaba cerca de la fogata.

—Blaze —la llamó—. Hoy harán falta nueve bolas de fuego. Habrá mucha gente y necesitamos dinero.

Ella no le contestó, pero Marcus apretó los dientes al oír su suspiro plañidero. Estaba harto y asqueado de esa chica. Desde que su madre la había echado de casa, no había sido más que una carga día tras día. La observó mientras se levantaba y asía la botella con el líquido inflamable. Bueno. Por lo menos hacía algo para ganarse el sustento.

Nueve bolas de fuego. No todas a la vez, por supuesto; normalmente usaban seis en cada espectáculo. Pero si añadía una más por aquí y otra por allá, algo inesperado, seguro que los espectadores le darían más dinero. Dentro de un par de días estaría en Florida. Él solo. Teddy, Lance y Blaze se quedarían solitos una temporada, y eso le parecía fantástico. Estaba harto de ellos.

Marcus estaba tan concentrado pensando en su viaje que no se dio cuenta de que Blaze empapaba varias bolas de tela con el líquido inflamable justo encima de la camiseta que más tarde utilizaría en el espectáculo.

28

Will

Ganar la primera ronda en el torneo fue bastante fácil; Will y Scott apenas tuvieron que sudar la camiseta. En la segunda ronda, el partido resultó incluso más fácil, y sus adversarios únicamente lograron anotarse un tanto. En la tercera ronda, tanto él como Scott tuvieron que esforzarse para ganar. A pesar de que al final sacaron una gran ventaja, Will abandonó la pista con la sensación de que el equipo al que acababan de derrotar era mucho mejor de lo que indicaba el marcador.

A las dos de la tarde, empezaron los cuartos de final; la final estaba programada para las seis. Mientras Will apoyaba las manos sobre las rodillas, aguardando a que el equipo adversario sacara, tuvo la certeza de que ganarían. Iban cinco a dos a favor del otro equipo, pero no estaba agobiado. Se sentía en plena forma, con todos los reflejos alerta, y cada vez que golpeaba el balón, lo enviaba exactamente al punto preciso que quería. Cuando su adversario lanzó el balón al aire para sacar, Will se sintió infalible.

La pelota llegó veloz tras formar un arco por encima de la red; anticipando su caída, Will corrió hacia delante y con un golpe la lanzó hacia arriba. Sin perder ni un segundo, Scott dio un salto rápidamente y remató la jugada por encima de la red, enviando el balón con fuerza al campo del equipo adversario. Ganaron los siguientes seis puntos antes de que le tocara al otro equipo sacar de nuevo; mientras se preparaba en su posición, Will echó un rápido vistazo hacia las gradas, buscando a

Ronnie. Ella estaba sentada justo en el lado opuesto a sus padres y a Megan, una buena idea, probablemente.

Qué rabia le había dado no poder contarle a su madre la verdad sobre Marcus, pero ¿qué podía hacer? Si ella se enteraba de quién había sido el verdadero culpable, removería cielo y tierra para que castigaran a Marcus… y eso únicamente acarrearía unas consecuencias que Will no deseaba. Estaba seguro de que lo primero que Marcus haría si lo arrestaban sería conseguir una reducción de la pena a cambio de «información privilegiada» sobre otro delito más grave: el de Scott. Y eso le causaría a su amigo muchos problemas en un momento crítico en que necesitaba obtener una beca para la universidad, sin olvidar el revés que supondría para los padres de Scott —que, además, eran muy buenos amigos de sus padres—. Por eso había mentido, y lamentablemente su madre había elegido echarle a Ronnie toda la culpa.

Pero ella se había presentado aquella mañana y le había dicho que lo quería y le había prometido que hablarían más tarde. Además, le había pedido que, por encima de todo, pusiera toda la carne en el asador en aquel torneo, y eso era exactamente lo que estaba haciendo.

Cuando el jugador del equipo adversario volvió a sacar, Will atravesó el campo como una flecha para contraatacar; Scott lo siguió con una sincronización perfecta, y Will ganó el punto. A partir de aquel momento, el equipo contrario sólo se anotó un tanto más antes de que se acabara el set; en el siguiente, consiguieron únicamente dos tantos.

Él y Scott avanzaron imparables hasta las semifinales. En las gradas, Ronnie lanzaba gritos de alegría.

La semifinal fue realmente dura; habían ganado el primer set sin ninguna dificultad, pero perdieron el segundo.

Will se hallaba en la línea de saque, esperando que el árbitro diera la señal para empezar el tercer set, cuando posó la mirada primero en las gradas y después en el muelle, y pensó que había mucha más gente que el año anterior. Había chicos y chicas del instituto arracimados por todos lados, al igual que otra gente que conocía de vista. En las gradas no quedaba ni un solo asiento libre.

El árbitro dio la señal y, tras lanzar el balón por encima de su cabeza, Will emprendió una serie de pasos veloces antes de elevarse por el aire y enviar el balón directamente a la línea base, buscando un punto entre los tres cuartos del límite posterior de la pista. Aterrizó y rápidamente se colocó en su posición, aunque ya sabía que eso no era necesario. La increíble precisión de su saque había dejado al equipo adversario paralizado por un instante demasiado largo; el balón levantó una polvareda de arena antes de salir disparado de la pista.

Uno a cero.

Sacó siete veces seguidas, y consiguieron una cómoda ventaja; a partir de aquel momento, acabaron alternando puntos hasta llegar a una victoria relativamente fácil.

Al abandonar la pista, Scott le propinó una palmada en la espalda.

—¡La victoria es nuestra! —gritó, sin poder contener su alegría—. ¡Hoy estamos imparables! ¡Vamos! ¡Que nos echen a los leones de Tyson y Landry encima!

Tyson y Landry, un par de fortachones de dieciocho años de Hermosa Beach, California, formaban el equipo dominante en la categoría júnior. El año anterior habían quedado en la posición undécima en el *ranking* mundial, lo cual habría sido lo bastante bueno para representar virtualmente a cualquier otro país en los Juegos Olímpicos. Llevaban jugando juntos desde que tenían doce años y sólo habían perdido un partido en dos años. Scott y Will habían jugado contra ellos sólo una vez antes de la semifinal del año pasado del mismo torneo, y habían abandonado la pista con la cola entre las piernas. Ni siquiera habían conseguido ganar un set.

Pero aquel día la historia era absolutamente diferente: habían ganado el primer set por tres puntos; Tyson y Landry habían ganado el siguiente por exactamente el mismo margen; y en el set final, iban empatados a siete.

Will llevaba nueve horas expuesto al sol. A pesar de los litros de agua y de Gatorade que había ingerido, el sol y el calor deberían haberlo agotado por lo menos un poquito, y quizás era así. Pero él no lo notaba. No ahora. No cuando se daba cuenta de que tenían posibilidades de ganar el torneo.

Les tocaba sacar, lo cual siempre supone una desventaja, ya que en el tercer set el equipo que gana la jugada se anota un punto, y el que devuelve el servicio siempre tiene más posibilidades de rematar el balón. Sin embargo, Scott sacó con tanta fuerza que obligó a Tyson a desplazarse de su posición. El chico consiguió llegar al balón a tiempo, pero lo envió volando en dirección a la multitud. Landry no perdió ni un segundo y logró alcanzar la pelota, pero la golpeó mal; el balón acabó en las gradas, entre la gente, y Will pensó que tardarían como mínimo otro minuto antes de recuperarlo. Él y Scott ganaban por un punto.

Como de costumbre, primero se giró hacia Ronnie y vio que lo saludaba con la mano alzada; después desvió la vista hacia el otro grupo de gradas y sonrió y saludó con la cabeza a su familia. Detrás de ellos, en el muelle, podía ver a la multitud apelotonada en el área más cercana a las pistas, pero un poco más lejos se fijó en una zona despejada. Se estaba preguntando por qué no había nadie en aquel círculo cuando vislumbró el arco que describía una bola de fuego en el aire. Girándose automáticamente hacia la ráfaga de luz, avistó a Blaze en la otra punta, que recogía la bola y la volvía a lanzar con agilidad.

El marcador estaba empatado a diez cuando sucedió.

El balón había ido a parar nuevamente a las gradas, esta vez por culpa de Scott; mientras Will regresaba a su posición en el campo, no pudo evitar volver a mirar hacia el muelle, seguramente porque Marcus estaba allí.

El hecho de que aquel tipo estuviera tan cerca lo ponía tenso, con la misma rabia que había sentido la noche anterior.

Sabía que debería olvidarse del tema, tal y como Megan le había aconsejado. No debería haberla importunado contándole toda aquella historia; después de todo, era el día de su boda, y sus padres habían reservado una *suite* en el legendario Wilmingtonian Hotel para los novios. Pero Megan había insistido, y él se había desahogado. A pesar de que no lo había criticado por su decisión, Will sabía que se sentía decepcionada con él por haber mantenido el silencio respecto al delito que Scott había cometido. Sin embargo, ella le había mostrado su apoyo incondicional aquella mañana. Mientras Will esperaba a que el árbitro diera la señal con el silbato, fue plenamente consciente de que estaba jugando tanto por ella como por él mismo.

Posó la mirada en las bolas de fuego que danzaban en el aire en el muelle; la concurrencia había ido formando un amplio corro alrededor de una zona cercana a la barandilla; pudo distinguir a Teddy y a Lance bailando *breakdance*, como de costumbre. Lo que realmente le sorprendió fue ver a Blaze realizando malabarismos con las bolas de fuego, junto con Marcus. Cogía una y después se la volvía a pasar a Marcus. A Will le pareció que las bolas de fuego se movían de un extremo al otro más veloces que de costumbre. Blaze se iba retirando hacia atrás lentamente, probablemente intentando aminorar el ritmo de los lanzamientos, hasta que su espalda topó con la barandilla del muelle.

El sobresalto probablemente le hizo perder la concentración, pero las bolas no dejaron de volar hacia ella, por lo que calculó mal la trayectoria de una de ellas y acabó apresándola entre una mano y la camiseta. La siguiente bola de fuego llegaba a toda velocidad; para agarrarla, Blaze tuvo que realizar un movimiento brusco y apretó la primera bola contra su pecho. En cuestión de segundos, la parte delantera de su camiseta se convirtió en una cortina de fuego, alimentada por el exceso de líquido inflamable.

En un ataque de pánico, ella intentó sofocar las llamas, obviamente olvidando que todavía sostenía otra bola de fuego…

Un momento más tarde, sus manos también estaban ardiendo, y sus gritos desgarradores consiguieron acallar el resto de ruidos en el estadio. La multitud que rodeaba el espectáculo de fuego debió de haberse quedado conmocionada, porque nadie reaccionó para ayudarla. Incluso desde la distancia, Will podía ver cómo las llamas la consumían como un ciclón.

Instintivamente, salió disparado de la pista, corriendo por la arena en dirección al muelle. Al notar que le resbalaban los pies, alzó las rodillas para incrementar la velocidad mientras que los chillidos de Blaze seguían llenando el aire.

Se abrió paso entre el gentío, moviéndose en zigzag desde una entrada a la siguiente y rápidamente alcanzó los peldaños; los saltó de tres en tres, agarrándose a uno de los pilares para no tener que frenar la marcha, y después siguió corriendo como una bala hasta que llegó al muelle.

Volvió a abrirse paso entre la gente, incapaz de ver a Blaze hasta que alcanzó el círculo despejado. En ese momento, un hombre estaba agazapado al lado de la figura que se retorcía sin parar de chillar; no había señales de Marcus, de Teddy o de Lance...

Will se detuvo en seco al ver la camiseta de Blaze, que se había fundido con su piel quemada y lacerada. Ella gemía y gritaba de forma incoherente, sin embargo, nadie a su alrededor parecía tener ni idea de qué hacer a continuación.

Will sabía que tenía que hacer algo. Una ambulancia tardaría como mínimo quince minutos en atravesar el puente y llegar por la playa, incluso sin aquel gentío. Cuando Blaze chilló agónicamente una vez más, él se inclinó hacia delante y la cogió con cuidado entre sus brazos. Su furgoneta no estaba muy lejos; había sido uno de los primeros en llegar por la mañana, y se dispuso a llevar a Blaze en esa dirección. Todos los presentes estaban tan sobrecogidos por lo que acababan de presenciar que nadie intentó detenerlo.

La chica se debatía entre un estado de conciencia y de inconsciencia. Will avanzaba tan rápido como podía, con cuidado de no sacudirla innecesariamente. Ronnie llegó como una flecha y se detuvo en lo alto de los peldaños mientras él pasaba por delante de ella con Blaze. El chico no tenía ni idea de cómo había sido capaz de bajar de las gradas y llegar hasta ellos tan rápidamente, pero se sintió aliviado al verla.

—¡Las llaves están sobre la rueda de atrás! —gritó él—.

¡Tenemos que tumbarla en el asiento trasero! ¡Mientras conduzco, llama a Urgencias y diles que vamos hacia allá, para que estén preparados!

Ronnie se adelantó corriendo hacia la furgoneta y fue capaz de abrir la puerta antes de que llegara Will. No fue fácil colocar a Blaze en el asiento, pero al final lo consiguieron; entonces, de un salto, Will se sentó detrás del volante. Arrancó sin perder ni un segundo y voló hacia el hospital, consciente de que estaba infringiendo una docena de normas de tráfico durante el trayecto.

El Servicio de Urgencias del hospital estaba saturado. Will se hallaba sentado cerca de la puerta, mirando cómo oscurecía. Ronnie estaba a su lado. Sus padres, junto con Megan y Daniel, habían pasado unos momentos por el hospital, pero hacía horas que se habían marchado.

En las últimas cuatro horas, Will había contado la historia un montón de veces a innumerables personas diferentes, incluida la madre de Blaze, que en aquellos momentos se hallaba dentro con su hija. Cuando había aparecido atropelladamente en la sala de espera, Will distinguió el tremendo terror escrito en su cara antes de que una de las enfermeras le pidiera que la siguiera.

Aparte de enterarse de que se habían llevado a Blaze corriendo para intervenirla quirúrgicamente, todavía no sabía nada sobre su estado. La noche empezaba a extender su manto sobre ellos, pero él no podía imaginar marcharse de allí. Sin poderlo remediar, sus recuerdos lo llevaban a la carita de Blaze cuando se sentaban uno al lado de otro en tercero de primaria y luego a la imagen de la criatura desfigurada que había llevado entre sus brazos unas horas antes. Blaze ahora era una desconocida, pero una vez había sido su amiga, y con eso le bastaba.

Se preguntó si la Policía volvería a pasar por el hospital. Los agentes habían llegado unas horas antes con los padres de Will, y él les había contado lo que había visto, aunque ellos se habían mostrado más interesados en saber por qué había decidido traer a Blaze al hospital en vez de permitir que interviniera el equipo de urgencias médicas. Will había contestado con absoluta sinceridad: en aquellos momentos ni pensó que ellos estaban allí; lo único que se le ocurrió fue que Blaze necesitaba llegar al hospital inmediatamente. Por suerte, los agentes comprendieron su declaración. Incluso le pareció ver al agente Johnson asentir levemente con la cabeza. Tuvo la impresión de que, en la misma situación, aquel policía habría reaccionado del mismo modo.

Cada vez que se abría la puerta de la sección de enfermería, buscaba con la mirada a alguna de las enfermeras que había asistido a Blaze al llegar. En el coche, Ronnie había conseguido establecer comunicación con el hospital, y un equipo del departamento de traumatología los aguardaba en la puerta; al cabo de menos de un minuto, colocaron a Blaze en una camilla y desaparecieron detrás de unas puertas oscilantes. Eso fue casi diez minutos antes de que él o Ronnie pudieran pensar en algo que decirse. Permanecieron sentados sin moverse, con las manos cogidas, temblando ante el espeluznante recuerdo de Blaze chillando en la furgoneta.

La puerta oscilante volvió a abrirse. Will reconoció a la madre de Blaze, que caminaba hacia ellos.

Tanto Will como Ronnie se pusieron de pie. Cuando ella estuvo más cerca, Will vio las líneas de tensión alrededor de su boca.

—Una de las enfermeras me ha dicho que todavía estabais aquí. Quería daros las gracias por lo que habéis hecho.

A la mujer se le quebró la voz. Will intentó tragar saliva, pero se dio cuenta de que tenía la garganta seca.

—¿Cómo está? —consiguió preguntar, con una voz ronca.

—Todavía no lo sé. Aún la están operando. —La madre de Blaze centró la atención en Ronnie—. Soy Margaret Conway. No sé si Galadriel te habrá hablado de mí.

—Lo siento muchísimo, señora Conway. —Ronnie adelantó la mano para apretarle el brazo afectuosamente.

La mujer soltó un suspiro; aunque procuró no perder la compostura, no lo consiguió.

—Yo también —empezó a decir. Su voz se trocó en un balbuceo a medida que continuaba—. Le dije un millón de veces que se alejara de Marcus, pero ella se negaba a escucharme, y ahora mi niñita…

Se derrumbó, incapaz de contener los sollozos. Will la observaba, paralizado. Ronnie avanzó un paso hacia ella, y ambas acabaron abrazadas, llorando inconsolablemente.

Mientras Will conducía por las calles de Wrightsville Beach, le parecía que todo a su alrededor brillaba con un resplandor excesivo. Conducía deprisa, aunque sabía que aún podría ir más rápido. Sin ningún esfuerzo, podía distinguir un montón de detalles que normalmente le habrían pasado desapercibidos: el halo suave y nebuloso alrededor de las farolas de la calle, un contenedor de basura volcado en el callejón aledaño al Burger King, la pequeña abolladura en la matrícula de un Nissan Sentra de color crema.

A su lado, Ronnie lo observaba con inquietud, pero sin decir nada. No le había preguntado adónde iban, pero no tenía que hacerlo. Tan pronto como la madre de Blaze abandonó la sala de espera, Will se giró hacia la puerta y sin mediar palabra salió con paso expeditivo hacia la furgoneta. Ronnie lo siguió y se subió en el asiento de al lado.

Un poco más adelante, el semáforo se puso ámbar, pero en lugar de aminorar la marcha, Will pisó el acelerador. El motor rugió y la furgoneta avanzó veloz, hacia el Bower's Point.

Conocía la ruta más rápida y tomaba cada esquina con una gran habilidad. Dejó atrás la zona comercial. La furgoneta rugió al pasar por delante de las silenciosas casas situadas en la primera línea de la playa. Después llegaron al muelle, y a continuación pasaron por delante de la casa de Ronnie; pero Will no aminoró la marcha, sino que apretó el acelerador hasta unos límites peligrosos.

A su lado, Ronnie se aferraba al asidero con dedos crispados hasta que él hizo un último giro de volante antes de entrar en una zona de gravilla que hacía las veces de aparcamiento y que quedaba prácticamente oculta entre los árboles. La furgoneta patinó por la gravilla hasta detenerse en seco. Fue entonces cuando Ronnie reunió el coraje para hablar.

—Por favor, no lo hagas.

Will la oyó y comprendió lo que le pedía, pero igualmente saltó de la furgoneta. El Bower's Point no quedaba demasiado lejos. Sólo se podía acceder desde la playa, estaba justo al torcer la esquina, a unos doscientos metros de la caseta de los vigilantes de la playa.

Will empezó a correr. Sabía que Marcus estaría allí; lo presentía. Aceleró el ritmo, mientras las imágenes seguían bombardeándole la mente: el incendio en la iglesia, la noche de la feria, la forma violenta en la que Marcus había inmovilizado a Ronnie por los brazos…, y Blaze, consumiéndose en una pira humana.

Marcus no había intentado auxiliarla. Había huido corriendo cuando ella lo necesitaba, cuando podría haber muerto.

A Will no le importaba lo que pudiera sucederle. Ni tampoco le importaba lo que pudiera pasarle a Scott. Ahora esos miedos habían quedado atrás. Esta vez, Marcus se había pasado de la raya. Al torcer la esquina, lo avistó a lo lejos, sentado sobre unos trozos de madera alrededor de una pequeña fogata.

Fuego. Bolas de fuego. Blaze…

Aceleró la marcha, preparándose para lo que pudiera pasar a continuación. Se acercó lo suficiente como para fijarse en las botellas de cerveza vacías esparcidas alrededor de la fogata, pero sabía que la oscuridad lo protegía y que no podían verlo.

Marcus se estaba llevando una botella de cerveza a los labios cuando Will tomó carrerilla y lo embistió por la espalda. Sintió cómo Marcus se asustaba a causa del fuerte impacto y lanzaba un gemido de dolor mientras Will lo empujaba contra la arena.

Sabía que tenía que actuar con presteza, para llegar a Teddy antes de que él o su hermano pudieran reaccionar. La visión de Marcus súbitamente tumbado en el suelo tuvo un efecto paralizador; sin embargo, y después de que Will colocara la rodilla sobre la espalda de Marcus, arremetió contra Teddy, moviendo las piernas como pistones, y lo lanzó por encima de los trozos de madera. Will estaba ahora sobre Teddy, pero en lugar de usar los puños, se echó hacia atrás y lo agredió con un cabezazo en la nariz.

Sintió el crujido del cartílago nasal a causa del impacto. Will se levantó rápidamente, ignorando la imagen de Teddy revolcándose por el suelo, cubriéndose la cara con las manos, con los dedos manchados de sangre, mientras que sus gritos enloquecidos quedaban en cierta manera amortiguados por el sonido de sus propios jadeos.

Lance ya había reaccionado y se disponía a atacar a Will cuando éste dio un gran paso hacia atrás, para mantener la distancia. Lance se abalanzó sobre él cuando, repentinamente, Will alzó la rodilla y le propinó un rodillazo en plena cara. Lance se tambaleó y perdió la consciencia antes de caer de bruces en el suelo.

Dos fuera de combate; sólo quedaba uno.

En ese momento, Marcus consiguió ponerse de pie. Asió un trozo de madera y retrocedió mientras Will avanzaba hacia él. Pero lo último que Will quería era que Marcus recuperase totalmente el equilibrio sobre sus piernas. Will se preparó para un ataque rápido. Marcus blandió el trozo de madera, pero sólo consiguió asestarle a Will un golpe débil; de un manotazo, lo desarmó antes de embestirlo. Lo rodeó con sus brazos, inmovilizándolo; lo alzó unos centímetros del suelo, sacando ventaja de la posición para derribar a su contrincante. Era la imagen perfecta de una técnica violenta de fútbol americano, y Marcus cayó al suelo de espaldas.

Will se abalanzó entonces sobre él, apoyando sobre su enemigo todo el peso de su cuerpo para inmovilizarlo. Acto seguido, igual que había hecho con Teddy, le propinó un cabezazo con toda la fuerza que pudo.

Sintió otra vez el desagradable crujido del cartílago nasal, pero esta vez no se detuvo allí. Enloquecido, empezó a golpear a Marcus con el puño. Una y otra vez, desahogándose de toda la rabia que lo consumía, soltando su furia ante la impotencia que había sentido desde el incendio. Le pegó un puñetazo en la oreja, y luego otro en el mismo sitio. Los gritos de Marcus sólo consiguieron sulfurarlo más. Volvió a atizarle con saña, esta vez en la nariz, que ya estaba rota. Entonces, de repente, notó que alguien le agarraba el brazo.

Se giró enérgicamente, pensando que era Teddy, pero se encontró con Ronnie, que lo miraba con una expresión aterrorizada.

—¡Para! ¡No mereces ir a la cárcel por una rata como Marcus! —gritó—. ¡No arruines tu vida por él!

Will apenas la oía, pero notó cómo ella tiraba de su brazo con insistencia.

—Por favor, Will —suplicó, con voz temblorosa—. Tú no eres como él. Tú tienes un futuro por delante. No lo eches a perder.

Mientras Ronnie aflojaba su garra gradualmente, Will notó cómo toda su energía se diluía rápidamente. Se puso de pie con esfuerzo; la adrenalina le había provocado temblores y no se sostenía en pie. Ronnie pasó un brazo alrededor de su cintura, y lentamente emprendieron el camino de regreso a la furgoneta.

A la mañana siguiente, Will fue a trabajar con la mano entumecida. Al entrar se encontró a Scott, que lo esperaba en el pequeño vestuario del taller. Mientras su amigo se quitaba la sudadera, miró a Will con el ceño fruncido antes de enfundarse el mono de trabajo.

—No tenías que abandonar el partido —lo amonestó, al tiempo que se subía la cremallera del mono—. El equipo médico estaba allí por algo.

—Lo sé —dijo Will—. Se me nubló la cabeza. Sé que los había visto antes, pero lo olvidé. Siento no haber acabado el partido.

—Ya, bueno, yo también —espetó Scott. Asió un trapo y se lo colgó del cinturón—. Habríamos ganado, pero claro, tú tuviste que salir corriendo para hacerte el héroe.

—Scott, ella necesitaba ayuda...

—¿Ah, sí? ¿Y por qué tenías que ser tú? ¿Por qué no podías esperar a recibir ayuda? ¿Por qué no llamaste al 112? ¿Por qué tuviste que meterla en tu furgoneta?

—Ya te lo he dicho, me olvidé del equipo médico que había en el torneo. Pensé que una ambulancia tardaría demasiado en llegar y...

Scott propinó un puñetazo contra la taquilla.

—¡Pero si ni siquiera te cae bien! —gritó azorado—. ¡Hace tiempo que no sois amigos! Vale, si se tratara de Ashley o de Cassie o incluso de Ronnie, podría comprenderlo. Por Dios, si fuera una desconocida, podría comprenderlo. Pero ¿Blaze? ¿Blaze? ¿Esa desequilibrada que está dispuesta a enviar a tu novia a la cárcel? ¿La loca que sale con Marcus? —Scott avanzó un paso hacia él—. ¿Acaso crees que ella habría hecho lo mismo por ti si estuvieras herido y necesitaras ayuda? ¡Ni por asomo!

—Sólo era un juego —se defendió Will, notando cómo nuevamente la rabia se apoderaba de él.

—¡Para ti! —ladró Scott—. ¡Para ti era sólo un juego! Pero, claro, para ti, todo se reduce a un juego. ¿No te das cuenta? ¡Porque nada te importa! ¡No necesitas ganarte tu puesto, porque aunque pierdas, te seguirán sirviendo toda la vida en una bandeja de plata! ¡Pero yo sí que lo necesito! ¡Es mi futuro lo que está en juego!

—¡Lo que estaba en juego era la vida de una persona! —bramó Will—. ¡Y si pudieras dejar de ser tan egocéntrico por una puñetera vez, te darías cuenta de que salvar la vida de alguien es mucho más importante que tu maldita beca de voleibol!

Scott sacudió la cabeza con desaprobación.

—Hemos sido amigos durante mucho tiempo..., pero, ¿sabes qué?, siempre he sido yo quien ha tenido que claudicar. Todo siempre tiene que ser tal y como tú quieres. ¿Quieres romper con Ashley? ¿Quieres salir con Ronnie? ¿Quieres echar a perder el duro entrenamiento de estas últimas semanas? ¿Quieres hacerte el héroe? Pues, ¿sabes qué? ¡Que te equivocas! Hablé con el equipo médico, y ellos también opinan que te equivocaste.

Con tu genial idea de meter a Blaze en la furgoneta tal y como hiciste, podrías haberla matado. ¿Y qué has conseguido? ¿Te ha dado las gracias? No, ¡por supuesto que no! ¡Y no lo hará! Pero estás totalmente decidido a arruinar nuestra amistad porque lo único que te importa es lo que tú quieres hacer.

Las palabras de Scott lo asaltaron como puñaladas en el estómago, y sólo consiguieron desatar su furia.

—¡Mira, déjame en paz! —rugió Will—. ¡Esta vez no se trata de ti!

—¡Me lo debes! —gritó Scott, propinando otro puñetazo a la taquilla—. ¡Sólo te pedí una cosa la mar de sencilla! ¡Sabías lo importante que eso era para mí!

—¡No te debo nada! —replicó Will, apretando los dientes—. ¡Llevo ocho meses encubriéndote! ¡Estoy harto de que Marcus nos haga bailar al son que él quiere! ¡Se acabó! ¡Las cosas han cambiado! ¡Tienes que contar la verdad!

Will se giró y se dirigió hacia la puerta a grandes zancadas. Mientras la abría, oyó a Scott a su espalda.

—¿Qué has dicho?

Will se giró, sosteniendo la puerta entreabierta y clavando una mirada gélida en la cara consternada de Scott.

—He dicho que tienes que contar la verdad.

Esperó hasta que Scott asimiló sus palabras, después salió por la puerta y la cerró con un fuerte portazo tras él. Mientras pasaba por debajo de los coches situados en los elevadores, podía oír a Scott:

—¿Quieres arruinar mi vida? ¿Quieres que vaya a la cárcel por un accidente? ¡No pienso hacerlo!

Incluso cuando ya estaba cerca del vestíbulo, todavía podía oír que Scott se desahogaba a puñetazos contra las taquillas.

29

Ronnie

*L*a siguiente semana resultó tensa para ambos. Ronnie no se sentía cómoda con la faceta violenta que había presenciado de Will, ni tampoco se sentía totalmente a gusto con el modo en que eso la hacía sentirse. Aborrecía las peleas, no soportaba ver a gente herida, y sabía que aquellas actitudes casi nunca servían para mejorar la situación. Sin embargo, no estaba enfadada con Will por lo que había hecho. Aunque no quería olvidarse de lo que había sucedido, ver cómo Will había desmantelado a esos tres le hacía sentirse un poco más segura cuando estaba con él.

Por su parte, Will sí que acusaba el estrés. Tenía la certeza de que Marcus denunciaría los hechos y que la Policía se presentaría en cualquier momento en su casa, aunque ella presentía que había alguna cosa más que lo angustiaba, algo que él no quería contarle. Por alguna razón, él y Scott ahora no se hablaban, y se preguntó si eso tenía algo que ver con el estado taciturno de su novio.

Pero claro, además estaba la cuestión familiar. En particular, la actitud de la madre de Will. Ronnie la había visto un par de veces desde la boda: una un día que esperaba en la furgoneta en casa de Will mientras éste entraba corriendo para recoger una camiseta limpia, y otra en un restaurante en la zona comercial de Wilmington, adonde Will la había llevado para celebrar su cumpleaños con antelación. Mientras se acomodaban en las sillas, Susan entró en el local con un grupo de amigos. Desde su posición, Ronnie disponía de una vista privilegiada de la entrada, pero Will miraba en dirección contraria. En ambas ocasiones, Susan le dio la espalda premeditadamente.

No le había contado a Will ninguno de los dos encuentros, ni tampoco el que habían tenido en la sala de espera del hospital. Mientras Will estaba perdido en su propio mundo de castigo y preocupación, Ronnie se fijó en que Susan parecía creer que Ronnie era de algún modo la responsable directa de la tragedia que se había ensañado con Blaze.

De pie, en su habitación, contempló la figura dormida de Will a distancia. Estaba acurrucado cerca del nido de las tortugas. En algunos de los otros nidos ya habían empezado a nacer las tortuguitas, por lo que aquella tarde habían quitado la jaula de protección, y el nido había quedado completamente expuesto. Ninguno de los dos se sentía cómodo con la idea de dejarlo desatendido durante la noche, y puesto que Will pasaba cada vez menos tiempo en su casa, se ofreció voluntario para vigilarlo.

Ella no quería pensar en los nuevos problemas que nublaban sus vidas, pero, sin poder remediarlo, empezó a repasar todo lo que había sucedido aquel verano. Apenas reconocía a la chica que era cuando llegó al pueblo. Y el verano todavía no había tocado a su fin; al día siguiente, cumpliría dieciocho años, y después de una última semana juntos, Will se marcharía a la universidad. La nueva cita judicial estaba programada para unos días después de la marcha de Will, y luego tendría que regresar a Nueva York. ¡Tantas cosas hechas y todavía tantas por hacer!

Sacudió la cabeza. ¿Quién era ella? ¿Y qué clase de vida llevaba? Y lo más importante: ¿hacia dónde quería ir?

Aquellos días, nada —y a la vez, todo— parecía real, más real que ninguna otra experiencia por la que hubiera pasado antes: su amor por Will, el vínculo restablecido con su padre, la moderación en el ritmo de su vida. A veces tenía la impresión de que todo aquello le estaba sucediendo a otra persona, a alguien que ella todavía no conocía completamente. Nunca se habría imaginado que una plácida localidad costera en el sur del país pudiera llenarla con mucha más... «vida» y más «desdichas» que Manhattan.

Sonriendo para sí, tuvo que admitir que, salvo por poquísimas excepciones, el verano no había sido tan malo, después de todo. Dormía en una habitación silenciosa junto a su hermano, separada únicamente por un trozo de cristal y unos metros de arena del hombre que amaba, y afortunadamente su amor era correspondido. Se preguntó si podía existir algo más importante en la vida. Y a pesar de todo lo que había sucedido —o quizás a causa de ello—, Ronnie sabía que jamás olvidaría aquel verano que habían pasado juntos, sin importar lo que les deparara el futuro.

Tumbada en la cama, empezó a quedarse dormida. Su último pensamiento consciente fue que todavía no se había acabado todo. A pesar de que aquella sensación a menudo era un indicador de lo peor, ella sabía que eso no era posible, no después de todo lo que había experimentado.

Por la mañana, sin embargo, se despertó con una desapacible sensación de ansiedad. Como siempre, era absolutamente consciente de que había pasado otro día, y eso significaba que le quedaba un día menos para estar con Will.

Pero mientras se hallaba tumbada en la cama, intentando encontrarle el sentido a aquella sensación de ansiedad, se dio cuenta de que no se trataba únicamente de Will. Sí, la semana siguiente él se marcharía a la universidad. Incluso Kayla también se marcharía aquel año a la universidad. Sin embargo, Ronnie no tenía ni idea de qué era lo que ella quería hacer. Ahora ya casi tenía dieciocho años, y... sí, asumiría cualquier decisión que tomara el tribunal, pero, después... ¿qué? ¿Pensaba vivir toda la vida con su madre? ¿Debería solicitar trabajo en Starbucks?

Era la primera vez que encaraba su futuro de una forma tan directa. Siempre había mantenido la esperanza de que todo saliera bien, sin importar lo que decidiera. Y así sería, lo sabía..., a corto plazo. Pero... ¿quería continuar viviendo con su madre cuando tuviera diecinueve años? ¿O a los veintiuno? ¿O —Dios no lo quisiera— a los veintinueve?

¿Y cómo diantre se suponía que ganaría suficiente dinero para poder vivir en Manhattan sin un título universitario?

No lo sabía. De lo único que estaba segura era de que no estaba preparada para que el verano tocara a su fin. No estaba preparada para volver a casa. No estaba preparada para imaginarse a Will paseando por los jardines de Vanderbilt con alguna de sus compañeras de clase, ataviada con el *maillot* de animadora de algún club deportivo. No quería pensar en nada de eso.

—¿Va todo bien? Estás más callada que de costumbre —dijo Will.

—Lo siento —contestó ella—. Es que tengo muchas cosas en la cabeza.

Estaban sentados en el muelle, compartiendo unos panecillos y el café que habían comprado por el camino. Normalmente aquel lugar estaba abarrotado de pescadores con caña, pero aquella mañana encontraron un lugar tranquilo donde sentarse. Una grata sorpresa, teniendo en cuenta que él tenía el día libre.

—¿Has pensado en lo que quieres hacer?

—Algo que no tenga nada que ver con elefantes ni palas.

Will colocó su panecillo sobre el vasito de poliestireno que contenía el café caliente.

—No sé si realmente quiero saber a qué te refieres…

—Probablemente no —respondió ella, con una mueca burlona.

—De acuerdo —asintió Will—. Pero yo me refería a qué querías hacer mañana, para celebrar tu cumpleaños.

Ronnie se encogió de hombros.

—No tiene que ser nada especial.

—Pero cumples dieciocho años. Te guste o no, es un gran día. Legalmente te convertirás en una persona adulta.

«Genial», pensó ella. Sin embargo, era otro recordatorio de

que el tiempo pasaba y que tenía que decidir qué quería hacer con su vida. Will debió de leer su expresión, porque se inclinó hacia ella y emplazó una mano sobre su rodilla.

—¿He dicho algo indebido?

—No. No sé... Me siento un poco triste hoy.

En la distancia, una manada de marsopas rompía el oleaje. La primera vez que las vio, Ronnie se quedó fascinada; ahora, después de haberlas visto unas veinte veces, le seguía sucediendo lo mismo. Se habían convertido en parte del paisaje, y sabía que las echaría de menos cuando regresara a Nueva York, a hacer lo que finalmente decidiera hacer. Probablemente acabaría convirtiéndose en una adicta a los dibujos animados como Jonah e insistiría en verlos boca abajo.

—¿Y si te invito a cenar?

No, mejor olvidarse de eso. Probablemente acabaría convirtiéndose en una adicta a la Game Boy.

—Vale.

—O quizá podríamos ir a bailar.

O quizás a Guitar Hero. A Jonah le encantaba jugar a eso durante horas. Igual que a Rick, ahora que lo pensaba. Casi todo el mundo sin una vida interesante acababa adicto a ese juego.

—Me parece bien.

—¿O qué te parece si nos pintamos la cara e intentamos invocar a las antiguas diosas incas?

Adicta a una de esa birria de juegos, probablemente continuaría viviendo en casa de su madre cuando Jonah se marchara a la universidad a los dieciocho años.

—Lo que quieras.

Las sonoras carcajadas de Will consiguieron sacarla de su ensimismamiento.

—¿Has dicho algo?

—Tu cumpleaños. Estaba intentando averiguar qué es lo que te apetece hacer el día de tu cumpleaños, pero obviamente tú estás en Babia. Me iré el lunes, y quiero prepararte algo especial.

Ronnie consideró su propuesta antes de desviar la vista hacia su casa. Se fijó de nuevo en lo fuera de lugar que parecía, en aquella franja de la playa.

—¿Sabes lo que realmente quiero? ¿De verdad, de verdad?

El día de su cumpleaños no pudo ser, pero dos noches más tarde, el viernes 22 de agosto, sí. El personal del acuario demostró que la ciencia es infalible: a primera hora de la tarde, los empleados y los voluntarios del acuario habían empezado a preparar el área para que las tortugas pudieran alcanzar el agua sanas y salvas.

Ella y Will habían ayudado a aplanar la arena en la zanja poco profunda que comunicaba el nido con el océano; otros se habían dedicado a colocar unas vallas de protección para mantener a una distancia segura a la gente que poco a poco se iba congregando. A su padre y a Jonah les permitieron entrar en el área vallada, y ambos permanecían de pie a un lado, para no interferir en el ajetreo de los del acuario.

Ronnie no tenía ni idea de lo que se suponía que tenía que hacer, aparte de asegurarse de que nadie se acercara demasiado al nido. No era una experta, pero puesto que lucía el uniforme de huevo de Pascua del acuario, la gente asumía que era una experta en tortugas. En la última hora, debía de haber contestado a un centenar de preguntas. Estaba orgullosa de haber sido capaz de recordar todo lo que Will le había contado al principio acerca de las tortugas y también se sentía aliviada de haber dedicado unos minutos a revisar el folleto sobre las tortugas bobas que los del acuario habían imprimido para los curiosos. Prácticamente todo lo que la gente quería saber estaba explicado en aquellas cartulinas, pero ella suponía que era más fácil preguntar que echar un vistazo al folleto que sostenían entre sus manos.

Eso también ayudaba a pasar el rato. Llevaban muchas horas allí fuera. A pesar de que les habían asegurado que las tortugas nacerían de un momento a otro, Ronnie no estaba tan convencida. A las tortugas les traía sin cuidado que un puñado de niños pequeños empezara a exhibir muestras de cansancio o que algunos de los presentes tuvieran que levantarse temprano a la mañana siguiente para ir a trabajar.

Sin saber por qué, había imaginado que sólo se concentraría media docena de personas, y no los cientos que se amontonaban a lo largo de las vallas de protección. No estaba segura de si le gustaba lo que veía; tenía la impresión de estar asistiendo a un espectáculo de circo.

Mientras tomaba asiento en la duna, Will se le acercó.

—¿Qué te parece? —preguntó, señalando la escena.

—Aún no estoy segura. De momento no ha pasado nada.

—Ya no tardará.

—Hace mucho rato que oigo lo mismo.

Will se sentó a su lado.

—Tienes que aprender a ser más paciente, pequeña saltamontes.

—Lo soy. Sólo quiero que las tortugas nazcan de una vez.

Él se echó a reír.

—¿No deberías estar trabajando? —le preguntó ella.

—Sólo soy un voluntario. Tú eres la que en realidad trabaja en el acuario.

—Sí, pero no me pagan horas extras, y técnicamente, puesto que tú eres un voluntario, creo que deberías vigilar la valla de seguridad durante un rato.

—A ver si lo adivino... La mitad de la gente te pregunta qué es lo que pasa, y la otra mitad te hace preguntas que ya están contestadas en las cartulinas que les entregas.

—Más o menos.

—¿Estás cansada?

—Digamos que no resulta tan divertido como la cena de la otra noche.

Will la había llevado a un restaurante italiano íntimo y acogedor el día de su cumpleaños; también le había regalado un collar de plata con un colgante en forma de tortuga; a Ronnie le había encantado y no se lo quitaba ni para dormir.

—¿Cómo sabremos cuándo ha llegado el momento?

Él señaló hacia el jefe del acuario y hacia uno de los biólogos del equipo.

—Cuando Elliot y Todd empiecen a ponerse nerviosos.

—¡Vaya! Una respuesta muy científica.

—Oh, lo es. Te lo aseguro.

—¿Te importa si me siento contigo?

Después de que Will se hubiera marchado a buscar más linternas a la furgoneta, su padre se le acercó.

—No tienes que preguntar, papá. Claro que puedes.

—No quería molestarte. Pareces preocupada.

—Sólo estoy esperando, igual que el resto de la gente —dijo Ronnie. Se retiró un poco, dejando espacio mientras él tomaba asiento a su lado.

La multitud había aumentado considerablemente en la última media hora, por lo que Ronnie estaba contenta de que los del acuario hubieran dejado a su padre y a Jonah pasar dentro de la zona vallada. Últimamente parecía estar muy cansado.

—Lo creas o no, de niño nunca conseguí ver cómo nacían tortugas de un nido.

—¿Por qué no?

—Simplemente porque no suponía la gran noticia que es ahora. Quiero decir, a veces me topaba con un nido y pensaba que estaba vacío, pero nunca presté demasiada atención. Lo más cerca que he estado de ver nacer tortugas fue un día que encontré un nido a la mañana siguiente de que nacieran. Vi todos los cascarones rotos alrededor del nido, pero eso formaba parte de la vida aquí. De todos modos, me apuesto lo que quieras a que esto no es lo que esperabas, con tanta gente, ¿eh?

—¿A qué te refieres?

—Will y tú os habéis dedicado a vigilar y a proteger el nido cada noche. Y ahora que la parte más interesante está a punto de suceder, tenéis que compartirlo con un montón de personas.

—No pasa nada. No me importa.

—¿Ni siquiera un poco?

Ella sonrió. Era sorprendente cómo su padre había llegado a conocerla y a comprenderla.

—¿Qué tal va tu canción?

—En proceso. Probablemente he escrito un centenar de variaciones hasta ahora, pero todavía no me acaba de sonar bien. Sé que es un ejercicio infructuoso. Si a estas alturas todavía no he averiguado qué es lo que falla, probablemente nunca lo conseguiré…, pero me mantiene ocupado.

—Esta mañana he visto el vitral. Ya está casi acabado.

Su padre asintió con la cabeza.

—Sí, ya casi está listo.

—¿Han decidido cuándo lo colocarán?

—No —contestó Steve—. Todavía están esperando a recibir el resto del dinero de la subvención. No quieren colocarlo hasta que el edificio esté acabado. Al reverendo Harris le preocupa que algunos gamberros lo rompan a pedradas. Desde el incendio, se ha vuelto mucho más cauto.

Ronnie asintió.

—Probablemente yo también sería más cauta.

Steve estiró las piernas sobre la arena, pero rápidamente las encogió con un movimiento instintivo, al tiempo que esbozaba una mueca de dolor.

—¿Estás bien?

—Me parece que estos últimos días he estado demasiado rato de pie. Jonah quiere acabar el vitral antes de marcharse.

—Se lo ha pasado en grande este verano.

—¿Tú crees?

—La otra noche me dijo que no quería volver a Nueva York. Que quería quedarse contigo.

—Es un niño encantador —comentó Steve, con aire satisfecho. Súbitamente su semblante adoptó un gesto dudoso antes de girarse hacia su hija—. Supongo que la siguiente pregunta es si tú te lo has pasado bien este verano.

—Sí.

—¿Gracias a Will?

—Gracias a todo —lo rectificó ella—. Me alegro de haber pasado tanto tiempo contigo.

—Yo también.

—Así pues…, ¿cuándo planeas venir a vernos a Nueva York?

—¡Uf! No lo sé. De momento tendremos que conformarnos con el teléfono.

Ella sonrió.

—¿Demasiado ocupado estos días?

—La verdad es que no mucho, pero ¿quieres saber una cosa?

—¿Qué?

—Creo que eres una jovencita maravillosa. No quiero que nunca olvides lo orgulloso que me siento de ti.

—¿A qué viene eso?

—No estaba seguro de si te lo había dicho últimamente.

Ronnie apoyó la cabeza en el hombro de su padre.

—Tú tampoco estás mal, papá.

—¡Mira! —exclamó él, señalando hacia el nido—. ¡Creo que ya empieza!

Ella se dio la vuelta hacia el nido y de un brinco se puso de pie. Tal y como Will había predicho, Elliot y Tod se movían alrededor del nido con un visible nerviosismo mientras que entre la multitud algunos empezaban a pedir silencio.

Todo se desarrolló de la forma que Will había descrito, salvo que las palabras no le hacían realmente justicia. Puesto que Ronnie estaba tan cerca, consiguió verlo todo: el primer huevo que empezaba a romperse, seguido por otro y después otro; en todos los huevos se repitió la misma acción hasta que la primera tortuga emergió y empezó a moverse enloquecidamente por encima de los otros huevos que se movían sin parar.

Sin embargo, lo más sorprendente fue la siguiente parte del proceso: primero un pequeño movimiento, seguido de otro; después, tanto movimiento que resultaba imposible que la retina lo captara todo mientras cinco y luego diez y luego veinte y luego muchas más tortuguitas imposibles de contar se unieron en una masiva actividad frenética.

Como una colmena de abejas bajo los efectos de unas setas alucinógenas...

Y además, estaba la imagen de aquellas diminutas tortuguitas, con aspecto prehistórico, que intentaban salir del hoyo, moviendo frenéticamente sus patitas, intentando trepar y resbalando para caer nuevamente dentro del hoyo, trepando unas por encima de las otras... hasta que finalmente una lo logró, seguida por una segunda, y después una tercera, todas corriendo a lo largo de la zanja de arena hacia la luz de la linterna que Todd, de pie en la orilla, sostenía en sus manos.

Una a una, Ronnie las vio pasar con movimientos rápidos y torpes, pensando que eran tan increíblemente pequeñas que parecía imposible que pudieran sobrevivir. El océano simplemente las engulliría, las haría desaparecer, y eso fue exactamente lo que sucedió cuando las diminutas criaturas alcanzaron el agua y fueron arrastradas por las olas, primero hacia la orilla y luego hacia el océano, flotando por unos instantes en la superficie antes de desaparecer de la vista.

Ronnie permanecía de pie al lado de Will, apretándole la mano con emoción, arrebolada de alegría al pensar que había pasado todas aquellas noches junto al nido y que con ello había desempeñado un pequeño papel en el milagro de aquellas nuevas formas de vida. Resultaba increíble pensar que, después de tantas semanas en las que no había pasado absolutamente nada, todo lo que había estado esperando se acabara en cuestión de minutos.

Mientras seguía de pie al lado del chico que amaba, tuvo la certeza de que nunca volvería a compartir otros momentos tan mágicos como aquéllos con nadie.

Una hora más tarde, después de revivir con excitación todos los detalles del nacimiento del batallón de tortugas, Ronnie y Will se despidieron del resto del equipo del acuario mientras éstos se dirigían a sus coches. Aparte de la zanja, no quedaba rastro alguno de lo que acababa de suceder. Incluso los cascarones habían desaparecido; Todd los había recogido porque quería estudiar el grosor de las cáscaras y analizar la posible presencia de sustancias químicas.

Mientras Ronnie caminaba al lado de Will, él deslizó un brazo alrededor de su cintura.

—Espero que lo que has visto no te haya defraudado.

—Al revés, ha sido incluso mejor —afirmó ella—. Pero no puedo dejar de pensar en esas tortuguitas tan indefensas…

—No te preocupes, estarán bien.

—Pero no todas sobrevivirán.

—No —admitió Will—. No todas. Cuando son tan pequeñas, tienen que sortear muchísimas adversidades.

Avanzaron unos pasos en silencio.

—Qué pena.

—Es el círculo de la vida.

—Mira, no me vengas con la filosofía de *El rey león* justo ahora. —Ronnie alzó la barbilla con petulancia—. Lo que necesito es todo lo contrario: que me mientas.

—Ah, en ese caso…, todas las tortuguitas sobrevivirán —se apresuró a contestar Will—. Las cincuenta y seis tortuguitas. Se harán muuuuuy grandes, se casarán y tendrán muuuuuuchas tortuguitas, hasta que finalmente morirán de viejas, pero no te preocupes, porque habrán vivido muuuuuuchos más años que la mayoría de las tortugas.

—¿De verdad lo crees?

—Claro —confirmó, con absoluta seguridad—. Son nuestros hijitos. Son especiales.

Ella todavía estaba riendo cuando vio a su padre, que salía del porche con Jonah.

—Vale, después de toda esa historieta infumable —empezó a decir Jonah— y después de haber sido testigo de todo el proceso desde el principio hasta el final, sólo tengo una cosa que añadir.

—¿Qué? —se interesó Will.

Jonah sonrió abiertamente.

—Ha sido a-lu-ci-nan-te.

Ronnie se echó a reír, al pensar en la palabra favorita de su hermano aquel verano. Al ver la expresión desconcertada de Will, simplemente se encogió de hombros.

—Es una broma entre nosotros —explicó.

En aquel instante, su padre empezó a toser.

Era una tos densa, húmeda, una tos de persona… enferma…, y al igual que había sucedido aquella noche en la iglesia, su padre parecía no poder controlarla. Steve tosía y tosía sin parar, y el pitido en su pecho era cada vez más audible.

Ronnie vio que su padre se agarraba a la barandilla para no perder el equilibrio; también vio que Jonah fruncía el ceño con preocupación y miedo; incluso Will se había quedado paralizado en su sitio.

Vio que su padre intentaba mantenerse erguido, luchando por controlar el ataque de tos, pero empezó a arquear la espalda hacia delante. Steve se llevó ambas manos a la boca y tosió una vez más, y cuando por fin recuperó el aliento, el fuerte pitido en su pecho y los siguientes jadeos sonaron como si estuviera respirando bajo el agua.

Volvió a jadear, luego bajó las manos. Por unos segundos que le parecieron el intervalo más largo de su vida, Ronnie se quedó petrificada, súbitamente más asustada de lo que jamás había estado. La cara de su padre estaba bañada en sangre.

30

Steve

*R*ecibió su sentencia de muerte en febrero, en la consulta de un médico, sólo una hora después de dar su última clase de piano.

Había empezado a dar clases de nuevo cuando se instaló en Wrightsville Beach, tras su estrepitoso fracaso como concertista de piano. El reverendo Harris, sin consultárselo previamente, se presentó un día con una prometedora alumna en su casa poco después de que Steve se hubiera instalado y le pidió que le hiciera un favor. Era como si el reverendo se hubiera dado cuenta de que, al regresar a su pueblo natal, Steve anunciara de una forma innegable que estaba solo y perdido; la única forma de ayudarlo era aportando un sentido, un objetivo a su vida.

La alumna se llamaba Chan Lee. Sus padres enseñaban música en la Universidad de Wilmington, y a los diecisiete años su técnica era admirable; sin embargo, le faltaba la habilidad de sentir la música en su interior, de una forma genuina. Era seria y aplicada, y a Steve le gustó desde el primer momento; escuchaba con interés y se esforzaba mucho en asimilar todas las sugerencias de su maestro. Él esperaba con ansia sus visitas. En Navidad, Steve le regaló un libro sobre la fabricación de pianos clásicos, un regalo que pensó que le gustaría. Pero a pesar de la alegría que lo invadía al dar lecciones de piano de nuevo, empezó a sentirse cada vez más y más cansado. Las clases lo dejaban extenuado, cuando en realidad deberían haberle insuflado energía. Por primera vez en su vida, empezó a dormir la siesta con regularidad.

Con el tiempo, incrementó la duración de sus siestas, hasta dos horas al día, y cuando se despertaba, a menudo notaba un dolor en el abdomen. Una noche, mientras cocinaba chili para cenar, sintió súbitamente una aguda punzada de dolor que lo obligó a doblegarse; al hacerlo, derribó la sartén y los tomates: las judías y la carne de ternera quedaron desparramados por el suelo de la cocina. Mientras intentaba recuperar el aliento, tuvo el presentimiento de que algo iba mal.

Pidió visita al médico. Fue al hospital para someterse a más pruebas y hacerse más radiografías. Más tarde, mientras Steve observaba los viales llenos de la sangre necesaria para las pruebas recomendadas, pensó en su padre y en el cáncer que acabó con su vida. Y de repente supo lo que iban a comunicarle.

En la tercera visita al médico, descubrió que no se había equivocado.

—Tiene cáncer de estómago —anunció el médico. Suspiró hondo antes de continuar—. Y, por los resultados de las pruebas, sabemos que es un cáncer que ha hecho metástasis en el páncreas y el pulmón. —Su voz era neutral, pero no desagradable—. Estoy seguro de que tendrá muchas preguntas, aunque, para empezar, déjeme decirle que no pinta nada bien.

El oncólogo se mostraba compasivo; sin embargo, lo que le estaba diciendo era que no había nada que pudiera hacer. Steve lo sabía, igual que sabía que el médico quería que le hiciera preguntas específicas, con la esperanza de allanar el terreno.

Cuando su padre se estaba muriendo, Steve había llevado a cabo su propia investigación. Sabía lo que significaba un cáncer metastásico, sabía lo que significaba tener cáncer no sólo en el estómago, sino también en el páncreas. Sabía que las probabilidades de sobrevivir eran casi nulas, y en lugar de preguntarle nada, se giró hacia la ventana. En la repisa, una paloma descansaba cerca del cristal, ajena a lo que sucedía dentro de la salita.

«Me acaban de comunicar que me estoy muriendo —pensó sin apartar los ojos del ave—, y el médico quiere que hable de ello. Pero en realidad no hay nada que decir, ¿no te parece?»

Esperó a que la paloma asintiera con un movimiento de cabeza, pero, por supuesto, no obtuvo ninguna respuesta por parte del pájaro.

«Me estoy muriendo», volvió a pensar.

Steve recordó que había entrelazado las manos, sorprendido al ver que no le temblaban.

«Si han de temblar alguna vez, debería ser en un momento como éste», pensó. Tenía el pulso tan firme como de costumbre.

—¿Cuánto tiempo me queda?

El médico pareció aliviado de que finalmente se hubiera roto el silencio.

—Antes de hablar de eso, quiero comentarle algunas de las opciones…

—No hay ninguna opción —lo atajó Steve—. Lo sabe tan bien como yo.

Si el médico se sorprendió con su respuesta, no lo demostró.

—Siempre hay opciones —apuntó.

—Pero ninguna que pueda curarme. Usted se refiere a la calidad de vida.

El médico dejó sobre la mesa la ficha del paciente y asintió con la cabeza.

—¿Cómo podemos hablar de calidad de vida si no sé cuánto tiempo me queda? Si sólo tengo unos pocos días, entonces será mejor que me ponga a realizar llamadas telefónicas.

—Le quedan más que unos pocos días.

—¿Semanas?

—Sí, por supuesto…

—¿Meses?

El médico vaciló. Debió de haber apreciado alguna señal en la cara de Steve que le indicaba que no cesaría de insistir hasta que averiguara la verdad. Carraspeó antes de hablar.

—Llevo mucho tiempo en esta profesión, y he llegado a la conclusión de que las predicciones no sirven de mucho. Demasiadas mentiras extrínsecas a la esfera de conocimientos médicos. Gran parte de lo que le sucederá a continuación dependerá de usted y de su disposición genética, de su actitud. No, no hay nada que podamos hacer para detener lo inevitable, pero ésa no es la cuestión. Lo que intento decirle es que debería disfrutar de todo el tiempo que le queda.

Steve estudió la cara del médico mientras le respondía, plenamente consciente de que no había contestado a su pregunta.

—¿Me queda un año?

Esta vez, el médico no contestó, pero su silencio lo delató. Al abandonar la consulta, Steve aspiró aire lentamente, armado con el conocimiento de que le quedaban menos de doce meses de vida.

La realidad lo golpeó duramente más tarde, en la playa.

Tenía un cáncer en estado avanzado, y no existía ninguna cura conocida. Dentro de menos de un año, se moriría.

Antes de salir de la consulta, el médico le había dado bastante información. Unos folletos y una lista de páginas web útiles si lo que se pretendía era realizar una reseña de libro, pero no para otra cosa. Steve tiró los folletos en un contenedor de basura de camino al coche. Mientras permanecía de pie bajo el sol invernal en la playa desierta, metió las manos en el abrigo, y empezó a caminar hacia el muelle. A pesar de que su vista ya no era tan buena como lo había sido, podía distinguir a la gente que se movía o que pescaba en la barandilla, y se quedó sorprendido de la naturalidad que todos mostraban. Como si nada extraordinario hubiera pasado.

Se estaba muriendo, y le quedaba poco —muy poco— tiempo de vida. Con esa cruda verdad, se dio cuenta de que muchas de las cosas que tanto le habían quitado el sueño, de repente, ya no le importaban. ¿Su plan 401(k)? No lo necesitaría. ¿Una forma de ganarse la vida a los cincuenta años? Ya no importaba. ¿Su deseo de conocer a alguien y volverse a enamorar? No sería justo para ella, y, con toda franqueza, de todos modos, aquel deseo se había esfumado con el diagnóstico.

—Se acabó —se repitió a sí mismo.

Al cabo de menos de un año, ya no existiría. Sí, había presentido que algo iba mal, y quizás incluso había deseado que el médico le comunicara lo que tenía. Pero el recuerdo del médico pronunciando las palabras fatídicas empezó a repetirse constantemente en su mente, como un viejo disco rayado. En la playa, empezó a temblar. Tenía miedo y estaba solo. Cabizbajo, hundió la cara entre las manos y se preguntó por qué tenía que pasarle a él.

Al día siguiente, llamó a Chan y le dijo que no podría continuar dándole lecciones de piano. A continuación, fue a ver al reverendo Harris para contarle lo que sucedía. En aquel momento, el reverendo todavía se estaba recuperando de las heridas que había sufrido en el incendio, y a pesar de que Steve sabía que era egoísta cargar a su amigo con aquello, no se le ocurría con quién más podía hablar. Fue a verlo a su casa. Sentados en el porche, le contó el diagnóstico. Intentó no mostrar sus emociones en el tono de voz, pero no lo consiguió y, al final, acabaron llorando juntos.

Más tarde, Steve se paseó por la playa, preguntándose qué iba a hacer con el poco tiempo que le quedaba. Se preguntó qué era lo más importante en su vida. Al pasar por delante de la iglesia —en aquellos días, los trabajos de reparación ya habían empezado— clavó la vista en el triste agujero que una vez había enmarcado el vitral, pensando en el reverendo Harris y en las numerosas mañanas que él había pasado bajo el halo de luz solar que se filtraba a través de la ventana. Fue entonces cuando supo que tenía que componer otro vitral.

Un día más tarde, llamó a Kim. Cuando se lo contó, ella se derrumbó al otro lado del hilo telefónico, sin poder dejar de llorar. Steve notó un nudo en la garganta, pero no lloró con ella; sin saber por qué, tuvo la certeza de que nunca más lloraría por su enfermedad.

Más tarde, la llamó de nuevo para preguntarle si los niños podrían pasar el verano con él. A pesar de que la idea la aterraba, Kim accedió. Steve le pidió que no les contara nada sobre su estado de salud. Sería un verano cargado de mentiras, pero ¿qué opción le quedaba si quería retomar la relación con ellos?

En primavera, cuando las azaleas empezaron a florecer, Steve se puso a meditar más a menudo acerca de la naturaleza de Dios. Supuso que era inevitable tener esa clase de pensamientos en aquellos momentos tan delicados. O bien Dios existía, o bien no existía; o bien Steve pasaría la eternidad en el Cielo, o bien no habría nada. En cierto modo, encontró alivio al formularse aquella pregunta; respondía a un deseo que había perseguido sin éxito toda la vida. Al final llegó a la conclusión de que Dios era real, pero Steve también deseaba experimentar la presencia de Dios en este mundo, en términos mortales. Y por eso empezó su búsqueda.

Era el último año de su vida. Llovía casi cada día; aquella primavera se convirtió en la más lluviosa que se recordaba. Mayo, sin embargo, fue absolutamente seco, como si alguien hubiera decidido cerrar el grifo en el cielo. Steve compró los trozos de vidrio que necesitaba y empezó a trabajar en el vitral; en junio, llegaron sus hijos. Había paseado por la playa en busca de Dios y se daba cuenta de que había conseguido volver a unir los frágiles hilos que se habían roto en la relación con ellos. Ahora, en aquella oscura noche de agosto, unas tortuguitas acababan de alcanzar la vasta superficie del océano, y él tosía y esputaba sangre. No podía seguir mintiendo; había llegado la hora de contar la verdad.

Sus hijos estaban asustados. Sabía que ellos querían que dijera o hiciera algo que les quitara el miedo del cuerpo. Pero sentía que su estómago estaba siendo perforado por un millar de agujas retorcidas. Se secó la sangre de la cara con el reverso de la mano e intentó mostrarse calmado:

—Creo que será mejor que vaya al hospital.

31

Ronnie

Su padre estaba en una cama del hospital, conectado a la sonda por la que le suministraban suero intravenoso, cuando se lo confesó. Ella inmediatamente empezó a sacudir enérgicamente la cabeza. No era verdad. No podía ser verdad.

—No —pronunció ella—. No es verdad. Los médicos a veces se equivocan.

—Esta vez no —la rectificó él, buscándole la mano—. Y siento mucho que hayas tenido que enterarte de esta forma. De verdad.

Will y Jonah estaban en la cafetería de la planta baja. Su padre quería hablar con cada uno de sus hijos por separado, pero, de repente, Ronnie no quería continuar con aquella historia. No quería que él le dijera nada más, ni una palabra más.

Mentalmente revivió una docena de imágenes diferentes: comprendió por qué su padre había querido que ella y Jonah pasaran el verano con él. Y además tuvo la certeza de que su madre sabía la verdad desde el principio. Les quedaba tan poco tiempo para estar juntos que su padre no sentía ningún deseo de pelearse con ella. Y ahora también comprendía su incesante trabajo con el vitral. Se acordó del ataque de tos en la iglesia, y de las veces que lo había pillado con las facciones retorcidas de dolor. De repente, todas las piezas encajaban. Sin embargo, todo parecía desmoronarse.

Él nunca la vería vestida de novia; nunca sostendría entre sus brazos a sus nietos. Ronnie se veía incapaz de soportar la idea de vivir el resto de su vida sin su padre. No era justo. Nada le parecía justo.

Cuando volvió a hablar, no pudo ocultar su amargura:

—¿Y cuándo pensabas decírmelo?

—No lo sé.

—¿Antes de que me marchara? ¿O tal vez cuando estuviera de vuelta en Nueva York?

Steve no contestó, y ella notó una creciente crispación. Sabía que no debía enfadarse, pero no podía evitarlo.

—¿Qué? ¿Pensabas contármelo por teléfono? ¿Y qué ibas a decirme? «Ah, por cierto, lo siento, pero en verano olvidé comentarte que tengo un cáncer terminal. ¿Qué tal tú? ¿Cómo te va la vida?»

—Ronnie...

—Si no pensabas decírmelo, ¿por qué querías que viniera aquí a pasar el verano? ¿Para verte morir?

—No, cielo, todo lo contrario. —Steve ladeó la cabeza para poder verla mejor—. Quería que vinieras para poder verte viva.

Ante tal respuesta, Ronnie notó que algo se resquebrajaba en su interior, como los primeros cantos rodados que se deslizan por una pendiente antes de la avalancha. En el pasillo, oyó a dos enfermeras que, al pasar por delante de la puerta entreabierta, se callaron súbitamente. Las luces fluorescentes zumbaban sobre su cabeza, proyectando un destello azulado en las paredes. El suero goteaba rítmicamente por el tubo conectado al brazo de su padre —escenas normales de cualquier hospital, pero no había nada de normal en aquella escena—. Ronnie notaba la garganta pastosa, y se dio la vuelta, deseando contener las lágrimas.

—Lo siento, cielo —continuó Steve—. Sé que debería habértelo dicho antes, pero quería que pasáramos un verano normal, quería que «tú» pasaras un verano normal. Sólo quería volver a estar con mi hija. ¿Podrás perdonarme?

Aquello fue la gota que colmó el vaso. Ronnie soltó un involuntario gemido. Su padre se estaba muriendo y le pedía que la perdonara. Había algo tan trágico en aquella escena que no sabía cómo responder. Mientras Steve esperaba su respuesta, intentó incorporarse un poco más hacia delante y ella le cogió la mano.

—Claro que te perdono —dijo ella, y fue entonces cuando empezó a llorar.

Se inclinó hacia su padre, apoyando la cabeza en su pecho, y se fijó en lo delgado que se había ido quedando sin que ella se hubiera dado cuenta. Podía notar las crestas afiladas de los huesos en su pecho, y súbitamente cayó en la cuenta de que su padre llevaba meses consumiéndose lentamente. Le partió el corazón constatar que no había prestado atención a aquellas señales inequívocas; había estado tan obcecada en su propia existencia que ni siquiera se había dado cuenta de que su padre se moría.

Cuando Steve la rodeó con un brazo, Ronnie redobló su llanto, consciente de que, muy pronto, aquella simple muestra de afecto ya no sería posible. Sin querer, se acordó del día en que llegó a su casa y la rabia que sintió hacia él; recordó cómo se había marchado enfurecida, porque el mero hecho de imaginar tocarlo le resultaba tan inviable. En aquellos momentos lo odiaba; ahora, sin embargo, lo amaba.

Se sentía aliviada de haber descubierto finalmente su secreto, aun cuando preferiría no saberlo. Notó que él deslizaba los dedos por su pelo. Muy pronto ya no podría hacer ese gesto tan simple; muy pronto él ya no existiría. Ronnie cerró los ojos y apretó los párpados con todas sus fuerzas, como si intentara impedir la llegada del futuro. Necesitaba pasar más tiempo con él. Necesitaba su apoyo incondicional; necesitaba que la perdonara cuando cometiera errores. Necesitaba que le demostrara su amor del mismo modo que lo había hecho aquel verano. Necesitaba a su padre siempre a su lado, pero sabía que eso no era posible.

Ronnie no se apartó. Permitió que su padre la estrechara entre sus brazos mientras ella se desahogaba llorando como la niña que ya no era.

Más tarde, Steve contestó las preguntas que ella le formuló. Le habló de su padre y del historial de cáncer en la familia, le contó los dolores que había empezado a notar a principios de año. Le dijo que la radiación no suponía una opción, porque la enfermedad se había expandido por demasiados órganos. Mientras Steve hablaba, ella imaginaba las células malignas moviéndose desde un punto de su cuerpo a otro, un malvado ejército intruso que únicamente dejaba una estela de destrucción a su paso. Ronnie comentó la posibilidad de un tratamiento de quimioterapia y, de nuevo, la respuesta de Steve fue la misma. El cáncer era agresivo, y aunque la quimioterapia podía ayudar a frenar la marcha de la enfermedad, no podía detenerla, y él se sentiría peor que si no hubiera hecho nada. Steve le explicó el concepto de calidad de vida, y mientras lo hacía, ella lo odió por no habérselo revelado antes. Sin embargo, sabía que su padre había tomado la decisión correcta. De haberlo sabido, el verano habría transcurrido de una forma absolutamente diferente. Su relación habría adoptado un cariz diferente, y no quería ni pensar en lo duro que seguramente habría sido.

Steve estaba pálido, la morfina lo estaba adormilando.

—¿Todavía te duele? —le preguntó.

—No como antes. Ahora estoy mucho mejor —le aseguró él.

Ella asintió con la cabeza. Intentó nuevamente no pensar en las células malignas que invadían sus órganos.

—¿Cuándo se lo contaste a mamá?

—En febrero, tan pronto como me enteré. Pero le pedí que no os lo dijera.

Ronnie intentó recordar cómo había actuado su madre después de la noticia, en aquellos meses. Seguramente le había afectado mucho, pero, o bien Ronnie no se acordaba, o bien no le había prestado la debida atención. Para no perder la costumbre, ella sólo se había preocupado de pensar en sí misma. Quería creer que ahora era diferente, pero sabía que eso no era del todo cierto. Entre el trabajo y el tiempo que había pasado con Will, había dedicado relativamente poco tiempo a su padre, y lo único que nunca podría recuperar era precisamente ese tiempo perdido.

—Pero si me lo hubieras dicho, habría pasado más rato contigo. Nos habríamos visto más, podría haberte ayudado para que no te sintieras tan cansado.

—Sólo con saber que estabas aquí, me bastaba.

—Pero quizá no habrías acabado en el hospital.

Steve le cogió la mano.

—O quizá verte disfrutar de un verano libre de preocupaciones mientras te enamorabas ha sido lo que me ha mantenido alejado del hospital.

A pesar de que él no se lo reveló, ella sabía que su padre no esperaba vivir muchos meses más, e intentó imaginar su vida sin él.

Si no hubiera ido a Carolina del Sur a pasar el verano, si no le hubiera dado a su padre una oportunidad, quizás habría sido más fácil asimilar su ausencia. Pero ahora estaba allí, y nada de lo que estaba sucediendo resultaba fácil. En el extraño silencio, Ronnie podía escuchar la respiración profunda y acompasada de su padre, y nuevamente se fijó en su aspecto demacrado. Se preguntó si viviría hasta Navidad, o incluso hasta que ella pudiera volver a visitarlo.

Ronnie estaba sola y su padre se estaba muriendo. No había nada, absolutamente nada, que pudiera hacer por remediarlo.

—¿Qué pasará ahora? —le preguntó a su padre.

Steve no había dormido mucho rato, apenas unos diez minutos, antes de que nuevamente se diera la vuelta para mirar a su hija.

—No sé a qué te refieres.

—¿Te tendrás que quedar en el hospital?

Aquélla era la pregunta que Ronnie tanto había temido. Mientras él dormitaba, ella no le había soltado la mano, imaginando que a lo mejor él ya nunca saldría de allí, que pasaría el resto de sus días en aquella habitación que olía a desinfectante, rodeado de enfermeras que no eran más que desconocidas.

—No —respondió él—. Probablemente me darán el alta dentro de unos días. —Sonrió—. Por lo menos, eso es lo que espero.

Ella le apretó la mano cariñosamente.

—¿Y entonces qué? Me refiero a cuando Jonah y yo nos hayamos marchado…

Steve se quedó unos momentos pensativo.

—Supongo que me gustaría ver el vitral acabado. Y también terminar la canción que he empezado. Sigo pensando que hay algo… especial en ella.

Ronnie aproximó la silla a la cama.

—Me refería a quién cuidará de ti, ¿me entiendes?

Steve no contestó rápidamente, pero intentó incorporarse un poco más en la cama.

—Estaré bien. Y si necesito algo, sé que siempre puedo acudir al reverendo Harris. Su casa está a un tiro de piedra de casa.

Ella intentó imaginar al reverendo Harris, con sus manos quemadas y su bastón, intentando asistir a su padre cuando éste necesitara ayuda para subirse al coche. Steve pareció leerle el pensamiento.

—De verdad, estaré bien —murmuró—. Sabía que esto sucedería, y si lo peor aún está por venir, hay una residencia asociada con el hospital.

Ronnie tampoco quería imaginar a su padre en un lugar así.

—¿Una residencia?

—No es un sitio tan horrible como crees. He estado allí.

—¿Cuándo?

—Hace unas semanas. Y volví a ir la semana pasada. Me han dicho que puedo contar con ellos cuando lo necesite.

Otra sorpresa más que ella desconocía; otro secreto revelado. Otra verdad que anunciaba lo inevitable. Se le removió el estómago y sintió unas horribles náuseas.

—Pero ¿no preferirías estar en casa?

—Estaré en casa.

—¿Hasta que no puedas más?

La expresión de Steve era demasiado triste para poderla soportar.

—Hasta que no pueda más.

Y

Ronnie abandonó la habitación y se dirigió a la cafetería. Su padre le había dicho que había llegado el momento de hablar con Jonah.

Se sentía mareada mientras avanzaba por los pasillos. Ya casi era medianoche, pero la sección de Urgencias del hospital estaba tan llena como siempre. Pasó por varias habitaciones, la mayoría con las puertas abiertas, y vio a niños llorando, acompañados de padres visiblemente nerviosos, y a una mujer que no podía parar de vomitar. Las enfermeras entraban y salían del área reservada para el personal del hospital, en busca de historiales médicos o para cargar los carritos. Le sorprendió que pudiera haber tanta gente enferma a esas horas de la noche; sin embargo, sabía que la mayoría de aquellas personas se irían a sus casas a la mañana siguiente. A su padre, por otro lado, iban a pasarlo a planta; únicamente estaban esperando a formalizar todo el papeleo.

Ronnie se abrió paso entre la sala de espera atestada de gente y se dirigió hacia una puerta que conducía al área principal del vestíbulo del hospital y a la cafetería. Cuando la puerta se cerró tras ella, el nivel de ruido disminuyó. Ronnie podía escuchar el sonido de sus propios pasos, casi podía escuchar sus propios pensamientos, y mientras avanzaba, notó que el cansancio y las náuseas se apoderaban de su cuerpo. Allí era donde llevaban a la gente enferma; allí iban las personas a morir, y ella sabía que su padre volvería a ver aquel lugar más veces.

Apenas podía respirar cuando llegó a la cafetería. Se frotó los ojos irritados, hinchados, prometiéndose a sí misma que no se iba a desmoronar. La cocina estaba cerrada a aquella hora, pero había máquinas expendedoras de comida y bebida en la pared del fondo, y un par de enfermeras sentadas en una esquina, sorbiendo café. Jonah y Will se hallaban sentados en una mesa cerca de la puerta. Will levantó la cabeza cuando ella se acercó. Sobre la mesa había una botella medio vacía de agua y otra de leche, y un paquete de galletas para Jonah. El niño se dio la vuelta para mirarla.

—Has estado mucho rato. ¿Qué pasa? ¿Cómo está papá?

—Mucho mejor —respondió ella—, pero quiere hablar contigo.

—¿Sobre qué? —Bajó la galleta, inquieto—. No he hecho nada malo, ¿no?

—No, no has hecho nada malo. Sólo es que te quiere contar lo que le pasa.

—¿Y por qué no puedes decírmelo tú? —Su tono denotaba su creciente ansiedad, y a Ronnie el corazón se le subió a la garganta.

—Porque quiere hablar contigo a solas. Igual que ha hecho conmigo. Te acompañaré hasta la habitación y te esperaré fuera, ¿vale?

Su hermano se incorporó de la silla y se encaminó hacia la puerta. Ronnie se dispuso a seguirlo.

—¡Vale! ¡Guay! —dijo Jonah cuando pasó por su lado.

De repente, ella quiso salir de allí corriendo. Pero no podía. Tenía que quedarse con Jonah.

Will continuaba sentado, sin moverse, con los ojos fijos en Ronnie.

—Dame un segundo, ¿vale? —le pidió ella a Jonah.

Will se levantó de la mesa, mirándola con ojos asustados.

«Lo sabe —pensó Ronnie súbitamente—. No sé cómo, pero lo sabe.»

—¿Puedes esperarnos? —empezó a decir Ronnie—. Supongo que probablemente querrás…

—Por supuesto —la interrumpió él, con un tono muy cauto—. Me quedaré aquí todo el tiempo que haga falta.

Ronnie se sintió más aliviada, y le dedicó una mirada de agradecimiento, luego se giró y siguió a Jonah. Ambos abrieron la puerta y se encaminaron hacia el pasillo vacío, hacia el ajetreo perpetuo de Urgencias.

Hasta ese momento, no había muerto nadie cercano a su círculo familiar y de amistades. A pesar de que sus abuelos paternos habían muerto y que ella recordaba haber asistido a ambos funerales, no los conocía demasiado bien. No eran la clase de abuelos que iban a visitarlos a Nueva York. En cierto modo, eran unos desconocidos, e incluso después de que fallecieran, no recordaba haberlos echado de menos ni una sola vez.

Lo más cerca que había estado a algo parecido había sido cuando Amy Childress, su profesora de historia en primero de secundaria, murió en un accidente de tráfico en el verano después de que Ronnie acabara el curso. Fue Kayla quien se lo comunicó primero. Recordaba que se había sentido más aturdida que triste, aunque sólo fuera porque Amy era muy joven. La señorita Childress tenía unos veintiséis años y hacía pocos años que había empezado a dar clases. Recordaba lo surrealista que le había parecido la situación. Era una profesora tan simpática… Una de las pocas profesoras con las que resultaba fácil reírse a mandíbula batiente en clase. Cuando regresó al instituto en otoño, no sabía qué esperar. ¿Cómo reaccionaba la gente ante un caso como aquél? ¿Qué pensaban el resto de los profesores? Aquel día recorrió los pasillos buscando señales de conductas diferentes, pero aparte de una pequeña placa que habían puesto en la pared cerca del despacho del director, no vio nada extraordinario. Los profesores impartieron sus clases con normalidad, y acabaron charlando distendidamente en la entrada; Ronnie vio a la señorita Taylor y al señor Burns —dos de los profesores con los que la señorita Childress solía comer— sonriendo y riendo mientras caminaban por los pasillos.

Recordó que se había sentido molesta por aquella actitud. De acuerdo, el accidente había sucedido en verano y la gente ya había tenido tiempo para superar el dolor, pero cuando pasó por delante de la clase de la señorita Childress y vio que habían decidido utilizarla para enseñar ciencias, se sintió contrariada, enojada, y no sólo porque la señorita Childress hubiera muerto, sino por el hecho de que su recuerdo hubiera quedado borrado completamente al cabo de tan poco tiempo.

Ronnie no quería que sucediera lo mismo con su padre. No quería que todos lo olvidaran en cuestión de semanas. Era un buen hombre, un buen padre, y merecía algo mejor que eso.

Esos pensamientos la llevaron a plantearse otra cuestión:

jamás había conocido a su padre cuando estaba sano. La última vez que pasó tiempo con él fue cuando ella empezaba sus estudios en el instituto. Ahora, técnicamente era una persona adulta, lo bastante mayor como para votar o alistarse en el Ejército, y a lo largo del verano, él le había ocultado su secreto. Si él no hubiera sabido lo de la grave enfermedad que lo consumía, ¿qué clase de persona habría sido? ¿Quién era en realidad?

No tenía puntos de referencia para juzgarlo, salvo los recuerdos de cuando él era su profesor de piano. Conocía muy pocos detalles de su vida. No sabía qué escritores le gustaban, no sabía cuál era su animal favorito, y ni siquiera se aventuraba a adivinar cuál era su color preferido. No eran cosas relevantes, sabía que realmente no tenían importancia, pero en cierto modo se sentía abatida ante el pensamiento de que ya nunca averiguaría las respuestas.

Detrás de la puerta, oyó los sollozos de Jonah, y supo que su hermano acababa de enterarse de la cruda verdad. Escuchó las negativas frenéticas de su hermano y los murmullos conciliadores de su padre. Se apoyó en la pared, compadeciéndose de Jonah y de sí misma.

Quería hacer algo para desprenderse de aquella pesadilla. Quería manipular las manecillas del reloj y transportarlos a todos al momento en que acababan de nacer las tortugas, cuando todo era perfecto en su mundo. Quería estar de pie junto al chico que amaba, rodeada por su familia feliz. Súbitamente recordó la radiante expresión de Megan cuando bailó con su padre en la boda, y sintió un intenso pinchazo en el pecho al pensar que ella y su padre nunca compartirían aquel momento tan especial.

Entornó los ojos y se tapó los oídos con las manos, en un intento de no oír el llanto de Jonah. Lloraba tan desconsoladamente, y era tan joven, y estaba tan… asustado… No había manera de que comprendiera lo que estaba sucediendo; no había manera de que algún día lograra superar aquella terrible jugada de la vida. Ronnie sabía que su hermano jamás olvidaría ese día aciago.

—¿Quieres un vaso de agua?

Apenas oyó las palabras, pero de algún modo adivinó que iban dirigidas a ella. A través de las lágrimas que empañaban sus ojos, vio al reverendo Harris de pie delante de ella.

Ronnie no fue capaz de contestar, pero consiguió sacudir levemente la cabeza. La expresión del reverendo era amable, pero ella podía detectar su angustia en la rigidez de sus hombros, en la forma en que agarraba el bastón, con los dedos completamente crispados.

—Lo siento mucho —dijo, con la voz entrecortada—. Sé que no puedo imaginarme lo duro que esto es para ti. Tu padre es un hombre especial.

Ella asintió.

—¿Cómo ha sabido que estaba aquí? ¿Lo ha llamado mi padre?

—No. Ha sido una de las enfermeras. Vengo al hospital dos o tres veces por semana, y cuando llegasteis con él de Urgencias, las enfermeras pensaron que era mejor avisarme. Saben que Steve es como un hijo para mí.

—¿Piensa hablar con él?

El reverendo Harris desvió la vista hacia la puerta cerrada.

—Sólo si él desea verme. —Por su expresión apesadumbrada, Ronnie supo que el reverendo podía oír el llanto de Jonah—. Y después de hablar con vosotros dos, estoy seguro de que querrá hacerlo. No tienes ni idea de cuánto temía él este momento.

—¿Habían hablado de ello?

—Muchas veces. Os quiere más que a su propia vida, y no quería haceros daño. Tu padre sabía que este momento llegaría, inevitablemente, pero estoy seguro de que no quería que os enteraseis de este modo.

—No importa. Tampoco es que cambie nada.

—Sí que cambia todo —rebatió el reverendo Harris.

—¿Porque ahora lo sé?

—No. Por el tiempo que habéis pasado juntos. Antes de que tú y tu hermano llegarais, él estaba muy nervioso. No por la enfermedad, sino por cómo anhelaba estar con vosotros, y deseaba que todo saliera bien. No creo que seas consciente de lo mucho que os echaba de menos, o del amor que siente por ti y por Jonah. Estaba literalmente contando los días que faltaban para vuestra llegada. Cuando me cruzaba con él, decía: «Diecinueve días», o «Doce días». ¿Y el día previo a vuestra llegada? Se pasó horas limpiando la casa y poniendo sábanas nuevas en las camas. Ya sé que la casa no es gran cosa, pero si la hubieras visto antes, lo comprenderías. Él quería que los dos pasarais un verano inolvidable; quería formar parte de ese verano. Como todos los padres, desea que sus hijos sean felices. Quiere asegurarse de que todo os vaya bien en la vida. Quiere saber que tomaréis las decisiones correctas. Esto es lo que él necesitaba este verano, y esto es lo que le habéis dado.

Ronnie lo escrutó con indecisión.

—Pero no siempre he tomado las decisiones correctas.

El reverendo Harris sonrió.

—Eso lo único que demuestra es que eres humana. Tu padre nunca esperó la perfección. Pero sé que está muy orgulloso de la joven mujer en la que te has convertido. Precisamente hace unos días me lo decía, y deberías de haber visto su cara mientras hablaba de ti. Estaba tan... orgulloso, tan feliz, y aquella noche, cuando recé, le di gracias a Dios por ello. Porque tu padre realmente lo pasó muy mal cuando regresó aquí. Yo no tenía la certeza de que fuera capaz de volver a ser feliz. Y sin embargo, a pesar de todo lo que ha sucedido, sé que es feliz.

Ronnie sintió un nudo en la garganta.

—¿Qué debo hacer?

—No creo que haya nada que puedas hacer.

—Pero estoy asustada. Y mi padre...

—Lo sé. Y a pesar de que tanto tú como tu hermano le habéis devuelto la felicidad, sé que tu padre también está asustado.

Aquella noche, de pie en el porche de la parte posterior de la casa, Ronnie se fijó en que las olas marcaban el mismo ritmo acompasado de siempre, y en que las diminutas estrellas titilaban con su acostumbrada intensidad; sin embargo, el resto de las cosas que la rodeaban se le antojaban diferentes. Will estaba hablando con Jonah en la habitación. En casa había tres personas, como de costumbre. No obstante, parecía más vacía.

El reverendo Harris todavía estaba con su padre. Tenía la intención de quedarse toda la noche para que ella pudiera llevar a Jonah de vuelta a casa, pero Ronnie se sentía culpable por haberse marchado. Al día siguiente, a su padre lo someterían a un montón de pruebas durante todo el día, antes de tener que pasar por otra visita con su médico. Entre prueba y prueba, estaría cansado y ella sabía que necesitaría descansar. Pero quería estar allí, a su lado, aunque estuviera dormido, porque sabía que pronto llegaría el día en que ya no podría estar con él.

A su espalda, escuchó el chirrido de la puerta al abrirse; Will la cerró con cuidado detrás de él. Mientras se acercaba, Ronnie continuó con la miraba fija en la playa.

—Jonah se ha quedado finalmente dormido, pero no creo que comprenda lo que está pasando. Me ha dicho que está seguro de que los médicos conseguirán que su padre se ponga bueno, y no paraba de preguntarme cuándo volverá a casa.

Ella recordó el llanto desconsolado de su hermano en la habitación del hospital, y lo único que pudo hacer fue asentir con la cabeza. Will la rodeó con sus brazos.

—¿Estás bien?

—¿A ti qué te parece? Acabo de enterarme como quien dice que mi padre se está muriendo y que probablemente no vivirá hasta Navidad.

—Lo sé —apuntó él con suavidad—. Y lo siento. Sé que resulta muy duro para ti. —Ella podía notar su mano en la cintura—. Me quedaré esta noche. Así, si pasa algo y tú tienes que ir al hospital, alguien podrá quedarse con Jonah. Me quedaré todo el tiempo que haga falta. Sé que en teoría he de marcharme dentro de un par de días, pero puedo llamar al decano y explicarle lo que sucede. Las clases no empiezan hasta la semana que viene.

—No puedes cambiar las cosas. ¿No lo entiendes? —repuso Ronnie. A pesar de que su tono era tajante, no podía evitarlo.

—No intento cambiar las cosas…

—¡Sí que lo intentas! ¡Pero no puedes! —Súbitamente, Ronnie notó como si el corazón le fuera a estallar—. ¡Y tampoco puedes comprender cómo me siento!

—Yo también perdí a alguien —le recordó él.

—¡No es lo mismo! —Se restregó nerviosamente la nariz, en un intento de controlar las lágrimas—. He sido tan injusta con él... ¡Lo obligué a no tocar el piano! Y lo he acusado de todo, ¡y me he pasado casi tres años sin hablarle! ¡Tres años! ¡Y ya no puedo recuperar ese tiempo perdido! Pero quizá si no hubiera estado tan ofuscada, tan rabiosa, él no se habría puesto enfermo. Quizá yo he causado ese... estrés de más que ha desencadenado el resto. ¡Quizás he sido yo! —Se separó bruscamente de Will.

—No ha sido culpa tuya.

Will intentó volver a abrazarla, pero eso era lo último que Ronnie quería, e intentó zafarse de él con un empujón. Cuando Will no la soltó, empezó a golpearlo en el pecho.

—¡Suéltame! ¡No necesito ayuda!

Sin embargo, Will no la soltó. Cuando ella se dio cuenta de que no iba a soltarla, finalmente cedió y se derrumbó entre sus brazos. Y durante un buen rato, permitió que él la abrazara mientras no paraba de llorar.

Tumbada en la habitación, en penumbra, Ronnie escuchaba el sonido de la respiración de Jonah. Will dormía en el sofá del comedor. Sabía que tenía que intentar descansar, pero permanecía alerta por si sonaba el teléfono. Se imaginaba lo peor: que su padre había empezado a toser de nuevo, que había perdido más sangre, que ya no se podía hacer nada por él...

A su lado, en la repisa de la cabecera de la cama, vio la Biblia de su padre. Un poco antes, la había ojeado, sin saber qué iba a encontrar. ¿Habría subrayado él algunos fragmentos o habría doblado algunas páginas a modo de señal? Mientras le echaba un rápido vistazo, no encontró ninguna nota de su padre, a no ser por la sensación del desgaste de las hojas que sugería un profundo conocimiento de casi cada capítulo. Ronnie deseó que él hubiera marcado pasajes, que le hubiera dejado alguna pista que indicara qué pensaba, pero no había nada, ni siquiera para sugerir que encontraba un pasaje más interesante que otro.

Ella nunca había leído la Biblia, pero tenía la impresión de que aquella sí que la leería, en busca del significado que su padre había encontrado entre las páginas. Se preguntó si se la había dado el reverendo Harris o si se la había comprado él, y también desde cuándo la tenía. Había tantas cosas que desconocía de él... Y ahora se preguntaba por qué nunca se le había ocurrido preguntárselas.

Pero decidió que lo haría. Si pronto sólo iba a poder contar con los recuerdos, entonces quería disponer de tantos como pudiera reunir. Empezó a rezar vehementemente por primera vez en muchos años, y le pidió a Dios que le concediera el tiempo suficiente para conseguir su propósito.

32

Will

Will no había dormido nada bien aquella noche. Había pasado las horas oyendo cómo Ronnie se movía inquieta y deambulaba por la habitación. Reconocía el estado de conmoción que ella sentía; recordaba su parálisis y la sensación de culpa, la incredulidad y la rabia, después de que Mikey muriera. Los años habían atenuado el dolor, pero todavía podía recordar el deseo contradictorio de buscar compañía y la necesidad de que lo dejaran solo.

Sentía mucha pena por Ronnie y también por Jonah, que era demasiado joven para asimilar lo que sucedía. E incluso sentía pena por él mismo. Durante el verano, Steve había sido increíblemente gentil con él, y habían acabado por pasar mucho más tiempo en casa de Ronnie que en su propia casa. Le gustaba la forma silenciosa con que preparaba la comida en la cocina y la cómoda familiaridad que compartía con Jonah. A menudo los había visto en la playa, haciendo volar una cometa o corriendo cerca de las olas, o trabajando en el vitral con una concentración silenciosa. Mientras que a la mayoría de los padres les gustaba verse a sí mismos como la clase de hombres que intentaban dedicar un poco de tiempo a sus hijos, Will tenía la impresión de que, para Steve, pasar el rato con sus hijos era lo más natural del mundo. En el poco tiempo en que lo había conocido, jamás lo había visto enfadado ni lo había oído alzar la voz. Suponía que podía tener algo que ver con que sabía que se estaba muriendo, pero no creía que eso lo explicara todo.

El padre de Ronnie era simplemente… un buen hombre, en paz consigo mismo y con los demás; amaba a sus hijos y confiaba en que ellos fueran lo bastante sagaces como para tomar sus propias decisiones.

Mientras seguía tumbado en el sofá, concluyó que algún día le gustaría llegar a ser ese mismo tipo de padre. Aunque amaba a su propio padre, no siempre había sido el hombre sosegado que Ronnie había conocido. Will recordaba largos periodos en su vida en los que apenas había tenido ningún contacto con su padre porque éste estaba demasiado ocupado en la expansión de su negocio. Si a eso le añadía el cambio de actitud de su madre después de la muerte de Mikey —un suceso tan trágico que había sumido a toda la familia en un estado de depresión durante un par de años—, algunas veces a Will le habría gustado haber nacido en otra familia diferente. Sabía que era afortunado, y era verdad que últimamente su vida había mejorado considerablemente. Pero su infancia no siempre había estado llena de fiestas y pastelitos. Recordaba muy bien que a veces había deseado llevar una vida diferente.

Pero Steve era sin lugar a dudas otra clase de padre diferente.

Ronnie le había dicho que él se pasaba horas sentado junto a ella mientras aprendía a tocar el piano, pero en las numerosas veces en que Will había estado en su casa, jamás había oído a Steve hablar de ello. Ni siquiera una pequeña referencia al respecto, y a pesar de que al principio a Will le había parecido extraño, acabó por interpretarlo como una señal inapelable de su amor por Ronnie. Ella no quería hablar del tema, así que él no lo hacía, aun cuando había constituido una parte fundamental de sus vivencias juntos. Steve incluso había tapiado la salita porque ella no quería que le recordaran esa faceta de su vida.

¿Qué clase de persona actuaba así?

Sólo Steve, un hombre al que poco a poco había empezado a admirar, cada vez más, un hombre del que había aprendido mucho, y la clase de hombre que él esperaba ser cuando fuera mayor.

Υ

Lo despertó el sol de la mañana, que se filtraba a través de las ventanas del comedor. Procuró estirarse antes de ponerse de pie. Echó un vistazo al pasillo, vio la puerta de la habitación de Ronnie entornada, y supo que ella ya estaba despierta. La encontró en el porche, justo en el mismo lugar que la noche anterior. La chica no se dio la vuelta.

—Buenos días —dijo él.

Ella bajó desmayadamente los hombros cuando se giró hacia él.

—Buenos días —lo saludó, ofreciéndole una sonrisa resignada.

Abrió los brazos y él la estrechó entre los suyos, agradecido por esa reconciliación.

—Siento lo de anoche —se disculpó Ronnie.

—No tienes por qué sentirlo. —Él jugueteó con su pelo—. No hiciste nada malo.

—Mmm… Bueno, de todas formas, gracias.

—No te he oído levantarte.

—Hace rato que estoy despierta —suspiró ella—. He llamado al hospital y he hablado con mi padre. Aunque no me lo ha dicho, sé que sufre mucho. Cree que no le darán el alta hasta dentro de un par de días, después de las pruebas.

—¿Has podido dormir? Te he oído deambular por la habitación.

—La verdad es que no. Al final me he metido en la cama con Jonah, pero mi mente se negaba a desconectar. Pero no sólo por todo lo que está pasando con mi padre. —Hizo una pausa—. También por ti. Porque te irás dentro de un par de días.

—Ya te lo he dicho, puedo aplazarlo. Si necesitas que me quede, me quedaré…

Ronnie sacudió la cabeza.

—No, no quiero que lo hagas. Estás a punto de empezar un nuevo capítulo en tu vida, y yo no puedo apartarte de tu camino.

—Pero no tengo que ir ahora. Las clases no empiezan hasta…

—No quiero que lo hagas —volvió a repetir. Su voz era suave pero implacable—. Irás a la universidad. Lo que pasa en mi familia no es asunto tuyo. Sé que puede sonar duro, pero es la verdad. Él es mi padre, no el tuyo, y eso nunca cambiará. Y no quiero ni pensar en la idea de que tengas que renunciar a nada por mí; ya tengo suficientes complicaciones en mi vida. ¿Lo comprendes?

Aunque Will deseara que aquellas palabras no fueran ciertas, sabía que lo que le había dicho era la verdad. Tras unos instantes, se desató la pulsera de macramé y se la entregó.

—Quiero que te la quedes —susurró; a juzgar por la expresión de Ronnie, Will adivinó que ella comprendía lo mucho que su renuncia significaba para él.

Ronnie le dedicó una sonrisa agradecida mientras cerraba el puño sobre la pulsera. De repente, oyeron un portazo en el taller. Por un instante, Will pensó que alguien había entrado a robar. Entonces vio a Jonah, que arrastraba penosamente una silla rota al exterior. Con un enorme esfuerzo, la levantó y la lanzó contra la duna, cerca del taller. Incluso desde la distancia, Will podía ver la furia que surcaba la expresión de Jonah.

Ronnie ya había bajado del porche.

—¡Jonah! —gritó, al tiempo que empezaba a correr hacia él.

Will saltó tras ella, y casi chocaron cuando Ronnie alcanzó la puerta del taller. Mirando por encima de ella, vio que el crío intentaba arrastrar un cajón pesado por el suelo. Forcejeaba con rabia, sin prestar atención a la súbita aparición de los intrusos.

—¿Qué haces? —gritó Ronnie—. ¿Cuánto rato llevas aquí?

Jonah continuó empujando el cajón, gruñendo a causa del esfuerzo.

—¡Jonah! —exclamó Ronnie.

Su grito consiguió penetrar en la absoluta concentración mental de su hermano, que se dio la vuelta hacia Will y Ronnie, sorprendido ante su presencia.

—¡No llego! —gritó, sulfurado y a punto de llorar—. ¡No soy tan alto! ¡No puedo alcanzarlo!

—¿Qué es lo que no puedes alcanzar? —le preguntó ella antes de dar un paso hacia delante—. ¡Por el amor de Dios! ¡Estás sangrando! —exclamó, alzando la voz a causa del pánico.

Will se fijó en los pantalones vaqueros rotos y en la sangre en la pierna de Jonah mientras Ronnie se precipitaba hacia él. Totalmente fuera de sí, el niño volvió a intentar arrastrar el cajón frenéticamente, pero una de las esquinas de la caja topó contra una de las estanterías. La criatura medio ardilla/medio pez se tambaleó y fue a caer sobre Jonah justo en el instante en que Ronnie llegaba a su lado.

Su hermano tenía la cara tensa y encarnada.

—¡Déjame! ¡Puedo apañarme solo! ¡No te necesito! —rugió.

Intentó volver a desplazar el cajón, pero éste había quedado encallado con la estantería, y no había manera de moverlo. Ronnie intentó ayudarlo, pero Jonah la apartó de un empujón. En aquel momento, Will vio las lágrimas en las mejillas del muchacho.

—¡Te he dicho que me dejes! —le gritó a Ronnie—. ¡Papá quiere que acabe el vitral! ¡Yo! ¡No tú! ¡Eso es lo que hemos estado haciendo todo el verano! —Sus palabras emergían a borbotones, dejando entrever toda su rabia y su terror—. ¡Sí! ¡Eso es lo que hemos hecho! ¡Y en cambio a ti sólo te importaban las tortugas! ¡Pero yo estaba con él cada día!

Mientras gritaba entre lágrimas, su voz se quebró.

—¡Y ahora no alcanzo a coger la parte central del vitral! ¡Soy demasiado bajito! Pero tengo que acabarlo, porque quizá si lo acabo, papá se pondrá bien. Tiene que ponerse bien, así que he intentado subirme a la silla para llegar al vitral, pero la silla se ha roto y me he caído sobre los cristales y entonces me he enfadado mucho y por eso quería usar este cajón, pero pesa demasiado y...

Al llegar a ese punto de su explicación, apenas le quedaba voz, y de repente retrocedió y se acurrucó en el suelo. Con los brazos alrededor de las rodillas y la cabeza hundida, empezó a gimotear, mientras sus hombros se convulsionaban con fuerza.

Ronnie se sentó a su lado en el suelo. Deslizó un brazo alrededor de su hombro y lo acercó hacia ella mientras su hermano seguía llorando. Will los observaba, con un nudo en la garganta; sabía que su presencia estaba de más.

Sin embargo, permaneció allí, inmóvil, mientras Ronnie acariciaba a su hermano y éste seguía llorando, sin intentar calmarlo ni decirle que todo iba a salir bien. Simplemente se limitó a estar con él sin hablar, hasta que los sollozos empezaron a apagarse. Finalmente Jonah alzó la vista, con los ojos rojos detrás de sus gafas y la cara empañada en lágrimas.

Cuando Ronnie habló, su voz era suave, tan suave como Will jamás la había oído antes.

—¿Podemos entrar en casa unos minutos? Sólo quiero echarle un vistazo al corte que te has hecho en la pierna.

La voz de Jonah era temblorosa.

—¿Y el vitral? Tengo que acabarlo.

Ronnie miró a Will a los ojos, luego volvió a fijar la vista en Jonah.

—¿Podemos ayudarte?

Jonah sacudió la cabeza.

—No sé cómo.

—Enséñanos.

Después de que Ronnie limpiara la herida de la pierna de Jonah y que se la vendara, éste los condujo de nuevo hasta el taller.

El vitral estaba casi completado —todos los detallados grabados al aguafuerte de las caras estaban acabados, y las molduras de refuerzo estaban en su sitio—. El trabajo que quedaba consistía en añadir cientos de piezas intrincadas para formar el resplandor divino en el cielo.

Jonah le enseñó a Will a cortar las tiras de plomo y le enseñó a Ronnie a soldar; el crío cortaba el cristal, como había estado haciendo prácticamente todo el verano, y lo insertaba entre las tiras de plomo antes de pasárselo a su hermana para que ella fijara cada trozo en su lugar.

Hacía calor y la sensación en el taller era de absoluto bochorno, pero al cabo de un rato los tres encontraron un ritmo en sus tareas. A la hora de comer, Will se marchó para comprar hamburguesas y una ensalada para Ronnie; se tomaron un breve descanso para comer, pero rápidamente reanudaron el trabajo. A lo largo de la tarde, Ronnie llamó al hospital tres veces. Siempre le decían lo mismo, que a su padre le estaban haciendo más pruebas o que estaba durmiendo, pero que se encontraba bien. Cuando empezó a anochecer, habían acabado la mitad del trabajo; Jonah acusaba ya el cansancio en las manos, y se tomaron otro descanso para cenar antes de llevar algunas lámparas del comedor hasta el taller, para disponer de más luz.

La noche llegó y los envolvió con su oscuridad. A las diez, Jonah no podía dejar de bostezar; cuando entraron en la casa para relajarse unos minutos, el niño se quedó dormido casi inmediatamente. Will lo llevó en brazos hasta su habitación y lo puso en la cama. Cuando regresó al comedor, Ronnie ya se había ido otra vez al taller.

Will asumió entonces la tarea de cortar el cristal; había visto cómo Jonah lo hacía durante todo el día, y a pesar de que cometió algunos errores al principio, le cogió el tranquillo rápidamente.

Se pasaron toda la noche trabajando. Cuando el sol empezaba a despuntar por el horizonte, ambos se sentían tan fatigados que apenas podían tenerse en pie. Sobre la mesa frente a ellos reposaba el vitral acabado. Will no estaba seguro de cómo se tomaría Jonah no haber participado en la fase final del montaje, pero pensó que Ronnie sabría cómo enfocar la situación.

—¡Vaya! ¡Parece que no habéis pegado ojo en toda la noche! —apuntó una voz detrás de ellos.

Will se giró y vio al reverendo Harris de pie, en el umbral de la puerta.

El reverendo se apoyaba en su bastón. Iba ataviado con un traje —probablemente para la misa que tenía que oficiar aquel domingo—, pero Will se fijó en las horribles cicatrices en sus manos e inmediatamente supo que éstas se extendían hasta sus brazos. Al recordar el incendio en la iglesia y el secreto que había callado durante todos aquellos meses, no tuvo coraje para mirarlo a los ojos.

—Estábamos acabando el vitral —explicó Ronnie con voz ronca.

El reverendo Harris señaló hacia la obra recién acabada.

—¿Puedo?

Ronnie asintió.

—Por supuesto.

El reverendo entró en el taller, desplazándose despacio. Su bastón chocaba rítmicamente contra el suelo de madera a medida que se acercaba. En la mesa, su expresión pasó de la curiosidad a la fascinación. Apoyándose sobre el bastón, pasó una mano huesuda y surcada de cicatrices por encima del cristal.

—Es increíble —suspiró—. Es mucho más bonito de lo que había imaginado.

—Mi padre y Jonah han hecho prácticamente todo el trabajo —apostilló Ronnie—. Nosotros tan sólo hemos ayudado a acabarlo.

El reverendo sonrió.

—Tu padre se sentirá muy orgulloso.

—¿Qué tal van los trabajos de reconstrucción de la iglesia? Sé que a mi padre le encantaría ver el vitral en su sitio.

—¡Que Dios te oiga! —El reverendo se encogió de hombros—. La verdad es que la iglesia ya no goza de la popularidad de antes, así que no contamos con muchos feligreses. Pero albergo la esperanza de que todo salga bien.

A juzgar por la expresión ansiosa en la cara de Ronnie, Will sabía que ella se estaba preguntando si el vitral estaría colocado a tiempo o no, pero le daba miedo formular la pregunta abiertamente.

—Por cierto, tu padre está mucho mejor —anunció el reverendo Harris—. Pronto le darán el alta, y probablemente podréis ir a visitarlo esta misma mañana. Ayer no te perdiste nada importante. Me pasé casi todo el día sentado en su habitación solo, mientras a él le hacían las pruebas.

—Gracias por quedarse con él.

—No, querida, gracias a ti —dijo, al tiempo que posaba nuevamente los ojos en el vitral.

Todo quedó en silencio en el taller cuando el reverendo Harris se encaminó hacia la puerta. Will lo observó mientras se marchaba, incapaz de borrar de su mente la imagen de aquellas manos quemadas y surcadas de cicatrices.

En el silencio abrumador, el chico estudió el vitral, sorprendido ante el arduo trabajo que había costado componer uno nuevo, un vitral que no debería haber sido reemplazado. Pensó en las palabras del reverendo y en la posibilidad de que el padre de Ronnie no viviera lo suficiente para ver el vitral en su sitio.

Ronnie estaba absorta en sus pensamientos cuando él se giró hacia ella.

Will notó que algo se desmoronaba en su interior, como un castillo de naipes.

—Necesito contarte algo.

Sentados en la duna, Will le contó toda la historia desde el principio. Cuando acabó, Ronnie parecía confusa.

—¿Me estás diciendo que Scott provocó el incendio? ¿Y que lo has estado protegiendo? —Su voz denotaba su incredulidad—. ¿Has estado mintiendo por él?

Will sacudió la cabeza.

—No es eso. Ya te dije que fue un accidente.

—No importa. —Los ojos de Ronnie lo escrutaban con dureza—. Aunque fuera un accidente, ha de asumir la responsabilidad de sus hechos.

—Lo sé. Le dije que fuera a la Policía.

—Pero ¿y si no lo hace? ¿Piensas encubrirlo toda la vida? ¿Vas a dejar que Marcus controle tu existencia? Eso no está bien.

—Pero es mi amigo…

Ronnie se puso de pie.

—¡El reverendo Harris casi perdió la vida en el incendio!

Estuvo varias semanas ingresado en el hospital. ¿Sabes cómo duele una quemadura de segundo grado? ¿Por qué no le preguntas a Blaze cómo se siente? Y la iglesia… Sabes que ni siquiera pueden reconstruirla… ¡Y ahora mi padre nunca verá el vitral colocado en el sitio que le corresponde!

Will sacudió la cabeza, intentando no perder la calma. Sabía que Ronnie se sentía desbordada por la situación: su padre, su inminente marcha a la universidad, la proximidad del juicio pendiente…

—Sé que lo que he hecho no está bien —admitió él, despacio—, y me siento muy culpable. Ni te imaginas cuántas veces he estado tentado de ir a la Policía.

—¿Y qué? —le recriminó ella—. ¡Eso no significa nada! ¿Acaso no me escuchabas cuando te dije por qué había admitido mi delito delante del juez? ¡Porque sabía que lo que había hecho no estaba bien! ¡La verdad sólo tiene sentido cuando uno la admite! ¿No lo entiendes? ¡Esa iglesia suponía toda la vida del reverendo Harris! ¡Había sido parte de la vida de mi padre! Y ahora está destruida y la compañía de seguros no asume cubrir todos los desperfectos, y por eso los feligreses tienen que congregarse en un almacén…

—Scott es mi amigo —se defendió él—. No puedo… lanzarlo a los leones.

Ella parpadeó, preguntándose si Will creía realmente lo que le estaba diciendo.

—¿Cómo puedes ser tan egoísta?

—No soy egoísta…

—¡Sí! ¡Eres muy egoísta! ¡Y si no puedes verlo, entonces tú y yo no tenemos nada más que hablar! —Ronnie giró sobre sus talones y empezó a caminar hacia su casa—. ¡Vete! ¡Largo!

—¡Ronnie! —la llamó él, levantándose para seguirla.

Ella notó su movimiento y se giró resueltamente para mirarlo a la cara.

—¡Se acabó! ¿Vale?

—No, no se acabó. Vamos, sé razonable…

—¿Razonable? —Sacudió la cabeza, nerviosa—. ¿Quieres

que sea razonable? No sólo has estado mintiendo para encubrir a Scott, ¡me has estado mintiendo a mí! ¡Sabías que mi padre estaba montando el vitral! ¡Todo este tiempo has estado a mi lado y nunca me has dicho nada sobre esto! —Por lo visto, sus palabras consiguieron aclarar más sus ideas. Ronnie retrocedió un paso antes de sentenciar—: ¡No eres la persona que imaginaba! ¡Pensé que eras más noble!

Will se sintió vivamente afectado por aquellas palabras y no fue capaz de pensar en una respuesta. Cuando dio un paso hacia delante, ella retrocedió más.

—¡Vete! De todas formas te ibas a marchar, y nunca más nos veríamos. Los veranos siempre tocan a su fin. Podemos hablar y fingir todo lo que queramos, pero no podemos cambiar la realidad, así que será mejor que lo dejemos aquí, ahora, en este momento. No puedo soportar tanto peso, y no puedo estar con una persona en la que no confío. —Sus ojos brillaron con las lágrimas que todavía no había derramado—. No confío en ti, Will. Será mejor que te marches.

Él no podía moverse, no podía hablar.

—¡Vete! —gritó, y corrió a buscar refugio en su casa.

Aquella noche, su última noche en Wrightsville Beach, Will se hallaba sentado en su estudio, todavía intentando encontrar el sentido a todo lo que había sucedido. Alzó la vista cuando su padre entró.

—¿Estás bien? —le preguntó Tom—. Has estado muy callado durante la cena.

—Sí, estoy bien —contestó Will.

Su padre rodeó el sofá y se sentó delante de su hijo.

—¿Estás nervioso porque mañana te marchas?

Will sacudió la cabeza.

—No.

—¿Ya tienes el equipaje preparado?

Will asintió y notó que su padre lo observaba con atención. Tom se inclinó hacia delante.

—¿Qué pasa? Sabes que puedes hablar conmigo.

Will se tomó su tiempo antes de contestar, sintiéndose de repente muy nervioso. Finalmente, miró a su padre a los ojos.

—Si te pidiera que hicieras algo muy importante por mí, realmente importante, ¿lo harías? ¿Sin hacer preguntas?

Tom se echó hacia atrás, todavía estudiando a su hijo; en el silencio, Will adivinó la respuesta.

33

Ronnie

—¿*D*e verdad has acabado el vitral?

Ronnie observó a su padre mientras éste hablaba con Jonah en la habitación del hospital, pensando que tenía mejor aspecto. Todavía parecía cansado, pero sus mejillas habían recobrado un poco de color, y se movía por la estancia con mucha más facilidad.

—Es alucinante, papá —dijo Jonah—. Me muero de ganas de que lo veas.

—Pero todavía quedarán algunas piezas por acabar.

—Ronnie y Will me ayudaron un poco —admitió Jonah.

—¿De veras?

—Tuve que enseñarles cómo hacerlo. No sabían nada de nada. Pero no te preocupes, fui paciente incluso cuando se equivocaban.

Su padre sonrió.

—Me alegra oírlo.

—Sí, creo que soy un buen maestro.

—Seguro que sí.

Jonah arrugó la nariz.

—Huele un poco raro, aquí, ¿no?

—Sí, un poco.

Jonah asintió.

—Eso pensaba yo. —Señaló hacia la tele—. ¿Has visto alguna película?

Su padre sacudió la cabeza.

—No muchas.

—¿Para qué sirve eso?

Su padre desvió la vista hasta la bolsa de suero intravenoso.

—Ah, es para administrarme medicamentos.

—¿Y con eso te pondrás bien?

—Ya me siento mucho mejor.

—Entonces, ¿cuándo volverás a casa?

—Muy pronto.

—¿Hoy?

—Quizá mañana. Pero ¿sabes lo que me encantaría precisamente ahora?

—¿Qué?

—Beber algo. ¿Te acuerdas de dónde está la cafetería? ¿En la planta baja, en la esquina del vestíbulo?

—Sé donde está. No soy tan pequeño. ¿Qué quieres que te traiga?

—Una lata de Sprite o de Seven Up.

—Pero no tengo dinero.

Cuando su padre miró a Ronnie, ella lo interpretó como una señal para que buscara en su bolsillo trasero de los pantalones vaqueros.

—Yo sí que tengo algo —dijo ella. Sacó un billete de un dólar y se lo entregó a Jonah mientras éste se dirigía hacia la puerta.

Tan pronto como se hubo marchado, notó que su padre la miraba fijamente.

—La abogada ha venido a verme esta mañana. Han retrasado tu juicio hasta finales de octubre.

Ronnie desvió la vista hacia la ventana.

—En estos momentos no puedo pensar en ese tema.

—Lo siento —suspiró Steve. Se quedó un momento callado, y ella notó que la miraba fijamente—. ¿Cómo se lo ha tomado Jonah?

Ronnie se encogió de hombros.

—Está perdido, confuso, asustado; no comprende qué es lo que sucede realmente.

«Como yo», le habría gustado confesar.

Su padre le hizo una señal para que se acercara. Ronnie se sentó en la silla que Jonah había ocupado unos instantes antes. Steve le cogió la mano y se la apretó tiernamente.

—Siento mucho no haber tenido la fuerza necesaria para no acabar en el hospital. Nunca quise que me vierais así.

Ella empezó a sacudir lentamente la cabeza.

—Ni se te ocurra volver a disculparte por eso.

—Pero...

—No hay peros que valgan, ¿vale? Necesitaba saberlo. Me alegro de saberlo.

Él pareció aceptar su argumento. Pero entonces la tomó por sorpresa.

—¿Quieres hablar de lo que ha pasado con Will?

—¿Qué te hace pensar que ha pasado algo? —le preguntó ella.

—Te conozco. Sé cuando hay algo que te preocupa. Y sé lo mucho que él significa para ti.

Ronnie irguió la espalda. No quería mentirle.

—Se ha ido a su casa a hacer el equipaje.

Ella podía notar cómo su padre la estudiaba.

—¿Alguna vez te he contado que mi padre era jugador de póquer?

—Sí, ¿por qué? ¿Quieres jugar al póquer?

—No. Simplemente lo digo porque sé que hay algo más sobre Will que no me estás contando, pero si no quieres hablar de ello, no pasa nada.

Ronnie titubeó. Sabía que él se mostraría comprensivo, pero todavía no se sentía preparada para afrontar aquella cuestión.

—Es lo que te he dicho: se está preparando para marcharse —concluyó.

Steve asintió con la cabeza y decidió zanjar el tema.

—Pareces cansada. Deberías irte a casa y descansar.

—Lo haré. Pero antes quiero quedarme un rato aquí contigo.

Steve cubrió las manos de su hija con las suyas.

—Muy bien.

Ronnie fijó los ojos en la bolsa de suero intravenoso que

había llamado la atención de Jonah previamente. Pero a diferencia de su hermano, ella sabía que no existía ninguna medicina capaz de curar a su padre.

—¿Aún sientes dolor? —quiso saber.

Steve hizo una pausa antes de contestar.

—No, no mucho.

—Pero ¿te dolía?

Su padre empezó a sacudir la cabeza.

—Cielo…

—Quiero saber la verdad. ¿Te dolía antes de venir aquí? Dime la verdad, ¿vale?

Él se rascó el pecho antes de contestar.

—Sí.

—¿Desde cuándo?

—No sé a qué te refieres…

—Quiero saber cuándo empezó el dolor —le exigió Ronnie, apoyándose en la barandilla de la cama y obligándolo a mirarla a los ojos.

Nuevamente, Steve sacudió la cabeza.

—Eso no importa. Ahora me siento mucho mejor. Y los médicos saben lo que tienen que hacer para ayudarme.

—Por favor —le suplicó ella—. ¿Cuándo empezó el dolor?

Steve bajó la vista hasta sus manos, entrelazadas tensamente sobre la cama.

—No lo sé. ¿En marzo? ¿En abril? Pero no me dolía cada día…

—Cuando notabas el dolor, ¿qué hacías? —continuó ella, con la determinación de averiguar la verdad.

—Antes el dolor no era tan fuerte —contestó.

—Ya, pero te dolía, ¿no?

—Sí.

—¿Qué hacías?

—No lo sé. Supongo que intentaba no pensar en ello, me concentraba en otras cosas.

Ronnie podía notar la tensión en sus hombros, odiando lo que seguramente él le iba a decir, pero con la necesidad de saberlo:

—¿En qué te concentrabas?

Su padre alisó una arruga en la sábana con la mano libre.

—¿Por qué es tan importante para ti?

—Porque quiero saber si te concentrabas en otras cosas aparte de tocar el piano.

Tan pronto como lo dijo, Ronnie supo que no se equivocaba.

—Vi cómo tocabas el piano aquella noche en la iglesia, la noche que sufriste el ataque de tos. Y Jonah dijo que habías empezado a ir a la iglesia tan pronto como llevaron el piano.

—Cariño...

—¿Recuerdas cuando dijiste que tocar el piano hacía que te sintieras mejor?

Su padre asintió. Podía adivinar lo que se avecinaba, y ella estaba segura de que él no querría contestar. Pero tenía que saberlo.

—¿Te referías a que no sentías tanto el dolor? Y por favor, dime la verdad. Sabré si mientes. —Ronnie no pensaba dar el brazo a torcer, esta vez no.

Steve entornó los ojos, luego los abrió para mirarla.

—Sí.

—Y sin embargo, ¿erigiste la pared alrededor del piano?

—Sí —volvió a repetir.

Ronnie notó que su frágil compostura se desmoronaba. Su mandíbula empezó a temblar mientras bajaba la cabeza hacia el pecho de su padre.

Steve le acarició el pelo.

—No llores. Por favor, no llores...

Pero Ronnie no podía parar. Los recuerdos de cómo había actuado con su padre al principio y la constatación de cómo había contribuido a fulminar las pocas energías que le quedaban con sus berrinches...

—Papá...

—No, hija mía... Por favor, no llores. De verdad, al principio el dolor no era tan intenso. Pensé que podría soportarlo, y creo que lo conseguí. No ha sido hasta esta última semana, más o menos...

Steve puso un dedo en su mandíbula, obligándola a levantar la cara y a mirarlo a los ojos, pero lo que Ronnie vio reflejado en los ojos de su padre casi le partió el corazón, y tuvo que apartar la vista.

—De verdad, era soportable —le repitió, y por el tono de su voz ella supo a qué se refería—. Sí, dolía, pero no era lo único en lo que pensaba, porque tenía otras válvulas de escape. Como, por ejemplo, trabajar en el vitral con Jonah, o simplemente disfrutar de la clase de verano que había soñado cuando le pedí a tu madre que os dejara venir conmigo.

Sus palabras la machacaron; su indulgencia era mucho más de lo que ella podía soportar.

—Lo siento mucho, papá…

—Mírame —le pidió él.

Pero Ronnie no podía. Sólo lograba pensar en la necesidad de su padre de tocar el piano, algo que ella le había obligado a abandonar. Porque sólo había pensado en sí misma. Porque había querido hacerle daño. Porque había sido mezquina.

—Mírame —volvió a pedirle. Su voz era suave pero insistente.

A duras penas, consiguió alzar la cabeza.

—He pasado el verano más maravilloso de mi vida —susurró—. He tenido la oportunidad de ver cómo salvabas a aquellas tortugas, y también de ver cómo te enamorabas, aunque ese sentimiento no dure para siempre. Y lo mejor de todo, he tenido la oportunidad de conocerte en esta etapa de tu vida, como una joven mujer, y no como una niña. Y no puedo expresar con palabras la felicidad que todo eso me ha proporcionado. Eso es lo que me ha mantenido con ganas de vivir todo el verano.

Ronnie sabía que sus palabras eran sinceras, por lo que aún se sintió peor. Estaba a punto de decir algo cuando Jonah entró corriendo por la puerta.

—¡Mira a quién me acabo de encontrar! —exclamó, señalando con la lata de Sprite.

Ronnie alzó la vista y vio a su madre, de pie junto a Jonah.

—Hola, cielo —le dijo.

Ronnie se giró hacia su padre.

Él se encogió de hombros.

—Tenía que llamarla —se defendió.

—¿Qué tal estás, Steve? —le preguntó Kim.

—Estoy bien.

Su ex mujer interpretó la respuesta como una invitación para entrar en la habitación.

—Creo que todos necesitamos hablar —anunció ella.

A la mañana siguiente, Ronnie había tomado una decisión y estaba esperando en su habitación cuando entró su madre.

—¿Has acabado de hacer la maleta?

Miró a su madre con ojos sosegados, pero con una firme determinación.

—No pienso regresar contigo a Nueva York.

Kim puso los brazos en jarras.

—Creía que ya habíamos hablado de eso.

—No —respondió Ronnie con un tono tranquilo—. Tú habías hablado, yo no. Pero no me marcharé contigo.

Su madre ignoró su comentario.

—No seas ridícula. Por supuesto que nos iremos juntas.

—Te digo que no pienso irme a Nueva York. —Ronnie se cruzó de brazos, pero no alzó la voz.

—Ronnie…

Ella sacudió la cabeza, consciente de que jamás había hablado más en serio en su vida.

—Me quedo, y no pienso discutir contigo por esa cuestión. Ahora tengo dieciocho años y no puedes obligarme a irme contigo. Soy una persona adulta y puedo hacer lo que quiera.

Mientras asimilaba las palabras de Ronnie, Kim empezó a balancearse con porte nervioso, apoyando todo el peso del cuerpo primero en un pie y después en el otro.

—No te…, no te corresponde esta responsabilidad —dijo finalmente, señalando hacia el comedor, intentando mostrarse razonable.

Ronnie dio un paso hacia ella.

—¿Ah, no? Entonces, ¿a quién le corresponde? ¿Quién se ocupará de él?

—Tu padre y yo hemos hablado de…

—¿Te refieres al reverendo Harris? —la interrumpió Ronnie—. Sí, claro, como si él pudiera hacerse cargo de papá si se cae al suelo o empieza a vomitar sangre de nuevo. El reverendo Harris no puede, físicamente no puede.

—Ronnie… —empezó a decir su madre.

La chica alzó los brazos con frustración, pero decidida a no desistir en su empeño.

—Mira, sólo porque tú todavía estés enfadada con él no significa que yo también tenga que estarlo, ¿vale? Sé lo que hizo y siento mucho que te hiciera daño, pero se trata de mi padre. Está enfermo y necesita mi ayuda, y pienso quedarme aquí con él. No me importa si tuvo una aventura amorosa, no me importa si nos abandonó. Pero me importa él.

Por primera vez, su madre pareció realmente impresionada. Cuando volvió a hablar, su voz era suave.

—¿Qué es exactamente lo que tu padre te ha contado?

Ronnie iba a protestar, aquello no importaba, pero algo la detuvo. La expresión de su madre era tan extraña, casi como de… culpabilidad. Como si…, como si…

Se quedó mirando a su madre, anticipándose a la puñalada, antes de preguntar:

—No fue papá quien tuvo la aventura amorosa, ¿verdad? —declaró lentamente—. Fuiste tú.

Su madre no cambió de postura, pero parecía más abatida. Esa verdad golpeó a Ronnie con una fuerza casi física.

Era su madre la que había tenido una aventura amorosa, y no su padre. Y…

De repente, mientras todo el puzle encajaba, le pareció que el aire en la habitación se había enrarecido.

—Por eso él se marchó, ¿no es cierto? Porque lo descubrió. Pero tú has permitido durante todo este tiempo que yo creyera que la culpa fue suya, que nos abandonó sin ninguna razón. Fingiste que era él, cuando en realidad fuiste tú. ¿Cómo pudiste hacerlo? —Ronnie apenas podía respirar.

Su madre parecía incapaz de hablar. ¿Conocía realmente a su madre?

—¿Fue con Brian? —le exigió súbitamente—. ¿Le pusiste los cuernos a papá con Brian?

Su madre permaneció en silencio, y nuevamente Ronnie supo que había acertado.

Había permitido que creyera que su padre los había abandonado sin motivos.

«Y me he pasado tres años sin hablarle a causa de eso...»

—¿Sabes qué? —espetó Ronnie—. No me importa. No me importa lo que sucedió entre vosotros dos, no me importa lo que sucedió en el pasado. Pero no pienso irme y abandonar a mi padre, y no puedes obligarme a...

—¿Quién no se va? —las interrumpió Jonah. Acababa de entrar en la habitación con un vaso de leche en la mano. Empezó a mirar primero a su madre y luego a su hermana. Ronnie podía detectar el pánico en su voz—. ¿Te vas a quedar aquí? —le preguntó él.

Necesitó un momento para contestar, mientras luchaba por controlar el sentimiento de rabia que se había apoderado de ella.

—Sí —asintió, esperando que su voz no delatara su estado alterado—. Me quedo.

Jonah puso el vaso de leche sobre la cómoda.

—Entonces yo también me quedo —anunció.

De repente, su madre pareció incluso más abatida, y a pesar de que Ronnie todavía podía notar la rabia que bullía en su interior, de ninguna manera iba a permitir que su hermano presenciara la muerte de su padre. Atravesó la habitación y se inclinó hacia él.

—Sé que quieres quedarte, pero no puedes —le habló con suavidad.

—¿Por qué no? Tú te quedas.

—Pero yo no tengo que ir a la escuela.

—¿Y qué? Puedo ir al cole aquí. Papá y yo ya habíamos hablado de eso.

Su madre se les acercó.

—Jonah…

De repente, el niño retrocedió unos pasos. Ronnie pudo detectar el pánico que surgía de su voz cuando él se dio cuenta de que estaba en minoría.

—¡Me importa un bledo la escuela! ¡No es justo! ¡Quiero quedarme aquí!

34

Steve

$É$l quería darle una sorpresa. Por lo menos, ésa había sido su intención.

Había dado un concierto en Albany; su próxima actuación estaba programada para Richmond dos días más tarde. Normalmente, nunca pasaba por casa cuando estaba de gira; era más fácil mantener una especie de ritmo mientras viajaba de ciudad en ciudad. Pero puesto que disponía de un poco de tiempo libre y no había visto a su familia desde hacía dos semanas, tomó un tren y llegó a la ciudad justo al mediodía, cuando un batallón de gente salía de las impresionantes moles de edificios de oficinas en busca de algo para comer.

La vio por pura casualidad. Incluso ahora pensaba que las probabilidades eran demasiado remotas como para darse. Aquélla era una ciudad de millones de habitantes. Estaba cerca de Penn Station y pasaba por delante de un restaurante lleno a rebosar.

Lo primero que pensó al verla fue que aquella mujer se parecía muchísimo a su esposa. Estaba sentada en una mesita arrinconada contra la pared, frente a un hombre con el pelo cano que parecía unos pocos años mayor que ella. La mujer iba vestida con una falda negra y una blusa de seda roja, y estaba pasando un dedo por el borde de la copa de vino. Steve se fijó en todos los detalles antes de constatar que no se equivocaba. Era Kim, y estaba almorzando con un hombre al que nunca había visto antes. A través de la ventana, la vio reír, y con una abrumadora opresión en el pecho, se dijo que ya había visto antes esa actitud. Era la misma risa de muchos años atrás, cuando las cosas iban mejor entre los dos. Ella se levantó de la mesa. Steve se fijó en que el desconocido también se levantó y puso la mano en la parte baja de la espalda de Kim, de una forma tierna, casi familiar, como si lo hubiera hecho cientos de veces antes. Pensó que probablemente a ella le gustaba esa muestra de afecto, y vio que el sujeto besaba a su esposa en los labios.

No estaba seguro de cómo debía reaccionar, pero ahora, mirando hacia atrás, no podía recordar qué era lo que había sentido. Era consciente de que se habían distanciado, sabía que habían discutido más de la cuenta, y suponía que muchos hombres en su lugar habrían entrado en el restaurante y se habrían enfrentado directamente a la situación. Quizás incluso habrían montado una escena. Pero él no era como la mayoría de los hombres. Así que se pasó la pequeña maleta que había preparado la noche anterior de una mano a la otra, dio media vuelta y volvió a recorrer a pie el camino de regreso a Penn Station.

Dos horas más tarde, tomó un tren y llegó a Richmond al atardecer. Como siempre, cogió el teléfono para llamar a su esposa, y ella contestó al segundo timbre. Steve podía oír la televisión de fondo y ella lo saludó con desgana.

—¡Ah! Ya has llegado. Me preguntaba si llamarías.

Mientras él permanecía sentado en la cama, recordó la mano del desconocido en la espalda de Kim.

—Acabo de llegar —dijo.

—¿Y qué tal? ¿Ha ido todo bien? ¿Alguna noticia interesante?

Steve estaba en un hotel barato; el edredón de la cama tenía las puntas deshilachadas. El aparato del aire acondicionado debajo de la ventana vibraba y movía levemente las cortinas. Podía ver un dedo de polvo encima del televisor.

—No —contestó—. Nada interesante.

Y

En la habitación del hospital, evocó aquellas imágenes con una nitidez que lo sorprendió. Supuso que era porque sabía que Kim llegaría pronto, junto con Ronnie y Jonah.

Ronnie lo había llamado un poco antes para comunicarle que no pensaba regresar a Nueva York. Él sabía que no iba a ser fácil. Recordaba cómo su padre se había ido consumiendo hasta convertirse en una figurita de porcelana al final, y no quería que su hija lo viera en aquel estado. Pero ella había tomado una determinación. Sabía que no podría convencerla para que cambiase de idea. Eso le asustaba.

Todo lo que estaba pasando le asustaba.

Se había pasado las dos últimas semanas rezando con regularidad. O, por lo menos, el reverendo Harris lo había descrito así un día. No juntaba las manos ni inclinaba la cabeza; no pedía una cura milagrosa. Sin embargo, compartía con Dios sus preocupaciones por sus hijos.

Pensó que seguramente no era muy diferente a la mayoría de los padres en la forma en que se preocupaba por sus hijos. Ronnie y Jonah todavía eran muy jóvenes, ambos tenían toda una vida por delante, y se preguntó cómo les irían las cosas en el futuro. No anhelaba nada espectacular: le preguntó a Dios si creía que serían felices, o si seguirían viviendo en Nueva York, o si algún día se casarían y tendrían hijos. Lo básico, nada más; pero fue entonces, en aquel momento, cuando finalmente comprendió lo que el reverendo Harris había querido decir cuando afirmaba que paseaba y hablaba con Dios.

Sin embargo, a diferencia del reverendo, todavía le faltaba escuchar las respuestas en su corazón o experimentar la presencia de Dios en su vida, y sabía que no le quedaba demasiado tiempo.

Echó un vistazo al reloj. El avión de Kim despegaría al cabo de menos de tres horas. Ella pensaba marcharse directamente al aeropuerto desde el hospital, con Jonah, y eso lo aterraba.

Dentro de muy poco, abrazaría a su hijo por última vez; hoy iba a despedirse de él.

Jonah lloraba cuando entró atropelladamente en la habitación y corrió directamente hacia la cama. Steve apenas tuvo tiempo de abrir los brazos antes de que su hijo se le echara encima. Sus hombros temblaban. Steve sintió que se le partía el corazón. Se concentró en los sentimientos que su hijo sentía por él, intentando memorizar la impresión.

Quería a sus hijos más que a sí mismo, pero más que eso, sabía que Jonah lo necesitaba, y una vez más, se sintió descorazonado al darse cuenta de que le estaba fallando como padre.

El niño continuaba llorando inconsolablemente. Steve lo abrazó con fuerza, como si no pensara soltarlo nunca más. Ronnie y Kim permanecieron en el umbral de la puerta, manteniendo la distancia.

—¡Quieren que me vaya a casa, papá! —lloriqueó Jonah—. Les he dicho que podría quedarme contigo, pero no me escuchan. Seré bueno, papá, te prometo que seré bueno. Me iré a la cama cuando me lo pidas, y ordenaré mi cuarto y no comeré galletas a deshora. ¡Diles que puedo quedarme! ¡Te prometo que seré bueno!

—Sé que serías muy bueno —murmuró Steve—. Siempre has sido muy bueno.

—¡Entonces díselo, papá! ¡Diles que quieres que me quede! ¡Por favor! ¡No es justo!

Steve intentó encontrar el tono adecuado, a pesar de la creciente tensión que le oprimía la garganta.

—Quiero que me escuches, ¿de acuerdo? ¿Harás eso por mí?

Jonah alzó la cabeza con un visible esfuerzo. A pesar de que intentó no perder la compostura, Steve sabía que su voz empezaba a mostrar cómo se sentía de verdad. Tuvo que sacar todo el coraje que le quedaba para no desmoronarse delante de su hijo.

—Quiero que sepas que eres el mejor hijo que un padre podría tener. Siempre me he sentido muy orgulloso de ti, y sé que crecerás y que harás cosas maravillosas. Te quiero muchísimo.

—Yo también te quiero, papá. Y te echaré mucho de menos.

De soslayo, Steve podía ver a Ronnie y a Kim, llorando en silencio.

—Yo también te echaré de menos. Pero siempre te protegeré, ¿me oyes? Te lo prometo. ¿Recuerdas el vitral que hemos hecho juntos?

Jonah asintió, con su pequeña mandíbula temblando.

—Lo llamo la Luz de Dios, porque me recuerda al reino celestial. Cada vez que la luz brille a través de ese vitral, o a través de cualquier otro vitral, piensa que yo estaré allí, a tu lado, ¿de acuerdo? Seré yo. Seré la luz en el vitral.

Jonah asintió, sin ni siquiera intentar secarse las lágrimas. Steve continuó abrazando a su hijo, deseando de todo corazón poder cambiar el curso de las cosas.

35

Ronnie

*R*onnie salió fuera con su madre y con Jonah para despedirse de ellos, y para hablar con ella a solas antes de que se marchara y pedirle que hiciera algo tan pronto como llegara a Nueva York. Después regresó al hospital y se sentó al lado de su padre, esperando hasta que él se quedó dormido. Durante un buen rato, Steve permaneció en silencio, con la vista fija en la ventana. Ella le cogió la mano, y ambos se quedaron sentados sin hablar, contemplando el paso lento de las nubes al otro lado de la ventana.

Quería estirar las piernas y tomar un poco de aire fresco; la despedida de su padre con Jonah la había dejado decaída y temblorosa. No quería imaginarse a su hermano en el avión o entrando en el piso; no quería pensar en si todavía seguiría llorando desconsoladamente.

Fuera, deambuló por la acera delante del hospital, sumida en sus pensamientos. Casi ya había pasado por delante de él cuando lo oyó carraspear. Estaba sentado en un banco; a pesar del calor, lucía la misma clase de camisa de manga larga que siempre llevaba.

—Hola, Ronnie —la saludó el reverendo Harris.

—Ah…, hola.

—Me preguntaba si podía subir a ver a tu padre.

—Está durmiendo —respondió ella—. Pero suba, si quiere.

El reverendo dio unos golpecitos en el suelo con su bastón, como si intentara ganar tiempo.

—Siento mucho lo que estás pasando, Ronnie.

Ella asintió, a pesar de que le costaba mucho concentrarse en la conversación. Incluso una charla tan simple como aquélla le suponía un esfuerzo sobrehumano.

De algún modo, tuvo la impresión de que a él le pasaba lo mismo.

—¿Quieres que recemos juntos? —Sus ojos azules expresaban su súplica—. Quiero rezar antes de ver a tu padre. Eso me…, me ayuda.

Su sorpresa se trocó en una inesperada sensación de alivio.

—Me encantaría —contestó.

Después de aquel encuentro, Ronnie empezó a rezar con asiduidad y descubrió que el reverendo Harris tenía razón.

No es que creyera que su padre fuera a curarse. Había hablado con el médico y había visto los resultados de las pruebas; tras esa dura entrevista, abandonó el hospital y se fue a la playa, donde pasó una hora llorando mientras el viento secaba las lágrimas de su cara.

No creía en los milagros. Sabía que algunas personas sí que creían, pero no podía obligarse a sí misma a soñar que su padre tenía posibilidades de sobrevivir. No después de los resultados de las pruebas que había visto, no después de la forma en que el médico se lo había expuesto. Se había enterado de que el cáncer había hecho metástasis en el páncreas y en los pulmones, y albergar esperanzas le parecía… peligroso. No podía imaginarse la idea de hacer frente por segunda vez a lo que le estaba sucediendo a su padre. Ya le resultaba sumamente duro, especialmente por la noche, cuando la casa estaba en silencio y se quedaba sola con sus pensamientos.

Por eso rezaba, para pedirle a Dios que le diera fuerzas para ayudar a su padre; rezaba para no perder la capacidad de mostrarse positiva en su presencia, en vez de romper a llorar cada vez que lo veía. Sabía que él necesitaba su risa y necesitaba a la clase de hija en la que últimamente se había convertido.

Lo primero que hizo después de regresar a casa con él

cuando le dieron el alta en el hospital fue llevarlo a ver el vitral. Lo observó mientras él se acercaba lentamente a la mesa, con los ojos bien abiertos —como si temiera perderse algún detalle— y una expresión de incómodo recelo. Ronnie sabía que había habido momentos en los que él se había preguntado si viviría bastante para ver aquella obra acabada. Más que nada, deseó que Jonah estuviera allí con ellos, y supo que su padre estaba pensando lo mismo. Había sido su proyecto común, el proyecto que habían compartido a lo largo del verano. Su padre echaba de menos a Jonah, muchísimo, y a pesar de que le dio la espalda para que ella no pudiera verle la cara, ella adivinó que había lágrimas en sus ojos mientras regresaba de nuevo a la casa.

Steve llamó a Jonah tan pronto como entró. Desde el comedor, Ronnie pudo oír que su padre le aseguraba que ya se encontraba mucho mejor, y a pesar de que el crío probablemente interpretaría mal ese mensaje, pensó que era lo adecuado. Quería que Jonah recordara los días felices del verano, y no que se derrumbara por lo que se avecinaba.

Aquella noche, mientras él estaba sentado en el sofá, abrió la Biblia y empezó a leer. Ronnie ahora entendía sus motivos. Tomó asiento a su lado y le hizo la pregunta que se había estado formulando desde que había examinado el libro.

—¿Tienes algún pasaje favorito? —se interesó.

—Muchos —contestó él—. Siempre me han gustado los Salmos. Y siempre he aprendido mucho de las cartas de Pablo.

—Pero no has subrayado nada —dijo ella. Cuando él enarcó una ceja, se encogió de hombros—. Le he echado un vistazo mientras estabas en el hospital, y no he visto nada.

Steve reflexionó antes de contestar.

—Si intentara subrayar algo importante, probablemente acabaría por subrayarlo casi todo. He leído la Biblia un sinfín de veces, y cada vez aprendo algo nuevo.

Ronnie lo escrutó con curiosidad.

—Pero no recuerdo que leyeras la Biblia antes…

—Bueno, eso es porque eras una niña. Ya tenía esta Biblia en Nueva York, y solía leer algún trozo una o dos veces por semana. Pregúntale a tu madre. Ella te lo dirá.

—¿Has leído algo últimamente que te gustaría comentar?

—¿Quieres que lo haga?

Después de que ella asintiera, Steve sólo necesitó un minuto para encontrar el pasaje que quería.

—Gálatas 5:22 —anunció, apoyando la Biblia totalmente abierta sobre su regazo. Carraspeó antes de empezar a leer—: «Mas el fruto del Espíritu Santo es amor, gozo, paz, paciencia, benignidad, bondad, fe, mansedumbre, templanza».

Ronnie lo observaba mientras él leía aquellos versículos, recordando cómo se había portado al llegar a aquella casa y cómo había reaccionado su padre ante tanta rabia. Recordó las veces que él se había negado a discutir con su madre, incluso cuando ésta había intentado provocarlo. Antes había interpretado aquella actitud como una debilidad y había deseado que su padre fuera distinto. Pero de repente se daba cuenta de que se había equivocado en todos los sentidos.

Ahora se daba cuenta de que su padre nunca había estado solo. El Espíritu Santo había estado a su lado, guiándolo a lo largo de toda su vida.

El paquete de su madre llegó al día siguiente; su madre había hecho lo que le había pedido. Llevó el enorme sobre hasta la mesa de la cocina y lo rasgó por la parte superior, luego vació su contenido sobre la mesa.

Diecinueve cartas, todas ellas enviadas por su padre, todas ellas sin abrir. Ronnie se fijó en las diversas direcciones de correo desde donde él le había escrito: Bloomington, Tulsa, Little Rock...

No podía creer que no las hubiera leído. ¿Realmente había sentido tanta rabia? ¿Tanta amargura? ¿Tanta... sordidez? Ahora, echando la vista atrás, sabía la respuesta, aunque no le encontraba el sentido.

Rebuscó entre las cartas y separó la primera que él le había escrito. Como casi todas las otras, la dirección estaba escrita en una caligrafía impecable y en tinta negra, y el matasellos se había borrado ligeramente. Al otro lado de la ventana de la cocina, su padre permanecía de pie en la playa, de espaldas a la casa: como el reverendo Harris, había empezado a usar manga larga a pesar del calor del verano.

Ronnie aspiró aire lentamente y abrió la carta. Bajo la luz del sol que se filtraba en la cocina, empezó a leer.

Querida Ronnie:

Ni siquiera sé cómo empezar una carta como ésta, si no es por decir que lo siento.

Por eso te pedí que te reunieras conmigo en la cafetería, y también es lo que quería decirte más tarde aquella noche, cuando te llamé. Puedo comprender por qué no te presentaste a la cita y por qué no atendiste mi llamada. Estás enfadada conmigo, te he decepcionado, porque sientes y crees que os he abandonado, a ti y a la familia.

No puedo negar que las cosas vayan a ser distintas a partir de ahora, pero quiero que sepas que si yo estuviera en tu lugar, probablemente me sentiría igual que tú. Tienes todo el derecho del mundo a estar enfadada conmigo. Tienes todo el derecho del mundo a sentir que te he decepcionado. Supongo que me he ganado esos sentimientos a pulso, y mi intención no es buscar excusas ni rechazar cualquier culpa ni intentar convencerte de lo que es posible que algún día en el futuro puedas entender.

Sé que quizás ese día no llegará, y eso me duele mucho más de lo que puedes imaginar. Tú y Jonah habéis sido siempre tan importantes para mí que quiero que comprendas que ni tú ni tu hermano tenéis la culpa de nada. A veces, por razones que no siempre están claras, los matrimonios simplemente no funcionan. Pero quiero que recuerdes una cosa: siempre te querré, y siempre querré a Jonah. Siempre querré a tu madre, que siempre tendrá mi respeto. Ella me ha dado el regalo más importante de mi vida: vosotros, y ha sido una madre maravillosa. En muchos sentidos, a pesar de la tristeza que me inunda al pensar que tu madre y yo ya no estaremos juntos, todavía creo que ha sido una bendición del Cielo el hecho de haber estado casado con ella durante tanto tiempo.

Sé que quizás esta declaración no te parezca gran cosa, y seguramente no bastará para que lo comprendas, pero quiero que sepas que todavía creo en el amor. Y quiero que tú también creas en él. Mereces experimentarlo en tu vida, ya que no hay nada más gratificante.

Espero que en tu corazón encuentres un espacio para perdonarme por haberme marchado. No tiene que ser ahora, ni tampoco pronto. Pero quiero que sepas una cosa: cuando finalmente estés lista para perdonarme, te estaré esperando con los brazos abiertos en lo que será el día más feliz de mi vida.

Te quiero mucho,

Papá

—Siento como si debiera hacer más por él —se lamentó Ronnie.

Se hallaba sentada en el porche, delante del reverendo Harris. Su padre estaba dentro durmiendo. El reverendo se había presentado con una cazuela de lasaña que su esposa había preparado. Estaban a mediados de septiembre y el calor todavía apretaba durante el día, aunque un par de días antes habían gozado de un suave atardecer que anunciaba el otoño. Lamentablemente, sólo había durado una noche; a la mañana siguiente, el sol amaneció implacable. Ronnie salió a pasear por la playa, preguntándose si la noche anterior había sido únicamente una ilusión.

—Estás haciendo todo lo que puedes —la reconfortó el reverendo—. No creo que haya nada más que puedas hacer.

—No me refiero a cuidar de él. De momento, tampoco es que me necesite mucho. Sigue insistiendo en cocinar, y damos largos paseos por la playa. Ayer incluso hicimos volar la cometa. De no ser por los efectos de la medicación para paliar el dolor, que lo deja exhausto, está más o menos igual que antes de que ingresara en el hospital. Sólo es que…

La mirada del reverendo Harris expresaba su comprensión.

—Quieres hacer algo especial. Algo que signifique mucho para él.

Ella asintió, contenta de que él estuviera allí. En las últimas semanas, el reverendo Harris no sólo se había convertido en su amigo, sino que era la única persona con la que podía hablar.

—Tengo fe en que Dios te mostrará la respuesta. Pero has

de comprender que, a veces, se necesita un poco de tiempo para reconocer lo que Dios quiere que hagas. Suele pasar. La voz de Dios no acostumbra a ser nada más que un susurro, y tienes que prestar atención para oírla. Sin embargo, otras veces, en las ocasiones más inesperadas, la respuesta es obvia y repica tan fuerte como la campana de una iglesia.

Ronnie sonrió, pensando que se había acostumbrado a la compañía del reverendo y que le gustaban esas conversaciones.

—Parece que habla por experiencia propia.

—Yo también quiero mucho a tu padre. Y al igual que tú, también quería hacer algo especial para él.

—¿Y Dios le contestó?

—Dios siempre responde.

—¿Fue un susurro o la campana de una iglesia?

Por primera vez en mucho tiempo, Ronnie divisó una señal de regocijo en sus ojos.

—La campana de una iglesia, por supuesto. Dios sabe que me he ido quedando un poco sordo en los últimos años.

—¿Y qué piensa hacer?

El reverendo irguió la espalda en la silla.

—Voy a colocar el vitral en la iglesia. La semana pasada se presentó un benefactor inesperadamente, y no sólo se ofreció a pagar el resto de las reparaciones por completo, sino que me mostró los esbozos con todos los pasos de la reconstrucción. Mañana por la mañana reanudarán las obras.

A lo largo de los siguientes dos días, Ronnie estuvo atenta ante posibles campanadas, pero lo único que oyó fue el graznido de las gaviotas. Cuando se concentraba para escuchar susurros, no oía nada, absolutamente nada. En realidad, no se sorprendió —el reverendo Harris tampoco había recibido la respuesta en un abrir y cerrar de ojos—, pero esperaba que ésta llegara antes de que fuera demasiado tarde.

Entre tanto, se dedicaba a continuar igual que había hecho hasta entonces. Ayudaba a su padre cuando él precisaba ayuda, lo dejaba tranquilo cuando no la necesitaba, e intentaba pasar tanto tiempo como podía con él. Aquel fin de semana, y dado que su padre se sentía con más energía, decidieron ir de excursión a Orton Plantation Gardens, cerca de Southport. No quedaba muy lejos de Wilmington, y Ronnie nunca había estado antes allí. Cuando aparcaron en la carretera de gravilla por la que se accedía a la mansión, construida en 1735, supo instintivamente que iba a ser un día memorable. Era la clase de lugar que parecía perdido en el tiempo. Las flores ya no estaban en su fase de esplendor, pero mientras paseaban entre los imponentes robles con sus ramas más bajas caídas y cubiertas de liquen, Ronnie pensó que nunca había visto nada tan hermoso.

Deambulando con paso tranquilo por debajo de los árboles, agarrada del brazo de su padre, empezaron a conversar sobre el verano. Por primera vez, Ronnie le habló de su relación con Will; le contó la primera vez que fueron a pescar y las veces que habían ido a enlodarse, le describió su magnífica pirueta desde el tejado de la choza y todo acerca del fiasco en la boda. Sin embargo, no le contó nada acerca de lo que había pasado el día antes de que él se marchara a Vanderbilt ni las cosas que ella le había dicho. Todavía no estaba preparada para hacerlo; la herida seguía abierta. Y como siempre, cuando hablaban, su padre la escuchó atentamente, prácticamente sin interrumpir, incluso cuando ella se iba por las ramas. Le gustaba esa forma de ser de su padre. Mejor dicho, le encantaba, y se preguntó en qué clase de chica se habría convertido si no hubiera pasado aquel verano con él.

Después, fueron en coche hasta Southport y cenaron en uno de los pequeños restaurantes con vistas al puerto. Sabía que su padre empezaba a acusar el cansancio, pero la comida era deliciosa, y de postre compartieron un suculento bollo caliente de chocolate.

Fue un día perfecto, la clase de día que sabía que nunca olvidaría. Pero mientras se hallaba sola, sentada en el comedor, después de que su padre se hubiera acostado, nuevamente empezó a pensar en que debía de haber algo más que pudiera hacer por él.

Y

La semana siguiente, la tercera de septiembre, Ronnie empezó a darse cuenta del notable cambio en el estado de salud de su padre. Ahora no se despertaba hasta media mañana y además dormía la siesta por la tarde. Aunque Steve se había acostumbrado a dormir siestas, éstas empezaron a alargarse; además, se acostaba temprano, al anochecer. Mientras Ronnie fregaba la cocina a falta de nada más interesante que hacer, cayó en la cuenta de que, si sumaba todas las horas, su padre se pasaba más de la mitad del día durmiendo.

A partir de aquel momento, su estado ya no dejó de empeorar. Cada día que pasaba, Steve dormía un poco más. Y no comía bastante. Se limitaba a marear la comida de un lado a otro del plato; después, cuando ella tiraba los restos a la basura, constataba que sólo había probado uno o dos bocados. Steve empezó a perder peso de un modo alarmante, y cada vez que Ronnie pestañeaba, tenía la impresión de que su padre se había encogido más. Algunos días la aterraba el pensamiento de que, tarde o temprano, no quedara nada de él.

Septiembre tocó a su fin. Por las mañanas, el olor salado del océano no resultaba opresivo gracias al efecto de los vientos de las montañas en la parte más oriental del estado. Todavía hacía calor; estaban en plena temporada de huracanes, pero de momento la costa de Carolina del Norte se había librado del azote.

El día anterior, su padre se había pasado catorce horas durmiendo. Ronnie sabía que él no podía remediarlo, que su cuerpo no le dejaba ninguna alternativa, pero le dolía verlo pasar la mayor parte del escaso tiempo que le quedaba durmiendo. Cuando se despertaba, se mostraba mucho más silencioso, satisfecho con la simple actividad de leer la Biblia o de pasear lentamente con ella en silencio.

Más a menudo de lo que habría esperado, Ronnie empezó a pensar en Will. Todavía llevaba la pulsera de macramé que le había regalado; cuando pasaba el dedo por encima de la intrincada pauta, se preguntaba qué asignaturas estaría estudiando y con quién estaría paseando por los jardines de la universidad mientras iba de un edificio a otro. Sentía curiosidad por saber al lado de quién se sentaba cuando comía en la cafetería y si pensaba en ella de vez en cuando, antes de salir de fiesta los viernes o los sábados por la noche. En sus momentos más bajos, incluso se preguntaba si habría conocido a alguna nueva chica.

—¿Quieres que hablemos de ello? —le preguntó un día su padre mientras caminaban por la playa.

Se dirigían a la iglesia. Ahora que habían reanudado las tareas de reconstrucción, los progresos eran notorios. Había un montón de trabajadores: carpinteros, electricistas, ebanistas, estucadores... Por lo menos había cuarenta furgonetas en la zona de las obras, y el hormigueo de gente que entraba y salía del edificio era constante.

—¿Sobre qué? —preguntó ella, con cautela.

—Sobre Will —aclaró Steve—. Sobre la forma en que acabó vuestra relación.

Ella lo miró con el semblante sorprendido.

—¿Cómo es posible que lo sepas?

Él se encogió de hombros.

—Porque sólo lo has mencionado de paso en las últimas semanas, y nunca hablas con él por teléfono. No cuesta tanto deducir que algo pasó entre vosotros.

—Es complicado. —Ronnie intentó no ahondar en la cuestión.

Caminaron unos pocos pasos en silencio antes de que su padre volviera a hablar.

—En mi modesta opinión, me parecía un muchacho excepcional.

Ronnie enredó su brazo con el de su padre.

—Sí, lo sé. Y yo también pensaba lo mismo.

En aquel preciso momento, llegaron a la iglesia. Ella podía ver a los trabajadores cargados con pilas de tablones y latas de pintura, y como de costumbre, sus ojos se posaron en el espacio vacío debajo de la torre del campanario. Todavía no habían colocado el vitral —antes tenían que terminar la mayor parte de las obras para evitar que las frágiles piezas de vidrio se rompieran—, pero a su padre le seguía gustando pasearse por allí. Estaba encantado con la nueva construcción, y no únicamente por el vitral. Hablaba todo el rato de lo importante que aquella iglesia era para el reverendo Harris y sobre cómo éste echaba de menos oficiar misa en el lugar que durante tanto tiempo había considerado su segundo hogar.

El reverendo siempre estaba por allí; normalmente bajaba hasta la playa para recibirlos cuando los veía llegar. Ronnie echó un vistazo a su alrededor y lo vio de pie en el aparcamiento de gravilla. Estaba hablando con alguien al tiempo que señalaba animadamente hacia el edificio. Incluso desde la distancia que los separaba, pudo ver cómo sonreía ampliamente.

Ronnie estaba a punto de alzar la mano para saludar en un intento de captar su atención cuando de repente reconoció al hombre con el que el reverendo estaba hablando. La imagen le sorprendió. La última vez que lo había visto, ella estaba muy alterada; la última vez que habían estado juntos, él ni siquiera se había preocupado de despedirse de ella. Quizá Tom Blakelee simplemente pasaba por allí en coche y se había detenido a charlar con el reverendo acerca de la reconstrucción. Quizá sólo sentía curiosidad.

Durante el resto de la semana, buscó a Tom Blakelee cada vez que iba a la iglesia, pero no volvió a verlo. En parte tenía que admitir que se sentía aliviada de que sus mundos ya no confluyeran.

Después de sus paseos hasta la iglesia y de la siesta de su padre, normalmente se ponían a leer juntos. Ronnie acabó *Ana Karenina*, cuatro meses después de que hubiera empezado a leerlo. Tomó prestado *Doctor Zhivago* de la biblioteca pública. Había algo en los escritores rusos que le atraía: la cualidad épica de sus historias, quizá, la tragedia cruda y las pasiones amorosas con triste final plasmadas con gran maestría en un inmenso lienzo; episodios que ahora le parecían tan lejanos de su propia vida ordinaria.

Su padre seguía estudiando la Biblia, y a veces le leía algún pasaje o algún verso en voz alta cuando ella se lo pedía. Algunos eran cortos y otros eran largos, y casi todos parecían centrarse en el significado de la fe. No estaba segura del motivo, pero a veces tenía la impresión de que, por el mero hecho de leerlos en voz alta, lanzaban un poco de luz en algún matiz o significado que a él se le había pasado por alto previamente.

Las cenas empezaron a convertirse en un acto sencillo. A principios de octubre, Ronnie empezó a encargarse prácticamente siempre de cocinar, y Steve aceptó aquel cambio con la misma facilidad con que había asumido cualquier otro cambio a lo largo del verano. Se pasaban la mayor parte del tiempo sentados en la cocina, y se dedicaban a hablar plácidamente mientras ella hervía la pasta o el arroz y freía un poco de pollo o un bistec en la sartén. Hacía muchos años que Ronnie no cocinaba carne, y se sentía extraña por el hecho de animar a su padre a comérsela después de ponerle el plato delante. Pero Steve había perdido el apetito. Las comidas eran insípidas, pues cualquier clase de especia le irritaba el estómago. Pero ella sabía que tenía que comer. A pesar de que su padre no tenía una báscula en casa, ella podía ver cómo perdía más y más peso.

Una noche, después de cenar, finalmente le contó lo que había sucedido con Will. Se lo contó todo: desde el incendio y sus intentos por encubrir a Scott, hasta la pesadilla que habían tenido que soportar con Marcus. Su padre escuchaba con gran atención mientras ella hablaba. Cuando al final él apartó a un lado el plato que tenía delante, ella se fijó en que apenas había probado bocado.

—¿Puedo hacerte una pregunta?

—Por supuesto —dijo Ronnie—. Pregúntame lo que quieras.

—Cuando me dijiste que estabas enamorada de Will, ¿hablabas en serio?

Recordó que Megan le había formulado la misma cuestión.

—Sí.

—Entonces creo que has sido demasiado dura con él.

—Pero él estaba encubriendo un delito…

—Lo sé. Pero si lo piensas detenidamente, ahora tú estás en

la misma posición que estaba él. Sabes la verdad, igual que él lo sabía. Y no has dicho nada a nadie, tampoco.

—Pero yo no lo hice…

—Él tampoco.

—¿Qué intentas decirme? ¿Qué debería explicárselo al reverendo Harris?

Steve sacudió la cabeza.

—No —contestó, sorprendiéndola con su respuesta—. No creo que debas hacerlo.

—¿Por qué?

—Ronnie —empezó a decir él con dulzura—, hay más cosas en esta historia de lo que se ve aparentemente.

—Pero…

—No digo que tenga razón. Soy el primero en admitir que me equivoco muy a menudo. Pero si todo sucedió tal y como me lo has explicado, entonces quiero que sepas una cosa: el reverendo Harris no desea saber la verdad. Porque si la descubre, tendrá que hacer algo al respecto. Y te aseguro que él jamás querría hacerle daño a Scott ni a su familia, especialmente si se trató de un accidente. Simplemente no es de esa clase de hombres. Y otra cosa más. Y que conste que, de todo lo que te he dicho, esto es la más importante.

—¿Qué?

—Tienes que aprender a perdonar.

Ronnie cruzó los brazos.

—Ya he perdonado a Will. Le he dejado mensajes…

Incluso antes de que pudiera acabar, su padre empezó a sacudir la cabeza.

—No estoy hablando de Will. Primero tienes que aprender a perdonarte a ti misma.

Aquella noche, al final del montoncito de cartas que su padre había escrito, Ronnie encontró otra, una que todavía no había abierto. Steve debía de haberla añadido al rimero hacía poco, puesto que no llevaba sello ni matasellos.

No sabía si él quería que la abriera ahora o cuando él ya no estuviera con ella. Supuso que debería de habérselo preguntado, pero no lo hizo. La verdad era que no estaba segura de si quería leerla; el simple hecho de sostener el sobre entre sus manos le provocaba escalofríos, porque sabía que era la última carta que él le escribiría.

La enfermedad seguía su proceso. A pesar de que no se saltaban sus actividades rutinarias —comer, leer y dar paseos por la playa—, su padre tomaba cada vez más medicamentos para paliar el dolor. Había veces en que sus ojos estaban acuosos y desenfocados, pero ella todavía tenía la desapacible impresión de que la dosis no era lo bastante fuerte. De vez en cuando, lo veía cerrar los ojos y apretar los párpados con fuerza mientras estaba sentado leyendo en el sofá. Entonces se recostaba hacia atrás, y su cara era una máscara de dolor. Cuando eso sucedía, él le agarraba la mano; pero a medida que los días pasaban, Ronnie se dio cuenta de que aquel apretón de mano se debilitaba cada vez más. Se le acababan las fuerzas; todo en él se acababa. Y pronto él también se consumiría por completo.

Sabía que el reverendo Harris también se daba cuenta del bajón que había experimentado su padre. En las últimas semanas, había pasado a visitarlos prácticamente cada día, normalmente después de cenar. En la mayoría de aquellas ocasiones, el reverendo mantenía la chispa de la conversación; los ponía al corriente de las tareas de reconstrucción o los deleitaba con anécdotas divertidas sobre su mocedad, arrancando una sonrisa pasajera en la enjuta cara de su padre. Pero había momentos en que parecía que a ambos no se les ocurría nada que decirse. Disimular en aquellas circunstancias resultaba imposible, y eran momentos en que la tristeza se instalaba de lleno en el comedor.

Cuando Ronnie tenía la impresión de que los dos querían estar un rato solos, salía al porche e intentaba imaginar las cosas de las que estarían hablando. No era difícil deducirlo, por supuesto: hablaban sobre la fe o sobre la familia, y quizá sobre algunas cosas de las que se arrepentían, pero ella sabía que también rezaban juntos. Una vez los había oído cuando entró para coger un vaso de agua: en aquellos momentos tuvo la impresión de que la oración del reverendo Harris parecía más una súplica. El reverendo parecía implorar fortaleza, como si su propia vida dependiera de ello; mientras lo escuchaba, Ronnie entornó los ojos para unirse a él en silencio con su propia oración.

A mediados de octubre, la temperatura cambió radicalmente durante tres días, hasta tal punto que era necesario ponerse un jersey por las mañanas. Después de meses de implacable calor, Ronnie disfrutó de la temperatura fresca, pero aquellos tres días resultaron muy duros para su padre. A pesar de que de todos modos salieron a pasear por la playa, él se movía incluso más despacio, y sólo se detuvieron unos instantes fuera de la iglesia antes de dar media vuelta y regresar a casa. Cuando llegó a la puerta, Steve estaba temblando. Una vez dentro, ella le preparó un baño caliente, con la esperanza de que eso lo reanimara, pero sintiendo las primeras estocadas de pánico ante las señales que indicaban que la enfermedad avanzaba rápidamente.

Un viernes, una semana antes de Halloween, su padre insistió en que quería ir a pescar al pequeño muelle donde Will la había llevado por primera vez. Pete, el agente de Policía, les prestó unas cañas de pescar y una caja con todo lo necesario. Aunque pareciera extraño, su padre nunca había pescado antes, así que Ronnie tuvo que lanzar el sedal. Los primeros dos peces que mordieron el anzuelo lograron escapar, pero finalmente consiguieron pescar un pececito orondo de color rojo que aterrizó en el suelo del muelle. Era la misma clase de pez que había pescado con Will. Al ver que el pez daba coletazos mientras Ronnie intentaba soltarlo del anzuelo, súbitamente echó de menos a Will con una intensidad dolorosa.

Cuando regresaron a casa después de pasar una apacible tarde en el muelle, dos personas los aguardaban en el porche. Cuando Ronnie salió del coche, reconoció a Blaze y a su madre. Blaze estaba sorprendentemente cambiada. Llevaba el pelo bien peinado y recogido en una coleta, e iba vestida con unos pantalones cortos de color blanco y una camisa de manga larga en unas tonalidades aguamarinas. No llevaba joyas ni maquillaje.

Al ver a Blaze, Ronnie se acordó de algo en lo que había conseguido no pensar debido a la preocupación por el estado de su padre: que antes de que se acabara el mes, tendría que presentarse ante el juez. Se preguntó qué querían y por qué estaban allí.

Se tomó su tiempo para ayudar a su padre a bajar del coche, ofreciéndole el brazo como apoyo.

—¿Quiénes son? —murmuró su padre.

Ronnie se lo dijo, y él asintió. Mientras se acercaban, Blaze bajó del porche.

—Hola, Ronnie —la saludó, carraspeando con cierto nerviosismo. Pestañeó ante el reflejo incómodo del sol en sus ojos—. He venido porque quería hablar contigo.

Ronnie estaba sentada delante de Blaze en el comedor, con la vista fija en la otra chica, que parecía estudiar el suelo. Sus padres se habían retirado a la cocina para que pudieran hablar a solas.

—Siento muchísimo lo de tu padre —empezó a decir Blaze—. ¿Cómo está?

—Bien. —Ronnie se encogió de hombros—. ¿Y tú?

Blaze se tocó la parte frontal de la camisa.

—Siempre tendré cicatrices aquí —dijo, entonces señaló hacia los brazos y el vientre—, y aquí. —Sonrió con tristeza—. Pero sé que tengo mucha suerte de estar viva. —Se removió nerviosa en el asiento antes de mirar a Ronnie a los ojos—. Quería darte las gracias por haberme llevado al hospital.

Ronnie asintió, todavía sin estar segura de adónde conducía aquella conversación.

—De nada.

En el silencio, Blaze echó un vistazo al comedor. No sabía cómo proseguir. Ronnie, que había aprendido de su padre, se limitó a esperar.

—Sé que tendría que haber pasado a verte antes, pero sé que has estado muy ocupada.

—No pasa nada —dijo Ronnie—. Pero me alegro mucho de ver que estás bien.

Blaze alzó la vista.

—¿De verdad?

—Sí —asintió Ronnie. Luego sonrió—. Aunque tengas toda la pinta de un huevo de Pascua.

Blaze se estiró la camisa.

—Sí, lo sé. Parece extraño, ¿no? Mi madre me ha comprado un poco de ropa.

—Te queda bien. ¿Qué tal va la relación con tu madre? ¿Mejor?

Blaze la miró con el semblante arrepentido.

—Lo intento. Ahora vuelvo a vivir en casa, pero resulta duro. Cometí un montón de estupideces. Con ella, con otras personas. Contigo.

Ronnie permaneció sentada sin moverse, con una expresión neutral.

—¿Por qué has venido, Blaze?

Ella retorció las manos; no podía ocultar su nerviosismo.

—He venido a pedirte perdón. Te hice una gran trastada. Y sé que no puedo borrar el estrés que te he causado, pero quiero que sepas que esta mañana he hablado con el fiscal del distrito. Le he contado que fui yo quien puso esos discos en tu bolso porque estaba enfadada contigo, y he firmado una declaración jurada en la que aseguro que tú no tenías ni idea de lo que pasaba. Probablemente te llamarán hoy o mañana, pero el fiscal del distrito me ha prometido que retirarán los cargos.

La confesión fue tan rápida que al principio Ronnie no estaba segura de si había oído bien. Pero la mirada suplicante de Blaze bastó para confirmar todo lo que necesitaba saber. Después de todos aquellos meses, de todos los innumerables días y noches plagados de ansiedad, la pesadilla se había acabado súbitamente. Ronnie estaba conmocionada.

—Lo siento mucho, de verdad —continuó Blaze con un hilito de voz—. Jamás debí poner esas cosas en tu bolso.

Ronnie todavía estaba intentando digerir el hecho de que sus problemas con la justicia se hubieran acabado. Estudió a Blaze, que ahora retorcía una hebra suelta en el dobladillo de la camisa.

—¿Y qué pasará contigo? ¿Te denunciarán?

—No —respondió ella. Al contestar, levantó la cabeza, con la mandíbula completamente rígida—. Tengo una información que les interesaba sobre otro delito. Un delito más grave.

—¿Te refieres a lo que te sucedió en el muelle?

—No —contestó, y a Ronnie le pareció ver un destello duro y desafiante en sus ojos—. Les conté lo del incendio en la iglesia y cómo empezó. —Blaze quería estar segura de que Ronnie la escuchaba con toda su atención antes de continuar—. Scott no provocó el incendio. Su cohete de botella no tuvo nada que ver con el siniestro. Sí, es verdad que cayó cerca de la iglesia, pero ya se había apagado.

Ronnie absorbió la información con un interés creciente. Por un momento, se miraron fijamente; la tensión en el aire era palpable.

—Entonces, ¿cómo empezó?

Blaze se inclinó hacia delante y apoyó los codos en las rodillas, sus antebrazos se tensaron como si suplicaran clemencia por el esfuerzo.

—Estábamos de fiesta en la playa, Marcus, Teddy, Lance y yo. Un poco más tarde, Scott apareció por allí, justo un poco más abajo de donde estábamos nosotros. Hicimos como si no lo hubiéramos visto, y lo mismo hizo él, pero podíamos ver que Scott encendía cohetes de botella. Will todavía estaba un poco más abajo en la playa y Scott lanzó uno en su dirección, pero el viento lo desvió y salió disparado hacia la iglesia. Will se asustó y se puso a correr hacia Scott. A Marcus le pareció que la escena era muy cómica, y justo en el momento en que el petardo cayó detrás de la iglesia, salió corriendo hacia la explanada de la iglesia. Al principio yo no sabía lo que sucedía, ni siquiera después de seguirlo y ver cómo prendía fuego a la maleza al lado del muro de la iglesia. Pero de repente me di cuenta de que una parte del edificio estaba en llamas.

—¿Me estás diciendo que lo hizo Marcus? —Ronnie apenas podía hablar.

Ella asintió.

—Y fue él también quien provocó otros incendios. No me

cabe la menor duda. Le fascinaba el fuego. Supongo que siempre supe que estaba loco, pero yo… —Se detuvo, como si se diera cuenta de que ya había estado en ese mismo callejón sin salida muchas otras veces. Irguió la espalda antes de proseguir—. Bueno, la cuestión es que he firmado que testificaré contra él.

Ronnie se echó hacia atrás en la silla, con una sensación de mareo, como si el viento la hubiera derribado repentinamente. Recordó las cosas que le había dicho a Will. De repente, fue consciente de que, si él hubiera hecho lo que le había exigido, le habría destrozado la vida a Scott por nada.

Apenas podía contener las náuseas cuando Blaze continuó.

—De verdad, te pido perdón por todo. Y ya sé que puede que creas que estoy loca, pero quiero que sepas que te consideré mi amiga hasta que fui una idiota y lo eché todo a perder. —Por primera vez, la voz de Blaze se quebró—. Vales mucho, Ronnie. Eres honesta y te portaste muy bien conmigo incluso cuando no tenías ninguna razón para hacerlo. —Una lágrima se escapó de uno de sus ojos, y se apresuró a secársela rápidamente—. Nunca olvidaré el día que me ofreciste tu casa, incluso después de las cosas terribles que te había hecho. Me sentí tan…, tan mal. Pero, no obstante, me sentí agradecida, ¿sabes? De que alguien todavía se preocupara por mí.

Blaze hizo una pausa, intentando recuperar la compostura. Cuando consiguió controlar las lágrimas que pujaban por escapársele de los ojos, tomó aire lentamente y miró a Ronnie con una firme determinación.

—Así que ya sabes, si alguna vez necesitas algo, lo que sea, cuenta conmigo. Haría cualquier cosa por ti, ¿sabes? Sé que no puedo reparar el daño que te he causado, pero jamás olvidaré que me salvaste la vida. Lo que le ha pasado a tu padre es tan injusto…, y a mí me gustaría hacer cualquier cosa con tal de ayudarte.

Ronnie asintió.

—Y una última cosa —agregó Blaze—. No te pido que seamos amigas, pero si alguna vez volvemos a vernos, llámame Galadriel, por favor. No soporto el apodo de Blaze.

Ronnie sonrió.

—De acuerdo, Galadriel.

Tal y como Galadriel le había prometido, su abogada la llamó al día siguiente para comunicarle que habían retirado los cargos contra ella por la acusación de hurto.

Aquella noche, mientras su padre dormía en su cuarto, Ronnie encendió el televisor para ver las noticias locales. No estaba segura de si saldría en la tele, pero así fue: un espacio de treinta segundos justo antes de la previsión meteorológica sobre «el arresto de un nuevo sospechoso en la investigación que sigue abierta sobre el incendio de una iglesia en la localidad el año pasado». Cuando detallaron el historial delictivo de Marcus con una imagen suya de fondo, apagó la tele. Aquellos ojos fríos, letales, todavía lograban acobardarla.

Pensó en Will y en todo lo que él había hecho por proteger a Scott, por un delito que al final se había descubierto que ni siquiera había cometido. Se preguntó si realmente era tan terrible que la lealtad hacia su amigo le hubiera nublado el juicio. Especialmente después del giro que había dado el caso. Ronnie ya no estaba segura de nada. Se había equivocado en tantas cosas…, con su padre, con Blaze, con su madre, incluso con Will. La vida era mucho más complicada de lo que jamás habría imaginado una adolescente resentida de Nueva York.

Sacudió la cabeza mientras deambulaba por la casa, apagando una a una todas las luces. Aquella vida —un desfile de fiestas y cuchicheos de instituto y riñas constantes con su madre— se le antojaba de otro mundo, una existencia que sólo había soñado. Hoy sólo tenía la seguridad de unas pocas cosas: de los paseos por la playa con su padre, del constante sonido de las olas en el océano, del olor al invierno que se aproximaba.

Y del fruto del Espíritu Santo: amor, gozo, paz, paciencia, benignidad, bondad, fe, mansedumbre, templanza.

Y

Halloween se marchó tal como había llegado. Su padre estaba más débil tras cada día que pasaba.

Abandonaron los paseos por la playa cuando aquella actividad se volvió para él un esfuerzo insostenible. Por las mañanas, cuando Ronnie le hacía la cama, encontraba docenas de mechones de pelo en la almohada. Consciente de que la enfermedad estaba acelerando su ritmo, decidió poner el colchón en la habitación de su padre por si él necesitaba ayuda por las noches, y también para estar tan cerca de él como fuera posible.

Steve tomaba ahora unas dosis de medicamentos tan grande para paliar el dolor que su cuerpo no podía asimilarlos; sin embargo, no parecían suficientes. Por la noche, mientras ella dormía en el suelo a su lado, él gemía por culpa del dolor, unos gemidos sofocados que a Ronnie le partían el corazón. Tenía la medicación justo al lado de su cama, y eso era lo primero que él buscaba al levantarse. Ella se sentaba a su lado por las mañanas, sosteniéndolo, mientras a él le temblaban los brazos y las piernas, hasta que la medicina surtía efecto.

Pero los efectos secundarios también hacían mella. Steve ya no se sostenía de pie, y Ronnie tenía que ayudarlo a desplazarse, incluso para ir al otro extremo de la habitación. A pesar de su pérdida de peso, a Ronnie le costaba mucho sostenerlo para que no cayera al suelo cuando él se tambaleaba. Aunque Steve jamás expresó con palabras su frustración, sus ojos denotaban su humillación, como si creyera que le estaba fallando a su propia hija.

Ahora dormía un promedio de diecisiete horas diarias, y Ronnie se pasaba prácticamente todos los días sola en casa, leyendo una y otra vez las cartas que él le había enviado a Nueva York. Todavía no había leído la última carta que su padre le había escrito —la idea le parecía aterradora—, pero a veces le gustaba sostenerla entre los dedos, como si intentara reunir el suficiente coraje para abrirla.

Llamaba a casa con más frecuencia, sobre todo a la hora en que Jonah había regresado de la escuela o después de cenar. Su hermano parecía más conforme. Cuando le preguntaba por su padre, a veces se sentía culpable de no decirle la verdad. Pero no podía cargarle ese terrible peso encima. Cada vez que su padre hablaba con él, intentaba utilizar el tono más animado que podía. Después, Steve permanecía sentado en la silla al lado del teléfono, exhausto por el esfuerzo, demasiado cansado incluso para moverse. Ella lo observaba en silencio, afligida ante la certeza de que probablemente había algo más que podría hacer por él, aunque no sabía el qué.

—¿Cuál es tu color favorito? —quiso saber Ronnie.

Estaban sentados a la mesa de la cocina, y Ronnie tenía una libreta abierta delante de ella.

Steve esbozó una sonrisa incrédula.

—¿Eso es lo que querías preguntarme?

—No, ésta es sólo la primera pregunta. Tengo muchas más.

Steve asió la lata de Ensure que ella había colocado delante de él. Ya apenas probaba alimentos sólidos. Lo observó mientras su padre tomaba un sorbo, sabiendo que lo hacía para complacerla, no porque tuviera hambre.

—Verde —dijo.

Ronnie anotó la respuesta y pasó a la siguiente pregunta:

—¿Cuántos años tenías la primera vez que besaste a una chica?

—¿Lo dices en serio? —Esbozó una mueca incómoda.

—Por favor, papá. Es importante.

Él volvió a contestar, y ella anotó la respuesta. Llegaron hasta un cuarto de las preguntas que ella había escrito, y a lo largo de la siguiente semana, Steve contestó el resto. Ella anotaba las respuestas con esmero, no necesariamente con las palabras literales que él utilizaba, pero sí con el deseo de plasmar suficientes detalles como para poder recomponer las respuestas en el futuro. Era un ejercicio divertido y a veces sorprendente, pero cuando llegaron al final, la conclusión de Ronnie fue que su padre era prácticamente el mismo hombre que ella había conocido durante aquel verano.

Aquello era bueno y malo a la vez. Bueno porque ya sospechaba que él sería así, y malo porque eso no la dejaba más cerca de la respuesta que andaba buscando.

La segunda semana de noviembre trajo las primeras lluvias de otoño, pero la reconstrucción de la iglesia continuaba sin pausa. Es más, el ritmo de trabajo pareció incrementarse. Su padre ya no la acompañaba; sin embargo, Ronnie bajaba por la playa hasta la iglesia cada día para ver los progresos. Se había convertido en parte de su rutina durante las horas tranquilas, cuando su padre dormía la siesta. A pesar de que el reverendo Harris siempre la recibía con un saludo, ya no bajaba a la playa a charlar con ella.

Al cabo de una semana, el vitral estaría colocado, y el reverendo Harris tendría la seguridad de que había hecho algo por su padre que nadie más podía hacer, algo que ella sabía que significaba tanto, tantísimo, para él. Se sentía feliz por el logro del reverendo, a pesar de que seguía rezando en busca de una señal que la guiara hacia su propio logro.

Un día gris de noviembre, su padre súbitamente insistió en que quería volver a ir al muelle. Ronnie estaba inquieta por la distancia y el frío, pero él no cejaba en su empeño. Le dijo que quería ver el océano desde el muelle. «Por última vez», fueron las palabras que no necesitó pronunciar.

Se pusieron los abrigos. Ronnie incluso le puso una bufanda de lana alrededor del cuello. El viento traía la primera dentellada del invierno, lo que hacía que la sensación de frío se acentuara aún más. Ella insistió en conducir hasta el muelle y aparcó el coche del reverendo Harris en el espacio vacío destinado a aparcamiento, justo al lado del paseo entarimado.

Necesitaron un buen rato para llegar hasta la punta del muelle. Estaban solos, bajo un cielo despejado de nubes; las olas, de un gris plomizo, eran visibles entre las placas de cemento. Mientras avanzaban con paso lento, su padre mantenía el brazo enredado en el de ella y se aferraba al tiempo que el viento azotaba sus abrigos.

Cuando finalmente alcanzaron la punta del muelle, su padre apartó la mano para buscar la barandilla y casi perdió el equilibrio. Bajo la luz plateada, sus mejillas hundidas destacaban en un afilado relieve y sus ojos estaban un poco vidriosos, pero Ronnie sabía que se sentía complacido.

El espectáculo del continuo movimiento de las olas que se abría ante él hasta el horizonte pareció aportarle una sensación de serenidad. No había nada que ver —ni barcas, ni marsopas, ni surfistas—, pero su expresión parecía relajada y libre de dolor por primera vez en muchas semanas. Cerca de la orilla, las nubes se comportaban como si estuvieran vivas, plisándose y estirándose mientras el sol invernal intentaba perforar sus masas gaseosas. Ronnie se quedó ensimismada contemplando las nubes, con la misma cara de curiosidad que su padre, preguntándose en qué estaría pensando él.

El viento empezaba a arreciar, y lo vio temblar. Por el modo en que mantenía la vista fija en el horizonte, Ronnie podía adivinar que él quería quedarse. Tiró con suavidad de su brazo, pero Steve sólo se aferró con más fuerza a la barandilla.

Ella lo soltó y se quedó a su lado, inmóvil, hasta que él empezó a titiritar de frío, finalmente listo para irse. Steve soltó la barandilla y permitió que ella lo ayudara a darse la vuelta para, a continuación, iniciar la lenta marcha de regreso al coche. De soslayo, Ronnie pudo ver que estaba sonriendo.

—Ha sido precioso, ¿verdad? —dijo ella.

Su padre dio unos pocos pasos antes de contestar.

—Sí. Pero lo que más me ha gustado ha sido poder compartir este momento contigo.

Dos días más tarde, decidió leer la última carta. Prefería hacerlo antes de que él ya no estuviera a su lado. No pensaba leerla aquella noche, pero se prometió a sí misma que lo haría pronto. Ya era muy tarde, y aquel día con su padre había sido el más duro de todos. Los medicamentos no parecían ayudarlo en absoluto. Las lágrimas inundaban sus ojos vidriosos mientras los atroces espasmos de dolor atormentaban su cuerpo. Ronnie le pidió que dejara que lo llevara al hospital, pero él se negó.

—No —jadeó—. Todavía no.

—¿Cuándo? —preguntó ella desesperadamente, a punto de sucumbir a las lágrimas.

Steve no contestó, sólo contuvo la respiración, esperando a que pasara el dolor. Cuando finalmente éste cesó, su aspecto pareció súbitamente mucho más debilitado, como si el esfuerzo hubiera barrido un poco más de la escasa vida que le quedaba.

—Quiero que hagas una cosa por mí —le pidió él. Su voz era un susurro rasgado.

Ronnie le besó la mano.

—Lo que quieras.

—Cuando me enteré del diagnóstico por primera vez, firmé una declaración de voluntad, una orden de no reanimar. ¿Sabes qué es? —Escrutó la cara de su hija—. Significa que no quiero que me apliquen ninguna medida extraordinaria que pueda mantenerme con vida. Si voy al hospital, quiero decir.

Ronnie notó que se le encogía el estómago de miedo.

—¿Qué me intentas decir?

—Cuando llegue el momento, tendrás que permitir que me vaya.

—No —dijo ella, empezando a sacudir la cabeza—. No hables así.

La mirada de Steve era cariñosa pero insistente.

—Por favor —susurró—. Es lo que quiero. Cuando vaya al hospital, lleva esa declaración. Está en el cajón superior del escritorio, en un sobre grande de color marrón claro.

—No…, por favor, papá —sollozó ella—. No me obligues a eso. No puedo hacerlo.

Él le sostuvo la mirada.

—¿Ni siquiera por mí?

Aquella noche, sus gemidos fueron interrumpidos por una respiración rápida y fatigosa que la aterró. A pesar de que había prometido que haría lo que él le pidiera, no estaba segura de poder hacerlo.

¿Cómo iba a decirles a los médicos que no hicieran nada? ¿Cómo iba a dejarlo morir?

El lunes, el reverendo Harris los recogió y los llevó hasta la iglesia para que fueran testigos de cómo instalaban el vitral. Como Steve estaba demasiado débil para permanecer de pie, trajeron una silla de jardín con ellos. El reverendo Harris la ayudó a sostener a su padre mientras lentamente se desplazaban por la playa. Una multitud se había congregado allí; durante las siguientes horas, presenciaron cómo los trabajadores colocaban cuidadosamente el vitral en su sitio. Fue tan espectacular como Ronnie había imaginado que sería, y cuando clavaron la última grapa en su sitio, la gente estalló en vítores de alegría. Ronnie se giró para ver la reacción de su padre y vio que se había quedado dormido, arropado entre las gruesas mantas con las que ella lo había abrigado.

Con la ayuda del reverendo Harris, lo llevó de vuelta a casa y lo metió en la cama. Cuando se marchaba, el reverendo se giró hacia ella.

—Se le veía feliz —dijo, tanto para convencerse a sí mismo como para convencerla a ella.

—Sí, sé que lo estaba —le aseguró Ronnie, al tiempo que le apretaba cariñosamente el brazo—. Es justo lo que necesitaba.

Su padre se pasó el resto del día durmiendo. Mientras el mundo se quedaba a oscuras al otro lado de la ventana, Ronnie supo que había llegado el momento de leer la carta. Si no lo hacía ahora, quizá nunca hallaría el coraje suficiente.

La luz en la cocina era mortecina. Tras rasgar el sobre, desdobló la hoja despacio. La letra era diferente de la de las cartas previas; ya no quedaba ningún vestigio del estilo elegante y nítido de antaño. En su lugar había algo parecido a unos garabatos. No quería ni imaginar el sobreesfuerzo que le habría llevado a su padre escribir aquellas palabras, o cuánto tiempo le habría ocupado conseguirlo. Aspiró hondo y empezó a leer.

Hola, cielo:

Me siento muy orgulloso de ti.

Sé que ya no te lo digo tan a menudo como solía. Y te lo digo ahora no porque hayas elegido quedarte conmigo en estos momentos tan duros y delicados, sino porque quiero que sepas que eres la persona tan especial que siempre soñé que serías.

Gracias por quedarte. Sé que resulta duro para ti, seguramente mucho más duro de lo que habías imaginado, y siento mucho las horas que inevitablemente pasarás sola. Pero especialmente lo siento porque no siempre he sido el padre que necesitabas que fuera. Sé que he cometido errores. ¡Me gustaría tanto poder cambiar tantas cosas en mi vida! Supongo que eso es normal, teniendo en cuenta mi estado, pero hay algo más que quiero que sepas.

A pesar de lo dura que sea la existencia y a pesar de todos mis pesares, ha habido momentos en mi vida en los que me he sentido realmente afortunado. Me sentí así el día en que naciste, y cuando te llevé al zoo de pequeña y vi tu cara de estupor mientras mirabas las jirafas. Normalmente, esos momentos no suelen durar mucho; vienen y se van como la brisa del océano. Pero a veces, se quedan impresos en la mente para siempre.

Eso es lo que este verano ha sido para mí, y no sólo porque tú me hayas perdonado. Este verano ha sido un regalo para mí porque he conseguido conocer a la joven mujer en la que siempre supe que te convertirías.

Tal y como le dije a tu hermano, ha sido el mejor verano de mi vida; a menudo, en esos días idílicos, me preguntaba cómo era posible que alguien como yo pudiera ser tan afortunado de tener una hija tan maravillosa como tú.

Gracias por venir, Ronnie. Y gracias por cómo me has hecho sentir cada uno de los días que hemos compartido.

Tú y Jonah habéis sido lo más grande en mi vida. Te quiero, Ronnie, y siempre te he querido. Y nunca, nunca olvides que estoy, y siempre he estado, orgulloso de ti. Ningún padre es tan afortunado como lo he sido yo.

PAPÁ

Υ

El Día de Acción de Gracias pasó. A lo largo de la playa, la gente empezó a poner los ornamentos de Navidad.

Su padre había perdido un tercio del peso de su cuerpo y se pasaba casi todo el tiempo en la cama.

Ronnie tropezó con las hojas de papel una mañana, mientras estaba limpiando la casa. Se habían caído del cajón de la mesita rinconera. Cuando las recogió, sólo necesitó un momento para reconocer las notas musicales que su padre había garabateado en la página.

Era la canción que había estado escribiendo, la canción que lo había oído tocar aquella noche en la iglesia. Colocó las páginas encima de la mesa para inspeccionarlas con más atención. Sus ojos saltaron por las series de notas editadas, y de nuevo pensó que su padre había hecho un buen trabajo. Mientras leía, en su cabeza podía escuchar los compases impetuosos de las primeras líneas. Pero a medida que ojeaba la segunda y la tercera página, detectó que la cadencia fallaba. A pesar de que los instintos iniciales de su padre habían sido buenos, pensó que reconocía el punto de inflexión donde la composición empezaba a decaer. Pescó un lápiz del cajón de la mesa y empezó a escribir sus propias variaciones encima de la partitura, garabateando una rápida progresión de acordes y tablaturas donde su padre lo había dejado.

Antes de que pudiera darse cuenta, habían pasado tres horas, y entonces oyó que su padre empezaba a moverse. Tras esconder las hojas de nuevo en el cajón, se fue a la habitación, lista para enfrentarse a cualquier cosa que le deparase el día.

Más tarde, al atardecer, cuando su padre volvió a quedarse medio dormido, sacó las páginas, esta vez para trabajar hasta pasada la medianoche. Por la mañana, se despertó animada y con ganas de mostrarle lo que había hecho. Pero al entrar en la habitación, él no se movió, y a Ronnie se le heló la sangre al constatar que apenas respiraba.

Con el corazón en un puño, llamó a la ambulancia, y se sintió desfallecer al regresar de nuevo a la habitación. Se dijo a sí misma que no estaba lista, todavía no le había enseñado la canción. Necesitaba otro día.

«Todavía no ha llegado la hora.»

Con manos temblorosas, abrió el cajón superior del escritorio y sacó el sobre grande de color marrón claro.

En la cama del hospital, su padre parecía más pequeño que nunca. Su cara se había contraído como una pasa, y su piel mostraba una palidez grisácea nada natural. Su respiración era tan rápida y poco profunda como la de un bebé. Ronnie cerró los ojos y apretó con fuerza los párpados, deseando no estar allí, deseando estar en cualquier otro lugar salvo en aquella habitación.

—Todavía no, papá —susurró—. Dame un poco más de tiempo, por favor.

Al otro lado de la ventana del hospital, el cielo estaba nublado. Ya habían caído prácticamente todas las hojas de los árboles, y las ramas nudosas y desnudas le recordaban en cierta manera a unos huesos descarnados. El aire era frío y nada se movía. Se presagiaba la tormenta.

El sobre reposaba en la repisa de la cabecera de la cama; a pesar de que le había prometido que se lo entregaría al médico, todavía no lo había hecho. No hasta que estuviera segura de que él no iba a despertarse más. No hasta que estuviera segura de que ya nunca tendría la oportunidad de decirle adiós. No hasta que estuviera segura de que no había nada más que ella pudiera hacer por su padre.

Rezó con devoción, pidiendo un milagro, un pequeño milagro. Y como si Dios la estuviera escuchando, el milagro sucedió veinte minutos más tarde.

Ronnie se había pasado casi toda la mañana sentada a su lado. Se había acostumbrado tanto al sonido de su respiración y al continuo pitido del monitor de su corazón que la más mínima alteración le parecía alarmante. Alzó la vista y vio que su padre doblaba el brazo y abría los ojos como un par de naranjas. Steve parpadeó varias veces seguidas para habituarse a la luz de los fluorescentes, y ella instintivamente le cogió la mano.

—¿Papá? —A pesar de su pesimismo, se sintió invadida por

un rayo de esperanza; imaginó que él se incorporaría lentamente hasta quedarse sentado.

Pero no lo hizo. Ni siquiera parecía oírla. Cuando giró la cabeza con un enorme esfuerzo para mirarla, ella vio la oscuridad en sus ojos, algo que no había visto nunca. Pero entonces él parpadeó y lo oyó suspirar.

—Hola, cielo —susurró Steve con voz ronca.

El fluido en sus pulmones hacía que al hablar sonara como si se estuviera ahogando. Ronnie esbozó una sonrisa forzada.

—¿Cómo te encuentras?

—No muy bien. —Steve hizo una pausa, como si pretendiera reunir un poco de fuerzas para continuar—. ¿Dónde estoy?

—En el hospital. Te hemos traído esta mañana. Sé que tienes la declaración de voluntad, pero…

Cuando él volvió a parpadear pesadamente, Ronnie pensó que quizás él se sentiría más cómodo con los ojos cerrados. Pero al cabo de unos segundos, los volvió a abrir.

—No te preocupes. Lo comprendo —susurró.

La indulgencia en su voz le rasgó el corazón.

—Por favor, no te enfades conmigo.

—No estoy enfadado.

Ella lo besó en la mejilla e intentó abrazar su figura consumida. Notó su mano, que débilmente le acariciaba la espalda.

—¿Estás… bien? —le preguntó él.

—No —admitió ella, notando la presión de las lágrimas en los ojos—. No estoy nada bien.

—Lo siento. —Steve respiró con dificultad.

—No, no digas eso —dijo ella, que procuró no perder la calma, deseando no desmoronarse en aquel momento—. Soy yo la que lo siento. Nunca debería de haber dejado de hablarte. Quería tan desesperadamente que todo volviera a ser como antes…

Steve le dispensó una sonrisa marchita.

—¿Te he dicho alguna vez que creo que eres muy guapa?

—Sí —dijo ella, conteniendo las lágrimas—. Sí que me lo has dicho.

—Bueno, pues esta vez lo digo de todo corazón.

Ella se rio con tristeza a través de sus propias lágrimas.

—Gracias. —Se inclinó hacia delante y le besó la mano.

—¿Recuerdas cuando eras pequeña? —le preguntó, súbitamente con un semblante muy serio—. Solías quedarte mirándome durante horas mientras tocaba el piano. Un día, te encontré sentada delante del teclado, tocando una melodía que habías aprendido sólo de oírmela tocar. Sólo tenías cuatro años. Siempre has tenido tanto talento...

—Lo recuerdo.

—Quiero que sepas una cosa —le dijo su padre, agarrándole la mano con una fuerza que la sorprendió—: por más lejos que llegaste tocando el piano, la música jamás me importó la mitad de lo que me importaste tú, mi hija..., quiero que lo sepas.

Ella asintió.

—Te creo. Y yo también te quiero, papá.

Steve inspiró lentamente, sin apartar los ojos de su hija.

—Entonces, ¿me llevarás de vuelta a casa?

Las palabras la abordaron con todo su peso, inevitables y directas. Ella miró el sobre, consciente de lo que le estaba pidiendo y de lo que necesitaba que ella le contestara. Y en aquel instante, Ronnie recordó cada detalle de los últimos meses. Las imágenes se precipitaron en su mente, una tras otra. Sólo se detuvieron cuando lo vio sentado en la iglesia delante del teclado, bajo aquel espacio vacío donde finalmente colocarían el vitral.

Y fue entonces cuando supo lo que su corazón le había estado pidiendo que hiciera todo el tiempo.

—Sí —respondió—. Te llevaré a casa. Pero yo también necesito que tú hagas algo por mí.

Su padre tragó saliva. Pareció necesitar toda la fuerza que le quedaba para contestar:

—No estoy seguro de que pueda complacerte, de que pueda hacerlo.

Ella sonrió y cogió el sobre.

—¿Ni siquiera por mí?

Y

El reverendo Harris le prestó el coche. Ronnie conducía tan veloz como podía. Con el teléfono móvil pegado a la oreja, realizó la llamada mientras cambiaba de carril. Rápidamente explicó lo que sucedía y lo que necesitaba; Galadriel le ofreció su ayuda inmediatamente. Conducía como si pensara que la vida de su padre dependía de ello, acelerando ante cada semáforo en ámbar.

Galadriel estaba esperándola en la casa cuando llegó. A su lado, en el porche, había dos alzaprimas, que la chica alzó cuando Ronnie se acercó.

—¿Lista? —le preguntó Galadriel.

Ronnie apenas asintió con la cabeza, y las dos juntas entraron en la casa.

Gracias a la ayuda de Galadriel, tardaron menos de una hora en desmantelar el trabajo de su padre. A Ronnie no le importaba el desbarajuste que habían montado en el comedor; lo único en lo que pensaba era en el poco tiempo que le quedaba a su padre y lo que todavía necesitaba hacer por él. Cuando la última plancha de madera contrachapada cedió, Galadriel se giró hacia ella, sudando y jadeando.

—Ve a buscar a tu padre. Yo limpiaré todo este desorden. Y te ayudaré a traerlo hasta aquí cuando entréis.

Ronnie condujo incluso más rápido en su camino de vuelta al hospital. Antes de abandonar la clínica, había hablado con el médico de su padre y le había explicado lo que planeaba hacer. Con la ayuda de una enfermera, rellenó todos los formularios que el hospital requería; cuando llamó al hospital desde el coche, preguntó por la misma enfermera y le pidió que tuviera a su padre preparado en la planta baja en una silla de ruedas.

Los neumáticos del coche chirriaron cuando entró en el aparcamiento del hospital. Siguió el carril hasta la entrada a Urgencias e inmediatamente avistó a la enfermera, que no había faltado a su palabra.

Ronnie y la enfermera ayudaron a su padre a montarse en el coche; en cuestión de minutos, Ronnie volvía a estar de vuelta en la carretera. Su padre parecía más alerta que lo que había estado en la habitación del hospital, pero ella sabía que su estado podría cambiar en cualquier momento. Necesitaba llevarlo a casa antes de que fuera demasiado tarde. Mientras conducía por las calles de una localidad a la que había llegado a considerar, aunque fuera eventualmente, su propio pueblo, sintió un ataque de miedo y de esperanza. Todo parecía tan simple, tan claro ahora. Cuando llegó a casa, Galadriel la estaba esperando. Su amiga había arrastrado el sofá hasta la posición conveniente, y juntas ayudaron a su padre a reclinarse en él.

A pesar de su estado, poco a poco Steve pareció comprender lo que Ronnie había hecho. De una forma gradual, ella pudo ver cómo su mueca de sorpresa se trocaba en una clara expresión de ilusión. Mientras Steve contemplaba el piano expuesto en la salita, supo que había hecho lo correcto. Inclinándose hacia delante, lo besó en la mejilla.

—He acabado tu canción —anunció—. Nuestra última canción. Y quiero tocarla para ti.

36

Steve

«La vida es como una canción», entendió Steve.

Al principio está el misterio, al final está la confirmación, pero es en el medio donde reside toda la emoción, lo que realmente hace que todo el proceso valga la pena.

Por primera vez en meses, no sintió nada de dolor; por primera vez en años, tuvo la certeza de que sus preguntas tenían respuestas. Mientras escuchaba la canción que Ronnie había acabado, la canción que su hija había perfeccionado, entornó los ojos con el absoluto convencimiento de que su búsqueda de la presencia de Dios había concluido.

Finalmente había comprendido que la presencia de Dios estaba en todas partes, a todas horas, y que cada persona la experimentaba en un momento u otro. Había estado con él en el taller mientras elaboraba el vitral con Jonah; había estado presente en las semanas que había pasado con Ronnie. Estaba presente allí y en aquel momento, mientras su hija tocaba su canción, la última canción que compartirían. Mirando hacia atrás, se preguntó cómo era posible que no se hubiera dado cuenta antes de algo tan increíblemente obvio.

De repente comprendió que Dios era amor en su forma más pura, y en aquellos últimos meses con sus hijos, eso era precisamente lo que había experimentado. Aquello era la caricia de Dios. Ahora, mientras escuchaba la música que se escapaba de los dedos de Ronnie, no le cabía la menor duda.

37

Ronnie

Steve murió menos de una semana después, mientras dormía, con Ronnie en el suelo, a su lado. Ella no podía hablar sobre aquellos últimos momentos. Sabía que su madre estaba esperando a que acabara; en las tres horas que había pasado explicándole la historia, había permanecido en silencio, igual que solía escucharla su padre. Pero esos últimos momentos con su padre, mientras él dejaba poco a poco de respirar, le parecieron intensamente privados, y supo que jamás hablaría de ello con nadie. Estar a su lado mientras él abandonaba este mundo era un regalo que él le había hecho, sólo a ella, y nunca olvidaría la solemnidad y la intimidad del momento.

Por eso permaneció con la vista fija en la lluvia helada de diciembre y habló de su último recital, el recital más importante de su vida:

—Estuve tocando para él tanto rato como pude, mamá. Y me esforcé todo lo posible para que fuera un momento único, precioso, porque sabía lo mucho que significaba para él. Pero papá estaba tan débil… —susurró—. Al final, ni siquiera estoy segura de si podía oírme. —Se restregó la nariz, preguntándose inútilmente si le quedaban lágrimas por derramar. Había derramado tantas.

Su madre abrió los brazos y la invitó a fundirse en un abrazo. Sus propias lágrimas brillaban intensamente en sus ojos.

—Sé que te oyó, cielo. Y sé que fue precioso.

Ronnie se entregó al abrazo de su madre, apoyando la cabeza en su pecho como solía hacer cuando era niña.

—Nunca olvides la felicidad que Jonah y tú le disteis —murmuró su madre, acariciándole el pelo.

—Él también me hizo feliz —musitó ella—. Aprendí tanto de él. Cómo me gustaría habérselo dicho. Eso, y un millón de cosas más. —Cerró los ojos—. Pero ya es demasiado tarde.

—Él lo sabía —le aseguró su madre—. Siempre lo supo.

El funeral fue una ceremonia sencilla, celebrada en la iglesia que hacía poco había vuelto a abrir sus puertas. Su padre había pedido ser incinerado, y sus deseos se habían respetado.

El reverendo Harris dio el responso, que fue breve pero rebosante de auténtica angustia y amor. Había querido a su padre como a un hijo, y a pesar de que intentó contenerse, Ronnie acabó llorando con Jonah. Lo rodeó con el brazo mientras él lloraba con los perturbadores sollozos de un niño. No quiso pensar en cómo le afectaría aquella pérdida tan temprana en su vida.

Sólo un puñado de gente asistió a la misa. Al entrar en la iglesia, vio a Galadriel y al agente Johnson, y escuchó la puerta abrirse una o dos veces más después de tomar asiento, pero prácticamente la iglesia estaba vacía. Le dolía pensar que tan poca gente supiera que su padre era una persona tan especial o lo mucho que significaba para ella.

Después del servicio, continuó sentada en el banco con Jonah mientras Brian y su madre salieron fuera a hablar con el reverendo Harris. Los cuatro tenían que coger un avión hacia Nueva York al cabo de unas pocas horas, y ella sabía que no le quedaba mucho tiempo.

No obstante, no quería irse. La lluvia, que había descargado con fuerza durante toda la mañana, había cesado, y el cielo empezaba a abrirse. Ronnie había rezado para que eso sucediera, y sin poder remediarlo clavó los ojos en el vitral, deseando que las nubes dieran paso al sol.

Y cuando lo hicieron, fue tal y como su padre lo había descrito. El sol inundó la sala a través del cristal, fragmentándose en una infinidad de prismas que resplandecían como joyas, con una luz gloriosa y de vivos colores. El piano se iluminó en una cascada de esplendoroso color, y por un momento Ronnie pudo ver a su padre sentado ante el teclado, con la cara mirando hacia arriba, hacia la luz. El efecto no duró demasiado, pero Ronnie apretó la mano de Jonah en un delirio silencioso. A pesar del gran dolor que sentía, de su pena, sonrió, consciente de que Jonah estaba pensando lo mismo que ella.

—Hola, papá —susurró ella—. Sabía que vendrías.

Cuando la luz se desvaneció, Ronnie pronunció un silencioso adiós y se puso de pie. Pero al darse la vuelta, vio que no estaban solos en la iglesia. Cerca de la puerta, sentados en el último banco, se hallaban Tom y Susan Blakelee.

Ronnie apoyó la mano sobre el hombro de Jonah.

—¿Te importa salir un momento fuera y decirles a mamá y a Brian que enseguida voy? Primero tengo que hablar con alguien.

—Vale —contestó él, frotándose los ojos hinchados con un puño mientras salía hacia la puerta.

Cuando su hermano estuvo fuera, ella avanzó hacia la pareja, y vio que se levantaban para saludarla.

Se sorprendió al ver que Susan fue la primera en hablar.

—Siento mucho la pérdida de tu padre. El reverendo Harris nos ha contado que era un hombre maravilloso.

—Gracias —dijo ella. Ronnie miró primero a Susan y luego al padre de Will y sonrió—. Les agradezco mucho que hayan venido. Y también quiero agradecerles lo que han hecho por la iglesia. Era realmente importante para mi padre.

Ante tales palabras, vio que Tom Blakelee desviaba la vista, y constató que no se había equivocado.

—Se suponía que tenía que ser una donación anónima —murmuró.

—Lo sé. El reverendo Harris no dijo nada al respecto, ni a mí ni a mi padre. Pero lo averigüé un día, cuando lo vi en las obras. Lo que han hecho ha sido realmente loable.

Él asintió casi con timidez. Ronnie lo vio parpadear al mirar hacia el vitral. También él había presenciado cómo la luz había inundado la iglesia.

En el silencio, Susan hizo una señal con la mano hacia la puerta.

—Hay alguien que quiere verte.

—¿Estás lista? —preguntó su madre tan pronto como Ronnie salió de la iglesia—. Se nos está haciendo tarde.

Ronnie apenas la oyó. En vez de eso, se quedó mirando a Will. Iba vestido con un traje negro. Llevaba el pelo más largo; le confería un aspecto más adulto. Estaba hablando con Galadriel, pero tan pronto como la vio, Ronnie se fijó en que alzaba un dedo, como si le pidiera a Galadriel que esperase un momento.

—Dame unos minutos, ¿vale? —pidió Ronnie, sin apartar los ojos de Will.

No esperaba que él acudiera al funeral, no esperaba volver a verle. No sabía qué significaba eso, que él estuviera allí, y no estaba segura de si debía sentirse contenta o abatida o ambas cosas. Dio un paso hacia él y se detuvo.

No podía leer su expresión. Cuando él se encaminó hacia ella, de repente recordó la forma etérea en que él parecía desplazarse sobre la arena la primera vez que lo vio; recordó sus besos en el pequeño muelle la noche de la boda de su hermana. Y nuevamente oyó las palabras que ella le había dicho el día que se dijeron adiós. Se sentía atrapada entre un cúmulo de emociones contradictorias —deseo, arrepentimiento, nostalgia, miedo, pesar, amor—. Había tanto que decir, y sin embargo, ¿por dónde empezar, en aquella situación tan incómoda y después de que hubiera pasado tanto tiempo?

«Lástima que no pueda leerte los pensamientos», le dijo Ronnie con los ojos.

—Hola.

—¿Qué tal? —le respondió él. Will parecía estar escrutando su cara en busca de alguna señal, aunque Ronnie no sabía para qué.

Él no se acercó más, ni tampoco ella hizo el intento.

—Has venido —suspiró fatigada, incapaz de ocultar su sorpresa en el tono de su voz.

—Tenía que hacerlo. Siento mucho lo de tu padre. Era... una gran persona. —Por un momento, una sombra de pena pareció cruzar sus facciones, y agregó—: Lo echaré mucho de menos.

Ronnie recordó fugazmente aquellos atardeceres juntos en casa de su padre, el delicioso olor que inundaba la cocina mientras su padre cocinaba y las carcajadas de Jonah mientras jugaban al póquer mentiroso. De repente se sintió mareada. Le parecía todo tan surrealista, ver a Will allí, en aquel día tan terrible. En parte deseaba lanzarse a sus brazos y pedirle perdón por la forma en que había roto con él. Pero otra parte de ella, abatida y paralizada por la muerte de su padre, se preguntaba si él sería todavía la misma persona, el mismo Will que una vez había amado. Habían pasado demasiadas cosas desde el verano.

Ronnie se balanceó, incómoda, apoyando todo el peso de su cuerpo de un pie al otro.

—¿Qué tal por Vanderbilt? —preguntó finalmente.

—Ah, como esperaba.

—¿Y eso es bueno o malo?

En vez de contestar, él señaló con la cabeza hacia el coche de alquiler.

—Supongo que regresas a Nueva York, ¿no?

—Dentro de poco he de coger el avión. —Se colocó un mechón de pelo detrás de la oreja, deseando poder controlar su nerviosismo. Hablaban como si fueran dos desconocidos—. ¿Has acabado ya el primer semestre?

—No, la semana que viene tengo los últimos exámenes, así que regreso esta noche, en avión. Las clases son más duras de lo que suponía. Probablemente tendré que pasarme más de una noche sin dormir, hincando los codos.

—Bueno, pero pronto estarás en casa, para las vacaciones de Navidad. Ya lo verás, unos reconfortantes paseos por la playa y como nuevo. —Ronnie esbozó una sonrisa de ánimo.

—No lo creo. Mis padres me quieren llevar a Europa tan pronto como acabe los exámenes. Pasaremos las Navidades en Francia. Creen que es importante que vea un poco de mundo.

—Seguro que te lo pasarás bien.

Will se encogió de hombros.

—¿Y tú?

Ronnie apartó la vista, y en su mente volvió a evocar los últimos días que había pasado con su padre.

—Creo que me presentaré al examen de ingreso en Juilliard —dijo lentamente—. Veremos si todavía me aceptan.

Por primera vez, él sonrió. Detectó un destello de la alegría espontánea que Will había mostrado tan a menudo durante aquellos largos meses de verano. Cómo había echado de menos su alegría, su cariño.

—¡No me digas! ¡Fantástico! Estoy seguro de que no tendrás ningún problema.

Ronnie detestaba la forma en que se estaban hablando, sin profundizar en nada. Le parecía simplemente... erróneo, después de todo lo que habían compartido a lo largo del verano... de todo lo que habían pasado juntos. Soltó un largo suspiro, intentando mantener las emociones bajo control. Pero le costaba tanto en aquellos momentos, y se sentía tan cansada... Las siguientes palabras se le escaparon casi automáticamente.

—Quiero pedirte perdón por lo que te dije. Lo siento, de veras. Pero es que no podía con todo lo que me sucedía. No debería haberme desahogado contigo...

Él dio un paso hacia delante y la cogió suavemente por el brazo.

—No pasa nada. Lo comprendo.

Con tan sólo tocarla, Ronnie sintió que todas las emociones reprimidas durante el día estallaban, sin poder hacer nada por evitar que emergieran a la superficie, resquebrajando su frágil compostura. Cerró los ojos y apretó los párpados, intentando contener las lágrimas.

—Si hubieras hecho lo que te pedí, Scott habría…

Will sacudió la cabeza.

—Scott está bien. Lo creas o no, acabó por conseguir la beca. Y Marcus está en la cárcel…

—Ya, pero, de todos modos, no debería haberte dicho aquellas cosas tan horribles —lo interrumpió—. El verano no debería haber acabado de esa manera. Nuestra relación no debería haber acabado de ese modo, y yo fui la culpable de que terminara así. No sabes cuánto me duele pensar que te aparté de mí…

—No me apartaste de ti —apostilló él tiernamente—. Tenía que marcharme a la universidad. Lo sabías.

—Ya, pero no hemos hablado, no nos hemos escrito, y era tan triste ver lo que le sucedía a mi padre… Anhelaba tanto hablar contigo, pero sabía que tú estabas enfadado conmigo y…

Ronnie rompió a llorar. Will la atrajo hacia sí y la estrechó entre sus brazos. Su abrazo tuvo un efecto contradictorio: lo mejoró todo, pero a la vez también lo empeoró todo.

—Vamos —murmuró Will—. No pasa nada. Nunca estuve tan enfadado contigo como crees.

Ella lo apretó con fuerza entre sus brazos, intentando aferrarse a lo que habían compartido.

—Pero sólo llamaste un par de veces.

—Porque sabía que tu padre te necesitaba, y quería que te concentraras en él, y no en mí. Recuerdo lo que sucedió cuando Mikey murió, y también recuerdo cómo deseé haber pasado más tiempo con él. No te podía hacerte eso.

Ella hundió la cara en su hombro mientras él seguía abrazándola con ternura. Lo único que sabía era que lo necesitaba. Necesitaba sus brazos alrededor de ella, necesitaba que la abrazara y le susurrara que encontrarían una forma de estar juntos.

Lo sintió inclinarse hacia ella al tiempo que murmuraba su nombre. Cuando ella se apartó un poco, vio que él le sonreía.

—Llevas la pulsera —susurró, tocándole la muñeca.

—Siempre en mis pensamientos. —Ronnie le regaló una sonrisa nerviosa.

Will la agarró con dulzura por la barbilla, para poder mirar con más atención en sus ojos.

—Te llamaré, ¿de acuerdo? Cuando regrese de Europa.

Ella asintió, consciente de que era todo lo que tenían; pero también sabía que con eso no le bastaba. Sus vidas discurrirían por senderos separados, ahora y siempre. El verano se había acabado; a partir de ese momento, cada uno tomaría su propio camino.

Ronnie entornó los ojos. Le horrorizaba la verdad.

—De acuerdo —susurró.

Epílogo

Ronnie

En las semanas que siguieron al funeral de su padre, Ronnie continuó experimentando un cataclismo emocional, pero supuso que eso era normal. Había días en que se despertaba con una sensación de absoluta desesperación, y se pasaba horas reviviendo aquellos últimos meses con su padre, demasiado paralizada por la pena y el arrepentimiento para poder llorar. Tras aquel intenso periodo juntos, le resultaba duro aceptar que su padre ya no estaba, que ya no podía estar con él, por más que lo necesitara. Sentía su ausencia como la punta afilada de un cuchillo hurgando en una llaga, y a veces aquel cúmulo de emociones la sumía en un estado de desconsuelo.

Sin embargo, aquellas mañanas dejaron de ser tan duras como lo habían sido durante la primera semana que había pasado en casa, y se dio cuenta de que, con el paso del tiempo, cada vez eran menos frecuentes. Cuidar de su padre la había cambiado, y Ronnie sabía que sobreviviría. Eso era lo que su padre habría querido, y casi podía oírlo recordándole que ella era mucho más fuerte de lo que creía. A él no le habría gustado que se pasara meses llorando su muerte; habría querido que viviera su vida de una forma similar a como él lo había hecho en el último año. Más que nada, su padre deseaba que ella abrazara la vida y siguiera su camino.

Jonah también. Ronnie sabía que su padre habría deseado ayudar a su hijo a seguir adelante, y ella, desde su regreso a Nueva York, pasó mucho tiempo con su hermano. Al cabo de una semana después de regresar a casa, Jonah empezó las vacaciones navideñas, y ella le dedicó aquella semana con especial atención: lo llevó a patinar sobre hielo al Rockefeller Center y a visitar el último piso del Empire State Building; visitaron las exposiciones de dinosaurios en el Museo de Historia Natural, e incluso pasaron casi una tarde entera en la tienda de juguetes FAO Schwarz. Ronnie siempre había considerado que todo eso era un insoportable cliché para turistas, pero su hermano disfrutó mucho con aquellas salidas, y, sorprendentemente, ella también.

También compartieron ratos en silencio. Ronnie se sentaba con él a ver dibujos animados o a dibujar juntos en la mesa de la cocina; una vez, a petición de Jonah, durmió en su habitación, en el suelo, junto a su cama. En aquellos momentos tan íntimos, a veces, inevitablemente, se ponían a evocar el verano pasado y a contar anécdotas de su padre, lo cual los reconfortaba.

Sin embargo, Ronnie sabía que Jonah lo estaba pasando mal a su manera, como el niño de diez años que era. Tenía la impresión de que había algo en concreto que lo preocupaba. Finalmente, lo descubrió una noche ventosa, cuando salieron a dar un paseo después de cenar. Soplaba un viento polar; Ronnie mantenía las manos dentro de los bolsillos para resguardarse del frío cuando Jonah finalmente se giró hacia ella y echó la cabeza hacia atrás para poder observarla desde la pequeña abertura en la capucha de su parca.

—¿Mamá está enferma? —le preguntó—. ¿Igual que lo estaba papá?

La pregunta la pilló tan desprevenida que necesitó un momento para responder. Se detuvo y se inclinó hacia delante para que su cara quedara al mismo nivel que los ojos de su hermano.

—No, claro que no. ¿Qué te hace pensar eso?

—Porque ahora ya no os peleáis. Como cuando dejaste de pelearte con papá.

Ronnie podía ver el miedo en sus ojos e incluso, en una forma infantil, podía comprender la lógica de sus pensamientos. Después de todo, era verdad: ella y su madre no se habían peleado ni una sola vez desde que había vuelto.

—Mamá está bien. Lo único que pasa es que nos hemos cansado de pelearnos, así que ya no lo hacemos.

Jonah escrutó su cara con atención.

—¿Me lo prometes?

—Te lo prometo. —Ronnie lo abrazó con fuerza.

Aquellos meses compartidos con su padre habían incluso alterado su relación con su ciudad natal. Necesitó un poco de tiempo para adaptarse otra vez a vivir en Nueva York. No estaba habituada al incesante ruido o a la constante presencia de otra gente; había olvidado cómo las aceras quedaban perpetuamente ensombrecidas por los rascacielos a su alrededor, y también cómo la gente iba siempre como si tuviera prisa, incluso en los estrechos pasillos de los colmados. Tampoco le apetecía salir con sus antiguos amigos; cuando Kayla la llamó para preguntarle si quería salir, le dijo que no tenía ganas, y no la volvió a llamar. A pesar de que Ronnie suponía que siempre compartirían recuerdos, sabía que a partir de ese momento mantendrían una relación diferente. Pero no se sentía triste por eso; entre las horas que pasaba con Jonah y las que dedicaba a tocar el piano, apenas le quedaba tiempo para nada más.

Todavía no habían traído el piano de su padre, así que iba en metro a Juilliard para practicar allí. El mismo día que regresó a Nueva York, llamó por teléfono y habló con el director, que había sido un buen amigo de su padre. Él se disculpó por no haber asistido al funeral. Se mostró sorprendido —y también contento, al menos eso le pareció a Ronnie— de volver a tener noticias suyas. Cuando le dijo que estaba reconsiderando la posibilidad de estudiar en Juilliard, él lo organizó todo para hacerle una prueba de acceso lo antes posible, e incluso la ayudó a expedir el formulario de ingreso.

Apenas sólo tres semanas después de haber regresado a Nueva York, Ronnie inició su examen con la canción que había compuesto con su padre. Estaba un poco desentrenada en su técnica clásica —tres semanas no bastaban para prepararse para un examen de alto nivel—, pero cuando abandonó el auditorio, pensó que su padre se habría sentido orgulloso de ella. Con una sonrisa en los labios mientras se guardaba la partitura bajo el brazo, pensó que en realidad su padre siempre se sentía orgulloso de todo lo que hacía.

Desde la prueba de acceso, había estado practicando entre tres y cuatro horas al día. El director había ordenado que la dejaran usar las salas de práctica de la academia, y Ronnie empezaba a atreverse con algunas composiciones nuevas. A menudo pensaba en su padre, mientras se hallaba sentada en las salas de práctica de Juilliard, las mismas salas en las que él se había sentado en más de una ocasión. De vez en cuando, cuando el sol se ponía, los rayos se filtraban a través de los edificios que la rodeaban, proyectando largas franjas luminosas en el suelo. Y siempre, cuando Ronnie veía la luz, se acordaba del vitral en la iglesia y de la cascada de luz que había visto en el funeral.

También pensaba constantemente en Will, por supuesto.

Se dejaba atrapar por los recuerdos de aquel verano que habían compartido, pero no evocaba el breve encuentro que habían mantenido fuera de la iglesia. No había sabido nada de él desde el funeral, y mientras la Navidad llegaba y se iba, empezó a perder la esperanza de que la llamara. Recordaba que él le había comentado que pasaría las vacaciones en Europa. Mientras transcurrían los días sin tener noticias de él, Ronnie vacilaba entre la certeza de que él todavía la amaba y el desánimo de saber que aquella relación era imposible. Se decía a sí misma que quizá fuera mejor que no la llamase, ya que, en realidad, ¿qué iban a decirse?

Sonrió con tristeza, esforzándose por alejar aquellos pensamientos de su mente. Tenía mucho trabajo por hacer, y mientras centraba toda su atención en su última composición, una canción con influencias de *country* y *pop*, se recordó a sí misma que ya era hora de mirar hacia delante, no hacia atrás. No sabía si la admitirían en Juilliard, aunque el director le había asegurado que el proceso de su admisión «prometía». Pasara lo que pasase, sabía que su futuro estaba vinculado a la música, y que, de una forma u otra, encontraría el camino que la conduciría de nuevo hacia aquella pasión.

Encima del piano, su teléfono empezó a vibrar súbitamente. Lo cogió pensando que se trataría de su madre, pero, al mirar la pantalla, se quedó paralizada, contemplando cómo vibraba una segunda vez. Aspiró aire lentamente, lo descolgó y se lo llevó a la oreja.

—¿Sí?

—Hola —la saludó una voz familiar—. Soy Will.

Ronnie intentó imaginar desde dónde la llamaba: le parecía oír un eco de fondo, como si estuviera en un aeropuerto.

—¿Acabas de bajar del avión? —quiso saber.

—No. Llegué hace unos días. ¿Por qué?

—Es que no te oigo muy bien —contestó ella, sintiendo que se le encogía el corazón. Hacía varios días que había llegado y sólo ahora había encontrado un momento para llamarla—. ¿Qué tal por Europa?

—Ah, muy bien. La relación con mi madre fue mucho mejor de lo que esperaba. ¿Cómo está Jonah?

—Bien. Recuperándose poco a poco, aunque... todavía le cuesta.

—Cuánto lo siento —se lamentó, con un tono absolutamente sincero, y de nuevo ella volvió a oír aquel sonido, como un eco. Quizá le hablaba desde el porche de la parte posterior de su casa—. ¿Y qué más me cuentas?

—He hecho una prueba de acceso en Juilliard, y creo que me ha ido realmente bien...

—Lo sé —dijo él.

—¿Cómo lo sabes?

—Porque si no, no estarías allí.

Ella intentó encontrar un sentido a aquella respuesta.

—Bueno, no..., sólo es que me dejan practicar aquí, hasta que llegue el piano de mi padre, ya sabes, por la relación que él tenía con esta academia. El director y él eran buenos amigos.

—Sólo espero que no estés demasiado ocupada y que puedas tomarte un rato libre.

—¿Por qué lo dices?

—Esperaba que estuvieras libre para salir este fin de semana. Si no tienes planes, por supuesto.

Ronnie notó que el corazón le daba un vuelco.

—¿Vas a venir a Nueva York?

—Estaré en casa de Megan. Ya sabes, para ver cómo les van las cosas a ese par de recién casados.

—¿Cuándo llegas?

—Veamos… —Ella casi podía imaginárselo mirando atentamente las manecillas de su reloj de pulsera—. Hace una hora que ha aterrizado mi avión.

—¿Estás aquí? ¿Dónde estás?

Will esperó un momento para contestar. Cuando Ronnie escuchó su voz de nuevo, se dio cuenta de que no le llegaba desde el teléfono, sino que sonaba a su espalda. Se dio la vuelta y lo vio, en el umbral de la puerta, con el teléfono en la mano.

—Lo siento —se disculpó—. No he podido evitarlo.

Ella no parecía asimilar la situación. Parpadeó varias veces seguidas antes de volver a fijar la vista en aquel punto.

Pues sí, seguía allí. Increíble.

—¿Por qué no me llamaste para decirme que ibas a venir?

—Porque quería darte una sorpresa.

«Pues lo has conseguido», fue todo lo que a ella se le ocurrió pensar. Vestido con unos pantalones vaqueros y un jersey de color azul marino y con el cuello en forma de V, estaba tan guapo como lo recordaba.

—Además —anunció él—, hay algo muy importante que quiero decirte.

—¿Qué?

—Antes de que te lo diga, quiero saber si saldrás conmigo.

—¿Qué?

—Este fin de semana, ¿recuerdas? ¿Te va bien quedar?

—Sí, me va bien. —Sonrió ella.

Él asintió complacido.

—¿Y qué hay del fin de semana siguiente?

Por primera vez, ella titubeó.

—¿Cuánto tiempo piensas quedarte?

Will avanzó despacio hacia ella.

—Bueno…, precisamente de eso quería hablar contigo. ¿Recuerdas que te dije que Vanderbilt no era mi primera elección? ¿Que realmente quería ir a otra universidad que ofrecía un ambicioso programa de ciencias ambientales?

—Lo recuerdo.

—Pues bien, a pesar de que las universidades no suelen aceptar traslados de expedientes a mitad de curso, ya sabes que mi madre está metida en la junta directiva de Vanderbilt, y por casualidad conoce a algunas personas en esa otra universidad, así que ha conseguido mover los hilos y…, bueno, resumiendo, que mientras estaba en Europa me enteré de que me habían aceptado en la otra universidad. Empezaré allí el próximo semestre; pensé que te gustaría saberlo.

—Ah, pues…, enhorabuena —lo felicitó ella, sin estar segura de adónde iría a parar aquella conversación—. ¿Y qué universidad es?

—Columbia.

Por un instante, Ronnie no estuvo segura de si había oído bien.

—¿Te refieres a Columbia…, Columbia… de Nueva York?

Will sonrió con cara de satisfacción, como si acabara de sacarse un conejo de la chistera.

—Sí, a esa misma me refiero.

—¿De verdad? —Ronnie alzó la voz, visiblemente emocionada.

Él asintió con la cabeza.

—Las clases empiezan dentro de un par de semanas. ¿Te lo imaginas? ¿Un chico provinciano y bonachón como yo atrapado en la gran ciudad? Probablemente necesitaré que alguien me ayude a adaptarme, y me preguntaba si esa persona podrías ser tú. Si no te importa, claro.

En aquel instante, Will estaba tan cerca de ella como para apresarla por los bolsillos delanteros de sus pantalones vaqueros. Cuando la atrajo hacia sí, ella perdió de vista todo lo que la rodeaba. Will iba a estudiar allí. En Nueva York. Con ella.

Ronnie deslizó los brazos alrededor de su cintura, notando aquel cuerpo atlético contra el suyo, consciente de que no había nada, absolutamente nada, que pudiera superar aquel momento.

—Mmm… Vale. Acepto. Pero, para que lo sepas, no resultará nada fácil para ti. Aquí no hay muchos sitios para ir a pescar o para enlodarte…

Will le acarició cariñosamente la cintura.

—Me lo figuraba.

—Ni tampoco esperes mucho vóley-playa. Especialmente en enero.

—Supongo que no me quedará más remedio que asumir ciertos sacrificios.

—Quizá, con un poco de suerte, encontremos otros modos de pasar el rato.

Will se inclinó hacia ella y la besó con ternura, primero en la mejilla y después en los labios. Cuando la miró a los ojos, ella vio al joven del que se había enamorado el verano anterior, al chico del que seguía enamorada.

—Nunca he dejado de quererte, Ronnie. Y nunca he dejado de pensar en ti. Por más que los veranos toquen a su fin.

Ella sonrió, pues sabía que él le estaba diciendo la verdad.

—Yo también te quiero, Will Blakelee —susurró, y se inclinó para besarlo otra vez.

Agradecimientos

Como siempre, he de empezar por darle las gracias a Cathy, mi esposa y mi sueño. Han sido veinte años sorprendentes, y cada mañana, cuando me despierto, lo primero que pienso es que soy muy afortunado por haber podido compartir todos esos años contigo.

Mis hijos —Miles, Ryan, Landon, Lexie y Savannah— por ser la fuente inagotable de alegría en mi vida.

Jamie Raab, mi editora en Grand Central Publishers, siempre merece todo mi agradecimiento, no sólo por su brillante trabajo como editora, sino por su inestimable cordialidad. Gracias.

Denise DiNovi, la productora de *Mensaje en una botella*, *Un paseo para recordar*, *Noches de tormenta* y *The Lucky One* no sólo es un genio, sino una de las personas más entrañables que conozco. Gracias por todo.

David Young, el director ejecutivo de Hachette Book Group, se ha ganado mi respeto y gratitud a lo largo de los años que hemos trabajado juntos. Gracias, David.

Jennifer Romanello y Edna Farley, del departamento de Publicidad, no sólo son buenas amigas sino unas personas maravillosas. Gracias por todo.

Harvey-Jane Kowal y Sona Vogel, a las que como siempre deseo expresarles mi gratitud, aunque sólo sea por mi tendencia a entregar los manuscritos siempre tarde, lo que dificulta mucho más su trabajo.

Howie Sanders y Keya Khayatian, mis agentes en UTA, son fantásticos. ¡Gracias por todo, chicos!

Scott Schwimer, mi abogado, simplemente el mejor en su oficio. ¡Gracias, Scott!

Gracias también a Marty Bowen (el productor de *Querido John*) así como a Lynn Harris y a Mark Jonson.

Amanda Cardinale, Abby Koons, Emily Sweet y Sharon Krassney también merecen todo mi agradecimiento. Valoro mucho vuestra labor.

Quiero dar las gracias a la familia Cyrus no sólo por abrirme las puertas de su casa, sino por su gran contribución en la película. Y un agradecimiento especial a Miley, que fue quien eligió el nombre de Ronnie. Tan pronto como me lo propuso, supe que era perfecto.

Y finalmente, gracias a Jason Reed, Jennifer Gipgot y Adam Shankman por la adaptación de *La última canción* a la gran pantalla.

Nicholas Sparks

Nació en Nebraska (EE.UU.) en la Nochevieja de 1965. Después de tres infructuosos intentos con otras tantas novelas, consiguió que *El cuaderno de Noah* fuera publicada, a lo que siguió un sorprendente éxito internacional. Su segunda novela, *El mensaje*, y su adaptación al celuloide supusieron el espaldarazo definitivo a la carrera de Sparks, quien, actualmente, vive en Carolina del Norte (EE.UU.).

En esta misma colección se han publicado *La boda, El guardián, Fantasmas del pasado* y *Noches de tormenta*, llevada también a la gran pantalla.

www.nicholassparks.com